Michael Collins
Die rote Rosa

Michael Collins

Die rote Rosa

Aus dem Amerikanischen
von Sigrid Kellner

Ullstein Kriminalroman

Deutsche Erstausgabe

Ullstein Kriminalroman
Ullstein Buch Nr. 10686
im Verlag Ullstein GmbH,
Frankfurt/M – Berlin
Titel der amerikanischen
Originalausgabe:
Red Rosa

Printed in Germany 1991
Gesamtherstellung:
Ebner Ulm
ISBN 3 548 10686 2

Juni 1991

CIP-Titelaufnahme
der Deutschen Bibliothek

Collins, Michael:
Die rote Rosa / Michael Collins. Aus dem Amerikan. von
Sigrid Kellner. – Dt. Erstausg. – Frankfurt/M; Berlin:
Ullstein, 1991
(Ullstein-Buch; Nr. 10686: Ullstein-Kriminalroman)
ISBN 3-548-10686-2
NE: GT

Für
William Campbell Gault

1

»Ich kenne Sie . . . Warte auf mich, Hans! . . . Ich kenne Sie! Sagen Sie doch was . . . Tscheka, Hans! . . . Tscheka! . . .«

Im grellen Licht der Intensivstation des St.-Vincent-Hospitals flackerten und piepten die Monitore. Rosa Grünfeld lag unter einem Sauerstoffzelt auf dem Stahlbett voller Schläuche und Anzeigenskalen. Eine alte Frau, so mager und klein, daß sie sich fast verlor unter den Apparaturen, die sie am Leben hielten. Die rote Rosa, die Bag Lady Lenin. Jemand hatte sie niedergeschossen.

»Weiß sie, was sie sagt, Doktor?« fragte Lieutenant Marx.

»Nein«, erwiderte der Arzt. »Aber das heißt nicht, daß nichts Konkretes dahintersteckt. Es kann sich um eine Erinnerung handeln oder um eine Halluzination. Völligen Unsinn oder die genaue Wahrheit.«

»Was ist Tscheka?« wollte Marx wissen.

»Die zaristische Geheimpolizei«, sagte ich. »Sie muß in Gedanken wieder in Rußland vor dem Ersten Weltkrieg sein, in ihrer Kindheit.«

»Wie alt ist sie, Fortune?«

»Auf jeden Fall hoch in den Achtzig.«

»Wer ist Hans?«

»So gut kenne ich sie nicht, Lieutenant.«

So gut kannte ich keinen von ihnen. Den Alten, den Verwirrten und Einsamen, die drüben im Oneida Hotel an der Twenty-first Street nicht weit von der Ninth Avenue hausten. Nur gerade genug, um den alten Jason Reich zu erkennen, als ich ihn an diesem Morgen auf dem Weg zu einer Einnahmequelle bei der *Six Sport Cable*-Gesellschaft unten im Treppenhaus meines Wohngebäudes getroffen hatte.

»Hallo, Jason. Möchten Sie etwas?«

»Sie kennen mich?« hatte der alte Mann gefragt. »Wer bin ich?«

»Jason Reich. Sie hatten mal ein Textilgeschäft.«

»Ein gutes Geschäft.« Er starrte auf den leeren Ärmel meines Duffelcoats. »Sie haben einen Arm.«

»Nur einen, Jason. Wollten Sie zu mir?«

»Wer sind Sie?«

»Dan Fortune.«

»Was mache ich hier?«

Ich faßte ihn am Ellbogen. »Ich bringe Sie nach Hause, Jason.«

»Sie wissen, wo ich wohne?«

Ich dachte, er würde zu weinen anfangen. Das tun sie, die desorientierten alten Leute, die das Glück haben, jemanden zu finden, der ihnen sagen kann, wer sie sind und wo sie hingehören. Aber er weinte nicht, und wir gingen das kurze Stück bis zum Oneida Hotel – und fanden in der engen Lobby die aufgeregte, durcheinanderredende Menschenmenge vor.

Ich schob Jason hindurch. Es gibt keine Möbel in der schmuddeligen Lobby, und die Rezeption ist nie besetzt.

Heute war sie es. »Fortune!«

Barney Ederer stand hinter der leeren Theke. Nichts gegen Ederer, er hat bloß zwei Jahre in Vietnam verbracht und kein Interesse an der Gesellschaft, die ihn dorthin geschickt hat.

»Hier hinten.«

Auf dem Fußboden hinter der Rezeption lag Rosa Grünfeld in einer Blutlache. Ihr Mund stand offen, die Augen waren geschlossen, und ihr Puls war nur schwach zu spüren. Eine kleine, alte Frau in einem zerlumpten grauen Pullover, braunen Wollrock, Männersocken aus Armeebeständen, halb zugeschnürten Kampfstiefeln und einem verwegenen braunen Fallschirmjäger-Barett auf dem Kopf. Die ungekämmten kurzen Haare waren knapp über den Ohren wie mit einem Messer abgehackt und hatten noch viel von ihrer ursprünglichen dunklen Farbe.

»Ihr Gebiet«, sagte Ederer. »Ich verdrück' mich. Ich seh' schon jetzt die Schlagzeilen von dem ›übergeschnappten Vietnam-Veteranen‹.«

»Haben Sie die Polizei benachrichtigt?«

»Den Notdienst«, erwiderte Ederer. »Die Polizei überlass' ich Ihnen.«

Wie auf Stichwort heulten ein paar Häuserblöcke entfernt die Sirenen. Die Polizei würde den Notdienstwagen begleiten. Ich ließ den Blick über die Gesichter in der Lobby schweifen. Bewohner des Oneida und Nachbarn aus dem Block. Gesichter, die von dem Nervenkitzel lebhaft erregt waren oder vor Entsetzen blaß, zumeist jedoch nur verwirrt aussahen.

»Hat jemand etwas gesehen? Oder gehört?«

Die Stille war erfüllt von der Bewegung der Köpfe, als alle hinter sich schauten und die enge Lobby des billigen Hotels nach jemandem durchforschten, der etwas gesehen haben mochte. Nur sie selbst nicht. Dies ist nicht die Zeit, da Menschen sehen wollen, was um sie herum geschieht. Und die West Twenty-first Street, Ecke Ninth Avenue ist auch nicht der Platz dazu.

Die Sanitäter und die Polizei trafen ein. Ich erzählte einem der Polizisten meine Geschichte und sah zu, wie sie sich mit Rosa Grünfeld beschäftigten.

Seit etwa zehn Jahren war ich ihr auf den Straßen von Chelsea und dem Village immer wieder begegnet, wenn auch in größeren Zeitabständen. Sie tauchte auf und verschwand, war eine Woche oder gar ein Jahr hier oder dort. Dennoch war sie keine Streunerin, denn sie hatte ein wenige Quadratmeter großes Zimmer in einem heruntergekommenen Hotel, das halb Irrenhaus war und halb Obdachlosenasyl. Eine Bag Lady, eine von Tausenden.

Der einzige Unterschied war, daß Rosa in ihren Einkaufstaschen eher vergilbte Bücher und Broschüren als Lumpen und Lebensmittelreste mit sich herumschleppte. Exemplare von *Masses and Mainstream* und des Kommunistischen Manifestes. Druckschriften aller Versionen der radikalen Linken bis zu den fast normalen *Americans for Democratic Action,* von der sozialistischen Arbeiterklasse, den sozialistischen Werktätigen und sozialistischen Anarchisten bis zu den fanatischsten, überspanntesten Randgruppen, wie dem maoistischen Leuchtenden Pfad oder der Symbionese Liberation Army. Die rote Rosa, genauso oft auf den Bänken des Union Square wie an den Mülltonnen der Fifth Avenue zu finden.

». . . Sklaverei und Ungerechtigkeit für alle . . . sag's ihnen, cholo! Campesinos! Sie geben euch nichts, es sei denn, es ist von Vorteil für sie! Nichts . . . Wo bist du, Cabrera? . . . Ich kenne Sie . . . Die gute Gestapo . . . Was wollen Sie? . . . Nein . . . nein . . .«

»Wer schießt auf eine Bag Lady?« sagte Marx. »Warum?«

Man hatte aus nächster Nähe zwei Schüsse auf sie abgegeben.

»Man braucht nicht immer einen Grund«, sagte ich. »Jedenfalls keinen, der uns einleuchtet.«

»Kennen Sie einen Cabrera?«

»Nein.«

Der Arzt sagte: »Sie könnte uns etwas erzählen, Halluzinationen haben oder irgendwelche verwirrte Erinnerungen. Es könnte auch eine Kombination aus allen drei Möglichkeiten sein. Ein von den Schmerzen bewirkter Traum, gar nichts oder eine Äußerung ihres Unbewußten. Cabrera könnte jemand sein, dem sie gestern begegnet ist, oder jemand von der Gestapo vor Ewigkeiten, während des Zweiten Weltkriegs.«

Er war jung. Was er als Ewigkeit empfand, war für mich gestern. Vielleicht ist das der Grund, daß wir so langsam vorankommen. Es kostet uns unser halbes Leben, mit dem fertigzuwerden, was bisher geschehen ist, und manchen gelingt es nie.

»Wir lassen einen Mann hier im Zimmer«, sagte Marx, »der wartet, bis sie zu sich kommt.«

»Falls überhaupt«, sagte der Arzt. »In ihrem Alter kann es eine Woche dauern oder vielleicht gar nichts mehr werden.«

2

Die *Six Sport Cable*-Gesellschaft befindet sich in einem Lagerhaus an der West Thirty-sixth Street, Ecke Ninth Avenue. Der Chef ist ein nervöser, fast zwei Meter großer ehemaliger Basketballer, der die Profite aus frisierten Spielergebnissen in den »Pfründen« des Kabelfernsehens investiert hat.

»Sie sind spät dran«, sagte er.

Wenn einem alle Welt einredet, unbedenklich zu kaufen, was man sich wünscht, und die Regierungen es nur normal finden, wenn gestohlen und abkassiert wird, werden die, die nichts haben, es sich über kurz oder lang nehmen. Diesen Verdacht hegte der ehemalige Spielverschieber in bezug auf sein Imperium. Freies Unternehmertum ein wenig freier ausgelegt, als die Gründerväter oder Adam Smith sich das vorgestellt hatten. In meiner Kindheit war das Klauen auf den Docks so allgemein üblich, daß es in die Löhne einkalkuliert wurde. Die Bauern waren seit jeher erfindungsreich, wenn es darum ging, ein bißchen Getreide beiseite zu schaffen, und die Gutsherren pflegten darüber hinwegzusehen. Ein Stück heimlich erlegtes Wild lenkt die Proletarier davon ab, darüber nachzudenken, warum sie nicht die Herren sind. Man darf es mit der Selbstbedienung bloß nicht übertreiben oder die Herren bedrohen.

»Es geht nicht bloß um die Boxen«, hatte mir der TV-Boss erklärt, als er mich engagiert hatte. »Jeder gestohlene Konverter, den die Kerle verscheuern, kostet uns die monatlichen Gebühren und die Installation.«

»Was erwarten Sie von mir?«

»Daß Sie die verdammten Diebe ausfindig machen. Die Polizei schaltet sich erst ein, wenn ich konkrete Beweise habe.«

Damit verdiene ich meinen Lebensunterhalt, mit Jobs, für die die Polizei keine Zeit hat. Also trat ich in seinen Betrieb ein, gab Werkzeug und Ersatzteile aus und hielt Ausschau nach irgendwelchen Typen, die sich eine Kiste oder zwei mit Konverterboxen unter den Nagel zu reißen gedachten. Ich war nun schon seit einer Woche vor Ort und hatte zwei Hauptverdächtige auf dem Kieker. Keiner von beiden benahm sich an diesem Tag irgendwie auffällig. Ich genehmigte dem einstigen Ballartisten eine Überstunde bis achtzehn Uhr und hängte dann meine Schürze weg.

Danach schlenderte ich in der abendlichen Wärme eines trügerischen Vorfrühlings im März hinunter zum St.-Vincent-Hospital. Die Schwester auf der Intensivstation informierte mich, daß sich Rosa Grünfelds Zustand nicht verändert habe. Ich könne hineingehen, aber es brächte nichts. Der Polizeiposten an der Tür hatte mich mit Marx gesehen. Drinnen lag die alte Frau wie eine Mumie in einem Glaskasten aufgebahrt. Eine gelangweilte Polizistin saß mit einem Protokollblock da, und eine junge blonde Frau stand über das Bett gebeugt.

»Eine Verwandte?« fragte ich die Blonde.

Kein Mann der Welt hätte nicht unwillkürlich ihre Figur zur Kenntnis genommen. Ein schlanker, knackiger, fast perfekter Körper. In maßgeschneiderten dunkelbraunen Cordjeans, einem enganliegenden hellbraunen Pullover mit ovalem Ausschnitt über großen, festen Brüsten und einem breiten Ziegenledergürtel tief auf den Hüften. Dazu Westernstiefel aus Ziegenleder. Sie war nicht groß, etwas über einen Meter sechzig, und wog schätzungsweise fünfzig Kilo, aber sie wirkte groß.

»Sind Sie von der Polizei?«

»Nur jemand, der sie gekannt hat«, erwiderte ich.

Hatte man ihren Körper registriert, blieb der Blick an ihrem fast ebenso perfekten Gesicht haften. Nicht hübsch – die Nase zu kräftig, die Augen zu groß und hell, der Mund zu vollippig, die Haut zu glatt, die blonden Haare zu kurz – aber beinahe schön.

»Lenny Grünfeld«, sagte sie. »Die Enkelin.«

»Dan Fortune«, stellte ich mich vor. »Haben Sie eine Ahnung, wer auf sie geschossen haben könnte und warum?«

Sie antwortete nicht, und ich hatte das seltsame Gefühl, sie befinde sich nicht wirklich in dem Raum, sondern irgendwo anders, hinter einer unsichtbaren Plastikwand. Eine Spur asynchron, im Takt minimal verschleppt, kam ihre Stimme – als sie endlich sprach – wie aus unendlicher Ferne.

»Die ›guten‹ Menschen. Der lästige Parasit einer Bag Lady.« Sie musterte mich. »Was kümmert Sie das? Worin besteht Ihr Interesse?«

»Nennen Sie's Gewohnheit«, versetzte ich. »Berufsinteresse. Ich bin Privatdetektiv. Könnte es jemand aus dem Oneida gewesen sein?«

Sie schaute zurück auf ihre Großmutter, die regungslos unter dem Zelt lag. »Die aus dem Hotel sind harmlos. Sie hat allen geholfen.«

»Und außerhalb des Hotels? Hatte sie irgendwelche Feinde?«

»Die rote Rosa? Sie ist achtundachtzig und war ihr Leben lang eine Agitatorin. Vermutlich hat sie sich jedes Jahr zehn Feinde gemacht. Aber keine, die sie erschießen würden. Mit Ausnahme meines Vaters vielleicht.«

»Warum sollte er sie erschießen wollen?«

»Purer Haß.« Sie wandte sich zur Tür. »Aber ich glaube, daß nicht einmal er so weit gehen würde.« Sie blieb an der Tür stehen und blickte zu der alten Frau zurück. »Sie hat immer gesagt, sie würden sie letzten Endes erwischen. Ich nehme an, so ist es.«

Allein mit der alten Frau, horchte ich auf die Geräusche der Apparaturen, die sie am Leben hielten, auf das Klicken der Monitore. Sie bewegte sich unter dem Zelt unruhig. *»Korruption und Ungerechtigkeit ... Ungerechtigkeit für alle ... Sie haben Angst ... laßt sie nicht ... deines Bruders Hüter ...«*

Die rote Rosa, die Bag Lady Lenin, die allein in einem Zimmerchen hauste, im Müll und Abfall der Stadt herumstöberte, gleichgültigen Zuhörern auf den Bänken des Union Square Reden hielt, alte Kampfschriften gegen langvergessene Mißstände verteilte, besaß weder eine Vergangenheit noch eine Zukunft, die jemanden interessierte. Jetzt war auch die Gegenwart versunken.

Ich verließ die Intensivstation mit dem befriedigenden Gefühl, am Leben zu sein, kehrte in mein Loft zurück, das mir auch als Büro dient, kochte mir zwei Eier, goß eine Kanne Tee auf, toastete ein englisches Muffin und rief in Kalifornien an.

»Ich habe morgen früh einen Fototermin«, sagte Kay Michaels, um zu erläutern, warum sie zu einer für Kalifornien so frühen Stunde zu Hause war. »Sieht so aus, als könnte ich Montag nach New York fliegen.«

Ich hatte sie vor etwa einem Jahr kennengelernt, als ich im Zusammenhang mit einem Fall für meine alte Flamme Marty Adair in Kalifornien gewesen war. Etwas Altes geht zu Ende, etwas Neues beginnt. Etwas Altes, das schon seit längerer Zeit verblaßt war, und etwas Neues, das gar zu lange hatte auf sich warten lassen. Aber jetzt lief es zwischen uns, und es war Kay, die ich anrief, wenn ich mit jemandem reden mußte, Kay, deren Besuch in New York ich herbeisehnte.

»Sechs Tage sind eine lange Zeit«, sagte ich.

»Sechs Monate sind länger«, erwiderte sie. »Es gibt nichts, was dich daran hindert, hierher zu kommen, Dan. Falls du das wolltest.«

Neue Hoffnungen und neue Probleme. »Ich will kommen. Und ich will auch arbeiten.«

»Du könntest hier arbeiten.«

»Vielleicht. Erzähl mir von *Woyzeck*.«

Sie berichtete mir über ihre neue Rolle – die Marie in dem Drama von Georg Büchner, das seiner Zeit so weit voraus gewesen war. Dabei mußte ich an Rosa Grünfeld denken. Ich verspeiste mein Abendessen und erzählte Kay von Rosa. Sie verstand die Parallele zwischen der Bag Lady und dem zugrunde gegangenen Soldaten. Ich trank meine Kanne Tee, während Kay mir von ihrem bevorstehenden Fototermin erzählte. Der Tee war alle, bevor ich sie ihrer Bettruhe überließ. Vielleicht sollte ich nach Kalifornien ziehen – meine Telefonrechnungen brachten mich allmählich dazu, Aufträge nur des Geldes wegen anzunehmen.

3

»Ungerechtigkeit für alle . . . sie haben Angst, Hans . . . laß nicht zu, daß sie uns aufhalten, Hans . . . deines Bruders Hüter . . . hüte deinen Bruder . . . sie haben Angst. Laß dich nicht von ihnen einschüchtern . . . geh und hüte deine Brüder, Cabrera . . . geh . . . geh . . .«

Die bruchstückhaften Sätze hatten mich die ganze Nacht nicht in Ruhe gelassen. Halluzination oder die Wahrheit? Wirklichkeit oder Traum? Träume sind wahr, zeigen, womit sich das Unterbewußtsein beschäftigt. Gaben Rosa Grünfelds Träume zum Ausdruck, was sich in ihrem Kopf abspielte?

Ich verbrachte den Vormittag bei *Six Cables*, um die rund vierzig Angestellten zu beobachten. Was jeder einzelne dieses Personenkreises allein an Garderobe auf dem Leib trug, hätte ausgereicht, meine ganze Monatsmiete zu zahlen: Kaschmir und Seide, importierte Lederstiefel, importierte Handtaschen und handgearbeitete Gürtelschnallen, Sportsakkos aus Shetland und der lässige Zwiebel-Look mit einer teuren Kleiderschicht über der anderen. Ringe, Ohrringe, Armbänder, Uhren. Radios und Kassettenrecorder, Massen von Kopfhörern und im Rhythmus wippende Füße. So viel zu kaufen, zu viel zu besitzen, wie sollte man da nicht nach allem begehrlich sein?

Meine beiden Verdächtigen – Akira, ein magerer, ewig lächelnder Buchhalter aus dem Rechnungsbüro, der häufig zum Arzt mußte, und Greg, der athletische Fahrer, der ständig mit dem benötigten Materialnachschub zu den auswärts arbeitenden Installationstrupps unterwegs war – gaben mir auch heute wieder keinen Anlaß, aktiv zu werden. Um siebzehn Uhr fünfundzwanzig machte ich mich auf den Weg nach Hause. Der trügerische Vorfrühling dauerte an, und die Luft war mild und frisch. Im Flur vor meinem Büro lehnte Lenny Grünfeld an der Wand.

»Ich wollte zu Ihnen«, sagte sie. Diesmal trug sie einen weiten Rock aus Jeansstoff und eine passende Weste über einer weit geschnittenen weißen Seidenbluse. Auf ihren Haaren schimmerte das letzte Sonnenlicht. Sie hatte zwar die Garderobe gewechselt, aber nicht ihre gleichmütige, distanzierte Haltung abgelegt.

»Warum?«

»Ich glaube, ich will doch ganz gern wissen, was meiner Großmutter zugestoßen ist.«

»Sie glauben es nur wissen zu wollen?«

»Spielt das eine Rolle?« Die weiße Seide ihrer Bluse schlug Falten, wenn sie sich bewegte. Die Sonne war fast grell auf ihrem Haar. »Ich kann Sie bezahlen. Falls es einen anderen Grund gibt, ist das wohl meine Angelegenheit.«

Der Gleichmut war zumindest zum Teil gespielt. Er gehörte zu ihrer Beziehung zu anderen Menschen, vielleicht sogar der Welt.

»Dreihundert pro Tag plus Extras und Spesen.«

»Was für Extras?«

»Bestechungsgelder, Honorare, Belohnungen.«

Sie öffnete eine große Rupfentasche. »Wieviel gleich?«

»Wieviel haben Sie bei sich?«

»Dreihundert in bar. Ich möchte keinen Scheck ausschreiben, bevor wir für unseren letzten Auftritt bezahlt worden sind.«

»Auftritt?«

»Wir haben eine Band.«

»Dreihundert geht in Ordnung.«

Der Betrag war in Zwanzigern. Seitdem alle Banken im Lande Geldautomaten aufgestellt haben, sind wir eine Nation von Zwanzigern geworden. Sie machte die Tasche zu. »Rosa war immer gut zu mir. Sie empfindet mit.«

Lenny Grünfeld ließ mich mit den dreihundert Dollar zurück und der Stimme der alten Frau im Kopf: *»Korruption und Ungerechtigkeit ... Ungerechtigkeit für alle ... Sie haben Angst ... laß sie nicht ... deines Bruders Hüter ... hüte deinen Bruder ...«*

Ich konnte genausogut im Oneida Hotel anfangen wie woanders – eine jener Ein-Zimmer-Kasernen, in denen eine Überflußgesellschaft ihre Nichtvorzeigbaren verbirgt. Die einsamen Alten, die Wohnungs- und Arbeitslosen, die sozial Geschädigten und die geistig Verwirrten, die wir wie im England des siebzehnten Jahrhunderts auf die Straße setzen, als »arme geistesgestörte Menschen« aus den Anstalten gewiesen wurden, um sich ihren Lebensunterhalt durch Bettelei zu verdienen. Jedermann bekommt Sozialunterstützung oder eine kleine Rente oder Geld von der Wohlfahrt, aber es ist niemals ausreichend.

Wenigstens gibt es Refugien, die letzte Hoffnung für jene, die allein und unabhängig gelebt haben und weiter allein und unabhängig existieren wollen. Menschen, die natürlich lieber hübschere Zimmer hätten, aber die Freiheit der Verwahrlosung dem Komfort eines städtischen Heimes vorziehen. Die selbst entscheiden wollen, was sie den Tag über tun, und nicht gelangweilt in irgendeiner karitativen Einrichtung herumhocken möchten, egal, wie gut untergebracht und wohlgenährt. Don, dem ein Gehirntumor entfernt worden war, wartete ständig auf seine Tochter. Grace, die sich die Zeit, die sie nicht an den Mülltonnen verbrachte, mit dem Lösen primitiver Kreuzworträtsel vertrieb. Die Dover-Brüder, die sämtlichen Lastern verfallen waren, die es nur gab. Die Tellerwäscher und Putzfrauen, die nach acht Stunden anstrengender Arbeit ihre paar Dollar, die sie nach Bezahlung des Essens und der Miete noch übrig behielten, dafür ausgaben, sich einen anzutrinken. Walt, fünfundsiebzig Jahre alt, der zum Frühstück Eier zu sich nahm und danach den ganzen Tag lang nur noch Speiseeis und Bier, der jede Möglichkeit des freien Eintritts in New York kannte und jede billige Busstrecke. Und der sterben würde, wenn er nicht jeden Tag irgendwohin fahren konnte, wo es ihm gefiel.

Sie waren in der warmen Märzluft auf dem Bürgersteig versammelt. Barney Ederer saß auf einer orangen Kiste und lehnte an der grauen Hauswand.

»Wird sie durchkommen?«

»Das weiß man noch nicht. Kann sich jemand an etwas erinnern?«

»Die Polizei hat nicht das geringste rausgekriegt.«

Jason Reich erzählte jedem von dem schönen Geschäft, das er einmal besessen hatte, bevor es ihm seine Söhne gestohlen und ihn rausgeschmissen hatten. »Sie hätten mich auch erschießen sollen! Ich hab' die Schüsse gehört. Es waren zwei. Aber ich hab' nicht nachgesehen, o nein. Ich hab' sie reden hören und dann die Schüsse.«

»Sie hat mit jemandem geredet?«

»Ach was«, sagte Barney Ederer. »Die alte Rosa hat doch dauernd Selbstgespräche geführt.«

»Rosa hat mit meinem kleinen Schätzchen gesprochen«, sagte Don.

»Sie ist eine Kommunistin«, warf Kreuzworträtsel-Grace ein. »Sie hat ständig Reden geschwungen.«

»Kommunisten!« sagte Jason Reich. »Meine Söhne sind Kommunisten!«

»Hat niemand gesehen, mit wem sie an diesem Morgen geredet hat?« fragte ich.

»Selbst wenn, die würden sich ja doch nicht dran erinnern, Fortune«, sagte Barney Ederer.

»Sagen die Namen Hans oder Cabrera jemand von Ihnen etwas?« Sie verharrten alle schweigend in der Abenddämmerung draußen auf dem Bürgersteig, bevor es Zeit war für sie, in ihre kleinen, düsteren Zimmer zurückzukehren. »Sie hat von der Tscheka gesprochen, der Gestapo. Über Ungerechtigkeit. Sie wiederholt immer wieder, daß sie jemanden kennt. ›Ich kenne dich‹, sagt sie.«

»Rosa hat immer über Ungerechtigkeit geredet«, sagte Jason Reich. »Ich hab' ihr von meinen Söhnen erzählt.«

»Die Tscheka klingt wie graue Vergangenheit«, sagte Barney Ederer. »Vielleicht war sie in Rußland tatsächlich Kommunistin.«

»Sie spricht auch davon, ihres Bruders Hüter zu sein«, sagte ich. »Hilf deinem Bruder. Hatte sie einen Bruder?«

Sie sahen sich alle gegenseitig an und schüttelten die Köpfe. Ich ließ sie draußen stehen. Rosas Zimmer befand sich nach hinten hinaus im zweiten Stock. Ich stieg durch den Geruch von Urin und schmutzigem Bettzeug die Treppe hinauf. Rosas Tür war offen; drinnen brannte Licht, und ein Mann stand im Zimmer.

Er wandte sich um. »Sehen Sie sich das an. Herrgott, das hier hat sie umgebracht. Ihr ganzes irrsinniges Leben.«

»Sie ist nicht tot«, sagte ich. »Wer sind Sie?«

Er war schlank und adrett in einem dunkelblauen dreiteiligen Anzug, weißem Oberhemd, hellblau gemusterter Krawatte und schwarzen Schuhen. Ein Meter achtzig, mittelgroße Hände mit sauberen Nägeln, mittelgroße Füße, nichts über die Norm hinaus. Er trug einen Mantel, hatte ein gebräuntes Gesicht, das kürzlich in Kalifornien oder der Karibik gewesen war, eine zu große Nase, einen zu kleinen Mund, und er erinnerte mich an jemanden.

»Sind Sie von der Polizei?«

»Privatdetektiv«, antwortete ich. »Von Rosas Enkelin engagiert.«

»Arlene? Ich gebe kein Geld für einen Privatdetektiv aus! Mir ist völlig egal, wer Rosa niedergeschossen hat oder warum!«

Ich hatte so eine Ahnung, daß ich den anderen Grund vor mir sah, warum mich Arlene/Lenny Grünfeld engagiert hatte.

»Sie müssen Lennys Vater sein.«

»Der Wahnsinn hat eine Generation übersprungen. Wie die Großmutter, so die Enkelin.« Er sah sich noch einmal in dem Raum um und richtete den Blick dann wieder auf mich. »Nicht tot? Ich habe sie gesehen. Diesmal hat es sie erwischt.«

Ich möchte nicht sagen, daß seine Stimme glücklich klang, aber zumindest nicht unglücklich. Er wirkte ärgerlich. Richtig wütend, als er sich in dem Zimmer umschaute, in dem Rosa Grünfeld gelebt hatte. »Sehen Sie sich dieses Dreckloch an.«

Es war eine Behausung, in der sich vom Fußboden bis zur Decke Stapel von Büchern, Zeitungen, Magazinen, Broschüren und Plakaten türmten. Die Stapel waren jedoch ordentlich, mit Stühlen, einem Tisch und sogar einer Couch in den Lücken dazwischen. An der Stirnwand befand sich wie eine Art Nest das schmale Unterteil eines Militärbettgestells mit einem Sessel und einem Tischchen. Die Möbel waren alt, aber alles sah sauber und aufgeräumt aus. Auf dem Tisch, den Rosa offenbar als Schreibtisch benutzte, stand eine ramponierte alte Schreibmaschine. Das Zimmer eines Menschen, der noch arbeitete und sehr lebendig war.

»Müllkippen machen einen besseren Eindruck!«

Er nahm bloß Chaos wahr, Durcheinander, Abfall und Verwahrlosung. Ich sah einen schäbigen Raum, aber spartanisch, genau wie Rosa ihn gewünscht und gebraucht hatte.

»Gott, was für eine Verschwendung. Nutzlose Verbohrtheit.«

Er war nicht ärgerlich über den verwahrlosten Raum, sondern auf seine Mutter, weil sie darin gelebt hatte. Er haßte die Umgebung, in der sie hauste, und er haßte sie.

»Man hat auf sie geschossen«, sagte ich. »Haben Sie eine Ahnung, wer dazu einen Grund gehabt haben könnte?«

»Jeder, der sie je kennengelernt hat.« Er rieb die Handflächen gegeneinander, als wolle er ein Chaos von sich abscheuern.

»Sie sollten sich Ihr Honorar von Lenny lieber im voraus zahlen lassen.« Dann ging er zur Tür und hinaus.

Ich sah ihm sekundenlang nach, dann durchsuchte ich schnell den Raum, ohne etwas zu finden, und ging wieder hinunter. Draußen war es jetzt dunkel. Ein alter Farbiger namens George winkte mich wie ein Verschwörer zu sich. Er war in einer rechtsgerichteten Denkfabrik als Hausmeister tätig gewesen, hatte in den einsamen Nächten dort die Berichte gelesen und sich zu einem unerschütterlichen Verfechter des Kapitalismus und freien Unternehmertums entwickelt, auch wenn seine Bezüge immer so gering waren, daß seine Rente nur knapp ausreichte, ihm eine Existenz im Oneida zu ermöglichen.

»Sie wollten wissen, ob Rosa einen Bruder hat?«

»Hat sie einen?«

»Nein. Aber jemand anders in diesem Hotel hat einen. Und er steckt wegen diesem Bruder in Schwierigkeiten.«

»Was für Schwierigkeiten?«

»Mit der Polizei«, erwiderte der alte Mann, die Stimme noch mehr senkend. »Vielleicht hat Rosa irgendwas gesehen.«

»Wo muß ich hin, George?«

»Oberster Stock, hinten links. Aber seien Sie vorsichtig.«

Im obersten Stock reichte das schwache Licht einer einzelnen Glühbirne über dem Treppenabsatz kaum aus, die Dunkelheit vor der letzten Tür zu erhellen. Ich horchte links hinten.

Die beiden Männer, die aus einer Tür hinter mir stürzten, schlugen von oben und unten auf mich ein und hatten mich, bevor ich mich auch nur halb umdrehen konnte, rücklings zu Boden gedrückt und zwei Pistolen auf meine Augen gerichtet.

4

»Wo ist Agnew!«

»Versuch nicht, uns zu verscheißern!«

Einer hatte sein Knie auf meiner Brust, die Pistole noch immer auf mein Auge gerichtet. Der andere hielt meinen Arm und suchte nach dem andern.

»Der Kerl hat bloß einen Arm.«

Sie waren jung, schwarzhaarig und braunhaarig. Der Schwarzhaarige trug eine dreckige kurze Marinejacke, schwere Arbeitsstiefel und Baumwollhosen. Der Braunhaarige war mit einem Sportjackett, braunen Hosen und einem weißen Oberhemd samt Schlips bekleidet. Sie waren beide nervös. Das beunruhigte mich. Schießeisen und Nervosität sind eine tödliche Kombination. Deshalb sollte niemand außer ausgebildeten Polizisten Waffen tragen. Die sind schon gefährlich genug.

»Nur einen«, bestätigte ich. »Mit einem zweiten kann ich leider nicht aufwarten.«

Mein fehlender Arm und mangelnder Widerstand nahmen den beiden den Wind aus den Segeln. Der Schwarzhaarige hob sein Knie von meiner Brust. Der Braunhaarige hatte in meiner Jacke unter dem Duffelcoat meine Brieftasche und meinen Ausweis gefunden.

»Ein verdammter Schnüffler.«

»Scheiße«, sagte der Schwarzhaarige.

Sie waren Polizisten.

»Was wollen Sie bei Regan, Fortune?«

»Arbeiten Sie für Johnny A., Fortune?«

Es fällt schwer, auf dem Rücken liegend hartgesotten zu wirken, aber es war an der Zeit, daß ich wieder Haltung gewann. Ich setzte mich an die Flurwand gelehnt auf und fragte: »Wer ist Agnew? Und wer sind Sie, in drei Teufels Namen? Können Sie sich ausweisen?«

Wenn sie sich nicht auswiesen, konnten sie in ihrem Fall gegen

Johnny Agnew, wer immer das war, später Ärger kriegen. Oder wenn ich mich wegen ihres Benehmens beschwerte. Der Braunhaarige hatte meine Durchsuchung beendet und bedachte seinen Kollegen mit einem Kopfschütteln. Ich hatte keine Waffe bei mir. Der Schwarzhaarige steckte seine Pistole zögernd weg.

»Detective Fanelli«, sagte er. »Das ist Mason. Center-Street-Spezialkommando zur Ergreifung entflohener Häftlinge. Was wollen Sie hier bei Regan, Fortune?«

Ich wartete. Fanelli fluchte unterdrückt und zeigte mir seine Marke. Mason folgte seinem Beispiel. Ich stand auf und klopfte meinen Duffelcoat ab.

»Ich bearbeite einen Fall. Marx vom Polizeirevier weiß über die Sache Bescheid. Eine alte Frau namens Rosa Grünfeld ist gestern hier in der Lobby niedergeschossen worden. Diese alte Frau hat von einem Bruder gefaselt. Einer der Bewohner des Hauses sagte mir, in diesem Zimmer gäbe es jemand, dessen Bruder Schwierigkeiten mit der Polizei hat. Vielleicht weiß Rosa etwas darüber und hat sich deshalb die Kugeln eingehandelt.«

Am besten, man erzählt der Polizei soviel wie möglich. Vielleicht braucht man die Burschen einmal. Und auf diese Weise bringen sie einem mehr Vertrauen entgegen, wenn man wirklich etwas zurückhalten muß.

»Sie glauben, diese Frau hat vielleicht Johnny Agnew gesehen, und er hat sie umgenietet?«

»Oder Regan?«

»Das wollte ich in Erfahrung bringen«, sagte ich.

Sie musterten mich beide in dem unzureichenden Licht des langen Flures.

»Wo ist diese alte Dame?« wollte Fanelli wissen.

»Im St. Vincent«, antwortete ich. »Aber sie liegt auf der Intensivstation und weiß weder, wer sie ist, noch wo sie sich befindet oder was überhaupt passiert ist. Sie phantasiert ständig vor sich hin. Vielleicht habe ich etwas aufgeschnappt, was Ihnen weiterhelfen könnte. Worum geht's eigentlich. Wer ist Regan? Und wer ist Johnny Agnew?«

»Johnny Agnew ist ein übler Typ aus der Gosse, der wegen

Drogenhandels und zwei oder drei Morden gesucht wird«, sagte Mason. »Kevin Regan ist sein Halbbruder und vom gleichen Kaliber. Mehr Jahre hinter Gittern als draußen.«

»Regan hat momentan Bewährung«, ergänzte Fanelli. »Aber wir vermuten, daß er Agnew hilft. Drei Jahre sind wir nun schon hinter Johnny A. her, und wir hatten ihn fast geschnappt, als er sich hier ganz in der Nähe plötzlich in Luft aufgelöst hat.«

»Regan weiß, wo er sich versteckt«, sagte Mason.

»Wir hatten gar keine Ahnung, daß Agnew einen Bruder hat, bis wir in dem Zimmer ein Stück weiter die Straße hinauf, wo uns Johnny A. durch die Lappen gegangen ist, einen Brief fanden.«

»Wo ist Regan jetzt?« fragte ich.

»Im Bau, wo sonst?« erwiderte Mason. »Er hat Beihilfe geleistet und gegen die Bewährungsauflagen verstoßen.«

»Glauben Sie, daß die alte Dame uns was sagen kann?«

»Sie können ihr Glück ja mal versuchen«, sagte ich. »Haben Sie irgendwelche Beweise, daß Regan Johnny Agnew geholfen, ihm zum Beispiel Geld gegeben hat und weiß, wo er sich aufhält?«

»Die beiden sind Brüder«, antwortete Fanelli. »Sie stammen aus derselben Kiste, haben das Leben überwiegend im Knast verbracht, treiben sich im gleichen Milieu rum.«

»Ganoven helfen sich gegenseitig, und Brüder helfen sich gegenseitig«, sagte Mason. »Wenn Regan Johnny A. nicht geholfen hat, muß er das beweisen.«

»Wie?«

»Indem er uns hilft«, sagte Fanelli.

Kevin Regan war schuldig, bis er seine Unschuld bewiesen hatte. Dies ist ein etablierter Glaube in allen von uns, besonders wenn der verdächtige Kriminelle unseren Frieden bedroht. Die großen Gedanken der englischen Gesetzgebung sind einer ängstlichen Menschheit, die sich nur um ihr eigenes Wohl sorgt, keineswegs selbstverständlich, sondern müssen wieder und wieder gelernt werden. Unser Fortschritt kann erschreckend oberflächlich sein.

Ich wartete, bis sich ihre Schritte entfernt hatten, bevor ich an die Tür klopfte. Sie öffnete sich einen Spalt.

»Sind sie weg?«

Es war die Stimme einer Frau.

»Ja.«

»Sind Sie ein Freund von Kevin?«

»Dan Fortune, ein Privatdetektiv. Ich untersuche den Mordversuch an einer alten Frau gestern unten in der Lobby.«

»Das war eine schreckliche Sache. Die arme Rosa.«

Sie war eine kleine, magere Frau in einem gelbgemusterten Kleid, einer langen braunen Strickjacke, Strümpfen und abgeschabten blauen Turnschuhen. Ein freundliches Gesicht, um Zuversicht bemüht. Die dunklen Ringe um die tief in ihren Höhlen liegenden Augen sprachen jedoch eine andere Sprache.

»Können Sie mir etwas darüber sagen, Mrs. . . . Sie sind doch Mrs. Regan?«

»Ja«, nickte sie. »Aber leider nein, ich weiß nichts über diesen Vorfall.«

Das Zimmer war genauso geschnitten wie Rosas, nur weniger vollgestopft, sondern eher spärlich eingerichtet. Ein Doppelbett hinter einem Wandschirm verborgen, ein Tisch mit zwei Lehnstühlen, zwei abgeschabte Sessel und ein weiterer Tisch, der ebenso wie bei Rosa als Schreibtisch diente.

»Wo hielten Sie und Mr. Regan sich auf, als Rosa Grünfeld niedergeschossen wurde?«

»Ich weiß nicht, wann das geschehen ist.«

Ich sagte es ihr.

»Wir waren hier.« Sie ließ sich auf einem der Sessel nieder. »Ich habe nur Angst, daß er die Hoffnung verliert und verbittert wird. Ich meine, er kann schließlich nichts dafür, daß er seinen Bruder liebt, das muß man doch einsehen. Es wird schon gut werden. Ich meine, die werden das verstehen und ihn wieder laufenlassen.«

In ihrer Stimme lag eine Mischung aus Furcht und Hoffnung, die nur die Verzweifelten kennen. Ich hatte nicht das Herz, ihr zu sagen, wie bei der Polizei die Aussichten auf Verständnis standen.

»Erzählen Sie mir von Kevin und Johnny.«

»Über Johnny weiß ich nicht viel. Er war im Gefängnis, als wir heirateten.« Sie schlang die mageren Arme um ihren dünnen Körper. »Sie sind in der finstersten Gosse aufgewachsen. Kevin sagt, sie hätte beide schon früh beschlossen zu überleben und dort, auf welche Weise auch immer, rauszukommen. Kevin ging mit achtzehn Jahren, das war 1960, zur Armee. Ich glaube, Johnny saß damals bereits im Gefängnis. Kevin war vier Jahre Soldat, dann kam er hierher zurück. Er versuchte Arbeit zu finden, aber er hat nichts gelernt. Er geriet in Schlägereien, tötete einen Mann und landete auch hinter Gittern. Im Gefängnis beeindruckte er alle mit seiner guten Führung und wurde auf Bewährung freigelassen.«

Sie schüttelte den Kopf, als führe sie mit sich eine innere Auseinandersetzung. »Wieder konnte er keine vernünftige Arbeit finden, trank und geriet von einer Schwierigkeit in die andere. Es ist schwer, in einer Atmosphäre aufzuwachsen, wo man mit Klauen und Zähnen ums Überleben kämpfen muß, und dann zu lernen, sich anders zu benehmen, weil das nicht mehr nötig ist. Er kam immer wieder ins Gefängnis. Dann, vor fünf Jahren, sah er sich eines Tages an und wußte endlich, daß es so nicht weitergehen konnte, daß mehr in ihm steckte. Einige Leute im Gefängnis glaubten an ihn, halfen ihm, auf ein College zu kommen, und er machte dort erstaunliche Fortschritte.«

Sie lächelte mich an. »Auf dem College haben wir uns kennengelernt. Ich war dort Studienberaterin. Er war so lernbegierig, und wir verliebten uns ineinander. Als er wieder Bewährung bekam, heirateten wir, und er belegte Vorlesungen an der Universität von New York. Er bekam dort auch einen Job in einem Laboratorium, und er hat ein Vollstudium aufgenommen. Er möchte Psychologe werden und sich für die Rehabilitation von Häftlingen einsetzen.« Das Lächeln verschwand von ihrem Gesicht. »Sie kamen mitten in eine Vorlesung geplatzt, um Kevin zu verhaften. Sie behaupten, er hätte Johnny geholfen, der Polizei zu entkommen. Sie behaupten auch, er wüßte, wo sich Johnny versteckt hält.«

»Weiß er es?«

»Da bin ich überfragt. Sein Pflichtverteidiger sagt, Kevin hätte keine Gesetze übertreten. Aber sie wollen ihn trotzdem wieder hinter Gitter schicken.«

»War Johnny hier, Mrs. Regan?«

»Ja, aber Kevin hat ihm bloß ein bißchen Geld gegeben und ihn wieder weggeschickt.«

»Wußte Rosa über Kevin und Johnny Bescheid?«

»Das weiß ich nicht. Manchmal hat sie mit Kevin gesprochen.«

»Könnte Kevin auf sie geschossen haben?«

»Kevin hat nie eine Waffe besessen!«

»Johnny Agnew?«

Sie schwieg.

»Kann ich mit Kevin reden, Mrs. Regan?«

»Ich denke schon. Mr. Walter Eimold ist sein Anwalt.«

Als ich das kahle Zimmer verließ, schaukelte sie wortlos mit dem abgenutzten Sessel. Es hatte inzwischen empfindlich abgekühlt. Um Eimold anzurufen, war es schon zu spät. Kevin Regan mußte bis morgen warten.

5

In einem Gefängnis fühle ich mich, als befände ich mich im Maschinenraum eines alten Frachters, während draußen ein Orkan tobt und ich fürchten muß, daß das Schiff untergeht, ohne jede Hoffnung für mich, je wieder an die frische Luft zu gelangen.

»Jemand hat auf die alte Rosa geschossen?« sagte Kevin Regan.

Der Besucherraum des Stadtgefängnisses von New York ist blitzend neu und modern. Rechtsanwalt Walter Eimold blies mir seinen Atem in den Nacken, während ich mich mit Kevin Regan unterhielt. Eimold war ein ergrauter Mann, der vor fünfzig Jahren als Junge unter einer schlimmen Akne gelitten hatte, und der beste Pflichtverteidiger der Stadt. Eine ruhige Entschlossenheit schien ebenso zu ihm zu gehören wie sein zerknitterter brauner

Anzug. Auch Kevin Regan strahlte Entschlossenheit aus, aber sie war nicht ruhig – in Regan brodelten Wut und unterdrückte Gewalttätigkeit. Vielleicht war das der einzige Unterschied zwischen einer Jugend auf Long Island und der finstersten Gosse.

»Glauben Sie, ich hätte auf Rosa geschossen?« fragte Regan. »Will mir die Polizei das auch noch anhängen?«

Er war ein untersetzter Mann von Anfang Vierzig mit langsamen Bewegungen. Ein blasses irisches Gesicht, das sich schnell rötete. Sein Nasenbein war gebrochen, über beiden Augen hatte er wulstige Narben, eine Wange und der Hals zeigten Messerspuren. Seine Hände, die er auf dem Besuchertisch zusammengelegt hielt, waren vernarbt und rissig. Seine Stimme war ruhig und klar akzentuiert, mit einem leichten irischen Tonfall. Seine Heftigkeit war zwar beherrscht, doch hinter den langsamen Bewegungen und der leisen Stimme spürbar.

»Warum sollte ich auf eine nette alte Dame schießen?« fragte Regan.

»Könnte sich Ihr Bruder an diesem Vormittag vor zwei Tagen in der Nähe des Hotels aufgehalten haben?«

Regan warf Eimold einen Blick zu. »Sind Sie sicher, daß er kein Bulle ist?«

»Ich muß diese Frage stellen«, sagte ich. »Aber ich bin nur Privatdetektiv und von Rosas Enkelin engagiert, um herauszufinden, wer auf Rosa geschossen hat.«

»Und ich kann Ihnen bloß sagen, was ich bereits der Polizei gesagt habe. Ich weiß nicht, wo Johnny ist. Er hat mich angerufen, und ich hab' ihm etwas Geld geschickt. Einmal hat er mich aufgesucht. Er war hungrig, und ich gab ihm Geld. Nicht viel Geld, denn ich hab' selber nicht viel. Nur um sich etwas zu essen zu kaufen und eine Schlafstelle bezahlen zu können. Nicht genug, um zu fliehen.«

»Was nun, wenn Rosa ihn gesehen hat? Vielleicht hat sie ihn erkannt. Wußte sie Bescheid über Sie und Ihren Bruder?«

»Sie brauchen nicht mit ihm zu sprechen«, sagte Eimold.

Regan ignorierte ihn. »Wir haben über Johnny geredet. Rosa ist schlau. Sie könnte zwei und zwei zusammengezählt haben, als

Johnny vorbeikam und sie ihn womöglich gesehen hat. Na und, Fortune? Wenn sie nicht direkt auf ihn losgesteuert ist, hat Johnny gar nicht wissen können, daß sie ihn kannte.«

»Vielleicht ist sie direkt auf ihn losgesteuert«, sagte ich.

Regan starrte mich fast eine Minute lang an. Dann lehnte er sich mit halbgeschlossenen Augen zurück. »Meine Mutter hat uns zusammen großgezogen, Johnny und mich. Sie war keine Nonne. Wir hatten verschiedene Väter und waren noch nicht mal zwei Jahre auseinander. Männer und zur Beichte zu gehen war das ganze Vergnügen, das sie hatte. Was soll man sonst anfangen, wenn man den ganzen Tag lang für einen Dollar pro Stunde gearbeitet hat? Die Männer kamen und gingen, meine Mutter arbeitete, und wir blieben arm. Johnny und ich wuchsen in größter Vertrautheit auf, und wenn wir heute vielleicht auch getrennte Wege gehen, würde ich doch niemand dabei helfen, ihn zu erwischen und wieder in den Knast zu bringen.«

»Soll das heißen, daß die Polizei recht hat?«

Eimold fuhr dazwischen. »Ich glaube, dieses Gespräch ist . . .«

»Ich würde der Polizei nicht helfen«, fuhr Regan unbeirrt fort, »aber ich würde sie auch nicht zu behindern versuchen. Ich bin Johnny als Bruder verpflichtet, das ist alles, und mehr als dieser Pflicht zu genügen habe ich auch nicht getan. Ich habe ihm weder zur Flucht verholfen noch ihn versteckt, und ich weiß auch nicht, wo er sich aufhält.«

»Das ist eine recht feine Differenzierung, nicht wahr?«

»Manchmal sind feine Differenzierungen alles, was wir haben, Fortune. Das, was den Menschen vom Tier unterscheidet.«

»Er hat gegen keine Gesetze verstoßen«, sagte Eimold. »Er hat nicht mehr getan, als seinem Bruder ein paar Pfennige für eine Mahlzeit zu geben und vielleicht auch noch für eine Übernachtung. Was jeder für seinen Bruder tun würde. Dafür wollen sie ihn jetzt fertigmachen, ihm fünf Jahre harte Arbeit, sich zu rehabilitieren und von einem verpfuschten Leben zu lösen, einfach wegnehmen. Als Kevin letztesmal eingesperrt war, hat der Gefängnisdirektor gesagt, er habe in zwölf Jahren etwa hundertfünfundsiebzig Leute erlebt, denen es gelungen sei, den Teufelskreis von Kriminalität zu durchbrechen und in ein normales Leben zurückzukehren, und Kevin rangiert dabei ganz vorn.«

»Ich hatte Glück«, sagte Regan. »Ich war über vierzig und konnte schließlich nicht ständig wieder hinter Gittern landen. Und ich traf Leute, die wirklich daran interessiert waren mir zu helfen.«

»Die Polizei will ihn dazu bringen, daß er Agnew für sie einfängt«, beharrte Eimold. »Sie sind mitten in eine Vorlesung geplatzt, um Kevin festzunehmen.«

»Als sie mich verhörten, sagten sie, ich bräuchte ihnen nur eine Adresse zu geben, dann würde gegen mich kein weiterer Vorwurf erhoben«, berichtete Regan, während er seine Hände langsam zu Fäusten ballte und wieder öffnete. »Sie sagten auch, wenn ich ihnen Johnny nicht ausliefere, machen sie mich fertig. Und das tun sie auch.«

»Und Sie können ihnen Johnny nicht geben?«

»Nein«, sagte Regan. »Und ich weiß nichts über Rosa. Es gibt 'ne Menge Probleme in diesem Hotel und draußen auf der Straße, und Rosa hat ihre Nase immer in anderer Leute Angelegenheiten gesteckt.«

»Selbst in Ihre?«

Er lächelte dünn. »Selbst in meine.«

»In wessen Angelegenheiten noch?«

»In alle. Letztens hatte sie den alten Mann im Gartenapartment am Wickel. Mr. Abraham Roth, unseren reichen Mann. Vor vielleicht einer Woche hat er mit ihr eine lautstarke Auseinandersetzung geführt. Sie lief sogar herum und wollte Don und Barney Ederer erzählen, wie die beiden ihr Leben zu führen hätten.«

»Wer schießt auf eine alte Dame, die sich um Dinge kümmert, die sie nichts angehen?«

Er antwortete nicht. Das war auch nicht nötig.

»Wissen Sie wirklich nicht, wo Johnny ist?« fragte ich.

Eimold erhob sich. »Das wär's, Fortune. Ende der Rede.«

6

Der Blick, mit dem mich der Ex-Schummler verfolgte, als ich an seinem Büro bei *Six Sport Cable* vorbeikam, verriet deutlich, daß ich bald mit einem Ergebnis aufwarten mußte. Meine beiden Verdächtigen ließen mich auch heute wieder im Stich. Als es Zeit war, Feierabend zu machen, war ich müde vom Nichtstun, und der Kabelboss sah aus wie ein Mann, der es satt hat, mich für mein Nichtstun auch noch zu bezahlen. Das ist eben Berufsrisiko.

Ich bedachte ihn mit meinem schönsten zuversichtlichen Lächeln und machte mich auf den Weg zum St. Vincent. Rosas zorniger Sohn stritt sich mit jemandem von der Verwaltung. Diesmal trug er einen grauen Bankiersanzug mit Nadelstreifen, und nach den Worten zu urteilen, die ich aufschnappte, machte er mit Nachdruck deutlich, daß Rosas Rechnung gefälligst von der Stadt, dem Staat New York oder sonstwem zu zahlen sei, unter gar keinen Umständen jedoch von ihm.

»Ich bin verdammt noch mal nicht verantwortlich für die Rechnungen meiner Mutter, und ich denke gar nicht daran, auch nur einen roten Heller für sie zu zahlen!«

Es lag mehr als Zorn in seiner Stimme. Die Grünfelds waren keine glückliche Familie, wenn sie überhaupt als Familie zu bezeichnen waren. Ein Geschäftsmann, eine Bag Lady und ein Mädchen, das sich isoliert hatte und seinen Lebensunterhalt mit musikalischen »Auftritten« verdiente.

Auf der Intensivstation sprach die Schwester mit einem kleinen, brünetten Mann in einer Mets-Baseball-Jacke und einer Hafenarbeitermütze mit Ohrenklappen. Er hatte aufmerksame Augen, die den leeren Ärmel meines Duffelcoats registrierten, als er hinausging. Ich hatte das plötzliche Gefühl, daß dieser Mann sich an alles von mir erinnern würde. Oder bereits alles wußte.

»Wer war das?« fragte ich die Schwester, während ich ihm nachsah. Er wartete nicht auf den Fahrstuhl, sondern benutzte die Treppe.

»Das hat er nicht gesagt. Ein Bekannter von Rosa Grünfeld wie Sie.«

»Rosa?«

»Er hat sich erkundigt, wie es ihr geht, und einen Augenblick in ihr Zimmer geschaut.«

Ich rannte ihm nach. Im Treppenhaus war es totenstill. Ich ging bis hinunter zur Lobby, aber er war weg. Als ich zurückkam, sah die Schwester ängstlich aus.

»Er hat nur in ihr Zimmer gespäht. Die Polizistin war drin.«

»Wie war sein Name?«

»Das ... das habe ich zu fragen vergessen.«

Er hatte dem Wachtposten an der Tür seinen Namen auch nicht genannt.

»Er ist gar nicht reingegangen, Fortune. Hat nur seinen Kopf durch die Tür gesteckt. Ich glaube, daß er womöglich auch gestern schon hier war.«

»Gestern? Das glauben Sie?«

»Er trug einen Anzug und Mantel, aber es könnte derselbe Mann gewesen sein. Hat nur reingeschaut. Ich hab' ihn abgetastet.« Dann fiel ihm ein, daß er Polizist war und ich nur Privatdetektiv, und er funkelte mich an. »He, ich kenne schließlich meine Aufgabe, Fortune.«

»Entschuldigung. Kann ich reingehen?«

Er zögerte mit seiner Antwort gerade so lange, um mich seine Autorität spüren zu lassen. »Na gut, gehen Sie durch.«

In dem hellerleuchteten Zimmer der Intensivstation lag Rosa Grünfeld, als habe sie sich zwei Tage lang nicht bewegt. Die Schwestern machten sich an den Apparaten zu schaffen, die Polizistin saß mit ihrem Protokollblock da. Der ärgerliche Sohn stand in seinem grauen Nadelstreifenanzug am Bett. Er trug noch seinen Hut und blickte auf seine Mutter hinunter.

»... Hans! ... Lauf doch, Hans! ... Die Polizei ... die Polizei wird nichts unternehmen ... paß auf, Hans! ... Sie kommen mit Pferden ... sie kommen ... sie kommen ...«

»Wer ist Hans, Mr. Grünfeld?« fragte ich.

»Grenfell«, korrigierte er mich. »Nicholas Grenfell. Ich habe den Namen geändert, als ich achtzehn war und sie im Gefängnis saß. Hans war Johannes Grünfeld, mein Vater. Ihr erster Mann. Er wurde getötet, als er gegen all das kämpfte, wofür Amerika steht, alles, woran wir glauben. Ich war vier Jahre alt und habe ihn nie richtig gekannt. Er arbeitete den ganzen Tag, ging jeden Abend zu Versammlungen und starb bei einem Straßenkrawall, ohne auch nur an seinen Sohn zu denken, geschweige daran, was ein Sohn von ihm gebraucht hätte.«

»Wann war das?«

»Neunzehnhundertachtundzwanzig. Ich bin vierundsechzig, die Frau unter dem Sauerstoffzelt ist achtundachtzig. Sie hat sich in vierundsechzig Jahren nicht geändert und nie an jemand anders als sich selbst gedacht.«

Er fuhr fort, seine Mutter mit der gleichen Kälte im Blick zu betrachten, die er in der Stimme gehabt hatte, als er von seinem Vater gesprochen hatte, der gestorben war, ohne an ihn zu denken. Irgendwo in dem Krankenhaus lief ein Radio, ein Sopran sang, wahrscheinlich Joan Sutherland. *Norma.* Es ist absurd, *Norma,* aber wahr. Das Libretto ist absurd, aber die Musik enthält eine der Wahrheiten, die Wahrheit des Verlustes. Ein Mann, der keinen Verlust empfinden kann, ist nicht ganz menschlich. Es war kein Gefühl von Verlust in Nicholas Grenfells Augen oder in seiner Stimme.

»Ihre Tochter hat den Namen wieder zurückgeändert?«

»Offensichtlich.« Er wandte den Kopf, um mich von oben bis unten zu mustern. Seine Augen zeigten keinen besonderen Ausdruck, nicht einmal, als er meinen Arm betrachtete. »Hören Sie, Mr. . . . Fortune, nicht wahr? Hören Sie, Fortune, meine Mutter und ich leben in verschiedenen Welten. So ist das seit meinem achtzehnten Lebensjahr. Es war meine Wahl, die ich niemals bereut habe. Um ganz ehrlich zu sein, mir ist ziemlich egal, wer sie angegriffen hat oder warum. Sie hat sich ihre Art zu leben ausgesucht. Für ihre wahnwitzigen Ideen hat sie der Welt den Rücken gekehrt. Sie hat sich in der Vergangenheit nicht um mich gekümmert, jetzt kümmere ich mich nicht um sie. Ist das ehrlich genug?«

»Ich weiß nicht, Mr. Grenfell. Ist es das?«

In seine Augen trat wieder Zorn. Ein Zorn, der bei ihm dichter unter der Oberfläche lauerte als die Gewalttätigkeit bei Kevin Regan.

»Denken Sie dran, ich zahle Ihnen keinen Pfennig.«

Für ihn war das das Aufbruchssignal. Er verließ den grellerleuchteten Raum mit den Meßgeräten, den Pieptönen und den flackernden Lichtanzeigern.

7

»Ein Herzchen, nicht wahr?« Lieutenant Marx stand in der Türöffnung.

»Es klingt, als habe er seine Gründe«, erwiderte ich.

»Die hatte Jack the Ripper auch. Wir sind dabei, Mr. Grenfell zu überprüfen, aber bis jetzt gehört er nicht zu dem Personenkreis, der sich an dem bewußten Vormittag in der Stadt aufgehalten hat.«

Er machte ein paar Schritte auf das Bett zu und schaute hinunter auf Rosa Grünfeld.

»Sie behaupten, ihr Zustand bessere sich«, sagte er. »Davon kann ich leider nichts bemerken.«

»Wer war an dem bewußten Vormittag in der Stadt?«

»Die Enkelin, die Leute aus dem Hotel. Zwei dieser Flohsäcke haben zugegeben, die Schüsse gehört, sich aber die Finger in die Ohren gesteckt und wieder unter der Bettdecke verkrochen zu haben. Soweit wir bisher rekonstruieren konnten, hat der Angreifer hinter dem Hoteltresen gewartet. Es gibt da hinten eine Tür, die zum Tiefgeschoß führt. Und vom Tiefgeschoß gelangt man in den Hinterhof sowie durch eine Passage hinaus auf die Straße.«

»Der Schütze hat ihr aufgelauert?«

»Sieht so aus. Die Waffe war ein Achtunddreißiger, keine Geschoßhülsen, wahrscheinlich ein Revolver. Die alte Frau befand sich hinter dem Tresen, als die Schüsse abgegeben wurden. Der Gerichtsmediziner sagt, es muß gegen halb neun gewesen sein, eine halbe Stunde bevor Sie dort eintrafen. Die Bewohner dieser Müllhalde, die arbeiten, sind um halb neun Uhr schon weg, und die anderen, die nicht arbeiten, haben die Decke noch über die Ohren gezogen. Ederer ist der einzige, der nicht arbeitet und schon vor halb neun auf den Beinen ist. Wir haben ihn ausgequetscht wie eine Zitrone, aber er bleibt dabei, nichts gesehen zu haben. Von der Tatwaffe keine Spur.«

Jemand hatte nicht nur auf eine Bag Lady geschossen, es sah vielmehr so aus, als habe er dabei eine ganz bestimmte Bag Lady auf dem Korn gehabt. Weder Wahllosigkeit noch Zufall. Wir grübelten noch immer darüber nach, als Rosa Grünfeld die Augen öffnete, langsam den Kopf drehte und uns ansah.

»Ist es vorbei?«

Marx trat noch näher heran. »Was soll vorbei sein, Mrs. Grünfeld?«

»Das Pogrom. Die Gojim, sind sie weg?«

»Können Sie uns sagen, wer auf Sie geschossen hat?« fragte Marx.

»Die Deutschen. Die Führer der Gojim, die haben Angst vor uns. Vor dem Streik. Sie erschießen uns, sperren uns in die Gefängnisse.«

»Rosa?« sagte ich. »Wissen Sie, wer ich bin?«

»Natürlich.«

»Wer bin ich?«

»Du bist Sam.«

»Welcher Sam, Rosa?«

»Sam Bronstein, mein Mann.«

»Ihr Name ist Grünfeld, Mrs. Grünfeld«, stellte Marx richtig.

Sie blinzelte, und ihre dunklen Augen bewölkten sich, als habe sich ein Film darübergezogen. Die glänzenden leeren Augen eines Vogels.

»Wer sind Sie, Rosa?« fragte ich.

»Du weißt nicht, wer ich bin?«

»Ich weiß, wer Sie sind. Wissen Sie es auch?«
»Rebecca Bronstein. Wer bist du?«
»Dan Fortune, Rosa.«
Sie blickte zu mir hoch wie eine Blinde. »Rosa Bronstein. Wenn der Krieg vorbei ist, müssen sie uns nach Hause lassen.«
»Wer muß Sie nach Hause lassen?«
»Die Deutschen. Es sind immer die Deutschen.«
»Der Krieg ist schon seit langem zu Ende«, sagte ich. »Einer hat vor fast siebzig Jahren aufgehört, der andere vor über vierzig Jahren.«
»Sie müssen die Kriegsgefangenen nach Hause schicken.«
»Sie sind keine Kriegsgefangene, Rosa.«
»Natürlich sind wir das! Alle sind wir Kriegsgefangene! Wir sind Soldaten! Wir müssen für unser Recht kämpfen!«
Ihre Stimme hob sich, und sie fuchtelte in dem Bett mit den Schläuchen und Flaschen und Anzeigern herum. Die Schwester kam herbeigeeilt, hob das Sauerstoffzelt, um die alte Frau festzuhalten, und musterte uns aufgebracht. Sie mußte auf einen Signalknopf gedrückt haben, bevor sie hereingestürzt war. Ein Arzt kam mit hastigen Schritten herein. Rosa war zurückgesunken. Sie schloß die Augen, sobald die Schwester sie berührte. Der Arzt blickte auf die Anzeigenskalen, fühlte Rosas Puls und hörte ihr Herz ab. Dann richtete er sich auf und wandte sich nach uns um.
»Wollen Sie ihr den Rest geben?«
»Sie ist aufgewacht und fing an zu reden«, verteidigte sich Marx.
»Und da mußten Sie die arme Frau gleich – wie nennt man das bei Ihnen – in die Mangel nehmen?«
»Sie scheint nicht zu wissen, wer sie ist oder wer wir sind, Doktor. Ist das normal?« fragte ich.
»Wenn jemand im Alter von achtundachtzig Jahren zwei Schüsse abgekriegt hat, ist nichts normal oder unnormal«, erwiderte der Arzt. Er wies zur Tür. »Ich habe versucht, kooperativ zu sein, weil ich möchte, daß Sie denjenigen erwischen, der das hier getan hat, aber ich kann nicht zulassen, daß Sie die Patientin auf-

regen. Wir wollen diese Dame am Leben erhalten, deshalb verschwinden Sie jetzt.«

Unter dem Sauerstoffzelt begann Rosa Grünfeld wieder zu sprechen.

»Die Revolution!... Es ist der Sieg, Vater!... Wir haben gewonnen... in Rußland und auch bald hier... Die neue Welt, Papa... Kannst du mich hören, Papa... Mama versteht das nicht... Ich liebe dich... es war nicht alles umsonst, Papa...«

Der Arzt wandte sich an die Schwester, und die Schwester füllte etwas in den Tropf, an den Rosa angeschlossen war. Die alte Frau beruhigte sich fast augenblicklich. Der Arzt nötigte uns hinaus.

»Für wen hat sie sich Ihrer Meinung nach gehalten, als sie mit uns sprach?« fragte Marx.

»Ich vermute, für ihre Mutter. Klang ganz so, als sei ihr Vater der Radikale gewesen, und die Mutter war mehr oder weniger indifferent.«

»Zuletzt schwärmte sie von der russischen Revolution und erzählte ihrem Vater, daß die Kommunisten gewonnen hätten. Halten Sie bei der Schießerei einen politischen Hintergrund für möglich?«

»Bei Rosas Alter?« fragte ich zurück. »Wie wichtig kann schon eine alte Bag Lady sein?«

»Für jemanden war sie wichtig«, sagte Marx.

8

Die echten Kollegen von 007, egal ob IHRE oder UNSERE, räumen keine Bag Lady aus dem Weg, weil sie auf dem Union Square Agitationsreden hält oder alte Pamphlete verteilt. Nicht einmal die CIA. Zu diesem Schluß gelangte ich über einer Portion geschmorter Nieren – dem Donnerstagsangebot im *Hudson Diner.*

Über der Stadt lag ein kalter, klarer Abend, der trügerische Vorfrühling war vorbei, und als ich das Oneida Hotel erreicht hatte, waren oben zwischen den Häusern sogar Sterne zu erkennen.

»Sie hätten die Sterne in Dakota mal erleben sollen«, sagte einer der Dover-Brüder. »Als würde einen der ganze verdammte Himmel runter in den Dreck drücken.«

Es ist mir nie gelungen, die Dovers auseinanderzuhalten. Sie waren immer betrunken, auf Trip oder beides. Dieser war betrunken.

»Da arbeitet man sich zehn Stunden lang wie ein Blöder den Arsch ab, und was soll man danach machen?« Er kicherte. »Da kann man sich doch bloß noch einen ansaufen.«

»Wo ist Ihr Bruder?«

»Al? Rauf zum Strip. Wir haben ein paar Kartons mit Mets-Kappen.«

Ich unterließ es zu fragen, wo sie die Kartons her hatten. Er war Larry.

»Hat Rosa in letzter Zeit irgendwie Angst gezeigt, Larry? Vielleicht vor der Vergangenheit? Ausländer? Politischen Gegnern?«

»Ich hab' noch nie erlebt, daß die alte Rosa vor was Angst hatte.«

»Hat jemand nach ihr gesucht? Ihretwegen Fragen gestellt?«

Er schüttelte den Kopf und lehnte sich zurück, um zu den Sternen hochzublicken. Er war klein und mager und fast kahlköpfig. Seine grauen Hosen und das gleichfarbige Hemd waren monatelang nicht mehr gewaschen worden. Er bedachte die Sterne mit einem verächtlichen Schnauben durch die Nase.

»Kennen Sie einen alten Mann, der hinten im Erdgeschoß wohnt? Der reiche Mann.«

»Den alten Roth? Der is' keinen Dreck wert.«

»Hatte er Krach mit Rosa?«

»Der hat mit jedem Krach.«

»Wo ist sein Zimmer?«

»Links. Vier Sicherheitsschlösser und ein Guckloch. Zwei Zimmer, unsere verdammte Fürstensuite, verstehen Sie? Er hat sogar Gitter vor den Fenstern.«

Die vier Sicherheitsschlösser und der Spion befanden sich an der hinteren Tür des Erdgeschoßflurs, aber Larry Dover hatte nicht hinzugefügt, daß die Tür auch noch mit Zinkblech verkleidet war. Vielleicht hatte er es nicht bemerkt. Ich klopfte. Klopfte wieder. Und wieder. Ich hörte drinnen eine vorsichtige, beinahe verstohlene Bewegung, und das Guckloch schien sich zu öffnen.

»Mr. Roth?«

Die Stimme war fast nur ein Flüstern. »Wer fragt?«

»Dan Fortune. Kann ich mit Ihnen sprechen?«

»Kommen Sie zu Geschäft.«

Das Guckloch wurde geschlossen.

»Es handelt sich nicht um das Geschäft, Mr. Roth. Es geht um Rosa Grünfeld.«

Das geschlossene Guckloch ließ seine Stimme noch dumpfer klingen.

»Ich weiß nichts von Frau Grünfeld.«

»Es heißt, daß Sie eine Auseinandersetzung mit ihr hatten.«

»Sie steckt ihre Nase hinein, wo sie nichts angeht.«

»Also haben Sie mit ihr gestritten.«

Ich meinte, seine wütenden Blicke hinter der Tür fast spüren zu können. Allmählich kam ich mir ziemlich idiotisch vor, in einem stillen Flur gegen eine geschlossene Tür zu reden und mir dabei das Funkeln seiner Augen dahinter vorzustellen.

»Ich streite mit keinem.«

»Die Polizei interessiert sich für alle Leute, die mit Rosa Krach hatten.«

Es mußte dunkel und stickig da drinnen sein, pedantisch aufgeräumt und staubig, mit zugezogenen Gardinen und alten Möbeln, die seit Jahren nicht mehr benützt und abgewischt worden waren. Das war aus seiner Stimme herauszuhören.

»Sind Sie von der Polizei?«

»Ich bin Privatdetektiv. Die Polizei kommt erst nach mir.«

Ich hörte, wie die Schlösser nacheinander aufgemacht wurden. Die Tür schwang nach innen, und der alte Mann spähte zu mir heraus. Ein hochgewachsener Mann in einer grauen Strickjacke, die ihm bis über die Hüfte reichte. Graue Filzpantoffeln an den Füßen, die Hose und Weste eines alten braunen Anzugs, der an den Knien ausgebeult war. Ein ungebügeltes weißes Hemd und eine schmale braune Krawatte, abgewetzt vom zu häufigen Binden. Hochgewachsen und glatzköpfig, mit einem Kranz weißer Haare über einem knochigen Gesicht und tiefen Augenhöhlen wie ein Skelett.

»Ich spreche mit Ihnen, dann die Polizei nicht kommt?«

Er sah meinen leeren Ärmel, musterte mich neugierig, sogar mit etwas Hoffnung. Sein faltiges Gesicht machte allerdings nicht den Eindruck, als sei es oft oder über eine längere Zeitspanne hinweg mit Hoffnung erfüllt gewesen. Er wirkte verschlossen und in sich gekehrt, jederzeit darauf gefaßt, eine neue Enttäuschung hinzunehmen.

»Ich werde mein Bestes tun«, sagte ich.

Dann trat ich an ihm vorbei in einen Raum mit dicht zugezogenen Vorhängen, der so stickig war, wie ich ihn mir vorgestellt hatte. Verstaubte alte Möbel, jahrelang nicht mehr benutzt. Ein Lehnstuhl und ein lackierter Küchentisch neben einer kleinen Theke mit einer Kochplatte. Durch eine offene Tür sah ich im zweiten Raum ein schmales, ungemachtes Doppelbett.

»Rosa Grünfeld ist eine Bolschewiki mit großem Mund. Immer lange Nase in Angelegenheiten von andere Leute. Dumme *yenta*. Ich sag' ihr, soll raushalten ihr Nase aus meine Angelegenheiten.«

»Welche Angelegenheiten?«

»Mir sagen, wie zu denken, wie zu führen Geschäft.«

»Was für ein Geschäft haben Sie, Mr. Roth?«

»Textilien. Neu und gebraucht. Auf Hudson Street.«

In dem Zimmer war kein Fernsehgerät, nicht einmal ein Radio, dafür aber eine kostspielige Stereoanlage und sogar einen CD-Plattenspieler, der neu sein mußte. Ein langer Schrank war vollgestopft mit Platten und Tonbändern. Eine Wand wurde ganz von Büchern eingenommen, den Einbänden nach zu urteilen vorwiegend Ausgaben aus dem neunzehnten Jahrhundert.

»Sie müssen gut verdienen«, sagte ich. »Das ist eine teure Stereoanlage.«

»Ich verliere kein Geld.«

»Warum wohnen Sie dann hier?«

»Zimmer sind Zimmer. Ich hab' schöne Garten draußen für gutes Gemüse wie von Dorf, wo ich aufgewachsen.« Die Stimme des alten Mannes wurde lebhaft. Er schien das weit entfernte Dorf irgendwo in Osteuropa wieder vor sich zu sehen. »Mein Vater hatte beste Garten in Dorf, bevor Kosaken kommen und wir gehen nach Amerika. Essen in Stadt ist nicht gut. Hauswirt hier ist egal, wenn ich habe Garten.«

Er erläuterte das ganz logisch, aber Unbehagen schwang in seiner Stimme mit, und seine großen, knotigen Hände bewegten sich nervös. Vielleicht war er nur einer unter Millionen alter Menschen, die aus anderen Ländern nach Amerika gekommen waren und sich niemals richtig heimisch fühlten, nie ganz ihre Angst vor diesem fremden Land verloren hatten.

»Was ist Ihrer Meinung nach mit Rosa Grünfeld passiert?«

»Passiert? Was ist passiert?«

»Haben Sie nichts davon gehört?«

Er zuckte mit den Schultern. »Rede niemals mit diese Ganeffs in Hotel.«

»Jemand hat sie vor zwei Tagen in der Lobby niedergeschossen.«

Seine graue Stubenblässe wurde noch eine Schattierung fahler.

»Ich weiß nichts von schießen! Gehen Sie weg! Verlassen Sie Zimmer!«

Er stürzte vorwärts und schob mich zu der Tür, die noch offen stand. Dabei entwickelte er eine Stärke, die ich ihm nicht zugetraut hätte, und bevor ich mich versah, stand ich wieder auf dem Flur und starrte die geschlossene Tür an.

Ein Arm klammerte sich um meinen Hals. Im schwachen Licht des Korridors blitzte ein Messer. Ich bekam das Handgelenk, das zu dem Messer gehörte, zu fassen und drehte es um.

»Ahhggg!«

Das Messer klirrte auf den Fliesenboden des Flurs, doch der Arm ließ nicht locker. Ein knochiger Arm. Eng ... Dunkelheit und ein schmales Gesicht ... Wolfsgesicht ... die Zähne gefletscht ... keine Luft ... Gewicht an einem Gehenkten, damit es schneller geht ... Schmerz ...

Er war ein gutaussehender Mann. Blauer Anzug, adrett und gebügelt. Blauer Anzug und Waffe. Rennen. Blasse Frau ...

9

»Sind Sie in Ordnung, Mr. Fortune?«

Sie schaute auf mich herab.

»Sagen Sie mir, wo ich bin.«

»Was?« fragte Lenny Grünfeld.

»Sagen Sie mir, wo ich bin.«

»Sie sind im Oneida Hotel. Soll ich einen Arzt rufen?«

»Nein«, sagte ich. »Beschreiben Sie alles um mich herum.«

»Sie liegen auf dem Fußboden des Korridors im Erdgeschoß. Bis auf ein paar Druckstellen an Ihrem Hals und einem Schnitt an Ihrer Hand scheinen Sie unverletzt zu sein. Die Tür des Notausganges zum Hof ist offen.«

»Was haben Sie gesehen?«

»Ich habe gar nichts gesehen. Bloß was gehört, jemand rannte weg – zwei Leute, glaube ich. Ich bin zurück, um nachzusehen, und fand Sie hier.«

Das klang einleuchtend. Das dunkle Gesicht hatte mich vor der Tür des alten Roth angefallen, und das Schießeisen mit dem blauen Anzug hatte den dünnen Arm verscheucht. Ich richtete mich auf. Lenny Grünfeld schnalzte mit der Zunge. Das Klappmesser war auf dem Boden unter mir verborgen gewesen. Ich zog ein Plastiktütchen für Beweisstücke aus der Tasche, nahm das Messer vorsichtig an der Spitze der Schneide hoch und verstaute es mit meinem einen Arm mühsam in der Tüte. Dann steckte ich die Tüte ein. Abgesehen von einem rauhen Hals, einem kodderigen Gefühl im Magen und einem leichten Schwindel nach der Bewußtlosigkeit schien mir nichts zu fehlen.

Ich konnte mich sogar auf den Beinen halten. »Was machen Sie hier?«

»Ich wollte in Rosas Zimmer. Sie ist bei Bewußtsein und braucht ein paar Kleidungsstücke.« Lennys Stimme klang froh, wenn auch nicht überschwenglich. »Sie weiß aber nicht, wo sie ist und was passiert ist.«

Die Treppen und Flure waren so leer wie üblich. Niemand will gesehen werden, wenn im Oneida Fremde vorbeigehen. Aber viele der Bewohner horchten vermutlich an den Türen. Während wir hinaufgingen, hielt ich mich am Geländer fest oder stützte mich an der Wand, um das Gleichgewicht zu halten. Lenny Grünfeld schloß das Zimmer ihrer Großmutter auf. Drinnen hatte sich nichts geändert, noch immer türmten sich überall Bücher und Zeitschriften, und es herrschte die gleiche Stille.

»Sie hat hier so lange gelebt«, sagte Lenny. »Niemand anders könnte dieses Zimmer bewohnen, ohne alles zu zerstören, was ihr Leben ausgemacht hat.«

»Ihr Vater hält dieses Zimmer für eine Müllkippe.«

»Das sieht ihm ähnlich.«

Ich setzte mich, weil ich mich noch immer wacklig fühlte. Lenny öffnete Schubkästen und den einzigen Schrank. Sie trug einen engen khakifarbenen Leinenrock, hohe wildlederne Fransenstiefel, ein gestreiftes Hemd aus festem Drillich und eine kurze Jacke mit einem großen Lammfellkragen. Ich folgte ihr mit Blicken, während sie sich durch den chaotischen Raum bewegte. Sie fand einen zerlumpten blauen Bademantel, ein Paar Leinenschuhe, einige löchrige Jacken und ein rotes Flanellnachthemd.

»Garderobe ist immer das letzte, an was sie denkt.« Lenny ließ sich auf einem Stuhl mir gegenüber nieder, und ich konnte nur noch ihr Gesicht sehen. Alles andere war von einem großen Bücherberg zwischen uns verborgen. »Garderobe und persönliche Bequemlichkeit.«

»Erzählen Sie mir von Ihrer Großmutter und Ihrem Vater. Auch von Rosas Ehemann Hans, Ihrem Großvater.«

»Ich weiß nichts Nennenswertes, keiner hat jemals viel von der Vergangenheit gesprochen oder von sich selbst. Als ich geboren bin, war mein Großvater schon lange tot.« Sie ließ den Blick durch den Raum schweifen, aber wohl nur, um nicht reden zu müssen. Zu ihrer allgemeinen Distanz gehörte es auch, wenig zu reden. »Rosa ist 1899 geboren. Das scheint eine Ewigkeit her.«

»Nicht für jeden.«

»Für mich ist es finsteres Mittelalter. Pferde und Wagen. Emigranten und Arbeiterkämpfe. Politische Demonstrationen auf den Straßen. Zusammenstöße zwischen Arbeitern und der Polizei. So ist Rosa aufgewachsen. Ihr Vater war ein radikaler Emigrant aus Deutschland, ein Sozialist. Zornig und aggressiv.«

»Sam Bronstein«, sagte ich. »Ihr Urgroßvater.«

»Ich habe kein Verhältnis zu etwas, das so weit zurückliegt. Ein Mann, der Rosas Vater war, das ist alles. Ihre Mutter machte sich nichts aus Politik, sie wollte, daß ihre Kinder in Reichtum und Sicherheit leben. Die beiden Söhne dachten wie sie, aber Rosa hörte auf ihren Vater.«

»Sie hatte zwei Brüder?«

»Joel und Isaac, sie sind beide reich.«

»Die beiden leben noch?«

»Soviel ich weiß. Mein Vater müßte es mit Sicherheit wissen.«

»Warum hat er seinen Namen geändert? Er sagt, Rosa war im Gefängnis. Wissen Sie, weswegen?«

»Es ging um irgendwelche Arbeitskämpfe oder Streiks. Ich weiß nicht, wo. Ich kann nur sagen, daß mein Vater Rosa haßt. Als ich Kind war, wußte ich nicht einmal, daß ich eine Großmutter hatte. Als ich es dann herauskriegte, sagte mein Vater, sie wäre schuld am Tode seines Vaters, weil sie immer nur an sich gedacht und ihre überspannten Ideen im Kopf gehabt hätte. Er wollte nicht, daß ich irgend etwas mit ihr zu tun habe, und ich habe gehorcht. Damals war ich ein braves kleines Mädchen.«

»Sind Sie das nicht mehr?«

»In seinen Augen nicht.«

»Aber Sie wissen nichts über Ihren Großvater, die Probleme seinerzeit, eventuelle Feindschaften, Ihre Urgroßeltern?«

Es lag etwas fast Absurdes darin, sich mit einer schlanken amerikanischen Blondine modernster Prägung über die politischen Leidenschaften der alten Welt zu unterhalten, die Kämpfe des neunzehnten Jahrhunderts, als die Arbeiter sich angeschickt hatten, die Welt zu ihrem Erbteil zu machen.

»Mein Vater hat mir nie was erzählt, und Rosa sprach nie über die Vergangenheit. Als ich sie kennenlernte, sagte sie mir nur, ihre Eltern wären ebenso wie ihr Mann jung gestorben. Ihr Vater starb an Tuberkulose, der Folge von zu schwerer Arbeit und zu schlechter Ernährung, die Mutter an einer Art Anämie, die heutzutage nicht mehr zum Tode führt. Ich glaube, sie hat mir das auch nur erzählt, weil sie mich wissen lassen wollte, wie überrascht sie war, solange überlebt zu haben, denn sie erwartet noch immer, daß die Kosaken sie erwischen. Aber von den Feinden von damals dürfte kaum noch einer am Leben sein.«

»Menschen haben Kinder«, sagte ich.

Sie schüttelte bloß den Kopf, als läge die Erinnerung an etwas, das so lange her war, nicht nur jenseits ihres Verständnisses, sondern auch ihrer Vorstellungskraft.

»Wenn sie schon hier geboren ist und ihre Eltern aus Deutschland kamen, warum phantasiert sie dann von der Tscheka und von den Kosaken?«

»Ich weiß nicht.« Lenny stand auf, die Kleider in einem Bündel über dem Arm. »Ich bring' ihr die hier am besten ins Krankenhaus. Die Ärzte sagen, sie könnte jederzeit wieder normal werden.«

»Wann haben Sie Ihren Namen zurück in Grünfeld geändert?«

Sie wandte sich an der Tür um. »Wieviel Zeit haben Sie?«

»Soviel Sie brauchen. Vielleicht bei ein paar Drinks?«

Sie warf einen Blick auf ihre Armbanduhr. »Einverstanden. Zwei Drinks.«

Ich wunderte mich über die präzise Anzahl der Drinks. Hatte sie noch eine Verabredung, oder vertrug sie so wenig?

10

McNeely's ist eines jener modernen Lokale, deren Besitzer schwer daran gearbeitet haben, es wie ein restauriertes Kulturdenkmal aus der eleganten Vergangenheit der Jahrhundertwende wirken zu lassen. Wir ließen uns an einem der Fenster nieder, Rosas Kleiderbündel unter Lenny Grünfelds Stuhl verstaut. Ich bestellte ein Beck's, Lenny wählte einen Wodka auf Eis. Irgendwo spielte Rockmusik.

»Ich habe Musik immer geliebt«, sagte sie. »Ich hatte schon eine Drei-Mädchen-Band, als ich noch zur Schule ging.«

Vor dem Fenster demonstrierte die Stadt all ihre Farben und Formen. Auf diesen Straßen hatte es um die Jahrhundertwende vor Iren und Italienern und Juden gewimmelt, die sich ausgebreitet hatten, als die echten Saloons wie *McNeely's* ihre billige Arbeitskraft gebraucht hatten. Der Fluß, der sie gebracht hatte, floß nur einen Straßenzug weiter westlich, aber sie waren verschwunden, hatten sich auf Positionen der Macht und des Einflusses über das ganze Land verteilt. Die jetzt draußen wimmelten, waren noch fremdartiger.

»Wir waren gar nicht mal schlecht. Haben sogar ein bißchen Geld verdient. Aber mein Vater mochte das nicht, und ich glaubte damals, was er mir sagte.«

Sie schaute aus dem Fenster auf die schwarzen, lateinamerikanischen und asiatischen Gesichter, die Veränderung bringen würden. Unangenehme Veränderungen für diejenigen, die an die alten Lebensformen glaubten. Aber Veränderungen, die kommen *werden,* und die, wenn sich die neuen Gesichter ihrerseits ausbreiten und einfügen und sich der Zorn und die Abwehr und die Angst verlieren, Veränderungen zum Besseren sein können.

»Er hält nichts von Ideen oder Bildung, deshalb hat er mir einen Job als Stewardeß besorgt. Ich fand das fabelhaft. Ganz phantastisch. Überall hinfliegen zu können. Geld zu verdienen. Ich kam mir bedeutend vor.«

Ich beobachtete, wie die Gesichter – angloamerikanische, Nachkommen früher Einwanderer und die neuen, schwarz, braun und gelb – draußen vorbeizogen. Eines Tages würde diese Mischung sich als gut erweisen, aber noch nicht jetzt. Eine Zeit der Veränderung, und in solchen Zeiten gibt es immer Haß und Schweigen, Angst und Gewalttätigkeit. Eine Zeit des Opportunismus, der Menschen ohne höhere Werte, der kolumbianischen Rauschgifthändler mit ihren rabiaten Methoden und keinem anderen Ziel vor Augen, als Geld zu scheffeln.

»Wie sind Sie zur Musik zurückgekommen?«

»Ich habe meine Augen aufgemacht«, erwiderte Lenny. »Ich habe vermeintlichen Luxus verhökert, aufgesetzte Freundlichkeit, vorgetäuschten Sex, angebliche Gefühle, und genau dafür wurde ich bezahlt, darauf war ich getrimmt.« Sie kippte ihren Wodka mit einer heftigen Bewegung hinunter. »Ich bot in sogenannter ›gemütlicher‹ Atmosphäre Getränke an, ein ständiges Lächeln auf den Lippen, als wären die Passagiere die wichtigsten Menschen der Welt für mich, und ich könnte mir überhaupt nichts Schöneres vorstellen. Ich ließ für die Männer meinen Busen wippen und den Hintern schaukeln, um ihnen die Illusion zu verkaufen, sie amüsierten sich königlich und wären so sicher wie in Abrahams Schoß, und ich wäre ihre Schwester, Mutter, das nette Mädchen von nebenan und private Hure.«

Sie winkte dem Kellner. Er trug eine Anstecknadel an seiner Jacke: *Hallo, ich bin Fred.* Lenny bestellte einen zweiten Wodka.

»War der erste gut? Na, großartig! Wollen wir noch eine haben?«

Der Kellner sah mich mit Strahleblick und breitem Lächeln an.

»Noch nicht«, sagte ich.

»He, ist ja auch keine Eile, stimmt's? Einen Wodka mit Eis für die Dame.«

Lenny sah ihm nach, als er entschwand. »Flugpersonal, Kellner, Verkäufer in teuren Läden, Reisebüroangestellte, Sozialarbeiter, Leiter von Schulen für Krankenpflege, Fernsehmoderatoren und hundert andere Jobs, und alle werden dafür bezahlt, unechte Gefühle und falsche Empfindungen zu verkaufen. Ihre echten Gefühle und wahren Empfindungen zu verbergen. Schauspieler, mehr sind sie nicht, einer wie der andere, und ich war auch nichts besseres als eine Schauspielerin.«

Der Kellner brachte ihren Wodka. Wir warteten schweigend, bis er ging. Sein Lächeln wirkte ein ganz klein wenig verzerrt. Wir machten das Spiel nicht mit, aber er hatte Übung. Er würde sein Lächeln in kaum einer Situation verlieren.

»Wir wurden nach unserer Befähigung zu schauspielern ausgesucht. Gelehrt, unser Lächeln jede Sekunde einzusetzen, ständig so zu tun, als wäre der Flug ein herrliches Erlebnis und wir Teil davon, anzudeuten, daß hinterher, nach der Landung, vielleicht . . . ein beziehungsvolles Blinzeln. Wir wurden sogar darauf trainiert, uns echte Emotionen abzugewöhnen. Es gab Kurse, wie man es vermeidet, Zorn zu empfinden. Es gab keine unangenehmen Passagiere, sondern nur welche, die ›falsch behandelt‹ worden waren. Selbst wenn zwei Motoren ausfielen, wir in ein Luftloch gerieten, wurde von uns erwartet, weiter bei allen die Illusion von Sicherheit und Gemütlichkeit zu verbreiten, nur ja niemals die Wahrheit rauszulassen.«

Draußen auf der Avenue hupten die Wagen und quietschten Bremsen, die Fahrer schrien, und die Fußgänger liefen ungerührt weiter. Kein Lächeln da draußen, weder echt noch aufgesetzt. Lächeln war für die Familie reserviert, den Stamm, die vertraute Umgebung. Privates Lächeln. Öffentlich gezeigt wurde nur Verdruß. Vielleicht war ein aufgesetztes Lächeln besser.

»Ich verdiente meinen Lebensunterhalt als Lügnerin«, sagte Lenny. »Ich wußte gar nicht mehr, was meine echten Gefühle überhaupt waren. Während der Arbeit verwandelte ich mich in einen Roboter, und wenn ich zu Hause war, fühlte ich mich emotional tot. Ich weiß nicht, was ich wirklich fühlte, wenn überhaupt etwas.« Sie trank ihren Wodka, und ich glaubte nicht, daß ihr Limit etwas mit ihrer Kapazität zu tun hatte. »Ich kündigte also und fing wieder mit der Band an. Mein Vater war wütend. Er warf mich zwar nicht raus, aber ich mußte ihm für mein Zimmer Miete zahlen und mein Essen selbst finanzieren, bis meine Ersparnisse verbraucht waren, die ich bei der Fluggesellschaft gemacht hatte. Die Band bekam zwar gelegentlich kleine Engagements, aber es war klar, daß wir immer nur drittklassig bleiben würden. Ich mußte Musik studieren, Gitarre lernen und auch Theorie. Ich sagte meinem Vater also, daß ich aufs College wolle. Er war damit einverstanden, aber ich sollte nach Rutgers, zu Hause wohnen bleiben und mir ein solides Hauptfach aussuchen. Er war nicht bereit, mich zu finanzieren, damit ich mich in Rock-Musik und Männerkenntnis vervollkommnen konnte.«

»War das der Zeitpunkt, als Sie mit ihm brachen?«

»Mit ihnen, meiner Mutter und meinem Bruder auch. Ich suchte mir einen Job und eine Wohnung, zog hierher in die Stadt und fing an, abends an der Universität von New York Musik zu studieren.« Sie schaute auf ihre Armbanduhr. »Als Stewardeß war ich eine Marionette, die falsche Gefühle verkaufte und bei Eltern lebte, die den Unterschied nicht kennen. Hier in der Stadt, obwohl ich mir ein Rattenloch mit drei anderen Mädchen teilen mußte, nur ein paar Pfennige verdiente und die ganze Nacht studierte, fühlte ich mich wirklich lebendig.« Sie trank die Hälfte dessen, was von ihrem zweiten Wodka noch im Glas war. »Komisch, damals stellte ich fest, in was für einer Scheinwelt ich lebte.«

»Scheinwelt?«

»Ich dachte immer, unser Name wäre Grenfell, und dann kommt eines Tages auf der Straße diese alte Bag Lady auf mich zu und sagt mir, sie heißt Rosa Grünfeld und ist meine Großmutter.«

»Wie hat Rosa Sie ausfindig gemacht?«

»Ich versuchte, von meinen Großonkeln ein bißchen Geld zu bekommen. Mein Vater bat die beiden natürlich, mir nichts zu geben, aber Rosa erfuhr über ihre Brüder, daß ich in der Stadt war. Sie wußte, wo ich mich aufhalten mußte, wenn ich nichts besaß, ging zur Universität und fand mich.«

»Rosa hält mit ihren Brüdern Kontakt?«

»Sie hat die beiden ständig angerufen, ihnen Broschüren geschickt und ist ihnen auf die Nerven gegangen. Meine Großonkels hatten aber Angst, völlig mit ihr zu brechen. Das würde ihnen womöglich Jehova nicht verzeihen.«

»Wo wohnen die beiden?«

»Draußen in Great Neck, falls sie noch am Leben sind. In zwei unmittelbar benachbarten großen Häusern. Sie waren jünger, und mein Vater bewunderte sie. Jünger und hundert Jahre älter als Rosa.« Sie hielt sich jetzt an ihrem restlichen Wodka fest. Ich hätte mir gern ein weiteres Bier bestellt. »Rosa kam, um mir behilflich zu sein, mich über die City aufzuklären, mir die Schliche zu zeigen, mich für ihre Partei zu gewinnen, für ihre Anliegen.« Wieder dieses Beinahe-Lächeln. »Sie hatte immer irgendwelche Anliegen. Im ersten Jahr damals waren es die Armen und Alten, die in der Gegend hier aus Sanierungsgründen aus ihren Zimmern und Wohnungen rausgesetzt wurden.«

»Welches Jahr war das?«

»Neunzehnhundertachtundsiebzig. Ich war gerade zwanzig. Befreit von dem ungeliebten Job, von New Jersey und auch der Grenfell-Lüge. Damals änderte ich meinen Namen zurück in Grünfeld. Rosa war glücklich und spannte mich an der Sanierungsfront ein.« Sie warf wieder einen Blick auf ihre Armbanduhr. »Wissen Sie, daß pro Jahr zweieinhalb Millionen Amerikaner, die meisten von ihnen arm und alt, auf die Straße gesetzt werden, weil Hauswirte billige Wohnhäuser und Wohnungen in Luxus-Apartments und Eigentumswohnungen umwandeln?«

»Hat Ihnen Rosa davon erzählt?«

»Rosa redet nicht nur. Sie brachte mich dazu, gegen Steuervorteile zu Felde zu ziehen, die die Hausbesitzer zu derartigen Modernisierungen ermutigen. Mich für den Bau von mehr Sozialwohnungen, kürzere Wartezeiten, den Wegfall von Altersbegrenzung einzusetzen. Mietpreiskontrollen und verschärfte Gesetze bei Umwandlungen in Wohnungseigentum.«

»Das ist eine Menge Arbeit für eine alte Bag Lady.«

»Damals war Rosa noch jünger, aber sie hat sich nie geschont.« Lenny leerte ihr Glas. »Ich erinnere mich, als Reagans Gesundheits- und Sozialminister anläßlich einer Konferenz über Probleme des Alterns sagte, es könnten beispielsweise Krankenkosten eingespart werden, wenn die Leute mehr auf ihre Gesundheit achten und ein vernünftiges, substantielles Frühstück zu sich nehmen würden. Rosa stand auf und erklärte diesem wohlgenährten Fettsack, er stünde Menschen gegenüber, die froh seien, sich überhaupt eine Mahlzeit pro Tag leisten zu können. Menschen, die ständig unter Hunger litten, oft genug auch unter Kälte, und die nicht selten auf der Straße säßen. Sie schlug vor, ihm den Marie-Antoinette-Preis zu verleihen, und zwar möglichst auf die gleiche Art, wie Marie Antoinette ihren Preis bekommen habe.« Diesmal lächelte sie wirklich.

»War Rosa noch so aktiv, bevor sie niedergeschossen wurde?«

»Bis zum letzten Augenblick, als ich sie sah.«

»Wann war das?«

»An dem Morgen, als es passiert ist.«

»Sie waren dort?«

»Ich habe oben auf sie gewartet. Vielleicht, wenn ich unten gewesen wäre . . .?« Sie stand auf. »Wir fangen in einer Stunde an zu spielen. Möchten Sie uns hören? Wir könnten anschließend weiter reden.«

Es klang wie mehr als eine Einladung zu Musik. Ich begleitete Lenny.

11

Ein langgestreckter, überfüllter Souterrain-Raum nördlich der Houston Street. Wir hatten die Kleidungsstücke im St. Vincent hinterlassen, wo Rosa noch immer auf der Intensivstation lag. Lenny schob mich nach hinten durch, plazierte mich an einem der Tische am Rande der Tanzfläche gegenüber dem Podium für die Musiker und verschwand. Auf dem Podium stöpselten Techniker die Stromkabel ein.

NoHo wurde diese Gegend heutzutage von manchen genannt. Früher war es das Getto gewesen, wo die jüdischen Emigranten von den Schiffen gekommen waren und das jiddische Theater zu einer letzten große Blüte gebracht hatten. Dann das East-Village mit seinen Jazz-Lokalen, Dixieland und Überfluß an Beat-Künstlern und Hippies, die sich das echte Village nicht leisten konnten. (Mit den Polen und Serben und Kroaten dazwischen mit slowenischen, römisch-katholischen Kirchen und polnischen Andachtsräumen.) Jetzt die stutzerhaften kolumbianischen Drogenhändler und, unvermeidlich, die Künstler und Musiker und, in New York noch unvermeidlicher, die aktuellsten heißen Tips auf dem Vergnügungsmarkt. Das East-Village, NoHo, hat sich nie verändert.

Eine gemischte Menschenmenge, aber ohne die Künstler. Die Preise waren überhöht. Gerammelt voll mit den alerten, intelligenten und leeren jungen Konsumenten, deren einziger Maßstab die Höhe des Preises ist. (Folgender Witz machte die Runde: Als die Armee einem Lieferanten 600 Dollar für einen Lokussitz zahlte, versuchten die Generäle, das zu vertuschen, der Kongreß verlangte eine Untersuchung, und die Yuppies wollten wissen, wo so ein Sitz zu kaufen sei.) Beinahe unschuldig mit ihren sauberen Gesichtern, den Anzügen mit Weste, den gestreiften Oberhemden, den knapp geschnittenen Kleidern, hohen Absätzen, schmalen Goldkettchen. Schulter an Schulter mit den aalglatten Latino-Rauschgifthändlern mit ausdruckslosen Haifischaugen und dünnlippigen Mündern, ihren flachgesichtigen indianischen Leibwächtern, ihren aufgetakelten Frauen. Raffgierige Bauernschläue und karrierebesessenes Erwerbsstreben der Mittelklasse – für beides gibt es keine höheren Werte, als sich und der Welt den eigenen Erfolg vor Augen zu führen, ohne jedes Interesse für die Mitmenschen in Südamerika oder Seattle.

Ich bestellte mir ein überteuertes Amstel Light. Ein knochiger Schwarzer in Drillichhosen und T-Shirt überquerte die Tanzfläche. Er führte ein fünfjähriges Mädchen an der Hand und ließ sich an meinem Tisch nieder.

»Privatdetektiv sind Sie?«

»Das ist meine Berufbezeichnung.«

»Aha.« Er hatte eine Rasur nötig. Auf dem T-Shirt war ein Affe mit einem Zylinder auf dem Kopf abgebildet. »Bringt das Lenny Knies?«

»Knies?«

»Nimmt das ihre Zeit in Anspruch? Kostet es sie Kopfzerbrechen? Wirkt sich das auf unser Programm aus?«

»Fragen Sie das Lenny, Mr. . . .?«

»Matt. Die Preps können keinen Ärger brauchen.«

»Die was?«

»Die Gruppe. *The Monkey Preps.* Lenny, ich, Cap und der Schlagzeuger. Wie lange kennen Sie übrigens Lenny schon?«

»Nicht sehr lange.«

»Tja.« Er kratzte seine Stoppeln. »Das hier ist ihr Kind. Sie sagt, sie sollen auf die Kleine aufpassen.«

Er ging über die Tanzfläche zurück und verschwand durch eine Tür links des Podiums. Die Techniker probierten jetzt die Beleuchtung aus und starrten dabei hoch zur Dunkelheit der Kellerdecke. Ein Conférencier erschien, um die Höhe des Mikrofons zu kontrollieren. Ich lächelte das kleine Mädchen an. Es trug Jeans, das gleiche T-Shirt mit dem Affenbild, anscheinend das Emblem der Gruppe, und blaue Turnschuhe. Das Kind lächelte nicht zurück.

»Wie heißt du?« wollte ich wissen.

»Margo.«

»Ich heiße Dan. Oder Danny, falls dir das besser gefällt.«

Das Kind blinzelte.

»Margo und wie weiter?« fragte ich.

»Ich weiß nicht.«

»Weißt du, wie alt du bist?«

»Na klar. Fünf.«

Der Conférencier war mit dem Testen des Mikrofons fertig, setzte ein breites, gekünsteltes Lächeln auf, hob beide Arme und fragte die Menge, ob sie bereit sei. Es folgte ein Grölen der Zustimmung, und ich merkte, daß der Auftritt der *Monkey Preps* bevorstand.

Und sie konnten sich hören lassen.

Lenny war an der Leadgitarre. Sie trug ein hautenges schwarzes Satintrikot, weiße wadenhohe Stiefel, eine kurze Leopardenjacke, einen Khakihut der französischen Kolonialarmee mit Kinnriemen und verwegen seitlich hochgeschlagener Krempe und eine überdimensionale Sonnenbrille. Ihre Gitarre war ein roter elektronischer Synthesizer, der im Rampenlicht glänzte. Sie spielte, ohne eine Miene zu verziehen, ohne Bewegung, und ich hatte den Eindruck, daß die dunklen Gläser weniger dazu dienten, ihre Augen vor dem versammelten Publikum in dem verqualmten Lokal zu verbergen, sondern um das Publikum von ihr fernzuhalten, wo sie allein in der Abgeschiedenheit ihrer Glasglocke spielte.

Zwei Männer bewegten sich links und rechts von ihr dafür um so heftiger. Der knochige Schwarze trug jetzt einen kompletten Kampfanzug zu einer leuchtendgelben Baßgitarre, einen gelben Sturzhelm, einen breiten gelben Glitzergürtel und gelbe Kampfstiefel. Ein aschblonder Weißer in der pyjamaartigen schwarzen Uniform des Vietcong, einem weißen Stirnband mit roten chinesischen Schriftzeichen, einem altmodischen Patronengurt und dicksohligen Riemensandalen spielte Keyboard. Beide stampften und wanden sich um die fast regungslose Lenny, während der Schlagzeuger, ganz in Weiß gekleidet, das unbewegte Gesicht geschminkt wie ein Totenschädel, halb verborgen hinter ihnen an seinem Instrument saß.

Die Wirkung war erschreckend. Heftige Bewegung zu beiden Seiten, erstarrte Zeit und der bleiche Schädel in der Mitte.

Dennoch isoliert. Die Bewegung der stampfenden Männer bezog sich nur auf Lenny im Mittelpunkt, in keinem Moment auf das Publikum. Als befände sich die Mauer, die Lenny Grünfeld schuf, zwischen ihnen allen und der kreischenden und johlenden Menge. Als verlangten sie nach keinem Kontakt mit ihrem Publikum oder irgendwem sonst. Nur die Musik.

Ich bin mehr für Strawinsky als Sting. Mahler und Schostakowitsch statt Belew und Fripp. Prokofjew, nicht Pink Floyd. Aber sie waren gut, bester Rock, besonders die Gitarrenarbeit – und Lennys Gitarrenspiel war das beste – erinnerte mich an Steve

Reich, Terry Riley, John Adams und die anderen Minimalisten. Ornette Coleman und Chick Corea, die Gitarre von John McLaughlin, der Übergang zwischen Klassik und Populärmusik.

Ihrem Drive konnte man sich nicht entziehen. Der Suggestivkraft. Texte scharf und klar. In völliger Beherrschung ihrer Instrumente. In völliger Beherrschung ihrer Zuhörer. Der Rhythmus, der Beat, der erbarmungslose Drive, alles überglänzt von plötzlichen, unerwarteten Wechseln, herrlicher instrumentaler Arbeit, dem Vermischen der drei Stimmen, wie ich sie selbst auf der Opernbühne nicht besser gehört hatte. Und völlig isoliert von dem Publikum, allein inmitten einer johlenden Menge.

Der Auftritt dauerte dreißig Minuten, dann verließ sie mit ausdrucksloser Miene die Bühne. Nur der Schlagzeuger blieb stehen, um sich in ein Autogrammheft einzutragen, das ihm entgegengestreckt wurde. Ich bestellte ein zweites überteuertes Bier und nuckelte daran. Der Lokalbesitzer musterte mich unwillig. Ich saß am Künstlertisch, und ich trank nicht teuer oder schnell genug, um seinen Verdienst nennenswert zu steigern. Das kleine Mädchen, Margo, saß schweigend am Tisch.

Der knochige Schwarze erschien. »Kommen Sie mit nach hinten.«

Lenny lag auf einer Couch in dem engen kleinen Kabuff, das ihr als Garderobe diente. Sie trug noch ihr schwarzes Bühnentrikot, allerdings ohne Stiefel, Hut und Leopardenjacke. Es gab in dem überfüllten Raum eine Frisiertoilette mit dem üblichen Kranz Glühbirnen um den Spiegel, einen Ständer für ihre Kostüme und Straßenkleidung, eine Toilette und einen Ausguß, ein paar zerbeulte Koffer und einen einzigen Stuhl. Ich ließ mich darauf nieder.

»Sie sind gut«, sagte ich. »Alle miteinander, aber besonders Sie.«

Ihre Augen waren geschlossen, und sie hatte einen Arm darüber gelegt. »Ich weiß.«

»Könnten Sie nicht was Besseres kriegen als diesen Schuppen?«

»Vielleicht.«

Sie schien nicht sonderlich interessiert.

»Befürchten Sie, Ihren Stil ändern und für das Publikum spielen zu müssen?«

Sie hatte den Arm noch immer über die Augen gelegt.

»Das ist es«, sagte sie.

Ich war mir ihres Körpers bewußt. Ihrer Nähe. Wie sie auf der Couch ausgestreckt lag mit ihren blonden Haaren, den Hügeln und Tälern.

»Sagt Ihnen der Name Kevin Regan etwas?« wollte ich wissen.

Sie bewegte verneinend den Kopf, langsam und schwerfällig, als habe sie einen steifen Hals. »Irgendwas mit Politik.«

»Das ist ein anderer Regan. Er hat einen Bruder. Johnny Agnew. Hat Rosa jemals diese Namen erwähnt? Irgend etwas über die beiden?«

Ich konnte ihr Genick knacken hören, als sie sich streckte, und betrachtete das Spiel ihrer flachen Bauchmuskeln, die Erhöhung unter dem schwarzen Satintrikot, wo ihre schlanken Oberschenkel zusammentrafen. »Ich war viel unterwegs. Bin herumgereist.«

»Und was ist mit dem alten Abraham Roth?«

Sie nahm den Arm von den Augen, schaute zur Decke hoch. »König des Slums. Der reiche Einsiedler. Rosa kennt ihn, hat seit Jahren versucht, ihm etwas von seinem Geld für ihre Arbeit abzuknöpfen. Er haßt sie, macht ihr überhaupt nicht die Tür auf. Glauben Sie, er hat auf sie geschossen?«

»Er ist verängstigt«, sagte ich. »Als ich im Flur überfallen wurde, hatte ich gerade mit ihm gesprochen.«

»Er ist ständig verängstigt«, sagte Lenny. »Sie wissen ja nicht, ob der Überfall auf Sie mit Roth zusammenhängt.«

Sie drehte den Kopf und sah mich an. Vom Flur rief eine Stimme, sie hätten noch fünf Minuten bis zum nächsten Auftritt. Sie wandte den Blick ab und richtete sich auf. »Ich wünschte, ich wüßte mehr, wenigstens irgend etwas. Es war das erstemal seit Monaten, daß ich Rosa besucht hatte.«

»Wie sieht es mit der Kommunistischen Partei aus? Gab es da irgendwelche Probleme?«

»Ich weiß nicht mal mit Sicherheit, ob sie überhaupt noch Parteimitglied ist.«

Sie stand auf, zog Stiefel und Leopardenjacke an, hängte sich die Gitarre um und stülpte sich den Schlapphut auf den Kopf. Sie lächelte, bevor sie den Raum verließ. Ein Lächeln für mich? Kay Michaels' Besuch war kommende Woche fällig, und ich wurde allmählich zu alt für Ungewißheit.

12

Nach dem zweiten Auftritt kamen Lenny, das Kind, der knochige schwarze Bassist und der Keyboard-Spieler heraus und setzten sich zu mir an den Tisch. Nur der Schlagzeuger fehlte.

»Er geht aufs College«, sagte der Keyboard-Spieler.

Sie trugen alle noch ihre Kostüme, und Lenny hatte ihre übergroße Sonnenbrille auf. Das Kind, Margo, saß dicht neben Lenny und berührte sie verstohlen.

»Er hat Pläne für die Zukunft«, ergänzte der Schwarze.

»Sie etwa nicht?« fragte ich.

»Nicht solche wie er und Sie.«

»Woher wollen Sie wissen, was ich für Pläne habe?«

»Riesenkohle, Riesenerfolge, ein Riesenrenommee, ein Riesenhaus, Riesenversicherung und Riesenkopfschmerzen«, sagte der Keyboarder.

Ich lachte. »Da sind Sie an den Falschen geraten.«

»Na, wie auch immer.«

Er bedachte mich mit dem gleichen Beinahe-Lächeln wie Lenny Grünfeld. Das gleiche Gefühl von Distanziertheit, wie auf einer anderen Zeitebene, einem parallelen, aber anderen Universum. Die beiden Männer erinnerten mich an Soldaten, während des Zweiten Weltkrieges, auf Urlaub von der Front in Rom. Abgesondert in Gruppen in den Cafés, ohne viel zu sprechen, und wenn überhaupt, dann nur untereinander. Die Körper auf der Via Veneto, aber in Gedanken immer noch an der Front.

»Dan Fortune«, stellte Lenny mich vor, als habe sie gar nicht zugehört, »Matt und Cap. Dan versucht rauszukriegen, wer auf meine Großmutter geschossen hat. Matt spielt Baß. Und das ist meine Tochter Margo.«

»Margo und ich haben uns schon miteinander bekanntgemacht.« Ich lächelte.

Das kleine Mädchen drängte sich noch dichter an seine Mutter.

»Wer bezahlt ihn?« wollte Matt, der Schwarze, wissen.

»Ich«, erwiderte Lenny.

»Warum?« fragte der Keyboard-Spieler. Er war Cap.

»Sie ist meine Großmutter.«

»Was ist mit dem alten Nikolai?«

Lenny zog eine Augenbraue hoch. »Der echte Höhlenmensch?«

»Wir haben unsere eigenen Probleme«, sagte Matt. »Zeit und Geld sollten wir für die Band verwenden.«

»Ich steuere meinen Teil bei.«

»Die Band muß an erster Stelle stehen.«

»Tut sie ja auch!«

»Im Augenblick nicht«, beklagte sich Cap. »Und bald vielleicht nicht mehr genug. Wir haben alle Großmütter.«

Lenny schwieg. Margo sah zu ihr hoch. Lenny streichelte geistesabwesend die dichten Haare des kleinen Mädchens. »Mein stumpfsinniger Vater kümmert sich kein Stück.«

»Die Band«, sagte Cap. »Das ist alles, worauf es ankommt.«

Lenny fuhr fort, die blonden Haare ihrer Tochter zu streicheln. Es schien ein alter Streitpunkt zu sein – Lenny Grünfelds Zeit, die sie mit anderen Dingen als der Band zubrachte.

»Sie haben sich auch außerhalb der Band betätigt«, sagte ich, »aber nicht zusammen mit Rosa?«

»Wohltätigkeitsarbeit.«

»Die Wohltätigkeit fängt zu Hause an«, sagte Matt.

»Rosas überströmendes Herz ist groß genug für euch beide«, sagte Cap.

»Sie beide kennen Rosa?« fragte ich.

»Wir sind der alten Dame schon begegnet«, erwiderte Cap.

»Sie hat ein Mundwerk wie ein Schwert«, sagte Matt.

»Es ist schwer, in diesem Land alt zu werden«, sagte Lenny. »Alt und arm und unbeachtet zu sein.«

»Alt zu werden ist überall schwer«, sagte Matt.

Der dritte Auftritt rückte näher. Lenny blickte auf Margo. Das Kind lächelte zu ihr hoch. Aber Lenny nahm ihre Tochter gar nicht richtig wahr.

»Zwei Botschaften haben wir für die Alten«, fuhr Lenny fort. »Die goldenen Jahre, genießt eure Enkel, die Kämpfe des Lebens sind vorbei, erfreut euch an dem, was ihr verdient habt.« Margo drückte sich dichter an ihre Mutter, faßte nach ihrem Arm, eingeschüchtert von Lennys Ton. »Aber hinter allem, was wir tun, steht: Wenn ihr nicht jung seid, zählt ihr nicht. Wenn du nicht arbeitest, kaufst, bist du nichts. Mach Platz, beiß ins Gras. Wenn du arm bist *und* alt, wenn du keine Aktien besitzt, keine Wertpapiere, keine Immobilien, dann stirb möglichst schnell und verschwinde.«

»Vierhundertfünfzig pro Monat und achtzig Prozent deiner Arztkosten«, ergänzte Cap. »Freu dich des Lebens, Opa!«

»Ein nettes Wohnschlafzimmer kostet dich bloß vierhundert im Monat«, sagte Matt. »Dreihundertfünfzig, wenn du besonders clever bist.«

»Das *barrio* des herrlichen Innenstadt-Tulsa«, sagte Cap.

Lenny streichelte dem Kind heftiger über die dichten Haare. Ihre Stimme war in dem lauten, überfüllten Lokal ebenso verdeckt wie ihre Augen hinter den dunklen Brillengläsern. »Die Unbeachteten. Nicht verrückt oder schwarz oder braun oder fremdartig. Nur arm und alt. Das ist auch Rosa. Alt und arm und unbeachtet, und jemand hat auf sie geschossen.«

»Mama?« sagte das kleine Mädchen ängstlich.

Lenny tätschelte den Kopf des Kindes. »Schon gut, Schätzchen.«

»Dann strengen Sie sich mal an mit Ihren Nachforschungen«, wandte sich Cap an mich.

»Mist«, sagte Matt. »Wir müssen neue Lieder einstudieren, uns um Engagements außerhalb bemühen.«

»Für irgend jemand war Rosa aber nicht unbeachtet«, sagte ich.

»Feinde, ja, aber Mörder?« versetzte Lenny. »Das kann ich nicht glauben. Selbst der Neandertaler Nikolai braucht einen Grund. Rache genügt nicht. Was gewinnt er dabei? Sie haben seit Jahren nicht mal miteinander gesprochen.«

»Ihr politisches Engagement? Die Partei?«

»Die Partei ist tot, für niemand mehr eine Gefahr. Nicht mal für sich selbst.«

Der Schlagzeuger stand vor dem Tisch. »Zeit.«

Lenny nickte mir zu. »Bleiben Sie am Ball. Ich will Bescheid wissen.«

Sie gingen über die leere Tanzfläche zurück und durch die Seitentür, die zu den Garderoben führte. Ich verließ das überfüllte Lokal, während es sich in ein Tollhaus verwandelte. Mit genug Alkohol im Leib, durch die beiden ersten Auftritte angeheizt, waren die Zuhörer jetzt bereit zu heulen, toben und explodieren.

Draußen war es dunkel und windig. Ich erwischte ein Taxi und hieß den Chauffeur zum St. Vincent zu fahren. Der Polizist am Eingang der Intensivstation winkte mich mit einer Kopfbewegung durch, ohne auch nur von seiner Zeitschrift aufzublicken. Er kannte mich jetzt, und wir setzen alle zuviel voraus. Drinnen waren die Schwestern beschäftigt. Rosa lag in demselben schmalen Bett, aber die Schläuche und das Sauerstoffzelt waren entfernt worden. Sie öffnete die Augen und hob die Hände, um meinen Arm zu packen.

»Oh, da bist du! Ich hatte die ganze Nacht zwei Männer in meinem Zimmer!«

»Was für zwei Männer, Rosa?«

»Cabrera und ihn. Die Gestapo. Ich sagte ihnen, sie sollen verschwinden, aber sie gingen nicht. Sie sind überall in meinem Zimmer rumgelaufen, Hans.«

»Ich bin nicht Hans, Rosa. Ich bin Dan Fortune, erinnern Sie sich nicht?«

»Oh, fang nicht wieder davon an. Ich weiß, wer du bist. Ich hab' ihnen gesagt, wenn sie nicht gingen, würde ich Wasser auf sie schütten. Aber ich hatte kein Wasser. Ich muß mir einen Eimer neben das Bett stellen. Das wird ihn verscheuchen, wenn ich ihn mit Wasser übergieße. Ich kenne ihn. Sie verabscheuen Wasser.«

»Wen kennen Sie, Rosa?«

»Ich will keine Männer in meinem Zimmer. Ich werde sie mit Wasser übergießen. Jawohl.« Ihre Vogelaugen spähten zu mir hoch. »Das werde ich machen. Ich kippe Wasser auf ihn.«

»Wen, Rosa?«

Sie schien einen Augenblick um eine Antwort zu kämpfen, zu wissen, was ich fragte. Dann schloß sie die Augen, und sie war mir entglitten. Sie lag ruhig atmend da und war in der nächsten Sekunde eingeschlafen. Wenn ich sie wieder aufweckte, würde sie nicht mehr wissen, wovon ich sprach.

Als ich zu Hause ins Bett stieg, fragte ich mich, ob sie je wieder bei klarem Verstand sein würde.

13

Das Fenster zerklirrte, und ich ließ mich im gleichen Moment aus dem Bett rollen. Wir landeten zusammen links und rechts des Bettes auf dem Boden – was immer die Scheibe kaputtgeschlagen hatte und ich. Der Gegenstand machte mehr Krach. Ich war zwar größer, aber er war härter. Etwas Kleines, Kompaktes. Etwa von der Größe und dem Gewicht eines 60-mm-Geschosses oder einer Granate.

Mein Bett ist ein großformatiger Sprungrahmen auf ebener Erde mit einer Matratze drauf. So gut wie eine stählerne Schutzwand. Vielleicht besser. Zwei Meter Matratze können mehr abhalten als gewalzter Stahl. Ich preßte mich dicht an das Bett. Der Gegenstand war beim Aufprall nicht explodiert, und man schmeißt keine Bombe mit einem empfindlichen Zeitzünder durch ein Fenster im zweiten Stock.

Nichts zischte oder rauchte.

Früher oder später muß man einen Blick riskieren. Ich holte tief Luft. Meinen einsamen Arm hinter dem Bett verborgen, richtete ich mich auf und spähte hinüber.

Auf dem Boden lag, von Scherben umgeben, ein Ziegel. Ein alter Ziegelstein, um den ein Stück Papier gebunden war.

Ich legte den Ziegel auf den Küchentisch, kehrte die Glasscherben auf und schenkte mir aus meiner Kaffeemaschine eine Tasse Kaffee ein, bevor ich das Papier las. *Mann, laß Alten in Ruhe, sonst geht schlecht, kapiert? Paß gut auf, sonst große Scheiße.*

Fehlerhaft von jemandem abgefaßt, der sich nicht in seiner Muttersprache äußerte, sollte die Nachricht einschüchternd sein und klang doch nur unreif und kindisch. Sie paßte nicht zu dem dunkelblauen Anzug, den ich flüchtig im Flur vor Roths Tür wahrgenommen hatte, aber sie konnte zu dem knochigen Arm mit dem dunklen Gesicht und dem Messer passen.

Ich leerte meine Tasse, zog mich an und ging zum Revier, um den Zettel Lieutenant Marx zu übergeben. Es war wieder einer dieser kalten, aber sonnigen Märztage, die die Stadt sauber und frisch wie Montana wirken lassen. Die Menschenmassen hatten es eilig. Es war Freitag, und je schneller sie zur Arbeit gelangten, desto früher konnten sie auch wieder nach Hause und das Leben genießen. Es war zwar nicht logisch, aber in New York schienen die Leute so zu ticken. Selbst Marx schaute aus seinem Bürofenster und beobachtete ein paar vorbeifliegende Tauben, als seien es Adler.

»Rosa könnte etwas gesehen haben, was mit Roth zu tun hat.«

»Wir werden das nachprüfen.«

»Sonst noch was?«

»Kein bißchen.«

»Johnny Agnew?«

Marx schüttelte den Kopf. »Vermutlich schon längst über alle Berge. Solchen Typen ist es doch egal, wenn sie das neue Leben eines Bruders kaputtmachen. Regan hätte es besser wissen sollen.«

»Seine Buße für abweichendes Verhalten.«

»Ja«, nickte Marx. »Ein Mann sollte sich so benehmen, wie man es von ihm erwartet, sonst verwirrt uns das.«

Ein Polizist, der auf diese Weise denkt, wird es nicht weit bringen. Ich meldete mich bei *Six Sport Cable* zur Stelle und begab mich an meine Überwachung. Der Vormittag verstrich, aber als sich zur Mittagspause das Büro leerte, erschien mein Verdächtiger Nummer zwei, Greg, und balancierte einen Karton Konverterboxen auf seinem ansetzenden Bierbauch. Er stellte den Karton neben der Tür zur Laderampe ab, breitete einen Leinensack darüber und kehrte zurück ins Hauptbüro.

Es lief alles ganz unauffällig. An seiner Arbeitsstelle zu klauen war eine Routineangelegenheit, sich einen Nebenverdienst zu verschaffen keine große Affäre. Ich sah ihn durch den Vordereingang hinausgehen und überprüfte die Tür zur Laderampe. Sie war von innen verschlossen. Falls da etwas abtransportiert werden sollte, würde es erst nach der Mittagspause geschehen. Mir blieb mindestens eine Stunde.

14

Das Büro der Kommunistischen Partei Amerikas befindet sich im sechsten Stock eines Hauses an der Twenty-third Street. Den Kommunisten gehört das ganze Gebäude; sie geben eine Zeitschrift und eine Zeitung heraus und benehmen sich noch immer, als seien sie ein Machtfaktor in Amerika. Sie führen Zahlen an, um zu zeigen, wie sie im ganzen Land dabei helfen, linke, arbeiterfreundliche, antinuklear und gegen Interventionen eingestellte Kandidaten zu wählen. Sie zitieren die Macht der Arbeit, aber sie sind nicht überzeugend.

Als ich den Wunsch äußerte, mit jemandem über Rosa Grünfeld zu sprechen, reagierte die Empfangsdame mißtrauisch, schickte mich schließlich aber doch zu einem großen, zerknitterten Mann in einem kleinen, vollgestellten Büro, der mich hinter seinem Schreibtisch hervor mit einem Lächeln begrüßte.

»Sie sehen nicht aus wie vom FBI, und *Newsweek* interessiert sich nicht mehr für uns, vielleicht wollen Sie also bei uns eintreten? Ich mag Leute, die so verrückt sind.«

Er hatte den Körper und die Stimme eines alten Bären und trug das Wollhemd, die Cordhosen, Stiefel und Gewerkschaftsnadel eines Werftarbeiters. Graue Haare und eine dicke, krumme Nase. Das Gesicht eines Iren und Trinkers. Mächtige Hände. Die meisten Finger waren gebrochen gewesen, mehr als einmal. Auch sein Nasenbein war schief, und über beiden Augen hatte er Narben, die linke Wange zeigte Spuren einer Schußverletzung, und ein halbes Ohr fehlte.

»Dan Fortune«, sagte ich. »Von Beruf Privatdetektiv. Rosa Grünfelds Enkelin hat mich engagiert, um herauszukriegen, wer auf Rosa geschossen hat.«

»Ja, davon hab' ich gehört. Wer zum Teufel will eine alte Dame wie Rosa erschießen?« Er sah mich näher an. »Ich kenne Sie von irgendwo her. Haben Sie je auf den Docks gearbeitet? Schiffe gelöscht?«

»Während des Krieges in der Handelsmarine.«

»Ich erinnere mich an den Arm. Sie waren fast noch ein Kind, ich ein frühreifer Antifaschist. Die Polizei hatte uns beide im Auge. Ich vergess' nie ein Gesicht.« Er stand auf und streckte mir die Hand entgegen. »Joe Kennedy, der andere.«

Er war fünfzehn Zentimeter größer als ich, und auf die kürzere Entfernung sah ich jetzt, daß er mindestens über siebzig sein mußte, mit den Falten und Furchen, dem schlaff gewordenen Hals und den leicht vorgeneigten Schultern. Ein alter Mann, der sein Leben lang hart gearbeitet hatte und dessen Körper zehn Jahre jünger war. Aber er bewegte sich steif, als er um den Schreibtisch herumkam, um Bücher von dem zweiten Stuhl im Büro fortzuräumen. Er humpelte stark mit dem rechten Bein.

»Wer schießt auf Rosa«, fragte ich, »die Bag Lady Lenin?«

»Politische Hintergründe? Sie glauben, daß wir noch immer jemand solche Kopfschmerzen bereiten? Ich meine, vielleicht tun wir was Richtiges?« Er grinste.

Es war ein heiteres Grinsen, und seine Ausdrucksweise war lupenreine amerikanische Arbeiterklasse ohne eine Spur von Akzent. Die große Mehrheit der Mitglieder der Kommunistischen Partei in seinem Alter waren Emigranten oder deren Kinder, aufgewachsen in der Partei, aber Kennedy hatte alle Merkmale eines geborenen New Yorker Arbeiters.

»Wann sind Sie in die Partei eingetreten?«

»Während der Depression. Als es bei Ford rundging.« Er musterte mich. »Was Sie eigentlich beschäftigt, ist die Frage, wie ein guter Amerikaner Kommunist werden kann. Nun, als ich ein Junge war, hab' ich mich umgeschaut und gesehen, was richtig war und was falsch, was geschehen müßte, um aus falsch richtig zu machen, und es hat bisher keinen Grund gegeben, meine Meinung zu ändern.«

»Spanien?« fragte ich.

»Jarama und Brunete. Schien damals eine gute Idee zu sein, auch noch heute. Hätte uns vielleicht den ganz Großen erspart und fünfzig Millionen Tote, wenn die sogenannten Demokratien sich uns damals angeschlossen hätten.« Er zuckte mit den Schultern. »Schnee von gestern. Sie sind doch aber nicht gekommen, um über mich zu reden.«

»Erzählen Sie mir über Rosa und die Partei. Wann ist sie eingetreten?«

»Nach dem Bruch. Sie hatte sich nach der Oktoberrevolution mit Jack Reed und den anderen von der alten Sozialistischen Partei getrennt. Blieb aber ständig auf Achse. Ersparte sich nichts.«

»Sie war eine Führerin?«

»Zu unabhängig, eine Außenseiterin. Führungskräfte müssen auch Papierkram erledigen, Kompromisse eingehen. Außerdem hatte sie, als sie jung war, die Kinder und überließ den Männern die Führung. Wir waren damals nicht so pingelig mit diesem sexistischen Kram. Wie Rußland heute noch nicht. Viele Ideen passen nicht zu so einer verdammt repressiven Bürokratie.« Er lachte.

»Herrgott, da hat sie nun die ganze Scheiße durchgestanden und tritt aus wegen der besten Tat, die wir drüben begangen haben – Vietnams Einmarsch in Kambodscha, oder wie das heutzutage genannt wird. Ich meine, wir haben den verrückten Pol Pot rausgeschmissen. Aber Rosa sagt, damit will sie nichts zu tun haben, und tritt aus.«

»Rachegefühle? Abtrünnige finden wenig Sympathie. Besonders, wenn die Zeiten hart sind für eine Gruppe.«

»Du meine Güte, sie war damals schon über achtzig! Wir haben von ihr nicht mal Beiträge kassiert, ließen sie einfach so mitlaufen. Sie war seit Jahren ihre eigenen Wege gegangen. Protestierte, wo und wann es ihr gefiel. Geigte uns auf allen Versammlungen die Meinung. Ich meine, sie war wie ein Maskottchen, verdammt noch mal. Die Letzte aus den alten Tagen. Es hat uns leid getan, sie zu verlieren.«

»Sie ist also vor sechs Jahren ausgestiegen aus der Politik?«

»Nur aus der Partei. Aber sie hat weiterdemonstriert und -protestiert, und sie ist auch weitermarschiert. Vielleicht wurde die Partei zu eng für sie. Echte Politik ist todlangweilig, das hat selbst Lenin festgestellt. Rosa ist eine zu große Träumerin, ungeduldig, den Himmel zu erleben, verstehen Sie? Vielleicht ergeht uns das allen so, wenn wir älter werden. Uns bleibt nicht mehr viel Zeit, wir wollen etwas verändern, bevor wir sterben. Einen Markstein hinterlassen, gleichgültig wie klein, nicht wahr? Deshalb enden alte Anarchisten damit, für eine lächerliche Grünanlage in der City zu kämpfen. Menschen, die ihr Leben lang auf der Straße gekämpft haben, werden zu Träumern und fangen an, Reden zu schwingen, als wären sie Lenin persönlich und könnten mit einer Rede die Welt verändern.«

»War das bei Rosa der Fall?«

Er zuckte die Achseln. »Schon möglich.«

»Was können Sie mir über Rosas Vergangenheit erzählen? Ihren Mann Hans?«

»Was möchten Sie wissen?«

»Alles und jedes.«

»Weit scheinen Sie ja noch nicht gekommen zu sein.« Er grinste sein fröhliches Grinsen. Er hatte sich nicht davon niederdrükken lassen, ein Werkzeug des Bösen zu sein. »Okay, es ist zwar schon verdammt lange her, aber ich kenne das meiste von Rosas Geschichte bis zu der Zeit, als sie in den Westen ging.«

Er schnellte mit seinem altmodischen Schreibtischdrehsessel herum und spähte aus dem einzigen Fenster des Raums durch eine Häuserlücke, um einen Blick auf die sonnige Stadt zu erhaschen. »Ihr Vater war ein alter Sozialist aus Deutschland, die Mutter wollte im Land der unbegrenzten Möglichkeiten zu Geld kommen. Sie starben beide jung an Überarbeitung, mangelnder Ernährung und fehlender ärztlicher Versorgung. Ich nehme an, die Bosse wußten nicht, daß Rosas Mutter eigentlich auf ihrer Seite stand. Die Brüder schlugen nach der Mama, Rosa nach dem Papa, verstehen Sie? Die Brüder wollten ihr helfen, aber sie hatte nie etwas mit den beiden am Hut, arbeitete mit Emma Goldman, Reed, all diesen Leuten. Hans Grünfeld hat sie vermutlich auf irgendeiner Barrikade kennengelernt. Sie heirateten etwa neunzehnhundertneunzehn und hatten zwei Kinder, Nikolai und Karla. Hans wurde neunzehnhundertachtundzwanzig während eines Arbeiteraufstandes getötet. Der Huf eines Polizeipferdes traf ihn am Kopf.«

Der alte Kommunist starrte auf seine gebrochenen Hände, während ihm die Gedanken an andere Straßenkämpfe, andere Polizeiangriffe durch den Kopf gingen. »Rosa nahm es schwer. Warum auch nicht? Sie hatte zwei Kinder, keinen Mann, und die Partei konnte ihr in jenen Tagen kaum helfen. Ein paar Jahre lang war sie direkt krank, trotzdem dachte sie niemals daran, für jemand anders als die Partei, die Revolution zu arbeiten. Es war eine wirklich harte Zeit für sie, ich glaube, für alle damals. Dann der Zusammenbruch, die Depression, und die Lage wurde besser. Schlecht für das Land, aber gut für die Partei, verstehen Sie? Die Leute entwickeln mehr Kampfgeist, wenn sie entlassen werden oder ausgesperrt, oder wenn die Bosse die Produktion dahin verlegen, wo die Löhne niedriger sind.«

Er schüttelte den zerzausten Kopf, als sei es ihm unmöglich, seine Mitmenschen zu verstehen. »Es war eine fabelhafte Zeit, sich zu organisieren, die Partei bekam viele neue Mitglieder, und wir hatten mehr Geld. Rosa wurde rausgeschickt nach Kalifornien, um den Landarbeitern, den Beschäftigten in der Konservenindustrie und den Saisonpflückern zu helfen, die üblicherweise der internationalen Industriearbeitergewerkschaft angehört hatten, bevor diese sich aufsplitterte und Haywood nach Moskau ging. Etwa ein Jahr lang scheint sie dort auch ganz erfolgreich gearbeitet zu haben, dann heiratete sie einen anderen Gewerkschafter namens Cabrera, und in New York hörte man lange Zeit kaum noch was von ihr. Gegen Anfang des Krieges landete sie im Gefängnis und kam erst sechsundvierzig wieder raus. Sie kehrte zurück in den Osten, arbeitete für uns in New York bis zu dem Theater mit McCarthy, heiratete wieder und geriet uns dann ziemlich aus den Augen. Viele von uns gingen damals in den Untergrund.«

»Sie heiratete ein drittes Mal?«

»Ben Douglas. Einen Journalisten, der für PM schrieb, *The New Republic, Masses and Mainstream* und die internationale Ausgabe des *Guardian*. Vermutlich auf der schwarzen Liste. Ich war damals nicht in New York. Douglas starb in den sechziger Jahren, Vietnam wurde akut, und Rosa trat wieder in Erscheinung. Sie arbeitete bis etwa Mitte der siebziger Jahre, ging unbeirrt ihren Weg und machte bei den Versammlungen ein Mordstheater.« Er lachte laut. »Sie war eine Nervensäge, wenn sie die Parteivorsitzenden attackierte, den Parteigeist, die alten Stumpfköppe an der Spitze. Die meisten von uns waren zehn, zwanzig Jahre jünger als sie, aber Rosa hatte recht, verdammt. Ich habe mich selbst oft genug mit den Typen angelegt.« Er schüttelte wieder den Kopf, vielleicht über die Probleme, die sich Menschen schaffen, selbst wenn sie im Grunde übereinstimmen. »Sie ging also ihren eigenen Weg und verließ uns achtzig wegen der Invasion in Kambodscha endgültig.«

»Über die letzten beiden Ehen Rosas können Sie mir nicht mehr sagen?«

»Nein. Höchstens, daß sich Heiraten und die Partei bei Rosa nie besonders zu vertragen schienen.«

»Und in den letzten Jahren hat sie für die Partei nicht mehr gearbeitet?«

»Die neuen Mitglieder kennen sie nicht mal. Nicht, daß wir heutzutage noch viele neue Mitglieder bekommen.« Er bedachte mich wieder mit seinem vergnügten Grinsen.

»Was hält Sie noch in Gang?« fragte ich.

»Die Partei oder mich?«

»Sie.«

Er lehnte sich in seinen Stuhl zurück. »Nun ja, die Sache hat es schon lange vor mir gegeben, und sie wird auch weiterbestehen, wenn ich nicht mehr bin. Die Menschen haben, schon bevor die Geschichtsschreibung begann, für eine anständige, humane Welt gekämpft. Seit der erste Mann sich mehr aneignete, als er brauchen konnte, weil er stärker war und größer und somit anfing, von der Arbeit anderer zu leben. Für eine Welt, die Ungerechtigkeit nicht institutionalisiert und das menschliche Potential korrumpiert. Eine Welt im Interesse aller Menschen, nicht nur weniger.«

»Die meisten Menschen glauben, diese Welt hätten wir bereits.«

»Die meisten Menschen glauben, was man ihnen erzählt, seit sie geboren sind, und stellen keine Fragen. Selbst Amerikaner müssen eines Tages aufwachen und die Scheiße erkennen, mit der sie gefüttert worden sind.«

Er grinste wieder. Ein Mann, der sich nicht leicht entmutigen ließ.

»Aber Sie glauben nicht, hinter den Schüssen auf Rosa könnten politische Gründe stecken?«

»Zumindest keine aktuellen. Aber Rosa war schon länger Sozialistin, als es die Partei gibt. Vielleicht hegt jemand einen alten Haß. Das soll vorkommen.«

»Selbst in der rationalen Welt des wahren menschlichen Potentials?«

»Bis wir alle neue Menschen geworden sind, wird es wohl so bleiben.«

»Warum sollte sie sich über die Tscheka, die Kosaken aufregen? Sie ist in Amerika geboren, ihre Eltern kamen aus Deutschland, nicht aus Rußland.«

»Für jemand ihres Alters nur Symbole jeder politischen Polizei.«

»So wie man unter Gestapo jede Art skrupelloser Polizei versteht?«

»So ähnlich, ja.«

Ich stand auf. »Danke.«

»Wollen Sie wirklich nicht Mitglied werden?«

»Ich werde drüber nachdenken.«

Er lachte. »Na klar. Warten Sie auf harte Zeiten und den nächsten Zusammenbruch.«

15

Der Karton mit Konverterboxen stand noch immer an der Tür zur Laderampe, als ich den Lagerraum wieder öffnete. Greg gönnte sich eine lange Mittagspause. Als er endlich erschien, war er aufgedreht wie ein beschwipster Teenager. Er hätte sich gleich ein Schild umhängen können.

Ich sagte dem Exbasketballspieler, ich hätte eine Besorgung zu erledigen, mietete mir bei Fugazy's einen Wagen und parkte ihn mit Blick auf die Laderampe, bevor ich zurückkehrte. Zur Feierabendzeit entschwand Greg, aber ohne Karton mit den Konverterboxen. Sollte ich mich geirrt haben? Aber nein, Diebe dieser Preislage sind so berechenbar wie Politiker in einem Wahljahr.

Das Büro leerte sich. Selbst der Boss ging nach einem durchdringenden Blick auf mich nach Hause. Ein Mann blieb. Ein junger Verkäufer in Gregs Alter mit dem gleichen obligatorischen Macho-Schnauzbart. Ich machte den Laden dicht und schlenderte hinaus. Auf der Straße sprintete ich zu dem Mietwagen und wartete. Ich brauchte mich nicht lange zu gedulden. Amateure haben es immer eilig.

Das Rampentor ging auf, der Karton mit den Konverterboxen wurde herausgeschoben, und das Tor glitt wieder zu. Raffiniert. Nach zwei Minuten bog ein Kastenwagen mit der Aufschrift *Laser Electronics* um die Ecke. Wirklich schlau ausgedacht. Zwei Männer stiegen aus und ließen in unterkühlter Hollywoodmanier die Blicke umherschweifen. Einer der beiden war Greg Mertz höchstpersönlich. Ihre Augen verrieten mir indessen, daß der kühle Blick nur aufgesetzt war – beide waren sie viel zu nervös, um wirklich etwas wahrzunehmen. Sie zogen nur eine Schau ab, wie kleine Jungen, die Soldaten spielen.

Sie packten die Kiste, ließen sie wieder los, zerrten sie zur Rampe, schoben sie in den Wagen, klemmten sich an der Hintertür beinahe die Hände ein, kletterten eilig in die Fahrerkabine und fuhren so überhastet los, daß sie fast den Bordstein mitnahmen. Sie nahmen den kürzesten Weg in die Stadt, Richtung Osten über die Fourteenth Street und weiter den East River Drive. Ich blieb ziemlich dicht dran. Die beiden würde sowieso nichts bemerken, es sei denn einen Streifenwagen mit Blaulicht.

An der Houston Street bogen sie ab und kurvten um ein paar Häuserblocks, um in einem weiteren geschickten Manöver eventuelle Verfolger abzuhängen, und fuhren dann direkten Wegs zu einem Haus an der Fifth Street. Der Verkäufer, den ich im Büro zurückgelassen hatte, kam aus dem Gebäude. Er mußte die ganze Strecke gerannt sein. Zu dritt trugen sie die Kiste mit den Konverterboxen ins Haus. Die Türen des Kastenwagens hatten sie offengelassen, deshalb wartete ich. Wie vorausgesehen, kamen sie alle drei wieder heraus und quetschten sich zusammen in die Fahrerkabine. Sie lachten wie die Hyänen, so begeistert waren sie über ihr erfolgreiches Unternehmen.

Dann fuhren sie weg. Ich ging in das Gebäude. Der Postkasten der hinteren Parterrewohnung trug die Namen von Greg Mertz, Steve Downey und Warren Cochran. Durch und durch Profis. Die Innentür war unverschlossen wie üblich. Ich klopfte ein paarmal an ihre Wohnungstür. Es kam keine Reaktion, und von drinnen war nichts zu hören. Ich benutzte meine Schlüssel. Der erste paßte zum Hauptschloß, der vierte löste den Sicherheitsriegel. Das Diebesgut stapelte sich in sämtlichen Räumen. Es mußten schätzungsweise sechshundert Konverterboxen sein, fünfzig Kartons mit Kameralinsen, zwei Dutzend Fernsehgeräte, Kisten mit Stereozubehör und zehn Computer komplett mit CRT-Bildschirmen oder sogar Ausdruckern. Die Jungs waren fleißig gewesen.

Ich entdeckte das Telefon unter einem Couchtisch, rief Lieutenant Marx an und verließ die Wohnung. Marx und die Leute vom East-Side-Revier erschienen binnen zehn Minuten und ließen sich meine Geschichte erzählen.

»Okay, Dan. Wir werden noch eine schriftliche Aussage brauchen und auch eine von dem Mann, der Sie engagiert hat. Wenn wir die drei vor den Kadi bringen, müssen Sie die Kerle identifizieren, außerdem brauchen wir Sie als Zeugen beim Prozeß, falls die drei sich nicht schuldig bekennen.« Er sah sich langsam in der Wohnung um. »Ganz schön ausgeschlafene Kerlchen.«

»Gibt es was Neues im Fall Rosa Grünfeld?«

»Nicht die Spur.«

Als ich mich verabschiedete, machten sie sich gerade daran, eine Bestandsaufnahme vorzunehmen, eine Suchmeldung nach dem Kastenwagen durchzugeben und einen Mann zu dem Exbaseballspieler zu schicken, um nachzuforschen, ob bei *Six Sport* vielleicht noch eine andere Adresse des dritten Mannes oder von Greg Mertz bekannt war. Ein Detective war bereits auf dem Weg zu *Laser Electronics.* Ich brachte meinen Mietwagen zurück zu Fugazy's und ging in dem verschwindenden Licht und der einsetzenden Kühle des Märzabends zu Fuß zum St. Vincent. Der *Six-Sport*-Job war abgeschlossen, das heißt, bis auf das schriftliche Protokoll und die eventuelle Zeugenaussage vor Gericht. Jetzt mußte ich dem Exbaseballspieler nur noch mein Honorar entlokken.

Ein Arzt oder Pfleger in weißen Hosen unter einem braunen Mantel kam aus einem Seitenausgang des St. Vincent. Sein Gesicht unter einem braunen Filzhut war brünett, seine Gestalt untersetzt, und seine schnellen Augen hatten mich in derselben Sekunde wahrgenommen, als ich ihn sah. Er ging um die Ecke, und ich folgte ihm. Ein Stück die Straße hinauf stieg er in einen falsch geparkten Wagen. Eine dunkelblaue Ford-Limousine, die losfuhr, bevor ich das Zulassungsschild erkennen konnte.

Ich stieg hinauf in Rosas Etage. Auf der Station war dieselbe Krankenschwester. Sie hatte Zeit gehabt, sich ihrer Korrektheit zu versichern.

»Nein, dieser Mann war nicht wieder hier, aber wenn es so gewesen wäre, hätte ich ihn zu Mrs. Grünfeld hineingelassen. Er war ein Freund, und sie muß Kontakt zu Menschen haben, wenn sie je wieder normal werden soll.«

Der Polizeiposten an der Tür hatte seine Handlungsweise ohnehin nie in Zweifel gezogen.

»Niemand hat sie heute besucht, Fortune, bis auf die Ärzte und Schwestern und der Lieutenant.«

»Marx hat mit ihr gesprochen?«

»Er legt mir keine Rechenschaft ab.«

Rosa lag, im Rücken von Kissen gestützt, halb sitzend in dem schmalen Krankenhausbett. Sie sah mich mit ihren leeren Vogelaugen an und streckte mir eine magere, dick geäderte Hand entgegen.

»Oh, Gott sei Dank, daß du hier bist! Ist er gegangen?«

»Wer soll gegangen sein, Rosa?«

»Er. Ich hab' ihn gesehen.«

»Wer, Rosa? Sagen Sie es mir.«

»Ach, du weißt schon. Tu doch nicht so. Du hast es immer gewußt.«

Ihre Augen hatten sich verdunkelt, bewölkt, statt zu glänzen, zeigten jetzt Verdrossenheit. Trüb und nach innen gekehrt, war der leere Vogelblick verschwunden.

»Wer bin ich, Rosa?«

»Ich habe dich geheiratet, nicht wahr? Ich muß verrückt gewesen sein.« In ihre kleinen, wäßrigen Augen trat Verschlagenheit. »Du dachtest, ich würde dich vergessen, nicht wahr, Flaco? Cabrera, der Knochige.«

»Cabrera ist tot, Rosa.«

Jetzt zeigte sie Zorn. »Natürlich bist du tot! Sie haben mich ins Gefängnis gesteckt. Verräter! Kosak! Lügner!«

»Warum war Cabrera ein Verräter. Warum mußten Sie ins Gefängnis?«

Sie starrte zu mir hoch. »Geld! Ist es das, was du willst? Geh weg. Du hast genug angerichtet.« Sie schloß die Augen und ließ sich zurücksinken.

»Was hat Cabrera getan, Rosa?«

Sie atmete mit geschlossenen Augen. »Der hübsche Flaco. So schlank. So viele sind fett von diesen mexikanischen Männern. Dunkel und hübsch. Und korrupt. So korrupt.« Ihre Augen öffneten sich. »Ich kenne dich! Was willst du?« Sie sah weder mich noch den Raum, sondern hatte irgendeine Vision vor Augen. »Geh weg! Geh weg!«

Die Schwester schob mich wieder beiseite, um die alte Dame zu beruhigen. Der Arzt war neben mich getreten.

»Sie üben keine therapeutische Wirkung auf sie aus, Mr. Fortune.«

»Es ist, als versuche man durch eine Glaswand zu brechen«, sagte ich. »Man kann Rosa Grünfeld sehen, aber man kann sie nicht erreichen.«

»Genauso ist es. Ein Zerrspiegel, der kein richtiges Bild wiedergibt. Entstellt, und man weiß nicht, was sie sehen kann oder hören, was Wirklichkeit ist und was Wahnvorstellung. Was tatsächlich geschehen ist und was nicht und wann. Schwierig für Sie und die Polizei, aber jetzt hat sie genug für heute.«

»Wann wird sie wieder bei Sinnen sein?«

»Ich wünschte, ich wüßte es, Mr. Fortune.«

Unten im Foyer rief ich von einer Telefonzelle aus bei Lenny Grünfeld zu Hause an. Sie erklärte sich einverstanden, mich am folgenden Vormittag nach New Jersey zu fahren, um ihren Vater aufzusuchen. Ich schlenderte durch die rammelvollen Freitagabend-Straßen, wo sich jeder nach Kräften amüsierte. Sogar die Geschäftsleute auf dem Heimweg hatten ihre Krawatten gelokkert. Deshalb fiel er mir auf. Er ging hinter mir, als ich die Fourteenth erreichte. Dreiteiliger blauer Anzug, gestreifte Krawatte, glänzend schwarze Schuhe, Aktentasche. So adrett, kühl, undurchdringlich.

Dann bog er in die Fourteenth ab, während ich sie überquerte, und ich vergaß ihn. Bis ich ihn auf der gegenüberliegenden Straßenseite wiedersah. Oder jemanden, der ihm verdammt ähnelte. Ich ging hinüber zur Eighth, machte ein paar kleine Kurven und Schlenker und kehrte dann zurück zur Seventh. Er war nirgends zu sehen. Es konnte etwas sein, und es konnte nichts sein. In meinem Büro machte ich mir ein Beck's auf und dachte weiter über Cabrera nach. Ich wollte sehr viel mehr über Flaco Cabrera wissen, über seinen Tod und warum Rosa ins Gefängnis gemußt hatte.

16

»Francisco Cabrera«, sagte Nicholas Grenfell, früher Nikolai Grünfeld. »Pancho der Große. Flaco. Mein fabelhafter Stiefvater. Herrgott, Rosa hatte wirklich ein Händchen für Männer! Ein schmächtiger Träumer, der zehn Stunden am Tag für jemanden Stoff zuschnitt, die ganze Nacht Bücher las, statt sich um sein Fortkommen und um seine Familie zu kümmern, oder seinem Sohn wenigstens einmal zehn Minuten zu widmen, und nicht einmal einem Pferd ausweichen konnte! Und ein verlogener *cholo*, der den ganzen Tag trank, sie prügelte und wie eine indianische Squaw behandelte und sich ansonsten entweder irgendwo unterwegs oder im Gefängnis befand. Zumindest wußte er für sich selbst zu sorgen, das muß man Flaco lassen. Er war ein Mann, nicht wie der heilige Hans, mein engelsgleicher Vater.«

»Was ist mit dem dritten Ehemann? Ben Douglas?«

Er war jetzt salopp gekleidet, zwanglos. Ein cremefarbenes Safarihemd aus ägyptischer Baumwolle, am Kragen offen, graue Golfhosen mit Bundfalten und schwarze Stiefeletten.

»Ich habe ihn nie kennengelernt. Aber ich glaube nicht, daß er besser war. Ein Schreiberling, den niemand lesen wollte, ein Journalist, der sich nicht einmal in einem Job halten konnte. Kein gutes Wort für sein eigenes Land! Das war genau der Richtige für Rosa.«

Wir befanden uns in dem antikisierenden Wohnraum des großen Hauses gleich südlich von Dover. Grenfells Frau saß dabei und beobachtete uns. Ich hatte mich in einem blaßgrünen Brokat-Ohrensessel mit einem Schondeckchen gegen fettige Köpfe auf der Rückenlehne niedergelassen. Die Gattin, die ein Kleid von einem etwas dunkleren Grün trug, das ihre silberblonden Haare wirkungsvoll zur Geltung brachte, machte den Eindruck, als bezweifle sie, daß ich trotz des Schondeckchens für den Sessel sauber genug war. Grenfell lehnte an dem überladenen Marmorsims über dem mit gußeisernen Ornamenten verzierten Kamin mit seinen Feuerböcken und Schürgeräten aus Messing.

Lenny war nicht zugegen.

»Ich geh' nicht mit rein«, hatte sie gesagt, als wir auf dem Kiesweg vor dem großen Haus hielten.

Ich hatte sie an diesem Morgen mit dem Wagen, den ich mir erneut gemietet hatte, abgeholt. Sie wohnte in einem renovierten Ziegelgebäude auf der Perry Street, gleich jenseits der Hudson Street, und wartete schon in dunklen Cordjeans, einem hochgeschlossenen Pullover und Western-Stiefel auf dem Bürgersteig auf mich. Sie hatte eine Akustikgitarre im Futteral und einen Rucksack bei sich und warf beide Gepäckstücke auf den Rücksitz des zweitürigen Ford, als sie einstieg.

»Wollen Sie Ihrem Vater was vorsingen?« fragte ich.

»Eine Demonstration in North Paterson.«

Sie saß schweigend neben mir, als ich durch den Lincoln Tunnel nach New Jersey fuhr. Nicht verdrossen oder abgelenkt, sondern durchaus interessiert an dem, was draußen vorging. Während wir die Palisades erklommen und dann weiterrollten durch die Ebenen von Jersey, war sie einfach nur still. Sie hatte nicht das Bedürfnis zu reden.

»Eine Demonstration weswegen?«

»Isaiah Monroe.«

Wer unter fünfunddreißig war, Sport verabscheute, niemals Fernsehen guckte oder nicht einmal einen Apparat besaß, mochte vielleicht noch nie von Isaiah »The Wind« Monroe gehört haben. Leute über dreißig indessen, die sich nicht derartig abschotteten, konnten Meldungen über Monroe nicht entgangen sein. Auch nicht den Polizisten im Lande. Oder den Politikern, besonders den Politikern schwarzer Hautfarbe.

»Ich dachte, er hätte den zweiten Prozeß verloren.«

»Hat er auch.«

»Warum dann die Demonstration?«

»Für einen dritten Prozeß, oder einen vierten und fünften, wie viele eben nötig sind, um endlich eine anständige Verhandlung zu erreichen, damit er frei kommt.«

Sie wandte sich zurück, um aus dem Fenster zu schauen, noch bevor sie ausgesprochen hatte. Das Thema stand nicht zur Diskussion. Es war egal, was immer ich dazu sagte oder dachte.

»Was können Sie mir über Rosas zweiten Mann, Cabrera, oder den dritten, Ben Douglas, sagen?«

»Gar nichts.«

»Versuchen Sie es wenigstens.«

Es mußte mein Tonfall gewesen sein. Lenny richtete den Blick auf mich, statt weiter die Szenerie der Vororte von Passaic zu betrachten, während wir uns der Kreuzung mit dem U.S. 46 näherten.

»Entschuldigen Sie, Mr. Fortune. Daß wir uns unterwegs zu diesem Haus in Dover befinden, läßt mich so sein.«

»Dan«, korrigierte ich. »Okay?«

Sie musterte mich, als sei sie sich nicht ganz sicher, ob »Dan« wirklich okay war.

»War das Aufwachsen in Dover so schlimm?« fragte ich.

»Damals nicht, nein. Erst jetzt empfinde ich es so. Jetzt weiß ich, wie unanständig es war. Wie unanständig mein Vater ist.«

»Und Isaiah Monroe ist gut und anständig?«

»Er ist die Zukunft. Die Weigerung, uns zu Robotern zu machen.«

Isaiah Monroe war auf zwei Wegen aus dem Getto von North Paterson gekommen. Ein großartiger Athlet in sämtlichen Sportarten und ein jugendlicher Aufmüpfiger im Clinch mit jeglicher Autorität. Mit zwölf Jahren bereits für schuldig befunden, einen weißen Lehrer verprügelt zu haben, der versucht hatte, ihn aus einer Klasse zu entfernen, war er in das *Jamesburg State Home* für Knaben verbracht worden, eine Institution, die äußerlich wirkte wie ein College Campus, samt »Hausmüttern und -vätern«, die jedoch eine Anstalt war, in der schwererziehbare Kinder untergebracht wurden, um entweder willenlose Tiere aus ihnen zu machen oder sie zu endgültigen Feinden zu verhärten, deren Weg durch das System vorgezeichnet war: Annandale Besserungsanstalt, Bordentown, Staatsgefängnis von Trenton.

»Es tut mir leid, Dan. Ich weiß wirklich nichts über Cabrera oder Douglas. Damals kannte ich Rosa noch nicht, und mein Vater hat nie über Rosa oder diese Männer gesprochen. Und Rosa selbst hat sich bis heute nicht über die beiden geäußert.«

Sie sah jetzt mich an statt der Häuser von Troy Hills, wo ich auf den Interstate 80 wechselte und in westlicher Richtung weiterfuhr. Ein schmaler Spalt in dieser Muschel der Zurückhaltung.

»Wie sind Sie in den Fall Monroe verwickelt worden?«

»Matt kannte Monroe aus Rutgers. Bevor Matt zur Armee ging und Monroe ins Gefängnis. Seine Anhänger haben uns im vergangenen Jahr vor dem zweiten Prozeß gebeten, ihnen bei der Beschaffung von Geldmitteln zu helfen.«

»Arbeitet Rosa auch für Monroe?«

»Ich glaube nicht, daß sie je von ihm gehört hat. Das ist nicht ihre Art Kampf. Keine sozialistische Theorie, keine internationale Politik. Nur das Recht eines Mannes, er selbst zu sein, das zu tun, was er tun muß.«

»Es ist mehr als das, Lenny.«

»Nein, im Grunde nicht.«

Sie wandte sich wieder ab. Wir hatten Denville erreicht und den U.S. 46 nach Dover. Ich mußte mich auf den Weg konzentrieren. Sie sagte nichts mehr, bis sie mich den Highway hinunter zum Haus ihrer Eltern dirigierte.

Es war ein riesiges, ausladendes Bauwerk im Kolonialstil aus Feldsteinen und Ziegeln mit einer abblätternden weißen Einfassung und einem älteren Mittelteil, der schon gestanden haben mußte, als Washington auf Trenton marschiert war. Auf einen dreitausend oder mehr Quadratmeter großen Grundstück mit Eichen, Ahorn, Birken und anderen Bäumen, deren Namen ich nicht kannte, sehr wenig Rasen und einer halbrunden Kiesauffahrt. Ringsherum drängten sich kleinere Häuser, die zu Dover gehörten.

»Ich geh' nicht mit rein«, sagte Lenny, lehnte den Kopf gegen die Kopfstütze und schloß die Augen. Ich unternahm keinen Versuch, sie zu überreden.

Als ich mich dem Haus näherte, spürte ich eine Atmosphäre des Unbehagens. Die kleineren Häuser standen zu dicht dran. Der Cadillac, der durch die geöffneten Türen einer Garage für vier Wagen zu sehen war, wirkte ziemlich alt und ungepflegt, der einzige andere Wagen in der Garage war ein Honda. Das Grundstück machte einen leicht verwahrlosten Eindruck, das Messing an der Haustür war nicht poliert. Wie eine große, alte Dame, die ihrem Äußerem nicht mehr genug Sorgfalt widmet. Selbst der Brokatsessel, in dem ich saß und Nicholas Grenfell, früher Nikolai Grünfeld, zuhörte, hätte dringend einer Reinigung bedurft, und das Messing des Kaminbestecks war angelaufen.

»Seit wann haben Sie Ihre Eltern gehaßt, Mr. Grenfell?«

»Seit ich alt genug war, Haß zu empfinden, Mr. Fortune.«

»Das ist eine lange Zeit.«

»Ich wünschte nur, sie wäre noch länger gewesen.« Er löste sich vom Kamin. »Ich habe als Junge viele Tränen vergossen, bis ich endlich begriff, daß ich die Liebe solcher Menschen, wie meine Eltern es waren, gar nicht wollte.«

Seine Stimme hatte den Unterton heftiger Herausforderung, die besagte: Sie halten mich für unvernünftig, übertrieben, boshaft, schizophren? Fragen sie mich, warum ich die beiden hasse. Los, fragen Sie?

»Das tut mir leid«, sagte ich.

Er lief unter seiner Sonnenbräune rot an, der kleine Mund war zu einer harten Linie zusammengepreßt. Es war nicht, was ich hätte sagen sollen, und seine hellbraunen Augen mußten nun kalkulieren – tat es mir leid, daß er seine Eltern haßte oder daß sie so schlecht gewesen waren? Sollte er mir eine Erklärung abgeben oder mich zum Teufel schicken? Seine Frau rettete ihn aus dem Dilemma. Das war etwas, daß sie vermutlich schon sehr oft getan hatte. Die beiden waren ein Gespann.

»Ein Vater sollte an seine Familie denken, bevor er hingeht und sein Leben für ein Hirngespinst aufs Spiel setzt, Mr. Fortune. Er setzt auch das Leben seiner Angehörigen, ihre Zukunft aufs Spiel. Eine Mutter sollte einen Mann davon abhalten, sein Leben zu riskieren, seine Pflicht zu vernachlässigen und letzten Endes seinen Sohn für eine nebulöse Idee im Stich zu lassen.«

Sie hatten darüber gesprochen, darüber nachgedacht, wieder und wieder diskutiert. Grenfell hatte darüber fünfzig Jahre lang nachgegrübelt, und jetzt redete er mit ausholenden Gesten in dem pseudo-antiken Wohnraum. »Ich war vier, als er ums Leben kam, kann mich kaum an ihn erinnern. Auch bevor er getötet wurde, war er so gut wie nie zu Hause. Was immer unter einem Zuhause zu verstehen war. Ein schäbiges Zimmer an der Lower East Side ohne Heizung und mit einer Flurtoilette. Aber ich erinnere mich nicht richtig, dazu blieben wir nie lange genug an einem Ort wohnen. Wir wuchsen mit Fremden auf, meine Schwester und ich. Babysitter von der Partei, bezirksweise von der Partei organisierte Kindertagesstätten, Gewerkschafter, Nachbarn, irgend jemand, damit sie demonstrieren konnten, marschieren, die Trommel rühren. Ich bin nicht von Rosa großgezogen worden, sondern von der Partei. Wann immer sie im Interesse der Partei irgendwohin mußte, und das war ständig der Fall, setzte sie mich bei einem beliebigen Parteimitglied ab. Im Sommer fuhren wir in das Partei-Ferienlager in Peekskill. Jedes Parteimitglied war mein Vater oder meine Mutter, und niemand war mein Vater oder meine Mutter. Ich habe nie gewußt, wer meine Mutter eigentlich war, wer ich selbst war, niemals hatte ich einen eigenen, wirklichen Freund. Es heißt, man könnte in einer Gruppe einsam sein. Ich fühlte mich einsam und elend, umgeben von sämtlichen kleinen Kommunisten in New York. Und alles wegen einer Partei, die das Land kaputtmachen wollte, zu dem ich gehörte. Mein Land!«

Es war warm in dem stickigen Raum, und Grenfell schwitzte, während er sich über die Wunden eines Knaben vor fast sechzig Jahren erregte. Das Gestern war ihm so voll gegenwärtig wie ich, der ich in seinem eleganten Wohnzimmer saß. Die Wunden, die sein Leben beherrschten, ja sogar bestimmt hatten. Häßliche Schweißringe unter den Armen, die das cremefarbene Hemd wie mit Blut der Erinnerung färbten.

»Dein Hemd, Schatz«, sagte die Gattin. »Es ist warm hier drin.«

Grenfell versteifte sich, als habe sie ihm gesagt, das Haus stehe in Flammen. Sie stand auf und öffnete die Fenster. Methodisch, eins nach dem anderen. Grenfell ließ sich auf dem Stilsofa nieder und breitete die Arme aus, um das Hemd trocknen zu lassen. Wir warteten beide. Die zwei waren wie ein Preisboxer und sein Manager. Grenfell ging in den Ring, die Frau managte, manipulierte, kümmerte sich um die Öffentlichkeitsarbeit.

»Sie hätten niemals Kinder haben sollen«, sagte Grenfell, mehr zu sich selbst, die Arme wie Flügel ausgebreitet, um den Schweiß an seinem Hemd trocknen zu lassen. »Alle beide.«

»Das wäre aber für Sie nicht von Vorteil gewesen.«

»Das Leben allein ist kein Wert für sich, Fortune. Es kommt darauf an, wie man lebt.«

»Sie haben sich bei Ihren Eltern revanchiert«, sagte ich. »Sie haben Ihren Namen geändert und tun so, als hätten Sie keine Mutter.«

Die Gattin hatte auch das letzte Fenster geöffnet. »Sie klingen feindselig, Mr. Fortune. Haben Sie die schreckliche Verlassenheit erlebt, die ein Kind empfindet, dessen Eltern ihr Leben so völlig etwas anderem widmen, außerhalb der Häuslichkeit, außerhalb der Familie? Wenn sie die Bedürfnisse der Familie, der Kinder vernachlässigen, ignorieren, ja nicht einmal einen Gedanken darauf verschwenden? Eltern, deren ganzes Leben nur auf ihre eigenen Ziele ausgerichtet ist, auf eine Abstraktion? Auf etwas, an dem das Kind keinen Anteil hat, was es nicht versteht, dessentwegen es sich jedoch im Stich gelassen fühlt?«

Partner, Manager und vielleicht auch Trainer.

»Mein Vater war Polizist«, erwiderte ich. »Das ist etwas Ähnliches, was Sie meinen. Es hat meiner Mutter weh getan, aber ich glaube nicht, daß ich darunter gelitten habe.«

»Vielleicht, weil Sie eine Mutter hatten«, versetzte die Gattin.

Ein Punkt für sie. Mein Vater erwischte schließlich einen der Männer, denen meine Mutter sich zuwandte, weil er immer fort war und in Gefahr, schlug ihn windelweich und wurde seiner Probleme wegen aus dem Polizeidienst entlassen. Dann war er endgültig weg, und meine Mutter befand sich danach nicht oft allein, wenn ich sie brauchte, aber sie war zumindest vorhanden.

»Sie hatte keine Zeit für uns, auch nicht, als wir Teenager waren«, fuhr Grenfell fort. »Draußen in Kalifornien, wo wir niemanden kannten, in einer Wanderarbeiter-Baracke zehn Meilen außerhalb der Stadt hausten und im Staub auf den Schulbus warten mußten. Die meisten Wanderarbeiter waren illegale mexikanische Einwanderer oder *braceros* oder aus zehn anderen Staaten. Unverheiratet und allein. Keine Kinder da draußen, mit denen man spielen konnte. Kein Wunder, daß Karla in Schwierigkeiten geriet. Rosa hatte keine Zeit, eine Tochter großzuziehen. Zu sehr in Anspruch genommen zu organisieren, auf den Feldern Reden zu halten. Sie wurde von den Leuten geliebt – *La Gringa*. Wenn sie keine Reden schwang, bediente sie Flaco. Kochen, nähen, waschen, die Baracke reparieren, alles und jedes für *Señor* Cabrera, wie irgendein *pachuco*-Weib.« Er schüttelte den Kopf, die Arme noch immer ausgebreitet, um den Schweiß trocknen zu lassen. »Ich hielt das aus, bis Flaco umgebracht wurde und sie ins Gefängnis kam. Ich wartete ein Jahr, dann haute ich ab. Ich fälschte meine Geburtsurkunde, ging zur Armee, kam als Captain zurück und schenkte der Vergangenheit keinen Blick mehr. Captain Nicholas Grenfell, ein Amerikaner anstelle eines Landesfeindes.«

»Gegen das wirtschaftliche System anzugehen heißt nicht, gegen das Land zu kämpfen.«

»Sie klingen wie die Partei«, sagte Grenfell.

»Tut mir leid«, sagte ich. »Aber ich ändere nicht meine Meinung, bloß weil jemand, der vielleicht nicht ins Bild paßt, auch meiner Ansicht ist. Wo ist Ihre Schwester jetzt?«

»Sie ist vor Jahren gestorben. Eine Abtreibung. Rosa war nicht da.«

»Besteht eine Möglichkeit, daß Flaco Cabrera noch lebt?«

»Daß er noch lebt? Flaco? Mein Gott, was für eine Vorstellung. Flaco ist vor achtundvierzig Jahren in Kalifornien von der Polizei erschossen worden. Am selben Tag wurde Rosa verhaftet.« Er neigte sich vor, die Hände aneinandergelegt und die Ellbogen auf die Knie gestützt, ein Mann, der im Begriff war, eine Geschichte zu erzählen.

Seine Frau war stehengeblieben. »Wenn du diese Geschichte erzählen willst, sollten wir vielleicht dazu Kaffee trinken. Ich werde auch Arlene eine Tasse bringen. Sie wird zwar nicht mit mir reden, aber den Kaffee wird sie wohl trinken.«

Grenfell reagierte nicht – als habe er nichts von dem gehört, was sie gesagt hatte, mit den Gedanken schon weit in der Vergangenheit, irgendwann im Jahre 1940, bei seiner Mutter und Francisco Cabrera. Flaco, dem Hageren.

17

Sie sind zu viert. In ihren Khaki-Kavallerie-Uniformen schauen sie auf Rosa hinunter. Breitkrempige Polizeihüte auf dem Kopf, Lederhalfter, Pistolen, Schlagstöcke und schwarze Stiefel. Sie mustern die Frau, wie sie es immer tun, kalt und abschätzig. Sie ist die Amerikanerin, die mit diesem gottverdammten Mexicano schläft. Eine unserer Frauen, die sich von so einem Kerl bumsen läßt.

»Was haben Sie diesmal mit ihm gemacht?« fragt Rosa.

Klein und mager, wischt sie sich mit dem Ärmel ihres verblichenen grünen Kleides den Dampf und den Schweiß aus dem Gesicht. Sie hat sich schon neben der Wanne mit heißer Seifenlauge, in der sie die Wäsche schrubbt, von den Knien aufgerichtet. Zweimal die Woche. Montag und Donnerstag. Heute ist Montag. Sie steht da, starrt die Männer an, trocknet sich die Hände. Flaco war zu Hause gewesen, nüchtern, zum erstenmal seit Monaten an einem Sonntag. Heute waren auf den Feldern auch keine Versammlungen oder Demonstrationen.

»Es geht nicht darum, was wir gemacht haben, Madam«, sagte der Älteste, »sondern was er gemacht hat. Ist er vielleicht zu Hause?«

Er trägt eine Krawatte, dieser Älteste. Seine Uniform ist adrett, sauber, maßgefertigt. Nicht wie die drei rotnackigen Männer in seiner Begleitung, deren Hände auf den Pistolengriffen ruhen und die Rosa mustern, als könnten sie durch das Kleid mit dem Druckmuster jeden Zentimeter ihres Körpers sehen. Zwei ganz junge und ein schmalgesichtiger Mann in den Dreißigern, die Hemden offen, die Uniformen schlechtsitzend und zerknautscht, und Rosa weiß, es ist diesmal anders. Der ältere Mann ist der Sheriff persönlich. Ernst, beinahe feierlich, redet er sie mit »Madam« an, obwohl sie weiß, daß er weiß, wer sie ist, nicht nur eine Hure, die mit einem *pachuco* schläft, sondern auch noch eine Kommunistin.

»Ich hab' ihn seit heute früh nicht gesehen. Sie können nachgucken.«

»Das werden wir, Madam«, sagt der Sheriff und nickt seinen Hilfskräften zu.

Die drei Hilfssheriffs verteilen sich in der dreiräumigen Baracke. Es wird sie nicht lange aufhalten, die beiden Schlafzimmer sind kaum groß genug, sich darin umzudrehen. Karla und Nikolai sind noch in der Schule oder warten mit den anderen Farmkindern auf den Bus.

»Haben Sie eine neue Lüge über ihn aufzutischen?« wendet sich Rosa an den Sheriff.

»Keine Lügen, Mrs. Cabrera.«

Da weiß sie, daß es ernst ist. Seit sie Flaco geheiratet hat, ist sie noch von niemandem Mrs. Cabrera genannt worden. Rote Rosa, Kommunistenweib, He, Señora, andere, weniger zarte Namen, aber nicht Mrs. Cabrera.

Die drei Hilfssheriffs kehren zurück. Der wieselgesichtige Ältere schüttelt den Kopf. Der Sheriff winkt die drei hinaus und macht ein Kreiszeichen – sie werden sich um die Baracke verteilen und aufpassen. Der Sheriff setzt sich und bedeutet Rosa, ebenfalls Platz zu nehmen. Es besteht kein Zweifel, wer der Gastgeber ist, wem das Schloß gehört. Es mag Rosas Haus sein, aber es ist der Bezirk des Sheriffs. Rosa bleibt stehen. Der Sheriff scheint minutenlang nachzudenken. Dann nimmt er seinen Hut ab, wischt sich über die Glatze und schüttelt den Kopf, während er Rosa betrachtet.

»Sie sind jetzt allein, Sie und Ihre Kinder. Es bringt nichts, dickköpfig zu sein. Setzen Sie sich.«

Sie bleibt stehen. Trotzig und herausfordernd. Sie hat diese korrupte Gesellschaft zu lange bekämpft, um sich jetzt zu beugen. Ganz egal, wie große Angst sie hat. Egal, was passiert.

»Was haben Sie mit Flaco gemacht? Wir haben Anwälte. Die Gewerkschaft. Die Partei.«

»Das ist das Problem bei euch radikalen Leuten«, sagt der Sheriff. »Ihr könnt nicht nachgeben. Geben und nehmen, das bringt euch weiter. Die Leute mögen keine Menschen, die immer alles besser wissen wollen.«

»Wir werden euch schlagen. Ganz egal, was ihr ihm angetan habt!«

Der Sheriff bleibt sitzen und beobachtet sie. Rosa merkt, daß er sie wirklich beobachtet. Als gäbe es da etwas, das er nicht versteht. Aber als er wieder den Mund aufmacht, äußert er nur eine Feststellung. Ohne jede Umschweife.

»Er hat Mr. Bannister getötet.«

Eine simple Feststellung, die eine Last von Obertönen trägt, die Endgültigkeit eines Todesurteils. Es ist ein Todesurteil. Rosa fühlt eine Kälte in sich wie noch nie in ihrem Leben. Eine größere Kälte als damals, als sie ihr mitteilten, daß Hans tot sei. In diesem Verwaltungsbezirk, diesem Staat, tötet niemand Mr. Bannister.

Hans starb, weil er die Kosaken bekämpfte, nicht weil er jemanden ermordete. Hans bekämpfte die Mörder, wurde nicht einer von ihnen. Sie gibt nicht auf.

»Flaco konnte gar nicht nahe genug an Mr. Bannister rankommen, um ihn auch nur zu erkennen«, sagte Rosa.

Der Sheriff starrt sie an, mit einem forschenden Blick, als gäbe es da noch immer etwas, was er nicht glauben könne und doch allmählich zu begreifen beginne.

»Sie wissen nicht über ihn Bescheid, nicht wahr?«

»Über wen?«

Sie sagt das noch immer herausfordernd, aber sie weiß, wen er meint.

»Das ist ein Mexikaner für Sie«, sagte der Sheriff. »Ich dachte immer, ihr Kommunisten seid anders, liberaler und so. Anscheinend kommt der Mexikaner an erster Stelle und dann erst der Kommunist.«

»Ist er schon tot? All dieses Gerede, damit ich annehme, ihr hättet ihn noch nicht umgebracht?«

»Wie ist er Ihrer Meinung nach dicht genug an Mr. Bannister rangekommen, um ihn zu töten?«

»Er hat es gar nicht geschafft.«

»Er hat für Mr. Bannister gearbeitet, bevor Sie überhaupt hierhergekommen sind, Miss Grünfeld. Sie hätten in New York bleiben sollen.«

»Nein.«

»Für Bannister und die anderen Grundbesitzer. Sogar für mich, als ich jemand brauchte, um mir einige Tips zu geben.«

»Nein.«

»Für einen Mexikaner gibt es keine Politik, wenn es um Geld geht. Jemand hätte Sie und Ihre Leute in New York darüber aufklären sollen.«

Sie kann nicht ewig fortfahren, nein zu sagen, aber jedesmal, wenn sie es tut, weiß sie mit größerer Gewißheit, daß es die Wahrheit ist. Er ist Flaco. Sie hat mit ihm zu lange gelebt, kennt ihn zu genau. Sie spürt Blicke auf sich gerichtet, nimmt eine Bewegung wahr und dreht den Kopf, um Nikolai an der Schlafzimmertür zu sehen. Seine Miene ist so neutral wie immer, aber sie sieht den Schock in seinen Augen. Sie weiß nicht, wie lange er schon dort gestanden hat. In letzter Zeit hat er sich angewöhnt, durchs Fenster zu klettern und weder mit ihr noch mit seiner Schwester zu sprechen, wenn er nach Hause kommt.

»Der Junge«, sagt Rosa.

Der Sheriff schaut zu Nikolai. »Irgendwann muß er es sowieso erfahren.«

Rosa betrachtet das ausdruckslose Gesicht des Jungen. Er mag Flaco nicht, aber er respektiert ihn, macht ihn nach.

»Wo ist Flaco?« fragt Rosa.

»Er rannte hinaus, nachdem er Mr. Bannister erschossen hatte. Mehr hat keiner gesehen. Aber zu Fuß wird er nicht weit kommen.«

»Er weiß, daß Sie hierher kommen werden.«

Der Sheriff zuckt mit den Schultern. »Leute auf der Flucht machen die verrücktesten Sachen.«

Er steht müde auf. Er ist kein junger Mann mehr. Rosa möchten ihm eine Tasse Kaffee anbieten, ihm sagen, daß er sich wieder setzen und sich ausruhen soll. Es ist ihre Schwäche, jemanden zu bemuttern, deshalb schweigt sie. Sie haßt diesen Mann, alles, was er ist oder wofür er steht. Er rückt seinen Pistolengurt gerade, geht zur Tür.

»Wenn er herkommt, helfen Sie ihm nicht. Rufen Sie uns.«

»Glauben Sie, diese Baracken haben Telefone?« sagt Rosa.

»Schreien Sie einfach. Wir werden Sie schon hören.«

Dann ist er weg. Der Junge kommt aus dem Schlafzimmer. Zusammen horchen sie, ob der Wagen des Sheriffs wegfährt. Sie wissen beide, daß nicht nur ein Wagen draußen ist und daß zumindest einer nicht fortfahren wird, sondern irgendwo versteckt warten wird, so daß der Hilfssheriff die Baracke beobachten kann.

»Er lügt, nicht wahr, Mama?«

»Nein, das ist Flaco.«

»Dann hat er einen Grund gehabt. Er hat spioniert.«

»Geld. Das ist alles, was Flaco braucht, um die Partei zu verraten.«

»Was hat die Partei je für uns getan? Ich hasse die Partei!«

Der Junge rennt aus der Baracke. Sechzehn ist ein schwieriges Alter für einen schüchternen Jungen, der seine Nase gern in Bücher steckt und sich »anders« fühlt als seine Altersgenossen. Sie weiß, es ist ihre Schuld, ihre und die von Hans, sogar Flacos, aber es gibt nichts, was sie dagegen tun kann. Sie hat ihre Wahl lange zuvor getroffen. Sie sitzt geraume Zeit, lauscht auf die Geräusche der Felder rings um die Baracke, der Wagen, die oben auf der Teerstraße westwärts fahren, den entfernten Stimmen. Sie wartet auf den Klang von Gewehrschüssen, auf Schreie. Da sie nicht kommen, steht sie auf und macht ihre Wäsche fertig.

Karla kommt zwei Stunden zu spät nach Hause, sagt, sie sei mit einer Freundin von der Schule nach Hause gefahren, deren Vater sie gerade hergebracht hat. Karla behauptet, Nikolai habe die letzte Hälfte des Unterrichts geschwänzt, nur deshalb sei er früher zurückgekommen. Vermutlich sei er das ganze Stück zu Fuß gelaufen. Zu einem anderen Zeitpunkt hätte es Vorträge und Ermahnungen gegeben, aber nicht heute. Rosa erzählt dem Mädchen von Flaco. Das Mädchen mag den Stiefvater nicht, aber es hat Angst vor Gewalttätigkeit und muß sich ins Bett legen, weil es sich so fürchtet.

Rosa macht Essen und deckt aus Gewohnheit auch für Flaco den Tisch mit. Dann starrt sie sekundenlang auf den Teller, läßt ihn aber stehen. Die ganze Zeit, während sie das Essen macht, den Tisch deckt, sich in der Baracke umherbewegt, horcht sie nach draußen. Worauf sie horcht, weiß sie nicht recht. Flaco wäre ein Narr, zur Baracke zurückzukommen. Er muß wissen, daß draußen der Hilfssheriff auf ihn wartet. Daß der Sheriff Rosa die ganze Geschichte erzählt hat. Daß Rosa nichts mehr mit ihm zu tun haben will. Daß sie ihre Wahl schon vor langer Zeit getroffen hat. Trotzdem lauscht sie. Vielleicht auf das Gewehrfeuer, das allem ein Ende setzt.

Aber es ist kein Gewehrfeuer, das in die Baracke dringt. Es ist Flaco. Lange nach dem Essen. Die Kinder sind schon im Bett. Der Hilfssheriff draußen ist ein neuer, dessen Wagen vor etwa zwei Stunden gekommen ist, um den anderen abzulösen. Flaco kommt nicht durch die Tür, sondern durch das Fenster ihres Schlafzimmers. Ein leises Scheuern gegen die Scheibe aus dickem Zellophan, die Flaco selbst angenagelt hat. Rosa liegt still und horcht, bis seine Stimme schließlich eindringlich flüstert.

»Rosa? Hier ist Flaco. Rosa?«

Sie steht auf und stößt das Fenster weit auf. Flaco klettert eilig herein, so schnell und geschmeidig und muskulös wie eine Katze. Selbst jetzt erinnert sie sich an seinen Körper und spürt ihn. Auf sich, in ihrem Körper.

»Verräter!«

Flaco grinst. »Raffiniert, wie? Wen interessiert das schon.«

Er ist groß für einen Mexikaner, über einen Meter achtzig, und schlank. Flaco. Er grinst noch immer, als er auf den ramponierten, zerschrammten Rollschrank zugeht, in dem er seine Habseligkeiten aufbewahrt. Der Mord belastet ihn nicht.

»Du hast einen Menschen getötet.«

»He«, er kramt weiter in dem Schrank herum. »Der alte Gauner hat versucht, mich reinzulegen. Sagte, er würde mich nicht für einen Job bezahlen, wollte die Gewerkschaft über mich informieren. Ich hab' ihn geschlagen, *ay*? Er hatte eine Waffe in seinem Schreibtisch. Die wollte ich packen, kapiert? Wir haben gekämpft. Dieser verdammte Ganove.«

Er drehte sich um. Er hat seine Pistole im Gürtel. Seinen Rosenkranz, den ihm seine Mutter vor ihrem Tod gegeben hat. Das Bild seiner Eltern in einem Silberrahmen. Das goldene Kruzifix seiner verstorbenen Schwester, seinen Cowboygürtel mit silbernen Beschlägen. Seine verzierte Cowboyweste. Er grinst unter seinem schmalen Schnurrbart.

»Ich lass' dich nachkommen, okay? Nach Mexiko. Bald.«

Er tritt auf sie zu, um sie zu küssen. Sie wendet den Kopf weg. Er zuckt die Achseln.

»Du wirst nicht weit kommen. Wer soll dir in dieser Gegend helfen?«

Er grinst noch immer. »Dieser Hilfssheriff, er pennt in seinem Wagen, *ay*?«

»Die Polizei, die Gewerkschaft und die Partei.«

Er runzelt die Stirn dicht vor ihrem Gesicht. »Sollen mich doch die Partei und die Gewerkschaft am Arsch lecken. Du lebst in einer Traumwelt, verstehst du? Du und deine verdammte Partei. Ein Mann muß sich um sich selbst kümmern.«

»Das Geld. Wir haben nie was davon gesehen. Du hast es nie für uns ausgegeben.«

»Natürlich hab' ich es für dich ausgegeben. Wenigstens etwas davon.« Er lacht lauthals, neigt sich dicht zu ihr. »Niemand kümmert sich um Flaco Cabrera, außer Flaco Cabrera. Ich zeig' dir das Geld, und du willst wissen, wo es herkommt. Ich erzähl' es dir, und du verrätst mich. Bei der Partei. Also erzähl' ich's dir nicht. Ich sorge für Cabrera. Wenn ich in Mexiko bin, geb' ich dir Bescheid. Ob du nachkommst oder nicht, ist deine Sache.«

»Die Kinder?«

»Natürlich, warum nicht? Ich hab' viel Geld.«

»Judas! *Cabron!*«

Ein halbes Lächeln und ein halbes Stirnrunzeln in dem schwacherleuchteten Schlafzimmer, die verzierte Weste angezogen, den silberbeschlagenen Cowboygürtel um die Taille, die Pistole im Gürtel, den Rosenkranz und den Silberrahmen in den Händen, das goldene Kruzifix um den Hals.

»Du wirst niemals nach Mexiko kommen. Ich brauche nur zu schreien.«

»Nein, das wirst du nicht tun, Rosa, *ay*?«

Er ist weg. Hinaus aus dem Fenster, so lautlos, wie er hereingekommen ist. Sie schreit nicht. Sie wird ihm nicht nach Mexiko folgen, aber sie schreit nicht. Sie erinnert sich an seinen Körper, und der Partei würde es sowieso nicht helfen, und der Sheriff ist noch immer der Feind. Also schreit sie nicht, und es gibt keine Schüsse, auch kein entferntes Gewehrfeuer, lange nachdem er gegangen ist. Nur Nikolai steht auf der Türschwelle.

»Er ist weg, nicht wahr?«

»Ja.«

»Er kommt nicht zurück. Er hat seinen Rosenkranz mitgenommen und seine Pistole.«

»Und das Kruzifix seiner Schwester.«

»Ich hasse dich.«

»Geh schlafen.«

Es ist zwei Tage später, als der Sheriff an die Tür kommt, seinen Hut in der Hand. Die Hilfssheriffs hinter ihm sehen alle mitleidig aus. Flaco ist tot.

»Meine Männer haben ihn erwischt, als er versuchte, hinten auf einem Kleintransporter durch eine Straßensperre zu kommen. Er rannte in ein Feld, wollte nicht stehenbleiben, hatte eine Waffe bei sich. Sie haben ihn erschossen. Er ist draußen in dem Laster.«

Rosa ist froh, daß die Kinder in der Schule sind, als sie hinausgeht zu dem Kleinlaster, wo die Hilfssheriffs warten. Sie versucht sich darüber klar zu werden, was sie empfindet, während sie läuft. Verlust? Ein wenig, sie hat mit Flaco sieben Jahre gelebt. Kummer? Oder wenigstens Schmerz? Sie versucht es, doch sie spürt nur eine Art Gleichgültigkeit. Er war ihr Mann, sie hatten sich geliebt, aber er war die ganze Zeit ein Betrüger gewesen, ein Lügner, ein Verräter. Er hatte sie betrogen. Die Gewerkschaft hatte er betrogen und die Partei und damit auch sie. Das Leben ist zu kurz, um für mehr als eine Wahrheit zu kämpfen. Sie hat ihre Wahrheit, sie und ihr Vater und Hans, und sie wird dafür leben und letzten Endes nur für sie allein.

Haß? Ja. Und Angst. Sie hat immer Angst gehabt, wenn die Übermacht kam, aber man darf sich durch die Angst nicht von dem abhalten lassen, was man tun muß. Sie schaut in den Laster. Der Körper ist von einer Plane bedeckt. Auf dem Boden des Lasters ist Blut. Ein Hilfssheriff zieht die Plane herab, so daß sie Flacos Gesicht sehen kann. Die dunklen Augen sind geschlossen, der Schnurrbart blutverklebt, das hagere braune Gesicht schmal. Das Gesicht eines Wolfes.

»Was werden Sie mit ihm machen?«

»Wir müssen eine Autopsie vornehmen, eine Untersuchung«, sagt der Sheriff. »Dann werden wir ihn zurück nach Mexiko zu seiner Familie schicken.«

»Ich sollte ihn begraben lassen.«

»Sie haben Ihre eigenen Probleme. Komplizin eines Mörders. Beihilfe zur Flucht. Und was da sonst noch zusammenkommt.«

»Das sind alles Lügen!«

»Wir wollen Sie hier nicht haben. Weder Sie noch die Gewerkschaft, noch die Partei. Der Mord an Mr. Bannister gibt uns alle Mittel in die Hand, die wir brauchen, um Sie alle loszuwerden.«

»Meine Kinder?«

»Sollen sich doch Ihre Parteifreunde um sie kümmern.«

Er führt sie zu seinem Wagen. Der Kleinlaster mit Flacos Leiche und den Hilfssheriffs fährt fort. Der Sheriff bringt Rosa zur Schule, um die Kinder abzuholen, bevor sie zum Gefängnis fahren.

18

Nicholas Grenfell lehnte sich zurück. »Sie haben Rosa zehn Jahre hinter Gitter geschickt. Karla und ich wurden von der Partei übernommen. Begeistert war davon keiner.« Sein Lächeln war so wolfsartig, wie er es bei Flaco Cabrera beschrieben hatte. »Ich sagte ihnen, Flaco sei besser gewesen als auch nur einer von ihnen. Flaco war ein Patriot, sie waren Verräter. Das kam nicht besonders gut an. Ich blieb, bis ich siebzehn war, weil ich nicht wußte, wohin. Dann änderte ich meinen Namen und ging zur Armee.«

»Was ist mit Ihrer Schwester geschehen?«

»Sie ließ sich mit einem Soldaten ein. Er kam dann an die Front.« Er schaute von seinem Sofaplatz hoch, hielt die Hände gefaltet. »Ich war in der Armee und Rosa im Gefängnis. Karla starb allein in einem Motelzimmer in San Diego.«

Seine Frau nahm den Text auf wie ein griechischer Chor. »Ich glaube, Sie können jetzt verstehen, warum Nicholas nichts mit seiner Mutter zu tun haben will, Mr. Fortune? Und in der Tat, ja, ich will es aussprechen, uns ist es egal, wer auf sie geschossen hat. Ihre völlige Hingabe an eine schlechte Sache hat ihrer Familie unendlich geschadet.«

»Ich kann es verstehen.«

»Aber nicht billigen?«

»Ich halte nicht viel von Haß. Jeder hat irgendwelche Gründe, selbst Hitler hatte sie.«

»Wie edel, Mr. Fortune.«

»Ihre Tochter haßt ihre Großmutter nicht, Mrs. Grenfell. Sie hat dafür ihre Gründe, ebenso wie Rosa Gründe hatte.«

Grenfell ging fast in die Luft. »Meine Tochter ist genauso gestört wie ihre Großmutter! Fragen Sie nur Isaac und Joel. Rosa hat ihrer sterbenden Mutter den Rücken zugekehrt, genauso wie ihren Brüdern.«

»Haben Sie die Adressen der beiden Herren?«

»Die Adressen? Sie glauben doch nicht etwa, die beiden wüßten etwas über Rosa?«

»Jemand hat auf Ihre Mutter geschossen, Mr. Grenfell. Vielleicht ist Ihnen das egal. Ihrer Tochter, der Polizei und mir allerdings nicht.«

Er saß da und konnte seine Abneigung gegen mich kaum verbergen. »Meine beiden Onkel wohnen in Great Neck, Sycamore Drive 204 und 206. Sie sind schon sehr alt und verdienen es, daß man sie mit Respekt behandelt.«

»Ich werde mein Bestes tun«, sagte ich.

»Ich hoffe, Sie werden für diese Herumschnüffelei bezahlt.«

»Ihre Tochter verdient nicht schlecht.«

Er schüttelte ungläubig den Kopf. »Mit diesem Lärm, den sie und diese Kretins machen! Sie haben jeden Sinn für echte Werte verloren.«

»Ich werde es Lenny ausrichten«, sagte ich.

Das war mein Aufbruchswort. Ich wandte mich zum Gehen, aber so leicht wollte mich die Gattin nicht davonkommen lassen. Sie sagte: »Der Kontakt zwischen Arlene und uns ist seit langem abgerissen, Mr. Fortune.«

Vor dem großen Haus wartete Lenny noch immer im Wagen. Eine Tasse mit Untertasse standen auf dem Kiesweg. Sie hatte sich nicht einmal die Mühe gemacht, das Geschirr bis zur Haustür zu bringen. Das war ihre Botschaft.

»Wie heißt Ihre Mutter? Ihr Vater hat uns einander nicht vorgestellt.«

»Das ist typisch für ihn. Sie heißt Alette. Daher habe ich den Namen Arlene bekommen«, sagte sie. »Nehmen Sie für den Rückweg den 46 bis zum 80 in Richtung Osten.«

»Wollen Sie gar nicht wissen, was ich rausgekriegt habe?«

»Über meine Eltern oder Rosa? Das kenn' ich zur Genüge.«

»Über Flaco.«

»Okay, erzählen Sie.«

Ich berichtete.

»Also deshalb mußte Rosa ins Gefängnis. Kann man solche Leute überhaupt noch als Menschen bezeichnen? Cabrera und diesen Sheriff?«

»Ein Mann, der ganz egoistisch denkt, und ein anderer, der seinen Job erledigt. Beides Menschen, die daran geglaubt haben, was sie tun mußten.«

Wir erreichten den Interstate 80 East in Denville und reihten uns in den Verkehrsstrom ein. Lenny beobachtete die Wagen, die an uns vorbeifuhren. Mit einem Arm bin ich nicht darauf erpicht, mir mit anderen irgendwelche Wettrennen zu liefern. Lenny schien das egal zu sein.

»Monroe sagt, sie geben nichts auf, ohne dazu gezwungen zu sein, und nichts wird sich ohne Gewalt ändern.«

»Schwarze, Braune, Gelbe und Arme sollten Waffen tragen und für ihre Rechte aufstehen«, sagte ich. »Das hat bei seinen Prozessen nicht gerade geholfen.«

Isaiah Monroe hatte drei Jahre in Jamesburg verbracht und kam fest entschlossen heraus, nicht im Staatsgefängnis von Trenton zu enden, nie wieder etwas zu tun, was ihn mit dem Gesetz in Konflikt bringen konnte. Er wurde ein phantastischer Sportler auf der High-School, später dann in Rutgers, und schloß sich einer radikalen schwarzen Partei an, die marschierte, protestierte, Waffen zum Parlamentsgebäude trug. Aber Monroe rührte kein Gewehr an und tat nichts, wofür er hätte festgenommen werden können. Er hielt Reden, schrieb Artikel, forderte die Armen und Minderheiten auf, sich zu bewaffnen. Und wo immer er auftauchte, hatte er Leibwächter, die ihn beschützten, so daß er nie auch nur ein Gesetz hätte verletzen müssen.

»Nichts konnte bei diesen Prozessen helfen«, sagte Lenny. »Biegen Sie nach Paterson auf den 287 in Richtung Norden ab.«

»Sind Sie so überzeugt, daß er diese Männer nicht umgebracht hat? Sie waren noch auf der High-School, als das passierte.«

»Als ich auf der High-School war, wußte ich weder was von Monroe noch von den Morden. Aber jetzt bin ich im Bilde.«

»Und jetzt sind Sie überzeugt.«

»Jetzt bin ich überzeugt.«

Nachdem er in Rutgers seinen Abschluß gemacht hatte, bemühten sich Profi-Mannschaften vier verschiedener Sportarten um Isaiah »The Wind« Monroe. Die radikale Partei wurde in Krawalle verwickelt, bewaffnete Auseinandersetzungen. Das FBI verlangte, sie für ungesetzlich zu erklären. Aber Isaiah Monroe war zu gut für die Profis, um zu verlieren – FBI, Gewalt, Aufruhr oder was auch immer. Geld war Geld, und Isaiah Monroe bedeutete Geld. Großes Geld. Er entschied sich für Football *und* Baseball, die National Football League *und* die National Baseball League. Beide Ligen mußten von ihren Regeln abweichen, um ihm die Chance zu geben, sich bei beiden zu versuchen, aber Geld ist Geld. Publizität ist Publizität. Und Publizität *ist* Geld.

»Haben Sie ihn je kennengelernt, mit ihm gesprochen?«

»Fahren Sie hinter Preakness Hills runter auf die 504. Die nächste Ausfahrt ist dann North Paterson«, sagte Lenny. »Ja, ich habe ihn kennengelernt.«

»Ist er so, wie behauptet wird? Voller Heftigkeit hinter seiner guten Erziehung. Ein Vulkan. Unberechenbar hinter dem Charisma?«

»Er ist fünfzehn Jahr älter. Und er ist im Gefängnis. Er ist höflich.«

»Schwer zu glauben.«

Sie wandte den Kopf, um mich anzusehen. »Warum? Sie haben ihm die ganze Welt weggenommen, haben ihn fünfzehn Jahre eingesperrt. Glauben Sie nicht, daß das eine Wirkung auf einen Menschen haben kann?«

Es hatte auch in der Sportwelt Unruhe gegeben. Von den Regeln sollte nicht einmal wegen eines Isaiah Monroe abgewichen werden. Niemand konnte in zwei Profi-Sportarten spielen. Einem anti-amerikanischen Haßschürer sollte es überhaupt nicht gestattet sein, Geld zu ziehen aus dem Land, das er attackierte. Sporthelden sollten für die jungen Menschen Vorbild sein, keine Verfechter von Aufruhr und Gewalt. Einem jugendlichen Vorbestraften sollte nicht erlaubt werden, mit dem Geld des Publikums Reichtümer zu scheffeln. So hatte es laut, aber örtlich begrenzt geheißen. Monroe war noch kein nationaler Name, nur eine Möglichkeit. Dann wurden in der Bar des *White America Club* von North Paterson fünf Männer niedergeschossen. Von zwei Schwarzen. Monroe und ein anderes Mitglied der Schwarzen Befreiungsfront wurden von zwei Überlebenden und zwei Augenzeugen identifiziert und auf Lebenszeit hinter Gitter geschickt.

»Es gab vier Zeugen«, sagte ich, während ich die Ausfahrt North Paterson ansteuerte.

»Fahren Sie dann nach links zum Platz vor dem Gerichtsgebäude«, dirigierte mich Lenny. »Zwei Überlebende, die wochenlang in kritischem Zustand im Krankenhaus gelegen haben, und zwei weiße Ganoven. Soll ich jetzt gleich lachen oder damit warten, bis ich aussteige?«

Der Courthouse Square in North Paterson hätte sich auch in tausend anderen Städten im Nordosten Amerikas befinden können. Ein Gerichtsgebäude aus grauem Stein, das noch aus der Zeit vor dem Bürgerkrieg stammte, mit zwei dreistöckigen Flügeln und einem Mittelturm, dessen Kuppel mit dunkelgrauem Schiefer gedeckt war. Die Feuerleitern außen waren erst um die Jahrhundertwende hinzugekommen, als man angefangen hatte, auch an die Sicherheit der Arbeiter zu denken. Die anderen drei Seiten des Platzes wurden zum Teil von Häusern aus grauem Stein oder Ziegelbauten mit flachen Fronten eingenommen. Geschäftsauslagen und säulenverzierte Büroeingänge. Neonreklamen und alte bemalte Schilder. In der Mitte eine Rasenanlage, von betonierten

Fußgängerwegen durchkreuzt, entlang der Wege Sitzbänke. Im Zentrum der Rasenanlage auf einem Sockel das Standbild eines Unionssoldaten, flankiert von Kanonen aus dem Bürgerkrieg und dem spanisch-amerikanischen Krieg. Hinter dem großen Monument ein kleineres Denkmal für den Ersten Weltkrieg und ein P-51-Mustang-Kampfflugzeug zur Erinnerung an den Zweiten Weltkrieg.

Vor der P-51, im Rücken des Unionssoldaten, war ein mit Fahnentuch drapiertes Podium errichtet, zu beiden Seiten der Kanonen vergangener Siege erstreckten sich Sitzreihen. Spruchbänder über dem Podium und an den Ecken des Platzes verkündeten: *Gerechtigkeitskreuzzug für Isaiah Monroe.* Lenny Grünfelds Name erschien mit denen anderer Unterhaltungskünstler, die ich kannte, die meisten davon Schwarze, und verschiedener Politiker, zumeist nicht aus North Paterson oder New Jersey. Es war nicht unbedingt ein erwünschtes lokales Ereignis. Ich parkte an einer freien Stelle des Platzes. Ein Vertreter der Ortspolizei kam auf uns zugesteuert. Lenny wies sich bei ihm als Künstlerin aus, die bei der Veranstaltung auftrat. Er musterte sie und entfernte sich. Wer immer an dieser Demonstration teilnahm, wurde von der Polizei North Patersons nicht als Freund betrachtet.

»Miss Grünfeld, ich freue mich so, daß Sie kommen konnten.«

Der Mann war an unseren Wagen getreten und strahlte, als habe er schon nach uns Ausschau gehalten. Groß und mit breitem Brustkasten, windgerötetem Gesicht und den schmalen, regelmäßigen Zügen populärer jugendlicher Filmdarsteller aus den vierziger Jahren. Das nichtssagende ovale Gesicht des Nachbarn von nebenan in weißen Wohngebieten der Mittelklasse. Ohne Hut, das ergrauende Haar fast poliert.

»Haben Sie uns noch einen Teilnehmer mitgebracht?« Er sah auf meinen leeren Ärmel.

In einem hellgrauen Tweed-Burberry stand er lächelnd da und wartete darauf, vorgestellt zu werden. Ein geduldiger Lächler. Einen grauen Anzug mit weißem Hemd und gestreifter Krawatte unter dem teuren Mantel. Schwarze Schuhe. Eine Anstecknadel der *American Legion* auf einem Jackettaufschlag und eine Nadel der *National Association for the Advancement of Colored People* auf dem anderen. Ein Politiker. North-Jersey-Spielart. Die *American-Legion*-Anstecknadel trug er vermutlich immer, aber die NAACP-Nadel machte wohl gelegentlich den *Knights of Columbus* oder den *Sons of Pulaski* Platz, je nach Anlaß.

»Dan Fortune«, sagte Lenny, »Mr. Francis X. Keene, Vorsitzender der Demokratischen Partei von North Paterson, ehemaliges Mitglied des Rechtsausschusses, früher Stadtverordneter und so weiter. Er läßt sich gern F. X. oder Frank nennen.«

Sie mochte Mr. F. X. Keene nicht. Aber es schien, als habe Mr. Keene eine Vorliebe für sie. Er hatte tatsächlich schon auf sie gewartet, und meine Anwesenheit behagte ihm nicht.

»Nehmen Sie an unserer Demonstration teil, Mr. Fortune?«

»Ich bin nur der Chauffeur«, sagte ich.

»Wie schade.« Er lächelte. Es gehörte zu ihm, dieses Lächeln, so automatisch und ohne Bedeutung wie ein nervöser Tick. »The Wind kann alle und jeden brauchen, die uns helfen können.«

»Passen Sie auf meine Sachen auf«, sagte Lenny und stieg aus. »Ich melde mich nur und lass' mir sagen, wann ich dran bin.«

Sie ging hinüber zu den Leuten, die um das drapierte Podium in der Mitte des Platzes herumwuselten, ohne Keene auch nur noch einen Blick zu schenken. Da war sie wieder, diese Distanziertheit, die private Taucherglocke, in die sie sich verzog. Keenes graue Augen sahen ihr ohne sein permanentes Lächeln nach. Als er sich mir zuwandte, war das Lächeln jedoch wieder da.

»Sind Sie mit dem Fall Monroe vertraut, Dan?«

»Mehr oder weniger«, antwortete ich. »Nicht mit den Einzelheiten.«

Sein glattes Gesicht drückte starke Mißbilligung und Besorgnis zugleich aus. »Ich fürchte, es sind die Einzelheiten, die bei einer Mordanklage zählen.« Seine Schultern verkrampften sich unter dem teuren Burberry. »Ich hoffe, Sie gehören nicht zu diesen Menschen, die aufgrund eigener Interessen und Vorurteile aus der Entfernung darüber befinden, ob ein Mann schuldig ist oder nicht.«

»Tun wir das nicht alle?« fragte ich. »Es sei denn, es handelt sich um etwas Persönliches?«

»Ich nicht, Dan, und irgendwie glaube ich, daß Sie es auch nicht tun. Sie wirken und sprechen wie ein Mann mit Überzeugungen und nicht Vorurteilen.«

Jetzt entspannten sich die Schultern, und seine Miene wurde wohlwollend, kameradschaftlich. Es war ein erstaunliches Gesicht, beweglich und wandlungsfähig, zu jedem Ausdruck fähig, den Keene gerade brauchte. Er sprach mit dem Gesicht und seinem Körper genauso wie mit seiner Stimme, dafür überhaupt nicht mit den Händen. Die Hände hatte er während der ganzen Zeit in den Taschen, regungslos, ein Zentrum der Ruhe, auf das sich der Zuhörer konzentrieren konnte, um Aufregung zu vermeiden.

»Besten Dank.« Das hatte kommen müssen. Ich vermutete, Keene schaffte es sehr oft, Menschen dazu zu bringen, so zu reagieren, wie er es wollte. »Ich bin überrascht, Sie bei diesem Treffen zu sehen. Ich dachte, wer zum Establishment gehört, hält Monroe für so schuldig wie die Sünde.«

»Ich bezweifle, ob man einen Lokalpolitiker zum Establishment zählen kann. Und wenn, dann ist es vielleicht doch nicht so monolithisch, wie Sie anzunehmen scheinen, Dan. Ich halte Isaiah Monroes politische Ziele für völlig indiskutabel. Gewaltanwendung kann unser Land nur spalten, würde den Minoritäten keineswegs helfen, ihren berechtigten Platz in der Gesellschaft zu erringen. Wir müssen im Rahmen des Systems vorgehen. Winston Churchill hat gesagt, Demokratie ist nicht vollkommen, aber sie ist besser als jede andere Alternative. Monroe würde die Demokratie kaputtmachen, ebenso wie die Rechte des einzelnen. Aber ich bewundere den großen Athleten, und hier handelt es sich um einen Mordfall, nicht um Politik. Meiner Meinung nach besteht berechtigter Zweifel an Monroes Schuld und der Schuld des jungen Johnson.«

»Haben Sie bei den Prozessen ausgesagt?«

»Beim zweiten. Ich gebe zu, daß ich beim ersten Prozeß genau wie alle anderen von der Schuld der beiden überzeugt war.« Er spähte über den Platz hinüber zu Lenny, die mit zwei jungen Farbigen sprach. Sie waren ganz in Schwarz gekleidet, bis auf hellgrüne Baretts mit knallgelben Anstecknadeln. »Dann überkamen mich Zweifel wegen der Glaubwürdigkeit der beiden Augenzeugen. Die beiden haben ein Vorstrafenregister, das länger ist als Monroes, und es besteht eine gewisse Unstimmigkeit bezüglich einer Absprache zwischen ihnen und der Polizei. Die Aussage der beiden Opfer ist natürlich vernichtend. Obwohl die Waffen nicht gefunden wurden, war bekannt, daß Monroe das Tragen von Waffen befürwortete. Sein Wagen paßte auf die Beschreibung des Fahrzeugs, das von den beiden Mördern benutzt wurde, aber zumindest zwei seiner Entlastungszeugen behaupten, daß er sich zu keiner Zeit auch nur in der Nähe des Clubhauses befunden hat. Ein sehr berechtigter Zweifel, und deshalb bin ich hier. Ich glaube an unser System, Dan.«

Er mußte Jurist sein. Niemand anders konnte so geschickt Schuld und Unschuld unter einen Hut bringen. Nur ein Jurist konnte so viel leeres Stroh dreschen und sich dabei den Anschein größter Rechtschaffenheit geben. Für Monroes Anhänger waren diese Zeugenaussagen entweder nutzlos oder eine Lüge, einschließlich der Aussagen der Überlebenden. Für die Polizei von North Paterson indessen waren diese Beweise so solide wie Gold und die unverrückbare Wahrheit. Keene schien genau in die Mitte zu passen. Und in einem Mordfall ist die Mitte gegen den Angeklagten. Wußte er das, oder war er nur ein normaler Rechtsverdreher?

»Ich glaube mich zu erinnern, daß die Zeugen ausgesagt haben, der Wagen hätte ein Zulassungsschild aus einem anderen Bundesstaat gehabt. Und Monroes Wagen war in New Jersey zugelassen.«

»Ja, das auch noch. Mehr Anlaß zu begründetem Zweifel. Selbst diese Zeugen haben sich später korrigiert, sie könnten sich an das Zulassungsschild nicht mehr so genau erinnern. Es besteht wirklich mehr als genug Grund, nach einem dritten Prozeß zu verlangen.«

»Nur zu verlangen?«

»In juristischen Dingen darf man nichts überstürzen, Dan. Auf diese Weise kommen die Fehler zustande.«

»Bei dem augenblicklichen Tempo stirbt Monroe im Gefängnis an Altersschwäche, bevor entschieden ist, ob er wirklich etwas getan hat, für das er hinter Gitter gehört oder nicht.«

Lenny Grünfeld und die beiden jungen Farbigen kamen auf uns zu. Von nahem erkannte ich, daß einer der Farbigen gar nicht so jung war. Ein kleiner, muskulöser Mann in einem schwarzen hochgeschlossenen Pullover, schwarzen Jeans, schwarzen wadenhohen Stiefeln und dem hellgrünen Barett mit einem angesteckten Blitz. Etwa Anfang Dreißig, sah er aus wie ein Boxer der Federgewichtsklasse. Auf dem gelben Blitz war das Zeichen einer geballten Faust mit den schwarzen Buchstaben BLF – *Black Liberation Force.* Der dünnere der beiden trug den gleichen Blitz an dem gleichen Barett, und seine schwarze Uniform wurde noch von einer Lederjacke ergänzt.

Es war F. X. Keene, der uns einander vorstellte. »Mr. Dan Fortune. Das ist Smoke, der Vorsitzende der örtlichen schwarzen Befreiungsfront, einer der Initiatoren der Demonstration, und Loren O, ein BLF-Mitglied.«

»Mr. Smoke«, ich nickte höflich. »Mr. O.«

Der ältere krauste nur die Oberlippe. »Einfach Smoke. Der Name eines Revolutionärs, nicht der eines Sklaven.«

Der jüngere, Loren O, nickte heftig als Zustimmung. Lenny griff in meinen Wagen, holte ihre Gitarre und den Rucksack heraus, warf sich den Sack über die Schulter und strebte auf die Rednertribüne zu.

»Ich komm' dann schon allein zurück«, rief sie mir im Weggehen zu.

Die beiden BLF-Männer folgten ihr. F. X. Keene schüttelte den Kopf, sah mich mit einem Achselzucken an und setzte sich auch in Bewegung. Ich stieg in meinen Wagen. Ich hatte kein Interesse an der Demonstration, und Lenny hatte heute kein weiteres Interesse mehr an mir. In dieser Taucherglocke lebte sie in einer eigenen Welt.

Als ich den Interstate erreichte und nach Osten in Richtung

Lincoln-Tunnel und Innenstadt fuhr, dachte ich über Mr. F. X. Keene nach. Er hatte mich nicht gefragt, was ich für einen Beruf ausübte. Ich hatte noch nie einen Politiker auf heimischem Territorium kennengelernt, der nicht, wie eine zukünftige irische Schwiegermutter, wissen wollte, was sein neuer Bekannter tat.

19

Es war noch immer Nachmittag, deshalb fuhr ich vom I-80 auf den I-95, nahm die George-Washington-Brücke und den Cross-Bronx-Expressway bis zur Throgs-Neck-Brücke und nach Queens und dann weiter nach Great Neck. Der Sycamore Drive befand sich im älteren Teil, wo die großen Häuser standen, auf Grundstücken von tausend oder zweitausend Quadratmetern mit altem Baumbestand, zumeist Eichen und Ahorn mit verschiedenen Koniferenarten dazwischen. Keine Herrenhäuser, aber Villen, behaglich und komfortabel.

Die Nummern 204 und 206 waren nebeneinander, unterschieden sich aber völlig. Das Bauwerk im ländlichen Kolonialstil hatte auf einer Garage, die aussah wie eine Sklavenunterkunft aus der Kolonialzeit, eine eiserne Wetterfahne in Form eines riesigen J-B. Joels Haus. Es war weiß, mit Vordersäulen, Lünetten über der Eingangstür, einer Glasveranda an der Seite und was sonst noch dazu gehörte. In dem anderen Gebäude hätte man eher eine Bank als ein Wohnhaus vermutet. Massiver roter Ziegelstein mit einem Kuppeldach in der Mitte und davor zwei Säulen aus weißem Holz. Eine Kreuzung zwischen dem Pantheon und Monticello. Es gab sogar marmorne Eingangsstufen und Fenstersimse aus Marmor. Die Brüder waren nicht gerade einfallsreich, aber sie wußten, was sie wollten – protzige Zurschaustellung, die kaum jemand übersehen konnte.

Vor dem Haus im Kolonialstil wartete ich lange Zeit, daß jemand auf mein Klingeln reagieren würde. Der kleine Mann, der schließlich die Tür aufmachte, hätte ein Imitator von Rosa Grünfeld sein können. In einer grauen Strickjacke, zerknittertem weißen Hemd, ausgebeulten braunen Hosen, grauen Filzpantoffeln – aus einem davon ragte ein Zeh – und mit fast weißen Haaren.

»Mr. Joel Bronstein?«

Er machte Anstalten, die Tür zu schließen. »Er kauft nichts.«

Ich stellte einen Fuß dazwischen. »Sind Sie Isaac?«

Er schaute erst auf meinen Fuß. Dann sah er mich an. »Wer sind Sie?«

»Dan Fortune. Lenny schickt mich.«

»Arlene? Ich habe sie seit Jahren nicht gesehen. Sie kommt nie vorbei.« Er zuckte die Achseln. »Wenn man alt wird, läßt sich keiner mehr sehen. Was will sie? Geld?«

»Kann ich mit Ihnen beiden sprechen?«

»Joel ist krank.« Er blickte mißtrauisch auf meinen leeren Ärmel und schien dann zu dem Schluß zu kommen, daß ein einarmiger Mann irgendwie vertrauenswürdiger war oder zumindest weniger gefährlich. »Okay, kommen Sie mit nach hinten.«

Er führte mich in eine große, kreisförmige Eingangshalle mit dem riesigen Wohnraum zur Linken und dem offiziellen Speisezimmer zur Rechten. Alle Fußböden waren blankes Parkett, die Halle hatte einen Anstrich von zartem Hellblau wie Rotkehlcheneier und weiße Holztäfelung, die Zimmer waren mit weiß-blau gemusterter Tapete im Kolonialstil ausgestattet. Alle Räume machten den Eindruck, als seien sie jahrelang nicht mehr benutzt worden, die Oberflächen, auf die das Sonnenlicht fiel, trugen eine dünne Staubschicht.

Ich folgte dem alten Mann weiter zu einer Tür im Hintergrund. Sie führte in ein Zimmer, in dem Holz und Leder dominierten und in dem eine Hitze herrschte wie im Kesselraum eines der alten Kästen, auf denen ich zur See gefahren war. Auf einem tragbaren Fernsehgerät, das auf dem riesigen Mahagoni-Schreibtisch stand, lief ein alter Kriminalfilm. Ein weiterer kleiner Mann saß auf einer hochlehnigen Lederchaiselongue so verloren wie ein Kind in einem Erwachsenenbett, über die Knie eine karierte Wolldecke gebreitet und um die schmalen Schultern eine pflaumenfarbene Hausjacke aus Samt gelegt.

»Dieser Mann will mit uns reden, El«, sagte mein Begleiter.

»Hast du ihm nicht erklärt, daß ich krank bin?« fragte Joel Bronstein.

»Doch«, sagte Isaac. »Er kommt von Arlene.«

Joel war so klein wie sein Bruder, alle beide dünner als Rosa und nicht viel größer. Joel hatte weniger Haare, kleidete sich besser, von der eleganten Samthausjacke bis zu den weichen schwarzen Stiefeletten eines anderen Jahrhunderts, und er sprach auch gepflegter. Er war vermutlich der Jüngste und hatte die ganze Erziehung mitbekommen, die Rebecca und Sam Bronstein vor ihrem Tod hatten aufbringen können. Er schaute auf meinen Arm. Den, der nicht vorhanden war.

»Was will sie, Mr. . . . ?«

»Dan Fortune. Sie will in Erfahrung bringen, wer auf ihre Großmutter geschossen hat.«

Sie starrten mich beide an, als hätte ich in einer Fremdsprache gesprochen.«

»Sie meinen Rosa?« sagte Joel schließlich.

»Jemand hat auf Rosa geschossen?« fragte Isaac.

»Wußten Sie das nicht?«

»Woher hätten wir das wissen sollen«, sagte Isaac. »Wir haben sie seit dreißig Jahren nicht mehr gesehen.«

»Und wir haben seit zehn Jahren nicht mehr mir ihr geredet«, fügte Joel hinzu und bewegte sich auf seiner Chaiselongue ärgerlich unter der Decke. »Außer, wenn sie uns am Telefon mit ihrer schmutzigen Politik belästigt. Sie will Geld von uns und hält *uns* Reden! Sie haust in einem Dreckloch und hält ausgerechnet *uns* Reden!«

»Sie hat uns schon vor sechzig Jahren den Rücken gekehrt«, sagte Isaac. »Hat vor unseren eigenen Geschäften Streikposten aufgestellt! Wer kann darauf nicht verzichten?«

Die Abneigung, die sie gegenüber Rosa hegten, schien wie eine radioaktive Wolke im Raum zu hängen, als die beiden Brüder ihrer lebenslangen Erbitterung, dem aufgestauten Zorn Luft machten. Eine Wolke, die sich erst zu heben begann, als Joel fragte: »Ist sie tot?«

»Noch nicht.« Ein kleines Schuldgefühl vermag Zungen zu lösen. »Hat Ihr Neffe Nicholas Grenfell Sie nicht informiert?«

»Er läßt auch nicht viel öfter von sich hören«, sagte Isaac. »Er macht sich nichts aus seiner Mutter. Vielleicht hat er selbst auf sie geschossen. Könnte ihm keiner einen Vorwurf machen, so wie Rosa und Hans ihn großgezogen haben. Oder nicht großgezogen haben, sollte man da besser sagen.«

»Wenn sie nicht tot ist«, sagte Joel, »warum wissen Sie dann nicht, wer auf sie geschossen hat?«

»Sie kann sich nicht äußern. Sie ist nicht bei klarem Verstand.«

Das versetzte ihnen einen Schock. Zu äußern hatte sich Rosa immer vermocht, und sie war auch bei Verstand gewesen, gleichgültig, wie überspannt ihre Ideen auch gewesen sein mochten.

»Sie glauben, wir können Ihnen etwas erzählen?« fragte Joel. »Was können wir schon sagen? Seit dreißig Jahren wissen wir nicht, was Rosa macht.«

»Ich dachte, Sie könnten vielleicht irgendwelche speziellen Feinde aus ihrer Vergangenheit kennen? Jemand, der Grund gehabt haben könnte, sie tot zu sehen? Oder der Angst vor ihr hat? Vor etwas, was sie möglicherweise weiß oder verraten könnte?«

Isaac hob die Blicke zur Zimmerdecke. »Wer ist nicht ihr Feind? Freunde hat sie sich nicht so leicht gemacht, aber Feinde?«

Joel hatte die eine Frage herausgehört, die ich nicht gestellt hatte. Die Frage, die sich aus meinem Besuch in Great Neck ergab.

»Rosa gehört zur Familie«, sagte Joel. »Von ihrem Leben draußen wissen wir nur, was wir in den Zeitungen gelesen haben. Wir können Ihnen nicht helfen, es sei denn, Sie halten den Fall für eine Familienangelegenheit. Glauben Sie, einer von uns hat auf sie geschossen?«

»Ist das der Fall?«

»Einer von uns?« wiederholte Isaac ungläubig. »Was habe ich denn für eine Ahnung von Schußwaffen? Wohin sind wir schon gekommen!«

»Sie haben das Geld, um sich hundert Killer zu engagieren.«
»Warum, Mr. Fortune?« sagte Joel.
»Haß. Zorn. Der Tropfen, der das Faß zum Überlaufen brachte.«
Isaac sagte etwas auf jiddisch. Dann wandte er sich an mich. »Na, dann suchen Sie mal nach dem Tropfen, großer Detektiv.«
Joel machte unter seiner Decke wieder eine Bewegung. Ich konnte sehen, daß er Schmerzen hatte. »Nach so vielen Jahren? In unserem Alter? Zorn und Haß bedeuten da nicht mehr so viel.«
»Ich habe es auch anders erlebt«, sagte ich. »Vielleicht wollte sie diesmal etwas tun, was Sie wirklich geschmerzt und verletzt hätte.«
»Was kann zwei einsame alte Männer schon noch verletzen?«
»Irgendein Familiengeheimnis, Widerwille, Schuld. Haben Sie Kinder?«
Der Schmerz, wo immer er herrühren mochte, begann Joel ebenso wie ich auf die Nerven zu gehen. »Wir hatten keinen Grund, auf Rosa zu schießen. Vielleicht früher mal, wegen all der Schwierigkeiten, die sie uns mit den Ämtern und Behörden machte, mit den Gewerkschaften, unseren Kunden, unseren Konkurrenten, ja sogar mit unseren Freunden. Aber jetzt nicht mehr.«
»Wer erbt Ihr Vermögen?«
Beide starrten mich bloß schweigend an. Sekundenlang sah ich Rosa wie ein Gespenst aus ferner Vergangenheit neben ihnen stehen. Drei Einwandererkinder aus der Lower East Side, dahinter die ängstliche, ehrgeizige Mutter, der kämpferische Vater mit dem herausfordernd dicken europäischen Schnurrbart und der ärgerlichen Miene ein wenig abseits daneben.
»Rosa nicht«, sagte Joel.
»Darauf können Sie Ihr Leben verwetten«, fügte Isaac hinzu.
»Sprechen Sie mit unseren Anwälten«, sagte Joel und schloß die Augen. »Ich bin müde, Mr. Fortune. Rosa hat seit langem nicht mehr zu unserem Leben gehört. Es ist nicht leicht, allein in einem leeren Haus zu leben. Ich habe nicht genug Kraft, mich um Rosa zu kümmern. Es tut mir leid.«

Hinter seinen geschlossenen Augenlidern schien der kahlköpfige alte Mann in der Samtjacke unter seiner Decke sofort in Schlaf zu sinken. Isaac legte einen Finger an die Lippen, schaltete leise das Fernsehgerät aus und machte mir ein Zeichen, ihm hinaus zu folgen.

»Er ermüdet leicht«, sagte Isaac, während wir durch die Halle zur Haustür gingen. »Er ist nicht so kräftig wie ich.«

»Wer bekommt Ihr Geld, Mr. Bronstein?«

»Nennen Sie mich Isaac. Ich sag' Ihnen, das Geld sollten Sie vergessen. Joels geht an seine beiden Kinder. Verdient haben sie es wahrlich nicht, sie gönnen ihrem Vater kein gutes Wort, aber sie sind Blut von seinem Blut, und sie erben. Ich war nie verheiratet, mein Vermögen geht an die Brandeis-Universität, zwei talmudische Denkfabriken, damit die Schüler überleben können, und noch ein paar andere Wohltätigkeitsorganisationen. Rosa bekommt einen Dollar. Ich habe gute Anwälte. Daran ist nicht zu rütteln.«

»Nichts für Nicholas Grenfell?«

»Wir haben nicht mehr als er für Rosa übrig, aber sie ist seine Mutter, und er hat eine gewisse Verantwortung. Er haßt zu sehr. Er hat seinen Namen geändert. Und er geht nicht in den Tempel.« Der Blick des hageren alten Mannes hatte sich verhärtet. Jetzt wurde er wieder weicher. »Ich habe Arlene vergessen. Sie bekommt von uns beiden etwas. Aber ich glaube nicht, daß sie sich viel daraus macht.«

Ich glaube auch nicht, daß Lenny besonderen Wert darauf legte, ihre Onkels zu beerben. Aber Nicholas Grenfell hätte Wert darauf gelegt. Bloß vermochte ich nicht zu erkennen, wie das mit Rosa oder den Schüssen auf sie zusammenhängen konnte.

»Vielen Dank«, sagte ich. »Sie brauchen mich nicht hinauszubringen.«

»Ich komme aber trotzdem mit. Ich muß schließlich nach Hause.«

»Sie wohnen jetzt nicht mit Ihrem Bruder zusammen?«

Isaac sah überrascht aus. »Ich habe doch mein eigenes Haus. Joel ist nicht mehr so recht auf dem Posten, seitdem Annie gestorben ist, deshalb komm' ich zu ihm rüber, koche für ihn, damit er was Ordentliches zu essen bekommt. Wir sitzen zusammen vor dem Fernseher, unterhalten uns, und dann geh' ich wieder nach Hause. Ich habe ein besseres Haus als Joel. Früher hatte ich allerhand Personal, um es instand zu halten, aber was soll ich die Leute bezahlen fürs Nichtstun, nicht wahr? Eine Dose kann ich selber öffnen oder ein Fertiggericht in die Mikrowelle schieben. Zweimal im Jahr kommt eine Reinigungsfirma. In die meisten Räume sehen wir gar nicht mehr rein. Bloß die Gärtner müssen öfter kommen, sonst kriegen wir Ärger mit den Nachbarn. Ansonsten leben wir nur in zwei Zimmern.«

Er begleitete mich zum Wagen und blieb dann in der Einfahrt von Joels Haus stehen. In dem nachmittäglichen Sonnenlicht sah er gar nicht so anders aus als Rosa. Er winkte, bis ich ihn im Rückspiegel nicht mehr sehen konnte. Danach würde er sich abwenden und über die beiden großen grünen Rasenflächen zu dem riesigen Bauwerk aus Ziegelsteinen und weißem Holz gehen, wo er in der Küche und dem Arbeitszimmer lebte, sich ein tiefgefrorenes Fertiggericht auftauen, den Fernseher anstellen und zeitig zu Bett gehen.

Ich nahm den belebten Long Island Expressway, wo die Wagen Stoßstange an Stoßstange fuhren, geradewegs hinein nach Manhattan, durch den Queens-Midtown-Tunnel. Es wurde schon dunkel, als ich bei *Six Sport Cable* ankam, aber der Exbasketballspieler öffnete mir auf ein lautes Klopfen. Mein Anblick versetzte ihn nicht in Begeisterung. Er war gerade dabei, in seinem Privatbüro die genaue Aufstellung durchzusehen, die die Polizei von dem Diebesgut aus der Wohnung an der Fifth Street angefertigt hatte.

»Fleißige Jungs«, sagte ich. »Die müssen bei fünfzig Firmen abgesahnt haben.«

Er antwortete nicht, sondern fuhr schweigend fort, alles, was bei ihm abhanden gekommen war, anzukreuzen. Sogar noch ein paar Posten mehr, wenn er glaubte, bei der Polizei damit durchzukommen. Sein Wort gegen das irgendeiner anderen Kabel-Gesellschaft; Konkurrenten mußte man aufs Kreuz legen. Ich legte ihm meine Abrechnung mit investierter Zeit und Spesen auf den Schreibtisch.

»Mein Anwalt wird sich die Sache durchsehen und Ihnen einen Scheck schicken.«

»Wann?«

»Wenn alles in Ordnung ist, in einer Woche. Vielleicht werden es auch zwei.«

Jetzt hatte er keine Eile mehr. Ich ließ ihn in seine Listen vertieft zurück. Sein Anwalt würde von meiner Rechnung ein Drittel abstreichen. Das war okay, so viel, vielleicht sogar ein bißchen mehr, hatte ich draufgeschlagen. Es funktioniert alles, wenn man erst einmal die Spielregeln kennt.

Ich kehrte noch auf ein paar Bier und ein Abendessen bei *Bogie's* ein. Fettucini mit Muschelsoße und drei Beck's im Bauch, brachte ich den Wagen zurück und ging dann zu Fuß bis zur Eighth, wo sich mein Loft befindet. Ich hatte meine Hand schon an der Tür, als ich von drinnen ein Geräusch hörte. Jemand lief bei mir hin und her.

Keine Spuren am Schloß, kein Zeichen gewaltsamen Eindringens. Meine Waffe lag wie üblich in der Schreibtischschublade. Ich überlegte, was ich unternehmen sollte, als die Tür aufflog und Kay Michaels sich auf mich stürzte.

»Ich bin früher geflogen«, sagte sie und lächelte, während ich sie mit meinem einen Arm hochhob.

Ich trug sie hinein, wobei ich ein wenig schwankte, denn Kay ist nicht gerade klein, und stieß die Tür hinter uns zu.

20

Lang und schlank schmiegte sie sich an mich, den Kopf an meiner Schulter, das Gesicht an meinen Hals gepreßt. Die dichten dunklen Haare und ihre kleinen Brüste ruhten mit sanftem Druck auf meinem Oberkörper.

»Ich konnte nicht bis Montag warten«, flüsterte sie, den Atem warm an meinem Hals.

Das ist einer der Augenblicke, wo ich den Arm vermisse. Kay lag auf meiner linken Seite, halb auf mir, ihr Gesicht und die üppigen Haare und den schlanken Körper von den Schultern bis zu den Zehen an mich geschmiegt, und ich konnte sie nicht umarmen. Konnte nur hinüberreichen und mit der rechten Hand ihre Brust berühren, über ihre Hüften streichen, den Hügel dunklen, feuchten Haares.

»Es gab nichts, was ich an der Küste dringend hätte tun müssen, nichts, worauf ich Lust hatte, deshalb habe ich heute früh einen Flug gebucht.«

»Hättest du mich angerufen, wäre ich dich abholen gekommen.«

»Ich seh' mich gern in deiner Wohnung um.«

»Wonach?«

»Nach dir.«

Suchen danach, wer ich war. Ich bin nicht sicher, daß ich das selbst weiß. Ich dachte an Marty – Martine Adair, die Frau, an die ich immer auf die gleiche Weise denken werde, wie ich an meinen verlorenen Arm denke. Es gibt Ereignisse, Augenblicke, die Teil von einem selbst werden. Wenn ich Kay fände, wen würde ich als Teil von ihr finden, überlegte ich.

»Es gibt nicht allzuviel, nach dem zu suchen sich lohnt.«

»Ich möchte wissen, was dich in New York hält.«

»Das wirst du nicht in einer Wohnung finden.«

»Vielleicht in deinem Büro.«

Ihre Hand streichelte während der ganzen Zeit leicht meinen

Bauch. Meine Hüften, tiefer darunter. Glitt weiter und streichelte.

»Wenn ich dich finden kann, finde ich vielleicht, warum du bleiben mußt.«

»Angst vor dem Wechsel«, sagte ich. »Dem Unbekannten. Die Tröstlichkeit des Vertrauten.«

»Es gibt andere Arten von Trost, Dan.«

Ich horchte auf die Nachtgeräusche der Stadt, schaute hinauf zur Decke des alten Lofts mit dem Gewirr von kleinen Rissen und Sprüngen wie eine vergilbende Straßenkarte. Kays Zähne berührten mein Ohr.

»Ist es diesmal ein schwieriger Fall?«

Ich gab Kay eine kurze Zusammenfassung, die auf das alte Ergebnis hinauslief – wenn es um eine Schießerei ging, mußte es ein Motiv geben, und ich hatte keins.

»Leute, die sich auf der Straße rumtreiben, werden häufig attackiert. Meist streiten sie sich untereinander. Aber nicht mit Schußwaffen.«

»Könnte vielleicht irgendein Geisteskranker eine Pistole haben, Dan? Einer von diesen übergeschnappten Veteranen? Männer, die ihre ganze Familie niederschießen? Amok laufen und unschuldige Passanten töten?«

»Die schießen nicht auf eine Person und tauchen dann unter. Sie knallen ganz offen die ganze Nachbarschaft ab und hören erst auf, wenn sie keine Munition mehr haben oder die Polizei sie in die Enge treibt.«

»Bist du sicher, daß es kein Raubüberfall war? Oder jemand wollte einfach nur seine Wut abreagieren?«

»Mit zwei Schüssen? Und er wartete extra in der Hotelhalle?«

Wir lagen dicht beieinander und lauschten der Nacht. Die Tagesgeräusche der Stadt sind brausend, geschäftig, getrieben von Notwendigkeit und Gier und der Aggressivität von Millionen von Menschen, die übereinander klettern. Eine Kakophonie der Bewegung, voran, voran, voran, wenn auch niemand wirklich aufpaßt, wohin. Die Geräusche der Nacht sind langsamer, deutlich. Nachts passen wir auf und sehen, und die Nachtgeräusche sind anders. Entferntes betrunkenes Gelächter. Die Schreie der Angst. Das plötzliche verrückte Losröhren eines Automotors, dessen Fahrer sinnlos von Schatten zu Schatten prescht. Das Sirenengeheul, das in den Ohren derer widerhallt, die darauf horchen, um sicher zu sein, daß es nicht ihnen gilt. Die kühnen Gesänge schwankender Jugendlicher, unterwegs zu einem geplanten Vergnügen oder bereits auf dem Heimweg. Das Zischen der Türen leerer Busse. Das Schlurfen einsamer Schritte.

»Bei der Familie kann ich kein Motiv erkennen. Grenfell haßt sie zwar, aber was zieht er für einen Vorteil daraus nach all den Jahren? Warum sie gerade jetzt erschießen? Das gleiche gilt für die Brüder. Was hätten sie für ein Motiv nach so langer Zeit? Ihre drei Ehemänner sind tot, und was für eine Gefahr könnte Rosa für die Partei darstellen oder für irgendeine andere politische Bewegung?«

»Was ist mit Isaiah Monroe? Seinen schwarzen Revolutionären?«

»Lenny meint, Rosa wüßte nicht mal, wer er überhaupt ist. Und ich glaube ihr. Das ist keine Sache, für die sich Rosa einsetzen würde. Zu ethnisch, zu persönlich. Rosa ist eine Ideologin, eine Sozialistin.«

»Die Leute in ihrem Hotel?«

»Das ist immer möglich. Diese Menschen sind alle etwas unausgeglichen, jemand könnte aus einem Grund, den wir nicht einmal ahnen, einen Haß auf sie gehabt haben. Oder sie könnte etwas gesehen haben, eine Gefahr gewesen sein für Regan oder dessen Bruder oder für den alten Roth.«

»Die Enkelin selbst?«

»Die war an jenem Morgen dort, aber sie hat mich engagiert, und welches verdammte Motiv sollte sie haben?«

Wir grübelten beide im schattigen Dunkel meines Lofts darüber nach, während die mitternächtlichen Geräusche der Stadt von nah und fern zu uns heraufdrangen. Schritte und Stimmen, Maschinen und Beton. Geräusche, von Menschen verursacht.

»Die Antwort ist verborgen in ihrem Kopf«, sagte ich. »In der Gegenwart oder der Vergangenheit, und im Augenblick kann niemand sagen, was nun Wahrheit ist oder Einbildung. Wer immer auf sie geschossen hat, hat auch die Antwort in ihr eingeschlossen.«

»Was wird, wenn sie nie wieder zu klarem Verstand kommt, Dan?«

»Dann werden wir uns mit der Lösung sehr viel Mühe geben müssen, oder wir kommen niemals dahinter.«

Kay überlief eine Frösteln. So etwas geschieht immer wieder. Menschen leben und sterben, und niemand bringt je in Erfahrung, was mit ihnen passiert ist oder wer sie gewesen sind. Aber Kay fröstelte wegen Rosa, die in ihrer Desorientiertheit gefangen war. Wir alle brauchen Orientierung, verlangen zu wissen, was und warum.

Das Telefon riß mich aus dem Halbschlaf. Kay neben mir zuckte zusammen wie eine straff gespannte Sprungfeder. Wir haben heutzutage alle überreizte Nerven. Meine Uhr zeigte 12 Uhr 37.

»Ja?«

»Fortune?«

»Wer ist da?«

»Johnny Agnew. Wissen Sie, wer ich bin?«

Kevin Regans Halbbruder klang erregt, fast euphorisch. Aus irgendeinem Grunde high. Gefühlsmäßig oder chemisch bedingt, vielleicht beides.

»Ja. Wo ist Regan?«

»Wo soll er sein, Mister? In dem verdammten Knast. Und zwar wegen nichts und wieder nichts, verstehen Sie? Johnny A. wird ihm raushelfen.«

»Ich arrangiere keine Gefängnisausbrüche.«

»Scheiße.« Johnny Agnew hatte keinen Sinn für Humor. »Ich hab' ein Geschäft vorzuschlagen, das Sie der Polizei anbieten sollen.«

»Warum sollte ich das tun?«

»Weil Sie genauso scharf drauf sind wie die Bullen, vielleicht noch schärfer, rauszukriegen, wer die Alte umgenietet hat.«

»Sie sehen zu viele Fernsehfilme«, sagte ich. »Die Polizei läßt sich weder von mir noch von jemand anders dazu erpressen, zwei schwere Jungs gegen den Angreifer einer alten Frau freizulassen.«

»Kevin macht jetzt keine krumme Sachen mehr, das wissen die Bullen. Ich will ja nichts für mich rausschinden, sondern für ihn. Wenn die Kevin in Ruhe lassen, rück' ich damit raus, was ich weiß. Für mich will ich keine Sonderbehandlung. Sollen die ruhig versuchen, mich zu erwischen.«

»Sie trauen der Polizei?«

»Nein, verdammt, deshalb will ich Sie ja einschalten. Ich hab' gehört, Sie machen einen anständigen Eindruck. Sie sollen den Bullen sagen, Sie haben einen Zeugen, der redet, wenn Kevin aus der Sache rauskommt.«

»Wer hat Ihnen gesagt, daß ich einen anständigen Eindruck mache?«

»Kevins Frau. Sie ist hier neben mir. Angie, red du auch mit ihm.«

Ich hörte Bewegung und das Scharren von Füßen. Die dünne Frauenstimme klang ängstlich, aber hoffnungsvoll. Es war offenkundig Mrs. Regan.

»Können Sie uns helfen, Mr. Fortune?«

»Meint er wirklich, was er sagt?«

»Ich glaube schon. Er will Kevin helfen.«

»Was weiß er über Rosa?«

»Er hat mir nicht gesagt . . .«

Noch mehr Scharren, dann war Agnew wieder am Apparat. »Wenn Sie hören wollen, was ich weiß, kommen Sie hierher. Jetzt gleich. Nicht, daß Sie vorher mit der Polizei reden.«

Ich umklammerte den Hörer. »Na gut.«

Er legte auf. Ich begann mich anzuziehen. Kay sah mir vom Bett aus zu.

»Geh nicht, Dan.«

»Wenn ich die Polizei anrufe, würde Angie Regan in Gefahr geraten.«

Es ist etwas sehr Losgelöstes dabei, sich im Dunkeln wieder anzuziehen, wenn man miteinander geschlafen hat. Morgens ist es normal und in Ordnung, aber nachts, wenn die Frau noch im Bett liegt, fühlt man sich merkwürdig isoliert.

»Laß ihn doch herkommen.«

Es schien kälter zu sein, als es wirklich war. Ich schlüpfte in meinen alten Dufflecoat.

»Es ist so ungefährlich wie möglich«, sagte ich. »Es ist meine Stadt, nicht die von Agnew.« Ich holte meine alte Kanone aus dem Schreibtisch und schob sie in die Manteltasche. »Okay?«

»Das beruhigt mich auch nicht«, sagte Kay.

Mich genausowenig, mußte ich mir eingestehen.

»Warte zwei Stunden ab, dann ruf Lieutenant Marx an. Die Nummer steht auf dem Telefonblock.«

21

Der kalte Märzwind blies den stillen Häuserblock entlang.

Ganz am Ende drang aus einer Kneipe das Geplärr einer Musikbox. Auf den Bürgersteig davor fiel ein schmaler Lichtstrahl. Vor dem Oneida saß keine Menschenseele. Ich beobachtete den Hoteleingang erst einmal von der Ecke aus. Von der schmalen Gestalt Mrs. Regans war keine Spur zu sehen. Eine gebeugte Bag Lady schlurfte durch den entfernten Lichtschein der Kneipe. Von dem Gewicht ihrer vollgestopften Einkaufstaschen fast zur Erde gezogen, verschwand sie im Dunkel einer schmalen Passage.

Ich ging auf das Hotel zu. Von irgendwo hoch oben aus den dunklen Wohnhäusern drangen Stimmen. Ein Mann schwankte aus der Kneipe am Ende des Blocks und taumelte weiter hinunter zum Fluß, während eine junge schwarze Frau aus dem Haus gestürzt kam, das sich direkt gegenüber dem Hotel befand. Sie rannte in Richtung Fluß, überholte den Betrunkenen und verschwand in der Nacht.

Ich erwartete eigentlich, daß ihr ein Mann folgen würde, aber der Mann, der erschien, kam aus dem Oneida. Er blieb auf der Straße stehen, zupfte seinen marineblauen leichten Mantel zurecht und wischte ein paar Fusseln von den Ärmeln. Er trug einen marineblauen Homburg, eine gestreifte Krawatte, atmete in der kühlen Märzluft tief durch und kam dann auf mich zu.

»Haben Sie ein Streichholz?«

Er betrachtete meinen leeren Ärmel, sah auf das brennende Streichholz, das ich mit einer Hand angezündet hatte, und neigte sich vor, um seine Zigarette an die Flamme zu halten. Kleinwüchsig, mit vollem Gesicht und der weichen blaßrosa Haut, die Männer bekommen, wenn sie sich von einem Friseur rasieren lassen. Ein grobes Gesicht. Zu wohlgenährt, ein wenig aufgedunsen. Manikürte Fingernägel mit farblosem Nagellack.

»Besten Dank.«

Er bedachte mich und meinen fehlenden Arm mit einem Lächeln. Er hatte schlechte Zähne, gebräunt und schief gewachsen. Dann ging er die Straße hoch, die vom Fluß wegführte. Ich sah ihm nach, bis er um die Ecke bog. Er schlenderte gemächlich, ohne Eile, und schaute sich an der Ecke um, bevor er in die Avenue einbog und verschwunden war. Er war zu gut angezogen für diese Gegend, zu selbstbewußt für das Oneida Hotel.

Eine einzelne Glühbirne brannte im Oneida. Auch in der kleinen Hotelhalle war niemand. Die Treppe führte unbeleuchtet zum helleren ersten Stock. Ich ging hinauf. Der Flur war so verlassen wie die Lobby. Gedämpfte Stimmen und Geräusche hinter den Türen, wie weit entfernt, aber der Flur selbst war still und leer.

»Mr. Fortune?« Angie Regan stand unten im Dämmerlicht der Hotelhalle. »Er hat mir gesagt, ich soll vorsichtig sein.«

Die magere Frau von Kevin Regan trug dasselbe gelbe Waschkleid. Zerknittert und weniger hell, als es gewesen war. Die braune Strickjacke war wegen des kälteren Wetters durch einen grauen, halblangen Mantel ersetzt worden. Die dunklen Ringe waren noch immer unter ihren Augen, aber der Blick war hoffnungsvoll, als sie die Treppe heraufkam.

»Wo ist er?«

»In unserem Zimmer. Kann er Kevin freibekommen, Mr. Fortune?«

»Vielleicht.«

Manchmal muß man lügen. Meine Aufgabe war es, herauszubekommen, wer auf Rosa Grünfeld geschossen hatte. Ich arbeitete für meine Klientin, nicht für Wahrheit oder Gerechtigkeit. Nur kann ich so nicht leben. Vielleicht bin ich deshalb nicht wohlhabend und erfolgreich. Agnews Chancen, Kevin Regan aus den Fängen der Polizei zu holen, ohne sich selbst ans Messer zu liefern, waren gleich Null.

»Nein«, sagte ich, »seine Chancen sind gering, Mrs. Regan. Es sei denn, wer immer auf Rosa Grünfeld geschossen hat, stellt eine ernsthafte Gefahr dar und wird weiter töten, so daß die Schüsse auf Rosa nur die Spitze eines Eisbergs waren. Die Polizei muß mehr kriegen, als sie gibt. So funktioniert das nun einmal.«

Die Hoffnung in ihrem Blick wurde schwächer, doch sie verschwand nicht ganz. Es sind nicht immer die Starken, die überleben, es sind die voller Hoffnung, die Zähen, die nicht lockerlassen, wie schlimm es auch kommt.

»Er ist aber überzeugt, Mr. Fortune. Er sagt, was er weiß, ist wirklich wichtig. Erstklassige Ware, sagt er.«

»Wichtig inwiefern? Für wen?«

»Für die Polizei, nehme ich an.«

Der Treppenabsatz im obersten Stock war so schummrig wie der Rest des schäbigen Hotels, aber es war dort nicht still. Vom hinteren Ende kamen Stimmen. Die Tür zum letzten Zimmer links stand offen.

»Hat Agnew jemanden bei sich?«

Sie schüttelte den Kopf. »Von unten ist niemand heraufgekommen. Es muß jemand aus dem Haus sein.«

Wer immer es war, er schien ärgerlich zu sein. Ich legte meine Hand auf die alte Kanone in meiner Tasche. Das machte mich immer nervös. Ich hatte seit Jahren nicht mehr mit der Waffe geschossen, aber ich hielt sie in gutem Zustand. Sie würde funktionieren, wenn ich funktionierte.

»Johnny?« sagte Angie Regan. »Es ist Mr. Fortune. Er . . .«

Die ärgerliche Stimme war das Radio. Ein Nachtprogramm-Moderator, der auf ein paar einsame Hörer einredete, die ihn angerufen hatten, um den Moderator wegen des Zustandes der westlichen Welt zu beschimpfen. Johnny Agnew hörte nicht zu. Er saß in einem Sessel, und das Blut aus dem kleinen, schwarzen Loch in seiner Stirn vermengte sich mit den anderen Flecken auf seinen abgetragenen Kleidungsstücken.

Angie Regan stöhnte und preßte das Gesicht gegen die Wand des Flurs. Ein schmerzliches Stöhnen, nachdem sie sich so lange an die schmale Kante der Hoffnung geklammert hatte. Ich mußte meine ganze Willenskraft aufbringen. Nur wenige Menschen erleben heutzutage noch viel vom Tod, aber ich hatte schon meinen reichlichen Anteil gehabt. Den Tod der Alten, den unausweichlichen Tod, mit dem ich mich immer noch schwer abfinden kann. Leidenschaftlicher und gewaltsamer Tod, dessen Bedeutung einem erst später zu Bewußtsein kommt. Selbst Heldentod für etwas, das im Augenblick wichtig erscheint. Aber dies war kalter, vorsätzlicher Tod – bei laufendem Radio, die Tür geöffnet, um sicher zu sein, daß niemand die Tat heimlich beobachtete, eine Pistole mit Schalldämpfer an die Stirn gehalten und abgedrückt. Die Todesart, die am schwersten zu verdauen ist, am wenigsten menschlich.

»War er allein, als Sie hinuntergingen?«

Sie nickte, das Gesicht noch immer an die Flurwand gedrückt. Gegen den Anblick des Todes ankämpfend und die schwindende Hoffnung. Ich hatte mit meinem Magen zu tun. Der tote Johnny Agnew trug eine hellbraune Windjacke über einem blauen Wollhemd und Hosen mit ausgestellten Beinen. Jetzt war alles blutrot, gefärbt von mindestens zwei Wunden in der Brust, wahrscheinlich sogar drei. Aus geringer Entfernung geschossen, aber nicht gezielt. Nur das schwarze Loch in seiner Stirn stammte von einem gezielten Schuß, dem *coup de grâce.* Ich trat hinter den Sessel und neigte die Leiche vor, um die Austrittswunden zu betrachten. Sie waren nicht besonders groß. Eine kleinkalibrige, durchschlagsstarke Waffe.

»Kein Telefon hier?«

»In . . .« Sie mußte schlucken. »In der Lobby.« Sie atmete tief durch, dann noch einmal und wandte sich um. »Ist er . . .?«

»Ja. Ist jemand runtergekommen. während Sie auf mich gewartet haben?«

»Ein Mann. Ich habe sein Gesicht nicht gesehen. Er hatte einen Hut auf, einen blauen Mantel an. Einen dunklen Hut.«

Ich hatte sein Gesicht gesehen – grob, kalt, rasiert, schlechte Zähne.

»Fehlt irgend etwas?«

»Ob etwas fehlt?« Sie spähte an mir vorbei in das Zimmer. Dann ging sie hinein und schaute sich um, ohne Agnew anzusehen, der in seinem Sessel dasaß, den Mund offen, die Augen starr, das Blut auf den schäbigen Teppich unter dem Sessel tropfend. Langsame, dicke Tropfen. Sie schüttelte den Kopf.

»Nein. Ich weiß nicht, was . . . Johnny bei sich hatte.«

Das wußte ich auch nicht, und es war sinnlos, ihn zu durchsuchen. Der Mörder in Mantel und Homburg hatte gegebenenfalls alles Wichtige mitgehen lassen. »Wollen Sie hierbleiben oder mit runter in die Lobby kommen?«

»Ich bleibe.«

Der Mörder würde nicht zurückkehren. Er war wegen Agnew gekommen und hätte auch Angie Regan und mich haben können, wenn er das gewollt hätte. Ich ging hinunter, um Lieutenant Marx anzurufen. Dann ging ich wieder hinauf. Angie Regan saß jetzt in dem anderen Sessel, den starren Augen und dem herabhängenden Unterkiefer Johnny Agnews gegenüber.

»Sie werden Kevin jetzt laufen lassen«, sagte sie. »Ich meine, er kann Johnny doch nicht mehr helfen.«

Sie hatte einen Weg gefunden, das Geschehene zu verkraften, neue Hoffnung zu schöpfen. Wir saßen zusammen mit der Leiche, wie drei Leute, die auf einen wichtigen Besuch warten. Ich habe nie einen Weg gefunden, damit fertig zu werden, und beneide all jene, die glauben können, die Toten in einer anderen, besseren Welt wiederzusehen.

22

Die Leiche von Johnny Agnew war ins Leichenschauhaus gebracht worten. Lieutenant Marx hatte Mrs. Regan aufs Revier geschickt, um ein Protokoll zu unterschreiben, in dem es hieß, daß sie nichts wisse. Dann hatte er Anweisung gegeben, Rosa in ein sichereres Zimmer zu verlegen, und von seinen Leuten die Neugierigen verjagen lassen. Jetzt saßen wir in dem stillen Zimmer des alten Hotels. In dem Hotel selbst war es alles andere als still. Überall hinter den geschlossenen Türen murmelten unterdrückte Stimmen wie gedämpftes Dröhnen von Buschtrommeln in einem vorgeschobenen Urwaldposten.

»Es steckt mehr dahinter«, sagte Marx. »Etwas Schwerwiegenderes.«

»Das war von Anfang an der Fall«, sagte ich. »Sie wollten bloß nichts davon wissen.«

»Will ich immer noch nicht.«

Marx ist ein außergewöhnlicher Polizist, eine außergewöhnliche Persönlichkeit. Er sagt, was er denkt, ob gut oder schlecht. Als er ein junger Streifenpolizist im Verkehrseinsatz war, wurde er von einem Auto angefahren und weigerte sich, gegen den Fahrer Anzeige zu erstatten, beharrte darauf, er habe selbst Schuld gehabt. Ich habe auch gehört, daß er seinen Anteil an den wöchentlichen Wetten ablehnt. Das macht ihn weder sonderlich beliebt, noch trägt es zu schneller Beförderung bei. Wer sich von der Masse unterscheidet, fordert Ablehnung und Mißtrauen heraus.

»Haben Sie den Kerl in dem Mantel und dem Homburg identifizieren können?«

»Noch nicht, falls es uns überhaupt gelingt.« Marx schüttelte den Kopf. »Was steckt dahinter, Dan? Etwas, das Rosa weiß, gehört oder gesehen hat? Etwas, das sie getan hat oder besitzt?«

Marx starrte auf die Blutlache unter dem Sessel. Wir horchten auf das Stimmengemurmel auf den dunklen Fluren.

»Nach der Familie klingt es jedenfalls nicht«, sagte ich.

»Jeder kann einen Killer engagieren«, versetzte Marx. »Ich will alles hören, was Sie wissen, Dan. Gleich jetzt.«

Ich berichtete ihm, was ich bis zum Augenblick in Erfahrung gebracht hatte. Es nahm nicht viel Zeit in Anspruch. »Abraham Roth hat wegen irgend etwas eine Mordsangst, und jemand will nicht, daß ich mit Roth spreche.«

»Leute, die Ziegelsteine mit Zettelbotschaften durch Fenster werfen, tragen keine Waffen«, sagte Marx. »Ich werde mir Roth ansehen. Noch was?«

»Isaiah Monroe? Das wäre die richtige Größenordnung.«

»Und auch niederträchtig genug«, pflichtete Marx ihm bei. »Monroe ist gefährlich wie der Teufel, und die Prozesse stinken zum Himmel. Der einzige konkrete Beweis, den sie haben, sind die Patronenhülsen in Monroes Wagen, und auch die wurden erst zwei Monate nach seiner ersten Festnahme entdeckt. Mit derartigen Beweisen könnte ich nicht mal beim Stellvertreter des stellvertretenden Staatsanwalts landen. Aber wie sollte die alte Dame für Monroe oder die Polizei dort zu einem Problem werden? The Wind sitzt lebenslänglich hinter Gittern, die braven Jungs haben in beiden Prozessen gewonnen.«

»Ein dritter Prozeß? Monroes Anhänger arbeiten darauf hin, und Lenny Grünfeld hilft ihnen.«

»Sie glauben, Rosa könnte etwas über Monroe wissen, das in beiden Prozessen nicht zur Sprache gekommen ist?«

»Vielleicht etwas zu seinen Gunsten, das den ganzen Fall auffliegen läßt. Es besteht immer die Möglichkeit, an einen Richter mit Zivilcourage zu geraten, der die Fakten noch einmal überprüft, und Monroe kommt frei. Dann müßte der Fall ganz von vorn aufgerollt werden, und das würde für jemand höchst ungemütlich sein.«

»Herrgott, zwei Prozesse haben doch schon stattgefunden, und der zweite davon mit einer öffentlichen Anteilnahme, die nicht einmal Rosa entgangen sein kann. Wenn sie was weiß, warum ist sie dann nicht schon längst damit rausgerückt?«

»Vielleicht ist sie sich nicht darüber klar, was sie weiß.«

Marx schüttelte den Kopf. »Wir werden uns in aller Stille mit dieser Frage befassen, die Kollegen in North Paterson reagieren höchst empfindlich, was Monroe betrifft. Aber die Familie sieht für mich noch immer erfolgversprechend aus. Besonders Rosas reizender Sohn.«

»Inwiefern profitiert die Familie, Lieutenant? Grenfell, seine Frau und die beiden Brüder hegen schon seit fünfzig Jahren diesen tiefen Groll gegen Rosa. Also warum ausgerechnet jetzt? Und was ist Lenny Grünfelds Motiv? Sie ist die einzige der Familie, die zu der alten Dame je ein positives Verhältnis gehabt hat, mit Ausnahme vielleicht von Rosas drei Ehemännern, und die sind alle tot.«

»Die Spinner in dem Hotel?«

»Welcher davon und warum?«

»Woher soll ich das wissen? Was brauchen manche Leute überhaupt für einen Vorwand? Ihnen gefällt einfach nicht, was Rosa ständig für Sprüche macht. Oder sie schnarcht. Oder sie hat den bösen Blick. Was auch immer.«

»Wie kommen solche Typen an eine Waffe? Können sie klar genug denken, die Waffe nach der Tat so loswerden, daß sie nicht gefunden wird? Selbst Ederer?«

»Wer weiß, wozu solche Gestörten fähig sind?«

»Für eins müssen Sie sich entscheiden, Lieutenant. Wenn diese Leute verrückt genug sind, ohne Grund zu töten, sind sie zu verrückt, die Tat richtig auszuführen. Und wie sollte sich einer von ihnen einen professionellen Killer anheuern?«

»Was nun, wenn gar kein Zusammenhang besteht? Die Familie oder einer der Verrückten aus dem Hotel hat auf sie geschossen, und Johnny A wurde wegen etwas umgelegt, was mit der alten Rosa überhaupt nichts zu tun hat.«

»Das glauben Sie?«

»Nein«, sagte Marx. »Es wäre eine Möglichkeit, aber gegen so viele Zufälle spricht die praktische Erfahrung. Politik? Sie wußte etwas, das den Kommunisten zum Schaden gereichen konnte?«

»Ich habe bis jetzt nichts entdecken können.«

Das Stimmengemurmel hinter den Türen der schmuddeligen Hotelzimmer war inzwischen abgeebbt. Die billige Uhr auf dem

Tisch, an dem Kevin Regan seine Schularbeiten gemacht hatte, zeigte 3 Uhr früh. Die entfernten frühmorgendlichen Geräusche der Stadt drangen bis in das Zimmer herauf. Scheppernde Müllwagen, trunkene Stimmen, das anhaltende Dröhnen von Lieferwagen auf den Straßen. Marx starrte auf das angetrocknete Blut unter dem Sessel. Dann stand er auf.

»Sprechen wir noch mal mit Rosa.«

»Um drei Uhr früh?«

»Die Uhrzeit spielt für sie keine Rolle«, sagte Marx und ging auf die geöffnete Tür zu. »Und im Krankenhaus werden sie mich nicht aufzuhalten versuchen.«

Während wir hinuntergingen, öffneten sich auf den Fluren spaltbreit die Türen. Als wir die Lobby erreichten, wurde Mrs. Regan gerade zurückgebracht.

»Haben Sie für heute nacht eine Bleibe?« fragte Marx.

»Unser Zimmer«, erwiderte die magere Frau.

»Irgendwo anders.«

»Kevin könnte morgen nach Hause kommen. Johnny ist tot, da könnten sie Kevin doch morgen wieder freilassen. Ich muß das Zimmer saubermachen.«

Marx starrte sie sekundenlang an, dann zuckte er die Achseln. Ich folgte ihm hinaus zu seinem Wagen. Schweigend fuhren wir bis zum St. Vincent. Sie machten Marx keine Schwierigkeiten. Vor der Tür des Einzelzimmers in einer anderen Etage, auf die Rosa Grünfeld verlegt worden war, standen zwei Polizisten, ein weiterer war vor dem Schwesternzimmer postiert.

»Unten steht auch noch einer, der das Fenster beobachtet«, sagte Marx. »Und ein anderer aus meiner Abteilung ist bei ihr im Zimmer.«

Nichts ist völlig luftdicht, aber diese Maßnahmen machten doch einen hieb- und stichfesten Eindruck. Der Detective in dem Krankenzimmer hatte seine Pistole schon gezückt, noch bevor wir durch die Tür getreten waren. Marx nickte. Der Detective wich zurück in den Schatten. Rosa lag mit offenen Augen da, die vogelartige Leere im Blick.

»Du kannst dich hier postieren.« Sie drehte den Kopf, um meinen Dufflecoat und die schwarze Baskenmütze zu mustern. »Die Berge sind nahe und die Eisenbahn. Die Schiffe sind nicht weit.«

»Rosa?« sagte ich. »Erzählen Sie uns von Flaco? Und von Ben Douglas?«

Sie streckte die knochige Hand aus und ergriff meinen Arm. »Du mußt verhindern, daß sie weglaufen! Sie rennen weg!«

Marx beugte sich vor. »Erzählen Sie uns von Isaiah Monroe, Rosa.«

»Halt sie auf, sonst rennen sie zurück bis nach Hause!«

»Ist die Tscheka hinter Hans oder Flaco oder Ben her?« fragte ich.

»Es wird bald dunkel«, flüsterte Rosa, während sich ihre Fingernägel in meinen Arm gruben. »Dann können wir sie aufhalten. Aber du mußt verhindern, daß sie weglaufen, sonst verlieren wir sie alle im Dunkeln.«

»Ist es Hans, Rosa?« fragte ich. »Will die Gestapo Hans verhaften?«

Ihre Vogelaugen spähten schnell nach rechts und links. »Wir können diese Straßen halten. Errichtet hier die Barrikaden, reißt das Straßenpflaster auf! Die Pflastersteine werden die Pferde aufhalten!«

»Flaco Cabrera hat für den Sheriff gearbeitet. Hat er Ihnen was erzählt?«

»Sie haben Pferde! Pferde, Hans! Macht die Barrikaden möglichst hoch! Zerrt sie von ihren Pferden herunter! Zieh sie runter, Hans! Zieh Flaco runter. Flaco, du Schuft! Er ist ein Verräter, Ben, ein Judas. Oh, ich kenne ihn! Ich kenne sie! Die gute Gestapo. Ich kenne ihn!«

Sie packte mich mit beiden klauenähnlichen Händen, so daß mein Handgelenk blutete, und zog sich auf dem Krankenhausbett hoch. Die leeren Vogelaugen starrten in mein Gesicht. Besessene, verschlagene Augen. Verlorene Augen in dem Schummerlicht des abgedunkelten Raumes. Dann fiel sie zurück, und ihre Augen schlossen sich. Ihre welken Hände falteten sich über ihrer Brust.

»Es ist sinnlos«, sagte Marx.

Es war wirklich sinnlos, Rosa Grünfeld zu befragen, und es würde vielleicht nie wieder Sinn haben. Ich trat hinaus ins grelle Licht des Flures und steckte mir eine Zigarette an. Marx blieb noch kurz stehen, um mit seinem Detective zu sprechen. Ich rauche von Jahr zu Jahr weniger, aber ich habe es noch nicht ganz aufgegeben. Es gibt zu viele Augenblicke, wo ich noch immer eine Zigarette brauche. Ich zog so heftig an meinem Glimmstengel, daß ich nur noch einen Stummel in der Hand hielt, als Marx herauskam.

»In diesem Zustand ist sie für niemanden eine Gefahr«, sagte er.

»Manche Leute gehen kein Risiko ein.«

Wir warteten auf den Fahrstuhl und fuhren schweigend hinunter. Die Stunde vor Anbruch der Dämmerung ist die stillste Zeit in New York. Ein Moment des Friedens vor der Explosion des Tages. Klar und kalt an einem Märzmorgen. Marx fuhr mich zu meinem Loft. Er wohnte wahrscheinlich draußen im Nassau County und hatte etwa noch eine Stunde vor sich, bevor er nach Hause kam. Ich bat ihn, mir noch einen Besuch bei Kevin Regan zu verschaffen. Das sagte er mir zu.

Kay schlief unter den Decken verkrochen. Ich wollte sie nicht aufwecken, aber sie wurde doch wach, und ich brauchte sie. Tod und Einsamkeit verursachen ein Bedürfnis, das stärker ist als Schönheit oder Begierde. Es heißt, daß Frauen dieses Bedürfnis spüren, und vielleicht stimmt das. Ich weiß, Kay kam mir mit der gleichen leidenschaftlichen Heftigkeit entgegen, mit der ich mich ihr näherte, und die Morgendämmerung war schon angebrochen, bevor ich ihr von Johnny Agnew und dem weichen, gedunsenen Gesicht des Killers in Mantel und Homburg berichtete. Ich hatte angefangen zu frösteln.

»Sie kann dir überhaupt nichts sagen, Dan?«

»Ich weiß nicht einmal, in welcher Welt sie momentan lebt. Einer realen Welt oder einer Traumwelt oder in gar keiner. Einer privaten Gummizelle.«

»Irgendwann muß sie doch aus diesem Zustand erwachen«, sagte Kay.

»Irgendwann könnte zu spät sein.«

23

Ich machte Frühstück. Kay lag im Bett und las die sonntägliche Witzbeilage. Ein amerikanisches Ritual. Ich lese weder die sonntäglichen Witzbeilagen noch liege ich sonntagvormittags im Bett.

»Du bist unamerikanisch.«

»Das haben sie bei der Handelsmarine auch gesagt, als ich niemals Schlafpause machte.«

»Was hast du denn getan?«

»Gelesen. Ich hatte mehr Bücher in meiner Schiffskiste als Lebensmittel.«

»Zweifellos skurril. Wie bist du dazu gekommen, Detektiv zu werden?«

»Was soll man sonst tun mit einem guten Gedächtnis, nutzlosem Wissen, jeder Menge Verbrechen, ein wenig Hoffnung und einem Arm? Die New Yorker Polizei schuldete mir einen Gefallen, anderer Leute Probleme sind leichter zu bewältigen als meine eigenen.«

»Und du wirst also weiter hier anderer Leute Probleme lösen?«

»Wie viele Eier willst du?«

»Zwei. Auch in Kalifornien haben die Leute Probleme.«

»Toast oder ein englisches Muffin?«

»Scher dich zum Teufel.«

Ich machte ihr ein englisches Muffin als Beilage zu meinem Spezial-Rührei und dann noch einmal das gleiche für mich. Das Ganze servierte ich im Bett, mit der Witzbeilage und der *Times Book Review* als Tischtuch. Während wir aßen, unterhielten wir uns über Kays Arbeit, den Job, der sie nach New York geführt hatte, ihre Aussichten, in Los Angeles als Schauspielerin beschäftigt zu werden. Als wir bei dem flotten Leben in Santa Barbara, nur neunzig Meilen nördlich von Hollywood entfernt, angelangt waren, hatte ich mein Frühstück beendet, wusch ab und zog mich an. Kay sah mir dabei zu.

»Essen wir heute abend im *Le Monaco*?« fragte ich.

Sie nickte und lehnte sich in die Kissen zurück, um sich der *Times* zu widmen. Das würde sie bis Mittag in Anspruch nehmen, wahrscheinlich sogar länger, und außerdem hatte sie auch noch ihrer Arbeit zu erledigen.

Ich trat hinaus in die kühle Sonne der sonntäglichen Straßen und nahm die U-Bahn zum Gefängnis. Marx hatte meinen Besuch bei Kevin Regan arrangiert, aber diesmal war kein Anwalt dabei. Selbst am Sonntag würde Walt Eimold jedem erreichbaren Richter der Stadt auf die Pelle rücken, um ihn zu beknien, nachdem Johnny Agnew jetzt tot war, die Anklage gegen seinen Mandanten fallenzulassen.

»Was ist Johnny zugestoßen, Fortune?«

Er hörte mir zu, weder zornig noch traurig. Das blasse irische Gesicht unbewegt, die blauen Augen auf mich gerichtet, als könne er das Mordzimmer und den Tod seines Bruders sehen. Nur seine vernarbten Hände waren in Bewegung. Sie öffneten und schlossen sich in unterdrückter Erregung.

»Kennen Sie den Mann mit Hut und Mantel?«

»Nein, Sie etwa? Oder die Polizei?«

»Beidesmal Fehlanzeige. Er stammt von auswärts, glaubt die Polizei.«

»Und er ist auch nicht Johnnys Kragenweite«, sagte Regan.

»Sind Sie da sicher?«

»Vollkommen.«

»Glauben Sie wirklich, Johnny wußte etwas über die Schüsse auf Rosa?«

»Das muß doch so sein, nicht wahr? Er hat versucht, mir zu helfen. Das beweist es doch, oder? Halte deine Nase sauber und dich aus allem raus.« Der irische Tonfall schwang in seiner Stimme mit. »Versuch' deinem Bruder zu helfen, und du bist erledigt.«

»Wußte er, wer auf Rosa geschossen hat?«

Regan streckte die Hand aus. Ich gab ihm eine Zigarette und Feuer. In sein schneeweißes Gesicht war jetzt eine leichte Röte gestiegen, während Erbitterung und Schock in kalte Wut umschlugen, mit der wir alle leichter fertig werden. »Er war an jenem Morgen dort.«

»Wo?«

»Über Nacht in unserem Zimmer. Er war mein Bruder. Wir sprachen miteinander. Er wollte sich nicht aufgeben. Solange er konnte, wollte er sich seinen Anteil nehmen, Gefängnis oder nicht. Am Morgen ging er dann.«

»Um wieviel Uhr?«

»Kurz vor acht.«

»Also könnte er die Schießerei gesehen haben.«

»Oder gehört.« Regan rauchte. »Meine Frau hat mich gestern besucht. Sie sagt, Johnny hätte ihr erzählt, die alte Frau wüßte, wer auf sie schoß. Er sagte, die Polizei würde dafür und für mehr noch zahlen.«

Es war keine Überraschung, aber etwas zu vermuten und die Gewißheit zu erlangen, ist zweierlei. Rosa Grünfeld hatte ihren Angreifer gekannt.

»Wie kann jemand dahinter gekommen sein, daß Johnny reden wollte? Außer mir und Ihrer Frau?« sagte ich. »Es sei den, er wollte von beiden Seiten abkassieren.«

Regan rauchte den Rest seiner Zigarette.

»Angie sagt, er kam sich sehr gerissen vor, wie der schlaue alte Onkel, der anderen was andrehen will. Nur war er dazu nicht raffiniert genug.«

Er drückte seine Zigarette aus und stand auf. Ich gab ihm das restliche Päckchen, und er hielt die Zigaretten und starrte darauf, als handele es sich dabei um etwas Besonderes.

»Vielleicht läßt die Polizei Sie jetzt doch laufen«, sagte ich.

»Sie sind noch naiver als Johnny, Fortune.«

»Jetzt können Sie ihm doch nicht mehr helfen.«

»Aber das trägt mir keine Pluspunkte ein, verdammt. Schließlich hab' ich ihn nicht umgebracht, nicht wahr?«

24

Vor dem Oneida Hotel hatten sich alle auf der Straße versammelt. Der Sonntag ist etwas Besonderes in diesem Land, selbst für diejenigen ohne Glauben und ohne neue Pflichten am Montag. Mit Ausnahme von Abraham Roth.

»Mr. Roth arbeitet sonntags, aber klar doch«, sagte Don. »Mein kleines Schätzchen meint, er ist ein schwerarbeitender alter Mann. Die Kleine war heute schon hier und hat mir eine neue Armbanduhr gebracht. Zu meinem Geburtstag.« Eine neue Timex glänzte am Handgelenk des dunkelhaarigen, glattrasierten Mannes, der mit seinem Gehirntumor zugleich seine Vergangenheit verloren hatte. »Die alte hab' ich weggeschmissen.«

»Dieser verdammte alte Jude würde noch am Tag des Jüngsten Gerichts für einen Extradollar schuften«, bemerkte einer der Dover-Brüder und nahm einen Schluck von seinem Bier.

»Der sitzt noch heute auf dem ersten Groschen, den er verdient hat«, ergänzte der andere Dover und nahm seinem Bruder die Bierdose aus der Hand. Es würde für die Dovers ein langer Tag werden, wenn sie sich jetzt bereits ein Bier teilten.

»Ich halte nichts davon, an einem Sonntag zu arbeiten«, sagte George, der Hausmeister. »Aber für einen Juden ist es okay.«

»Wo ist denn sein Laden?«

»Ein Stück weiter die Avenue rauf«, antwortete Barney Ederer. Er erhob sich vom Boden, wo er, an die Hotelmauer gelehnt, gesessen hatte. »Ich zeig's Ihnen.«

Wir wandten uns in Richtung Westen und bogen dann in die Ninth Avenue ab. Alle waren bei dem Sonnenschein in ihrem Sonntagsstaat unterwegs. Die betuchten Sanierer, denen die in ihren Urzustand zurückrenovierten Ziegelbauten gehörten, die jetzt wieder aussahen wie die Stadthäuser um die Jahrhundertwende, die Bewohner der Mietshäuser und die Verwahrlosten. Zwar unterhielten sie sich nicht miteinander, aber sie ließen einander zumindest in Frieden. Es besteht immer Hoffnung.

»Hat Rosa Ihnen schon was erzählt?« fragte Ederer.

»Machen Sie sich Sorgen?«

»Mir macht nichts mehr Sorgen, Dan. Außer vielleicht ein paar Leute wie Rosa. Wird sie durchkommen?«

»Ich weiß nicht.«

»Noch immer nichts, wer es getan haben könnte?«

»Nur, daß Kevin Regans Bruder behauptet hat, er wisse etwas darüber. Und jetzt ist er tot.«

»Ich bin froh, daß ich keine Ahnung habe«, sagte Ederer. »Ich habe gehört, es ist ein Profi gewesen, der Regans Bruder erledigt hat. Was kann einen Profi bewogen haben, sich um eine Bag Lady zu kümmern?«

»Da sagen Sie was.«

Ederer schien nachzudenken. »Jemand mit Geld steckt vielleicht dahinter.«

»Sie sollten Detektiv werden, Barney.«

»Nichts mit sollten und müßten. Hier ist Roths Laden. Lassen Sie sich nicht aus der Ruhe bringen, Dan. Ich setz' mich ein bißchen runter an den Fluß.« Er latschte in seinen Sandalen weiter und bedachte die anderen sonntäglichen Spaziergänger mit einem Lächeln. Ich betrachtete Abraham Roths Laden. Das einzige Geschäft im ganzen Block, das geöffnet war. Es hatte zwei Schaufenster mit einer Mitteltür. Eine der großen Scheiben sah neu aus. Pullover, Kleider und Röcke stapelten sich in den Auslagen, ohne den Versuch einer attraktiven Dekoration, nur niedrige Preise. Weit im Hintergrund des Ladens saß ein alter Mann hinter einem schmalen Ladentisch mit einer Registrierkasse.

»Verschwinden Sie! Verschwinden Sie!« Er kam mir, beide Arme schwenkend, entgegen wie ein Schulleiter, der lärmende Kinder vom Schulhof verscheuchen will. »Lassen Sie mich in Ruhe! Ich will Sie hier nicht! Keine Polizei!«

»Haben Sie lieber jemand, der Ihnen Ziegelsteine in die Schaufenster wirft, Mr. Roth? Ihnen Drohungen schickt?«

»Sie sollen jetzt gehen! Sie sollen mich in Ruhe lassen!« Sein Gesicht war grau, der Blick gehetzt, wie auf einem Foto von Auschwitz. »Bitte . . .«

»Hat er auf Rosa geschossen, Mr. Roth? Haben Sie ihn gesehen?«

»Nein, nein!«

»Wer ist er? Sagen Sie es der Polizei. Die Polizei wird Sie beschützen.«

»Die Polizei schützt Kriminelle, Diebe, Mörder!«

»Erzählen Sie mir von Rosa Grünfeld.«

Ich dachte, der alte Mann würde sich die Haare ausreißen, in dem staubigen Dunkel des Ladens ein Klagelied anstimmen. »Ich weiß nichts! Gehen Sie zu dieser schrecklichen Enkelin! Sie war da! Ich habe sie gehört, als auf die alte Frau geschossen wurde.«

»Sie haben die Schüsse gehört? Sie waren auch da?«

»Ja, ja! Die verdammte alte Frau kommt immer ihre Nase in meine Angelegenheiten stecken. Immer ist sie verrückt. Ich sag' ihr, sie soll gehen. Sie soll gehen! Ich höre das Mädchen in Hotelhalle. Sie ruft zu ihrer Großmutter, sie wird hinaufgehen in Zimmer. Die alte Frau geht dann, und ich höre Schüsse.«

»Wie lange, nachdem Rosa Sie verlassen hatte? Die Schüsse?«

Der alte Mann zuckte verzweifelt die Achseln, wollte antworten, wollte mich los sein, spähte an mir vorbei zu der offenen Tür. »Wie soll ich wissen? Vielleicht fünf Minuten, vielleicht nicht so lange. Jetzt gehen Sie, bitte.«

»Sie haben die Schüsse gehört? Und Sie sind nicht hinausgegangen, um nachzusehen?«

»Ein Mann, der rausschaut, ist ein Verrückter.«

»Warum haben Sie dann solche Angst? Wenn Sie bloß die Schüsse gehört haben?«

»Bitte.« Er flehte, während er keine Sekunde seine Hände stillhielt. »Sie gehen zu der Enkelin. Ich habe sie heute früh gesehen. In dem Hotel. Im Zimmer von der Großmutter. Sie redet mit diesen Leuten. Gehen Sie zu ihr!«

Er war verängstigt. Weswegen? Daß ihn jemand mit ihr sah? Er ließ keinen Blick von der offenen Tür.

»Mr. Roth? Gehen Sie zur Polizei. Zu Lieutenant Marx auf dem Revier. Er wird Ihnen helfen.«

Er schüttelte bloß den Kopf und rang weiter die blassen Hände, während ich, verfolgt von seinem Blick, hinausging. Vor dem Oneida hatten sich die Dover-Brüder auf der Suche nach weiteren Stimulanzien oder Geld, um sie sich zu kaufen, inzwischen fortbegeben, und der alte ehemalige Hausmeister George fegte den Bürgersteig, reinigte die Nachbarschaft. Ich ging hinauf zu Rosas Zimmer. Die Tür war geschlossen, und auf mein Klopfen kam keine Antwort. Dafür öffnete sich die Tür des Nachbarzimmers, und ein Kopf wurde herausgestreckt.

»Suchen Sie Rosa, Mister? Sie . . .«

»Ich suche ihre Enkelin.«

Lenny Grünfeld erschien hinter der jungen Frau.

»Ich bin hier drin, Dan.«

Es war das übliche schäbige Einzelzimmer, aber vollgestellt mit alten Polstermöbeln, über die farbenfrohe handgearbeitete Bezüge gebreitet waren. Ein vier oder fünf Jahre altes Kind spielte auf dem Fußboden.

»Ich habe allen von diesem Mann erzählt, der Kevin Regans Bruder umgebracht hat«, sagte Lenny. »Es geht jetzt um mehr als nur Rosa, und wenn sie nicht damit rausrücken, was sie wissen, könnte es für sie gefährlich werden.«

»Rosa war gut zu mir«, versicherte die junge Frau. »Ich würde selbstverständlich helfen, wenn ich könnte, bloß ich weiß leider nichts. Ich meine, ich muß für mein Kind sorgen, und ich geh' schon vor sechs Uhr früh zur Arbeit.« Sie sah nicht älter als zwanzig aus und bedachte Lenny und mich mit einem vergnügten Grinsen. »Au wei, ich weiß noch, wie wütend Rosa war, als ich hierher kam. Ich war erst sechzehn und im siebten Monat schwanger, müssen Sie wissen. Die alte Rosa übernahm gleich das Regiment. Zuerst wollte sie wissen, wie ich schwanger geworden bin. Da hab' ich ihr erzählt, wie ich in unserer Straße immer die Jungs und Mädchen miteinander rumpoussieren gesehen habe, und ich wäre ganz wild auf ein Baby gewesen. Ich wollte einfach nur ein Baby, verstehen Sie? Bloß, als ich dann schwanger wurde, hatte ich überhaupt keine Ahnung. Meine Mutter hat mir nämlich nie irgendwas davon erzählt. Ich merkte nur, daß mir immer schlecht war, und ging zur Untersuchung, und da sagte der Arzt: ›Ich werde jetzt deine Mutter anrufen, daß sie dich abholt, denn du bekommst ein Baby!‹ Und meine Mutter sagte: ›Behalten Sie das Mädchen gleich dort, Doktor. Ich will nichts mehr mit ihr zu tun haben!‹ So bin ich dann hierher gekommen, und Rosa wurde so wütend, daß sie gleich loszog und mit meiner Mutter und ihrem flotten Liebhaber in einen Streit geriet. Aber es kam nichts dabei raus. Rosa verhalf mir dann zu einer guten Unterstützung, und ich würde wirklich gern helfen, wenn ich könnte, aber ich hab' nichts gesehen.«

Sie grinste uns weiter an. Das Kind spielte still hinter ihr auf dem Boden. Es trug einen übergroßen Overall aus einem Material, das aussah, als würde es bei der ersten Berührung mit einem Streichholz in Flammen aufgehen, und schob schweigend einen zerbeulten Laster mit drei Rädern vor sich her. Das Kind schaute nicht einmal hoch, als Lenny Grünfeld und ich die Tür schlossen.

»Sie war die Letzte, die wenigstens mit mir gesprochen hat«, sagte Lenny, während wir hinuntergingen in die Lobby. »Keiner weiß etwas.«

»Sie können es sich nicht leisten.«

»Dieser Mann vergangene Nacht. Die Polizei sagt, er wurde getötet, weil er wußte, wer auf meine Großmutter geschossen hat.«

»Sie wissen nicht, was er wußte. Er hielt es für wichtig genug, es der Polizei als Tausch gegen seinen Bruder anzubieten, und es sieht so aus, als sei es wichtig genug gewesen, ihn das Leben zu kosten.«

»Er hat versucht, was er wußte auch der Person zu verkaufen, die auf Rosa geschossen hat, nicht wahr?«

»Das nehme ich an.«

»Wer? Worin war Rosa verwickelt?«

»Das frage ich Sie!«

Lenny schüttelte den Kopf. »Nichts. Es ist einfach nicht möglich.«

»Und wenn es um etwas geht, in das Sie verwickelt sind?«

Wir hatten die Straße vor dem Hotel ereicht. Lenny wandte sich nach Osten und begann in lang ausholenden Schritten loszumarschieren. Für einen Sonntagvormittagsspaziergang gekleidet – Blue Jeans, ein gelbes Sweatshirt mit dem *Monkey Preps*-Emblem, schwarze, mit Wildleder abgesetzte Leinen-Sportschuhe, die blonden Haare achtlos zurückgebürstet. Die Jeans über ihrem perfekten Körper konnten einem Mann die Knie weich machen.

»Nichts, was ich tue, könnte mit Rosa einen Zusammenhang haben, Dan.«

»Sie waren an jenem Morgen dort und gingen etwa fünf Minuten, bevor auf Rosa geschossen wurde, in ihr Zimmer hinauf.«

Lenny ging so schnell, daß sie beinahe rannte, voll Zorn hinter der Wand, die sie zwischen sich und der Welt aufgerichtet hatte. »Woher wissen Sie das so genau?«

»Der alte Roth hat es mir erzählt.«

»Er war da? Dann . . .?«

»Er sagt, er hat nichts gesehen. Rosa hatte mit ihm gesprochen, worüber wollte er nicht sagen, aber ich glaube, er hat mit irgendwem Schwierigkeiten. Er hörte, wie Sie riefen, Sie würden in Rosas Zimmer hinaufgehen. Rosa verließ ihn wenige Minuten später, und nach etwa fünf Minuten hörte er die Schüsse. Er machte seine Tür zu und zog den Kopf ein.«

Lennys lange Schritte hatten uns südwärts in Richtung Village geführt. Die sonntäglichen Spaziergänger beobachteten uns – den schönen jungen Körper und den mittelalten einarmigen Zausel.

»Einer dieser Dover-Brüder sagte mir, daß sie mit dem alten Roth spricht. Deshalb rief ich, daß ich zu ihr raufgehen würde. Ich wartete eine Stunde, das war nicht ungewöhnlich, las ein Buch, machte mir eine Tasse Kaffee, hörte auch die Polizeisirenen, aber dachte mir nichts dabei, man hört ja öfter Sirenen. Als ich schließlich runterging, um nach ihr Ausschau zu halten, erfuhr ich erst, was passiert war. Dann fuhr ich zum Krankenhaus.«

»Nichts, was Sie beide getan haben, könnte gefährlich sein?«

»Wir machen nichts gemeinsam.«

»Wie steht es mit der Vergangenheit?«

»Ihrer oder meiner?«

»Beide.«

»Ich weiß nicht sehr viel über Rosas Vergangenheit, und in meiner gibt es nur einen Exvater, einen Exehemann und eine Exwelt, die mir heute nichts mehr bedeutet.«

Wir erreichten den renovierten Ziegelbau an der Perry Street.

25

Die Wohnung nahm das ganze Erdgeschoß ein. Wände waren herausgebrochen worden, um einen riesigen Wohnraum zu schaffen, Schlafzimmer und Büros und Fernsehzimmer vorne und hinten, eine große Küche und französische Türen, die hinausführten auf einen Patio mit einem hohen Zaun und einem Springbrunnen. Ein Schlagzeug mit allem Zubehör, Gitarren und Keyboard standen neben einem Klavier in der Mitte des Raums, Verstärkeranlagen und Kontrollgeräte waren zwischen den Chrom- und Lederchouches, den Kunststoff- und Ledersesseln, den Teak- und Mahagonitischen, Bücherregalen, Sideboards und orientalischen Teppichen verteilt.

»Einen Drink?« fragte Lenny. »Oder lieber Tee oder etwas zu rauchen?«

»Ein Bier?«

Pop, Op, abstrakt-expressionistische, Post-Pop und Post-Op-Gemälde hingen vermischt mit Rock-Postern der *Monkey Preps* und fünfzig anderer Bands an den Wänden. Auf dem Patio verwitterten Skulpturen aus Stein und Stahl. Irgendwo spielte ein Stereogerät, und in einem anderen Zimmer klimperte jemand eine Melodie auf dem Klavier. Das Kind aus dem East-Village-Keller, Margo, kam in den Wohnraum.

»Hallo«, sagte ich. »Du bist Margo. Erinnerst du dich an mich?«

Sie setzte sich und beobachtete mich.

»Im Club von deiner Mutter, weißt du noch? Gefällt dir ihre Musik?«

»Manchmal.«

»Willst du auch Musikerin werden?«

»Ich weiß nicht.«

»Was machst du denn sonst gern?«

»Lesen. Wirst du den erwischen, der auf Rosa geschossen hat?«

»Du kennst Rosa?«

»Natürlich. Mammi hat mich öfter bei ihr gelassen. Wir reden mit den Leuten und tragen Plakate rum. Rosa ist immer irgendwo mit einem Plakat. Ich hab' Rosa gern.«

Der dürre schwarze Baßgitarrist, Matt, kam aus einem der Vorderzimmer, machte mit der Hand eine Pistole und zielte auf das Kind.

»Jetzt hab' ich dich erwischt, Partner. Wir werden dich mit Stricken binden, wenn du nicht kommst und zu Mittag ißt. Was hat dir Cap zum Frühstück serviert, gestehe!«

»Pizza«, kicherte Margo.

»Ich werde *ihn* mit Stricken binden. Milch, Yoghurt und Gemüse sind gesünder.«

Er setzte sich die Kleine auf die Schultern und trug sie hinaus in die Küche. Ich konnte beide hinter der Tür kichern hören, als Lenny mit zwei Flaschen Beck's und einem Glas zurückkehrte. Es mußte noch eine zweite Küche geben oder zumindest einen Kühlschrank für Getränke.

»Ich mußte noch telefonieren.«

»Wie lange waren Sie verheiratet?«

»Lange genug und zu lange.«

»War er auch Musiker?«

»Nein.« Sie streckte sich auf einer der langen Chrom- und Ledercouches aus und trank aus der Flasche. »Er war normal, wie mein Vater. Ich hab' ihn in einem der Büros kennengelernt, wo ich arbeitete, um mir mein Schulgeld zu verdienen. Er war älter, ich war fast noch ein Kind. Ich war einsam, und er schien mich aufregend zu finden. Betörend, wie er sagte.« Sie trank, ohne zu bemerken, daß Bier auf ihr Sweatshirt tropfte. »So was kann einer

Einundzwanzigjährigen schon zu Kopf steigen. Meine Eltern wollten mich nicht, Rosa war ständig auf den Straßen unterwegs, um zu protestieren, er konnte angeblich nicht ohne mich leben, also heirateten wir.«

Das Bier tropfte wieder. Das ist das Problem, wenn man im Liegen trinkt. »Er schien interessiert an meiner Musik und meinen Studien zu sein, half mir bei der Hausarbeit und beim Kochen. Als Margo geboren wurde, war er auch voll im Einsatz. Wenn ich in der Schule gute Ergebnisse erzielt hatte, brachte er mir Blumen mit und ging mit mir in ein schickes Lokal essen. Wenn wir ein Engagement hatten, paßte er auf Margo auf oder engagierte einen Babysitter, um uns zuhören zu können.« Diesmal bemerkte sie das Bier auf ihrem Sweatshirt und wischte es fort. »Eines Abends, als ich etwa ein halbes Jahr vor meinem Schulabschluß stand und die *Preps* gerade angefangen hatten, sich einen Namen zu machen, kam er ganz aufgeregt nach Hause. Er war befördert worden, sollte auf einen neuen Posten in Europa. Wir würden in Europa leben. Er, ich und Margo. Er hatte bereits die Flugtickets und ein Haus drüben. Er wollte mich mit der wunderbaren Neuigkeit überraschen.«

Die Flasche war leer. Lenny rollte sie auf dem Bauch hin und her, dem Hügel, der sich unter ihren engen Jeans abzeichnete. »Er hatte mich nie ernst genommen. Ich war ein Kind, das sich mit einem Spielzeug beschäftigt. Meine Musik konnte nicht wirklich wichtig sein, weder für mich noch für irgendwen sonst. Schließlich war ich kein Mann mit einer echten Aufgabe. Also verließ ich ihn und zog zu Cap und Matt. Seitdem leben wir hier zusammen.«

»Sie drei?«

»Zumeist. Gelegentlich haben wir das Bedürfnis, allein zu sein oder auch mal jemand anders zu haben.«

»Wer macht was?«

»Jeder macht alles.«

»Was ist mit Margo?«

»Matt kommt besser mit ihr zurecht als ich. Cap ist nicht gerade ein ideales Kindermädchen, aber er tut sein Bestes.«

Im anderen Zimmer klimpert noch immer das Klavier. Jemand komponierte einen Song, vermutlich der blonde Keyboard-Mann, Cap. Matt und Margo kicherten weiter hinter der geschlossenen Küchentür.

»Wo ist Ihr Mann jetzt? Hat er auch einen Namen?«

»Er lebt in Kalifornien, ist wieder verheiratet und war genauso froh, aus unserer Ehe rauszukommen, wie ich. Rosa hat er nie kennengelernt.«

»Sie bezahlen mich, um einen Auftrag auszuführen.«

Sie ließ die Flasche von ihrem Bauch auf die Couch kullern. »Er heißt Pursell. Jeff Pursell und wohnt in Westlake Village, ich werde Ihnen die Adresse holen.« Sie rollte sich mit einer einzigen geschmeidigen Bewegung von der Couch auf die Füße. Ihr Körper war mehr als nur ein Demonstrationsobjekt.

Wieder blieb sie zu lange fort. Ich leerte mein Beck's und schaute in die Küche. Matt und das kleine Mädchen aßen Popcorn, teilten sich eine dünne Zigarette, die nicht aus Tabak bestand, und betrachteten gemeinsam Fotoaufnahmen, die wie ein Bildbericht über die Zustände in Mittelamerika aussahen. Ich trat hinaus auf den Patio. Zwischen den Tischen und Pflanzen verstreut lagen verschiedene Sportgeräte. Rockmusik ist eine Kunst, die einiges abverlangt. Ich stand noch immer auf dem Patio und schaute zu den anonymen Fenstern der Gebäude hoch, als Lenny zurückkehrte.

»Hier ist die Adresse, aber sie wird Ihnen nichts nützen.«

Sie reichte mir den Zettel, rauchte einen dünnen Joint und blieb mit verschränkten Armen stehen. »Sie werden nie rausbekommen, wer auf sie geschossen hat. Auch sonst niemand. Rosa wird nie mehr imstande sein, es uns zu erzählen, und es ist auch egal. Nur blinder Zufall, ohne jeden Grund. So ist das Leben nun einmal.«

»Selbst wenn das Leben so wäre«, sagte ich, »waren die Schüsse auf Rosa garantiert kein Zufall.«

Als ich ging, stand Lenny in einer Art Trance in dem Wohnraum, während sich der Geruch des Marihuanas mit dem aus der Küche vermischte. Aber es war nicht Pot, was sie so in Trance versetzte. Draußen suchte ich mir einen Hauseingang, um Posten zu beziehen. Lenny hatte etwas vor, nicht umsonst war sie zweimal längere Zeit aus dem Wohnzimmer verschwunden. Einmal hatte sie angeblich telefoniert. Auch beim zweitenmal war vermutlich ein Telefongespräch der Grund für ihre Abwesenheit gewesen.

Es dauerte weniger als zehn Minuten, bis sie herauskam. Sie trug eine blaue dreiviertellange Jacke über den Jeans und hatte ihre Akustikgitarre bei sich. In der Hudson Street verschwand sie in einem Parkhaus. Ich hielt nach einem Taxi Ausschau, aber es kam keins, und mir blieb nichts anderes übrig, als Lenny hinterherzusehen, wie sie in einem roten Ford-Kombi davonfuhr.

Dann kehrte ich zu der Wohnung zurück. Cap machte mir die Tür auf.

»Lenny ist weg.«

Ich drängte mich an ihm vorbei hinein. »Unterhalten wir uns über sie.«

Er blieb an der Tür stehen, während ich mich wieder auf derselben Ledercouch niederließ. Matt kam mit Margo aus der Küche. Die Kleine hatte einen verdrießlichen Blick, als wäre sie mit den beiden lieber allein geblieben.

»Wissen Sie, wo Lenny hingefahren ist?« fragte ich.

»Wir legen uns gegenseitig keine Rechenschaft ab«, antwortete Cap.

»Keinen Ärger, Mann«, sagte Matt.

Auf der Bühne in ihren Kostümen waren sie wild und jugendlich. Privat trugen sie beide alte Drillichhosen, Sweatshirts und Turnschuhe und sahen zehn Jahre älter aus. Sie waren in den Dreißigern und wirkten erschöpft. Ich mußte wieder an die schweigenden Soldaten mit ihren unsichtbaren Narben in den Kneipen und Cafés während des Zweiten Weltkriegs denken.

»Wer von Ihnen beiden spielt die Hauptrolle?«

Cap machte die Tür zu und ging hinüber zu Matt und dem Kind. Sie standen zu beiden Seiten Margos, der magere Schwarze und der untersetzte, blondhaarige Cap. Ich begriff, was diese Demonstration sollte. Sie erklärte eine Menge über ihr

Gefühl von Isolation. Eine Einheit gegen die Außenwelt. Eine Trutzgemeinschaft aus lauter Individualisten. Idealistisch. Aber nur wenige sind dafür geboren, noch weniger Frauen. Eine heikle Balance ist da zu halten.

»Was hielt Rosa davon?«

Beide starrten erst mich an und dann einander.

»Der Typ denkt, wir haben die alte Dame umlegen wollen, Cap'n«, sagte Matt.

»Wegen unserer Herzdame, Sarge.«

»Wir sind schlecht, Cap'n. Richtige eiskalte Killer.«

Die kleine Margo kicherte, faßte jeden von ihnen an der Hand und blickte hoch zu ihren Gesichtern.

»Aufstöbern und ausmerzen, Sarge. Das sind alles Kommunisten.«

»Wir müssen sie vor sich selbst retten.«

»Der Demokratie eine Chance zum Aufblühen geben.«

Landserwitz bleibt immer der gleiche. Der bittere Humor, der dem Außenstehenden zu verstehen gibt, daß er niemals wissen kann, was sie wissen, niemals empfinden kann, was sie empfinden. Das überdeckt die Angst, die Einsamkeit, die Loslösung von der normalen Welt, die irrelevant geworden ist. Es war nicht Vietnam gewesen. Dazu waren beide zu jung. Nicht so jung, wie sie auf der Bühne wirkten, aber nicht alt genug für Vietnam.

»Honduras?« fragte ich. »Kolumbien? El Salvador?«

Sie hielten Margos Hände fest, alle drei schweigend wie ein merkwürdiges Standbild – der blonde Weiße, der knochige Schwarze und das kleine Mädchen zwischen ihnen.

»Der Mann weiß etwas, Sarge?«, sagte Cap.

»Einen Scheißdreck weiß er«, versetzte Matt.

»Jedenfalls weiß ich«, sagte ich, »daß hinter dem Fall Rosa Grünfeld mehr steckt als ein paar zufällige Schüsse auf eine Bag Lady, mit vielleicht gefährlichen Konsequenzen für alle, einschließlich Lenny.«

Ich berichtete ihnen von Johnny Agnew. Ihre Mienen verrieten, daß sie noch nichts davon gehört hatten. Die Art, wie sie das Kind zwischen sich hielten, in geschlossener Reihe, verriet mir noch etwas anderes – daß Lenny und die Band für sie das Wichtigste auf der Welt waren.

Oder vielleicht war es nur Lenny. Für einen von ihnen, oder auch beide.

»Steckt sie wirklich in Schwierigkeiten, Fortune?« fragte Matt.

»Ich weiß nicht, wo sie drinsteckt«, erwiderte ich. »Deshalb versuche ich dahinter zu kommen. Und ich hoffe, es gelingt mir rechtzeitig.«

»Was wollen Sie wissen?« fragte Cap.

»Hat sie irgend etwas im Zusammenhang mit Rosa zu tun?«

»Nein. Sie war aber beschäftigt. Hat Proben versäumt und war auswärts unterwegs. Aber Rosa hatte sie seit Monaten nicht mehr getroffen.«

»Womit war sie beschäftigt?«

»Das geht weder uns noch Sie was an«, sagte Matt.

»Sie war drüben in Jersey und hat für Monroe gearbeitet«, erklärte Cap. »Mehr weiß ich nicht. Wir stellen uns gegenseitig keine Fragen, was wir machen.«

»Wo ist sie jetzt?«

»Der Mann verscheißert uns, Cap«, sagte Matt. »Wenn sie Probleme hätte, würde sie uns das sagen.«

»Ausnahmsweise müssen Sie auch einmal jemand aus der Außenwelt vertrauen«, sagte ich.

Matt schnaubte verächtlich durch die Nase. »Den Teufel werden wir tun.«

»Sie ist zum BLF-Büro in North Paterson gefahren«, sagte Cap. »420 Wyandanch Street. Wenn Sie Hilfe brauchen, geben Sie uns Bescheid. Wir waren unten in Salvador. Zwei Jahre lang. Wir kennen alle miesen Tricks.«

»Danke«, sagte ich. »Sind Sie beide zufrieden, so wie es ist?«

»So wie was ist?«

»Mit Lenny und Ihnen beiden.«

Matt entfernte sich mit Margo. Cap starrte mich bloß an.

26

Von *Fugazy's* rief ich bei mir zu Hause an, um Kay zu sagen, daß ich nach Jersey fahren müsse, aber es meldete sich niemand. Mit dem gemieteten Ford nahm ich dann den Lincoln-Tunnel, und es war schon Mitte des Nachmittags, als ich North Paterson erreichte.

Die Wyandanch Street lag in der südlichen Ecke der Stadt, nicht weit von dem schwarzen Wasser eines Nebenarms des Passaic River. In der müllübersäten Straße gab es zu beiden Seiten schmutzige Wohnblocks und vernagelte Ladenfronten. Nummer 420 befand sich in der Mitte eines Blocks, dessen Südhälfte nur aus Schutt und Ruinen bestand und der aussah wie Le Havre nach der Invasion. Es war eine Schaufensterfront, die einzige in den fünf Blocks, an denen ich vorbeigekommen war, die nicht vernagelt war.

In den Gettos kommen immer mehr Einbrüche, Raubüberfälle und Vandalismus vor. Die Armen sind verwundbar – jeder hat Angst, es gibt kaum Polizeischutz, und es ist leichter, in vertrauter Umgebung zu stehlen, zu entkommen und sich zu verstecken als auf fremdem Terrain, leichter, die Wut gegen das nächstliegende Ziel zu richten. Ein unwiderstehlicher Drang, den Käfig, der gefangenhält, zu zerstören.

Also gab es Ruinen, die Spuren von Bränden und vernagelte Fenster. Außer bei Nummer 420. Eine breite polierte Glasscheibe, auf der arrogant und trotzig *»Black Liberation Force«* zu lesen stand. Eine Herausforderung sowohl für Vandalen wie für Polizisten. Die Frau, die drinnen hinter einem Schreibtisch saß, hatte ihre höchsteigene Herausforderung im Blick, als sie mein weißes Gesicht sah.

»Kann ich etwas für Sie tun?« Eine flache Stimme, so akzentuiert und wohlmoduliert, daß sie nichts Menschliches mehr hatte. Ich war nicht willkommen. Sie wollte, daß darüber kein Zweifel bestand.

»Ich suche Lenny Grünfeld.«

Weder ihre Augen noch ihre Stimme reagierten.

»Arlene Grünfeld?« sagte ich.

»Tut mir leid, den Namen kenne ich nicht.«

Ich lächelte. »Zu Punkt eins nein, und zu Punkt zwei doch.«

»Was?« Etwas von der Modulation geriet ins Wanken.

»Es tut Ihnen nicht leid, und Sie kennen Lenny Grünfeld. Wollen Sie jemanden herausrufen, der beim Anblick eines weißen Gesichts nicht gleich ausrastet? Vielleicht Smoke oder Loren O? Deren Namen kennen Sie doch?«

»Polizei?«

»Dies ist keine Razzia, Miss. Ich mache Ihnen keine Schwierigkeiten. Ich bin bloß ein werktätiger Mensch, der in einer Privatangelegenheit kommt.«

Vermutlich stünde ich noch jetzt in dem kahlen Ladenlokal und versuchte an dem Schreibtisch vorbeizukommen, wäre nicht der dürre junge Schwarze, der sich Loren O nannte, aus der Tür hinter der Zerberus-Dame herausgekommen. Er trug die gleiche Schwarze-Befreiungsfront-Uniform: schwarzer hochgeschlossener Pullover, schwarze Jeans, schwarze Stiefel und das hellgrüne Barett mit der gelben Anstecknadel. Aber nicht genau die gleiche – die Stiefel etwas höher, der Pullover aus schwererem Material. Ich fragte mich, wie viele Garnituren er besitzen mochte.

»Sie ist nicht hier«, sagte er. »Wie war doch gleich Ihr Name?«

»Dan Fortune. Wo ist sie dann?«

»Woher soll ich das wissen, Mann?«

»Ihr Bassist Matt sagte, sie würde heute hierherkommen. Kennen Sie ihn? Ein Freund von Isaiah Monroe?«

Er zögerte, musterte mich. »Kommen Sie mit nach hinten.«

Ich folgte ihm, während uns die Zerberus-Dame wortlos, aber nicht neutral beobachtete. Sie mochte mich nicht. Ich war weiß, und ich ließ mich nicht so leicht abspeisen. Ich war der Feind, ganz egal, was ich sagte oder dachte oder tat. Sie traute mir nicht. Sie traute keinem Weißen, konnte es nicht. Wir hatten ihr noch nie Grund dazu gegeben.

Durch die Tür gelangten wir in einen großen Raum, der in eine

Art allgemeinen Teil und drei kleine Büros unterteilt war. In dem allgemeinen Teil standen eine Tischtennisplatte, zwei Billardtische, ein Pokertisch und eine lange Anrichte mit einer automatischen Kaffeemaschine und Kartons mit Schmalzgebackenem. Das Ganze sah aus wie ein Clubraum des Vereins christlicher junger Männer oder ein Gemeindezentrum. Selbst die Revolution hat ihre bürgerlichen Aspekte. Ein Büro war von einer emsigen jungen Frau besetzt, der kleine muskulöse Federgewichtler, der sich Smoke nannte, saß in dem Eckbüro daneben.

»Was will er?«

»Er sucht die Grünfeld.«

Loren O setzte sich und musterte mich von oben bis unten. Ich bedachte ihn mit einem Lächeln. Er wandte den Blick ab. Kühle Arroganz bedarf der Übung. Er arbeitete daran, aber er war noch meilenweit davon entfernt. Smoke war älter und betrachtete mich, ohne auch nur mit der Wimper zu zucken.

»Sie war nicht hier?« fragte ich.

»Heute nicht«, erwiderte Smoke.

»Kann sie für Monroe oder die Organisation irgendwo anders hingegangen sein?«

»Sie arbeitet nicht für uns, Fortune. Was sie sonst noch für das Komitee ›Gerechtigkeit für Isaiah Monroe‹ tut, weiß ich nicht.«

»Monroe ist nicht die BLF, Mister«, sagte Loren O. »Das war er nie.«

»Tut mir leid, daß wir Ihnen nicht helfen können«, sagte Smoke.

»Sie singt bloß für The Wind, aber sie beteiligt sich nicht an den Kämpfen, verstehen Sie?« sagte Loren O. »Genau der Typ, der liberal ist und ein weiches Herz hat. Liebe und Frieden und Brüderlichkeit. Außerdem schwärmt sie für The Wind. Ihr weiches Herz sitzt im Unterleib. Da er im Knast sitzt, hat sie nicht viel davon, aber sie kann davon träumen und dafür singen, daß er rauskommt, nicht wahr?«

»Isaiah Monroe ist für die BLF gar nicht so wichtig?«

»Die Organisation ist größer als ein einzelner Mann«, sagte Loren O.

»Wir alle setzen uns für eine neue Verhandlung ein«, sagte Smoke. »Und dann wieder für eine neue und noch eine, bis wir einen fairen Prozeß kriegen und sie The Wind rauslassen. Aber wir haben noch eine Menge anderer Kämpfe, die meisten davon größer und wichtiger für das Volk.«

»Was ist mit Rosa Grünfeld?« fragte ich. »Arbeitet Rosa für Sie oder Monroe?«

Beide machten ein Gesicht, als wüßten sie nicht, worauf ich mit dieser Frage hinauswollte.

»Wer?« fragte Smoke zurück.

Ich erzählte ihnen von Rosa Grünfeld. Alles, bis auf die Schüsse.

»Von dieser alten Frau hab' ich noch nie gehört«, sagte Smoke.

»Scheiße«, sagte Loren O, in seinen Stuhl gelümmelt. »Wozu sollten wir denn eine alte Frau brauchen, Mann?«

Ich traute den beiden zwar nicht, aber manchmal merkt man sogar, wenn Lügner die Wahrheit sprechen. Die Schnelligkeit, die spontane Antwort, ohne zu überlegen. Ich glaubte nicht unbedingt, was sie mir über Lenny Grünfeld gesagt hatten, aber ich glaubte, daß sie Rosa nicht kannten.

»Wie sieht's aus für Monroe? Gibt es einen neuen Prozeß?«

»Was glauben Sie, wie es aussieht, Mann«, sagte Loren O. »Es sieht mies aus. Hier in diesem Land gibt es keine Möglichkeit für ihn, einen fairen Prozeß zu bekommen.«

»Es besteht eine gute Chance für ein Wiederaufnahmeverfahren«, sagte Smoke. »Alle Prozesse dieser Welt, so lange sie The Wind nicht rauslassen müssen, verstehen Sie? Er ist begraben, stumm gemacht, tot. Und sie werden niemandem gestatten, ihn auszugraben. Warum kein neuer Prozeß? So viele Sie wollen, solange er schuldig ist?«

»Wer sie *sie?*«

Unter der Großspurigkeit, dem Gerede, war Smoke kein ungebildeter Mann. Es war an seiner Ausdrucksweise zu merken, seinem Benehmen, und er starrte mich jetzt an, als sei ich entweder ein Narr oder ein Halunke, ein bißchen blöd, oder ich machte mich über ihn lustig. »Halten Sie es vielleicht für Zufall, daß die

Panther alle als Tote geendet sind, im Gefängnis oder sich außer Landes auf der Flucht befinden? Carmichael? Die Weathermen? Alle wirklich Militanten?«

Ich hielt das keineswegs für einen Zufall. Macht schützt ihre Interessen, so ist es immer gewesen und so wird es immer bleiben.

»Wenn jemand schwarz ist oder braun oder arm oder eine Frau und nicht mehr verlangt als einen Anteil am Kuchen, dann ist das okay. Sie machen es einem nicht gerade leicht, und sie geben einem nichts, was man sich nicht selbst nimmt, aber sie verargen es einem nicht allzusehr, wenn man es versucht. Sobald aber jemand militant wird, echte Veränderung fordert, aufsteht und sagt, es sind nicht die Spielregeln, die nicht stimmen, sondern es ist das ganze System – peng, das war's dann. Damit ist man erledigt.«

»Also gehen Sie in den Untergrund«, sagte ich. »Da gibt es keine Spielregeln, keine Einschränkungen.«

»Auf legale Weise sind noch nie Revolutionen gemacht worden.«

»Ist Monroe schuldig?«

Smoke beugte sich vor, öffnete ein Schreibtischschubfach, entnahm ihm ein dünnes, hektographiertes handgebundenes Manuskript und warf es mir zu.

»Protokoll des ersten Prozesses, Zeitungsberichte, die ganze Geschichte. Im zweiten Prozeß ging es lediglich um Verfahrensfragen. Nehmen Sie sich das mit. Ich hab' noch reichlich Kopien davon.«

Ich stand auf. »Falls Lenny auftaucht, sagen Sie ihr bitte, daß ich hier war.«

»Scheiße«, sagte Loren O. Er hatte noch eine Menge zu lernen, selbst über Revolution.

»Wir werden's ihr ausrichten«, sagte Smoke.

Die Zerberus-Dame hob nicht einmal den Kopf, als ich hinausging. Auf der Straße hatten sich ein paar zerlumpte Jugendliche um den Mietwagen versammelt. Er war nicht teuer genug, daß es sich gelohnt hätte, ihn auszuplündern, aber den Wagen eines

Weißen ein bißchen zu demolieren konnte sich in jedem Fall lohnen. Ein Streifenwagen der Polizei tauchte in der Straße auf, und die Jugendlichen verschwanden im Handumdrehen in den Ruinen. Ich verließ die triste Gegend und hielt Ausschau nach einem McDonald's. Während ich meinen Big Mac aß, las ich die Geschichte von Isaiah Monroes Verbrechen.

27

Am 23. April 1971 ist im weißen *America Club* von North Paterson eine vergnügte Menge Leute versammelt. Einige verfolgen vor dem Bildschirm die Live-Übertragung eines Spiels der Mets im Shea Stadium, andere schießen gegen die rechte Wand Shuffleboard oder spielen weiter hinten, wo unter Lichtkegeln zwei grünbezogene Tische stehen, Billard. Zigarettenqualm hängt dick in dem fensterlosen Raum. An den zehn Tischen um die Bar sitzen Pärchen, Männer in Hemdsärmeln diskutieren an längeren Tischen nicht weit von den Billardspielern über Politik. Ein typischer Samstagabend – viel Betrieb und nur Weiße.

Gegen Mitternacht sind alle ein bißchen beschwipst, die meisten haben sogar einen gehörigen in der Krone. Die politische Diskussion hat sich aufgeheizt, an den Billardtischen ist es lauter geworden, am Shuffleboard läuft das Spiel träger. An der Bar und den kleinen Tischen klingen die Stimmen belegt, und die Pärchen haben die Köpfe dicht zusammengesteckt. Auch die beiden Männer an der Tür, die die Mitgliedsausweise kontrollieren, sind nicht mehr so recht bei der Sache. Einer hat bereits sein sechstes Bier, der andere flüstert seiner Freundin etwas ins Ohr. Sie sehen nicht, wie sich die Tür öffnet, bemerken die beiden maskierten Männer erst, als sich deren Waffen in ihre Rippen bohren.

Ein .357 Magnum-Revolver mit langem Lauf, vielleicht Smith

& Wesson, vielleicht Colt, und ein schweres zwölfkalibriges Automatik-Schrotgewehr, vielleicht Remington, vielleicht Savage, vielleicht J. C. Higgins.

Frauen kreischen. Männer ducken sich unter die Tische. Der Barmann starrt fassungslos. Die beiden Türwächter weichen mit erhobenen Händen in den Raum zurück.

Einer der maskierten Männer deutet auf den Barmann. »Die Einnahmen!«

Der Barmann rührt sich nicht. Der Mann mit dem Schrotgewehr springt über die Theke, öffnet die Registrierkasse, holt das Geld heraus. Seine Hand ist schwarz. Oder hellbraun. Oder eher gelbbraun. Oder tiefschwarz. Oder doch nicht ganz so dunkel.

Der Barmann scheint sich nach etwas hinter der Theke zu bükken. Der Maskierte mit dem .357 Magnum, vielleicht Colt, vielleicht Smith & Wesson, vielleicht Luger, schießt auf den Barmann. Schießt noch auf einen zweiten Mann, der ihm betrunken entgegenschwankt.

Den Beutel mit Geld in der Hand, drückt der Maskierte mit dem Schrotgewehr dreimal ab, während betrunkene Männer auf ihn losstürmen. Drei von ihnen fallen zu Boden.

Schreie übertönen die Schüsse. Ein Durcheinander von Stürzen, Verstecken, Kreischen. Die beiden Maskierten sind weg.

Drei Männer stolpern aus dem Club, nur um einen gelben Wagen, neues Modell, amerikanisches Fabrikat, viertürige Limousine mit einem auswärtigen Kennzeichen, vielleicht New York, vielleicht Kalifornien, in die Nacht verschwinden zu sehen.

Als die Polizei eintrifft, sind der Barmann und zwei andere Männer tot. Ein Krankenwagen bringt zwei Schwerverletzte weg, bevor sie das Bewußtsein wiedererlangen. Die siebenundvierzig Augenzeugen schildern den Raubüberfall, die Schießerei und die Täter.

Bezüglich des Eindringens der Maskierten besteht Übereinstimmung, den Raub, die Anzahl der Schüsse. Vierzig wissen nichts über das Fabrikat der Waffen zu sagen, der Rest kann sich nicht einmal über die Anzahl der Läufe des Schrotgewehrs einigen. Fünfundvierzig sagen, es waren zwei maskierte Schwarze.

Sie wissen aufgrund der Hände der beiden, ihres schlenkernden Ganges und der hohen Stimme des einen, der zwei Worte gesprochen hat, daß es Neger waren. Zwei der drei, die hinausgegangen sind, behaupten, die Killer hätten ihre Masken abgenommen, als sie in den Wagen stiegen, und beide seien sie groß und hellfarbig gewesen, einer wahrscheinlich ein Mexikanermischblut und der andere ein Mulatte. Der dritte erklärt, es seien zwei mächtige schwarze Gorillas gewesen.

Die Polizei gibt sofort eine Fahndungsmeldung durch nach »zwei schwarzen männlichen Personen in einem neuen Fahrzeugmodell, gelb, viertürig, Limousine amerikanischen Fabrikates, bewaffnet und gefährlich.«

Eine halbe Stunde nach der Tat fällt der Besatzung eines Streifenwagens, der am Rande des schwarzen Gettos unterwegs ist – ein Sergeant und ein Polizist von North Paterson –, eine neue gelbe viertürige Oldsmobile-Limousine mit Zulassungsschild von New Jersey auf, die in schneller Fahrt aus Richtung Paterson naht und mit quietschenden Reifen vor einer roten Ampel zum Stehen kommt. Der Sergeant stellt die Sirene an, schaltet das Blaulicht ein und läßt den Olds an den Straßenrand fahren. In dem Wagen findet er Isaiah Monroe und ein achtzehnjähriges Mitglied der Schwarzen Befreiungsfront namens Sam Johnson. Der Sergeant erkennt Monroe sofort, weiß von dem Ruf, den »The Wind« genießt, seinem politischen Engagement, seinen aufrührerischen Reden.

Monroe ist mit einem dreiteiligen Flanellanzug bekleidet, weißem Hemd mit gestreifter Krawatte, schwarzen Slippern mit Bömmelchen. Johnson trägt eine braune Hose, ein braunes Hemd mit gelber Krawatte, ein hellbraunes Cordjackett und braune Wildlederschuhe. Die beiden Männer geben an, sie seien auf einer Anti-Vietnam-Tanzveranstaltung und Demonstration gewesen, hätten gerade zwei junge Damen nach Hause gebracht und wollten jetzt noch zum Büro der BLF, um dort zu arbeiten. Der Sergeant findet keine Waffen in dem Wagen, kein Geld, keine anderen Kleidungsstücke, keine Masken. Er fordert Monroe und Johnson auf, zu dem Club zu fahren. Beide Männer protestieren zwar, sehen jedoch keinen Grund, aus der Angelegenheit eine Affäre zu machen und die Polizei unnötig gegen sich aufzubringen.

Im Club identifiziert niemand den gelben Olds, keiner der Leute, die Monroe und Johnson sehen, zeigen auf sie als die Mörder. Der Captain, der die Untersuchung führt, bedankt sich bei den beiden Männern und entläßt sie. Am nächsten Tag, nachdem weder Verdächtige noch ein gelber Wagen, noch irgendwelche Waffen, noch Spuren des gestohlenen Geldes in der Gegend gefunden worden sind, holt die Polizei Monroe und Johnson noch einmal ab. Inzwischen sind die Aussagen der beiden Männer überprüft und bestätigt worden. Man ist aber auch auf eine mögliche nicht ausgewiesene halbe Stunde zwischen dem Aufbruch von der Tanz- und Protestveranstaltung, dem Nachhausebringen der beiden Damen und dem Stopp an der roten Ampel in North Paterson gestoßen. Die Zeitangaben, die von den verschiedenen Personen gemacht worden sind, stimmen nicht exakt überein. Also werden Monroe und Johnson ganz formell verhört und zum Krankenhaus gebracht, um den beiden Überlebenden gegenübergestellt zu werden.

Beide schwerverletzten Männer liegen auf der Intensivstation, sind gerade operiert worden. Einer ist nur halb bei Bewußtsein. Keiner von ihnen identifiziert Monroe oder Johnson. Beide stimmen darin überein, daß die Killer hochgewachsen und von gleicher Größe waren. Zwei der Augenzeugen, die hinausgerannt sind und die Flucht der Killer beobachtet haben, wiederholen schriftlich ihre Beschreibung von zwei hochgewachsenen, dünnen, hellhäutigen Farbigen. Der dritte ist sich nicht mehr sicher, zwei mächtige schwarze Gorilla-Typen gesehen zu haben. Isaiah Monroe ist ein durchtrainierter, kräftiger, muskulöser Athlet, ein Meter dreiundachtzig groß, knapp hundert Kilo schwer und sehr dunkel. Sam Johnson ist ein Meter neunzig groß, dünn wie eine Bohnenstange und hellbraun.

Einer der Überlebenden stirbt nach zwei Tagen. Die Waffen werden nie gefunden. Auch das Geld nicht. Isaiah Monroe begibt sich niemals ohne BLF-Leibwächter irgendwo hin, mit Ausnahme mancher Gelegenheiten, wie etwa zwei junge Damen von einer Tanzveranstaltung nach Hause zu bringen. Er ist bereits wohlhabend, kann von der Gewißheit ausgehen, im Profisport noch Millionen zu verdienen. Sam Johnson ist noch nie festgenommen worden, hat noch nie etwas mit der Polizei zu tun gehabt.

Einer der drei Zeugen, die den Wagen haben wegfahren sehen, stirbt durch einen Sturz von einer Brücke über den Passaic. Die beiden anderen haben, wie sich herausstellt, lange Strafregister wegen Diebstahls, Tätlichkeiten, Einbruchs und bewaffneten Raubüberfalls. Beide waren bereits im Gefängnis, und gegen beide läuft zum Zeitpunkt der Morde in dem Club ein Strafverfahren.

Zwei Monate nach dem Überfall werden Isaiah Monroe und Sam Johnson erneut festgenommen. Die beiden Augenzeugen identifizieren sie nun ohne jeden Zweifel und behaupten übereinstimmend, sich bei ihrer Aussage, die beiden Männer seien gleich groß, dünn und von heller Hautfarbe gewesen, geirrt zu haben.

Ein .357 Magnum-Geschoßmantel und zwei 12-Kaliber-Patronenhülsen werden nun im Kofferraum des gelben Oldsmobile entdeckt. Die Mutter einer der beiden jungen Frauen, die von Monroe und Johnson nach Hause gebracht worden sind, bezeugt, ihre Tochter sei eine halbe Stunde früher nach Hause gekommen, als Monroe und Johnson ausgesagt haben. Der eine Überlebende erklärt jetzt, Monroe und Johnson seien die beiden gewesen, die auf ihn geschossen hätten, er sei noch unter Schock gewesen, als er etwas anderes ausgesagt habe.

Beide Männer werden in North Paterson unter Anklage gestellt, von einer Jury, die nur aus Weißen besteht, schuldig gesprochen und zu zweimal lebenslänglich Zuchthaus verurteilt. Die beiden kriminellen Augenzeugen erhalten Straferlaß und brauchen nicht ins Gefängnis. Der Überlebende zieht nach Florida. Zehn Jahre später bestätigt ein zweiter Prozeß in North Paterson, daß im ersten Prozeß alles korrekt zugegangen sei und die Strafen zu Recht verhängt worden seien.

28

Sie warteten, als ich aus dem McDonald's herauskam, den schwarz-weißen Polizeiwagen hinter meinem Mietwagen geparkt, um ein Entkommen zu verhindern.

»Dürfen wir Ihren Führerschein sehen, Sir?«

Er war Sergeant. Der andere war Streifenpolizist. Der Streifenpolizist starrte auf den leeren Ärmel meines Dufflecoats und mein schwarzes englisches Panzerkorps-Barett. Der Sergeant starrte bloß auf meinen New Yorker Führerschein und meine New Yorker Zulassung als Privatdetektiv. Er zog seine Pistole, trat zurück und hielt die Waffe mit beiden Händen auf mich gerichtet.

»Rüber an den Wagen! Beugen Sie sich vor!«

Ich gehorchte. Der Streifenpolizist tastete mich ab.

»Er ist sauber«, sagte der Streifenpolizist.

Der Sergeant gab ein verächtliches Geräusch von sich. Es klang nicht zufrieden. Er hätte es lieber gehabt, wenn ich bewaffnet gewesen wäre. Ich war der Polizei von North Paterson nicht willkommener als der BLF. Niemand mag das Unbekannte.

»Richten Sie sich auf.«

Ich richtete mich auf und drehte mich um. Er hielt noch immer die Waffe auf mich gerichtet.

»Was wollten Sie bei diesen Burschen?«

»Ich arbeite an einem Fall und suche eine Person, die mit ihnen zusammenarbeitet.«

»Wer arbeitet mit ihnen zusammen?«

»Arlene Grünfeld. Sie ist . . .«

»Wir wissen, wer sie ist. Was für ein Fall?«

»Jemand hat in Manhattan auf ihre Großmutter geschossen. Sie hat mich engagiert, damit ich herausfinde, wer es getan hat und warum.«

»Und was, zum Teufel, hat das mit der BLF zu tun?«

»Danach habe ich mich gerade erkundigt«, erwiderte ich. »Beschatten Sie mich, oder knöpfen Sie sich jeden vor, der mit den BFL-Leuten spricht?«

»Das ist ein gefährlicher Verein von Ganoven, Freundchen«, sagte der Streifenpolizist. »Wir behalten jeden im Auge, der den Kerlen in die Nähe kommt.«

»Halt die Klappe, Guardino«, sagte der Sergeant.

»Was macht diese Leute in Ihren Augen zu Ganoven?« fragte ich.

»Steigen Sie in Ihren Wagen, Fortune«, sagte der Sergeant, »und folgen Sie uns.«

»Was tun sie denn?« beharrte ich. »Gegen Armut und Gettos protestieren? Ausbeuter bestreiken? Gegen die Regierung aufbegehren und Veränderungen verlangen?«

»Sie tragen Waffen, Freundchen.« Was ich gesagt hatte, war zuviel für Streifenpolizist Guardino. »Direkt auf der Straße, bis hinunter zum Rathaus, sogar bis nach Trenton! Sie hetzen die Schwarzen auf, Polizisten umzulegen!«

»Ich dachte, alle Amerikaner hätten das Recht, Waffen zu besitzen.«

»Nicht solche Typen, wie die es sind!« Streifenpolizist Guardino war vermutlich im nächsten Jahr nicht mehr bei der Polizei, oder er würde es zumindest mit Beförderungen schwer haben.

»Steig jetzt in den verdammten Wagen, Guardino!« Der Sergeant würde Guardino ins Gebet nehmen. »Sie folgen uns, Fortune. Haben Sie das verstanden?«

»Wie lautet die Anschuldigung?«

»Ein zu großes Maul! Wollen Sie sich mit uns rumstreiten?«

Ich folgte ihnen zu dem Platz, wo am Vortag die Demonstration für Isaiah Monroe stattgefunden hatte. Die Aufbauten, Sitzreihen und Spruchbänder waren verschwunden. Nur die Penner, Sonntagsspaziergänger und Tauben waren übrig. North Paterson ist eine Kleinstadt, die örtliche Polizeibehörde nahm das halbe Erdgeschoß des alten Rathauses ein. Die Treppen und Flure waren aus geschnitzter Eiche, die Fenster mit schweren Butzenscheiben versehen. Es herrschte kühle Stille, nur unsere Schritte hallten, als ich zu einem Eckbüro geführt wurde. Kleine, goldene

Buchstaben verkündeten, daß es sich um das Büro von Chief Ezra F. Reynolds handelte.

»Setzen Sie sich, Fortune.«

Er verfügte über die Stimme und Erscheinung, die zu dem Büro und dem Gebäude paßten. Eine tiefe Stimme voll ruhiger Autorität, väterlich und vertrauenerweckend. Adrette graue Haare, aber nicht zu kurz. Ein Mann voller Selbstbewußtsein. In einem Tweedanzug, weißem Oxfordhemd mit Buttondown-Kragen und gestreifter Krawatte. Der Anzug war alt und bequem, die Krawatte gelockert. Dazu eine flotte Weste mit Uhrkette, um den Individualisten vorzuzeigen.

»Chief Reynolds, falls Sie die Aufschrift an der Tür übersehen haben sollten. Und jetzt erzählen Sie mir ganz genau, was Sie in North Paterson zu tun haben.«

Ich wiederholte ihm, was ich dem Sergeant gesagt hatte. Er beobachtete mich. Dann berichtete ich ihm den Rest des Falles, einschließlich der Tatsache, daß ich keinen Hinweis darauf hatte, warum auf Rosa geschossen worden war, sondern nur wußte, daß der Angreifer offenbar in der Hotellobby auf sie gewartet hatte, und ich nun die Möglichkeit einer Verbindung zu Lenny Grünfeld untersuchte.

»Ich verstehe«, sagte Chief Reynolds. »Sie sind nach North Paterson gekommen, um einen Verdächtigen zu suchen, haben es jedoch versäumt, sich bei uns zu melden. Sie wissen, daß Sie sich zu melden haben, bevor Sie an die Arbeit gehen. Sie sind in diesem Bundesstaat nicht einmal zugelassen.«

»Das, wozu ich hergekommen bin, habe ich nicht als Arbeit betrachtet, Chief. Ich wollte lediglich nach Lenny Grünfeld suchen.«

Wenn er wollte, konnte er mich zappeln lassen Ich hoffte, er wollte nicht. Kay würde wütend sein über das versäumte Abendessen, und ich konnte Nägel kauen.

»Diese BLF-Leute sind alles Halunken. Sie glauben an gar nichts, und sie haben weder Respekt vor dem Gesetz noch Sinn für Ordnung. Sie schaden bloß den legitimen Bestrebungen der schwarzen Bevölkerung. Wir nehmen jeden sehr genau unter die Lupe, der mit ihnen arbeitet, ihre Gewalttätigkeiten rechtfertigt.«

»Wir haben bloß über Lenny Grünfeld gesprochen.«

Ich fing an zu schwitzen. Er hatte das Benehmen eines College-Professors, die äußere Erscheinung eines viktorianischen Gentleman, die Stimme eines Vorkriegsministers, aber darunter spürte ich etwas anderes – die unverrückbare Überzeugung eines Fanatikers.

»Fortune, halten Sie mich für einen Idioten?« Er drückte auf sein Sprechgerät. »Bring sie rein, Marian.«

Ein uniformierter weiblicher Sergeant führte Smoke und Loren O herein. Der magere schwarze Jugendliche wirkte verdrossen und zugeknöpft. Smoke war neugierig und vorsichtig. Sie erblickten mich. Smoke lachte.

»Ich hätte wissen sollen, daß er einer von Ihren Tricks war, Reynolds.«

»Verdammter Schnüffler«, sagte Loren O.

Der Chief fand das gar nicht komisch. »*Chief* Reynolds, das habe ich Ihnen bereits gesagt. Ich möchte mit Chief angeredet werden.«

Smoke machte eine Verbeugung. »Einer Ihrer Tricks, *Chief* Reynolds.«

Loren O verzog das Gesicht zu einem verächtlichen Lächeln. Der Chief musterte ihn sekundenlang. Der Chief würde sich ihn merken. Ich wäre nicht gern jemand gewesen, den sich der Chief merkte. Auch als er dann sprach, hielt er den Blick weiter auf Loren O gerichtet.

»Mr. Smoke, würden Sie bitte wiederholen, was Sie uns erzählt haben?«

Der Führer der Schwarzen Befreiungsfront sagte, ich sei gekommen, um nach Lenny Grünfeld zu suchen, hätte sie beide dann über Isaiah Monroe und die Morde in dem weißen *America Club* ausgefragt und eine Kopie des Prozeßprotokolls mitgenommen.

»Ich war nicht deswegen dort«, protestierte ich. »Smoke hat mir das Manuskript unaufgefordert gegeben.«

»Wir können nicht wissen, was Sie vorhatten, Fortune, nur was Sie getan haben«, sagte der Chief.« Sie sind ein zugelassener Privatdetektiv aus New York. Sie haben Zeugen in einem Fall befragt, der in die Zuständigkeit der Polizei von North Paterson fällt. Sie haben es versäumt, der hiesigen Polizeibehörde zu melden, daß Sie derartiges vorhatten, und das ist ein Vergehen.«

Meine Pläne für den Abend lösten sich in Rauch auf. Gar nicht zu reden von Kays Plänen.

»Leichtfertige Nachlässigkeit«, fuhr der Chief fort, »die von zu vielen Polizeidienststellen übersehen wird. Das führt zu schlechten Gewohnheiten und mangelhafter Urteilsfähigkeit. Ich glaube nicht, daß Sie ernsthaft den Versuch unternehmen wollten, heimlich zu operieren, deshalb will ich diesmal . . .«

Der Mann ging an der Bürotür des Chiefs vorbei. Ich bekam durch die altmodische Glasfüllung nur einen kurzen Blick auf ihn mit, aber seine kleine, stämmige Gestalt und das Gesicht über einem offenen Hemdkragen und gelockerter Krawatte brachte die Erinnerung an das St. Vincent zurück. Der »Freund« Rosas, der mir auf der Treppe entkommen war, und den ich vielleicht noch einmal, wie ein Arzt gekleidet, vor dem Krankenhaus gesehen hatte. Ich stürzte ihm nach.

Ein Stück den Flur hinunter ging er in einen Raum. Chief Reynolds rief mir ungläubig hinterher. In dem großen Büro mit mehreren Schreibtischen und Leuten zog mein brünetter Bekannter, dem ich auf den Fersen war, sein Jackett aus. Ich sah das Schulterhalfter und die Waffe, sah, wie er sich an einem Schreibtisch niederließ. Auch er sah mich. Ob es Wiedererkennen war oder die Intuition eines Polizisten, hätte ich nicht zu sagen vermocht, aber er wußte, daß ich gekommen war, um mit ihm zu reden.

»Möchten Sie etwas, Mr . . .?« fragte er.

»Erzählen Sie mir von Rosa Grünfeld«, sagte ich.

Von nahem wirkte er noch kleiner, untersetzt und muskulös ohne sein Jackett, aber gedrungen, vielleicht ein Meter sechzig, und jünger. Ende Zwanzig oder Anfang Dreißig. Ein dunkles italienisches Gesicht mit schmalen Zügen, schweren Augenlidern und einer dünnen Nase über vollen Lippen.

»Ich kenne eine Sängerin«, erwiderte er, »Lenny Grünfeld, aber keine Rosa. Wer sind Sie, Mr . . .?«

Der Chief erschien mit seinem weiblichen Sergeant und zwei Streifenpolizisten mit gezückten und erhobenen Waffen. Nach seinem lila angelaufenen Gesicht und dem ungläubigen Augenausdruck zu schließen, war der Chief nicht daran gewöhnt, daß Leute aus seinem Büro rannten, wenn er mit ihnen sprach.

»Sergeant!«

Sie hatte ihre Handschellen hervorgeholt und starrte auf mich und meinen einen Arm.

»Fesseln Sie ihn an Ihr Handgelenk, verdammt!«

Sie gehorchte, und der Chief marschierte hinaus. Das uniformierte Trio geleitete mich zurück zu seinem Büro, und der brünette Detective, den ich verfolgt hatte, bildete die Nachhut. Der Chief setzte sich und schäumte geraume Zeit, während ich, an den weiblichen Sergeanten gefesselt, vor ihm stand. Aber als ihm seine Stimme schließlich gehorchte, klang sie vernünftig. Zu vernünftig.

»Würden Sie die Freundlichkeit haben, Ihr Benehmen zu erklären?«

Ich gab eine Erklärung ab. Der Chief und alle anderen blickten auf den untersetzten brünetten Mann, den ich im St. Vincent gesehen haben wollte.

Er zuckte mit den Schultern. »Ich bin seit sechs Monaten nicht mehr in New York gewesen, Chief. Sie können die Einsatzliste überprüfen. Wer ist dieser Mann?«

Chief Reynolds erklärte ihm, wer ich war, und erklärte dann auch mir, wer der brünette Mann war, indem er ohne alle Umschweife zum Punkt kam.

»Sie beschuldigen Sergeant Giannini, in die Schießerei auf diese alte Frau verwickelt zu sein?«

»Im St. Vincent gewesen zu sein«, stellte ich richtig. »Sich nach Rosa Grünfeld erkundigt und in ihrem Zimmer gewesen zu sein, ohne sich als Polizist auszuweisen.«

»Warum, Fortune?«

»Das will ich ja gerade wissen, Chief.«

»Giannini?«

Detective Sergeant Giannini schüttelte den Kopf. »Ich habe nie von einer Rosa Grünfeld gehört, Chief. Zum letztenmal bin ich wegen dem Mordfall Diabelli in New York gewesen, erinnern Sie sich? Ich habe die Verhaftung vorgenommen.«

Chief Reynolds nickte. »Das war vor sechs Monaten, Fortune.«

»Dann hat er einen Zwillingsbruder.«

»Oder Sie haben die Geschichte erfunden«, versetzte Reynolds.

»Wie haben Sie diesen Mann denn gesehen, Fortune?« fragte Giannini. »Ich meine, aus der Nähe, von vorn, ohne daß er sich bewegt hat?«

»Das ist ein guter Einwand. Oder Sie wissen, daß ich ihn nur in Bewegung gesehen habe, weil Sie es waren.«

»Ich war es nicht«, widersprach Giannini. »Nennen Sie mir einen Grund. Irgendeinen.«

»Viele Italiener sehen gleich aus, Fortune«, sagte der Chief. »Das ist ein ethnisches Vorurteil, Giannini, es tut mir leid. Es gibt viele Wahrheiten, die heutzutage als Vorurteile bezeichnet werden.«

»Was sollen das für Daten gewesen sein, Fortune?« fragte Giannini. »Welche Uhrzeiten?«

Ich sagte es ihnen. Giannini lachte, wandte sich zu den beiden BLF-Männern um, die noch im Hintergrund des Büros standen.

»Da haben Sie sich fabelhafte Tage ausgesucht. Sagen Sie es ihm, Smoke. Ich kann die Akten holen.«

»An diesem ersten Abend hatte mich der Sergeant bis nach sechs hier auf dem Revier, Fortune. Das ist Pech«, sagte Smoke.

Loren O war noch immer verdrossen. »An dem anderen Termin haben er und seine Leute eine Versammlung in unserem Büro auffliegen lassen.«

Bessere Alibis waren nicht denkbar.

»Entschuldigung«, sagte ich.

Giannini lächelte. Er hatte ein weiches Gesicht, ein Bauer, der in einem neuen Leben zum Mittelstand aufgestiegen war. »Schon in Ordnung. Der Chief hat halb recht. Ich habe ein ziemlich durchschnittliches italienisches Gesicht.«

»Sind Sie fertig mit uns, Chief?« fragte Smoke.

Der Chief nickte. Sergeant Giannini führte die beiden BFL-

Männer aus dem Büro, die beiden Streifenpolizisten steckten ihre Pistolen ins Halfter und schlossen sich ihnen an. Ich machte Anstalten, ihnen zu folgen.

»Was glauben Sie, wo Sie jetzt hingehen?« hielt der Chief mich zurück. »Arbeiten, ohne sich vorher zu melden, einen meiner Beamten zu beschuldigen. Sie brauchen eine Nacht Bedenkzeit darüber, ob es klug ist, sich an die Spielregeln zu halten oder in New York zu bleiben. Bringen Sie ihn in die Zelle, Sergeant.«

29

Ich machte Gebrauch von dem mir zustehenden Telefongespräch, um Kay zu erreichen. Sie war wütend. Auf mich, weil ich nach Jersey gefahren war, und auf die Polizei, weil die mich festhielt.

»In Kalifornien wär's auch nicht besser«, sagte ich.

»Da magst du recht haben. Soll ich einen Anwalt anrufen?«

»Morgen. Du findest seinen Namen in dem Ordner auf meinem Schreibtisch. Aber ich vermute, es wird hier nicht länger als eine Nacht dauern. Sie wollen mir eine Lektion erteilen, aber ich soll den anderen nicht zu lange den Platz wegnehmen.«

»Wirst du klarkommen?«

»Vermutlich. Ich werde dich entschädigen«, versprach ich.

»Darauf kannst du Gift nehmen.«

Sie ließen mich die volle Routine durchlaufen: sämtliche Formalitäten und die Belehrung über meine Rechte, ausgeleerte Taschen, Fingerabdrücke, keine Schnürsenkel und Gürtel. Wenn man so etwas noch nie erlebt hat, kann es einen in Angst und Schrecken versetzen. Man existiert nicht mehr als Individuum, man existiert überhaupt nicht mehr richtig. Nur die ersten Tage beim Militär sind ähnlich, und da hat man viele Leidensgenossen um sich. Wenn man in die Zelle gesteckt wird, ist man kein Mensch mehr, und man ist allein.

Allein mit zwanzig Augen, hundert verschiedenen Sorten von Gestank und einer Wand von Feindseligkeit. Einer nicht definierbaren Feindseligkeit, gegen nichts und alles gerichtet, die aus Mißtrauen erwächst, Wut und Angst. Sie erfüllt Arrestzellen wie die dampfenden Schwaden eines Sumpfes und lauert auf den Neuankömmling. Das war in diesem Fall ich, und die zehn anderen in der Zelle starrten mich an. Zehn Pritschen und zehn Männer, und keiner rührte sich.

Sie schauten auf meinen fehlenden Arm.

Ich hielt nach dem Schwächsten Ausschau. Im Gefängnis ist es wie im Leben: Wenn man einfach für sich existieren will, ohne Konflikt oder Konfrontation, tut man, was alle machen, was erwartet wird. Wäre dies ein richtiger Knast gewesen, irgendein Zuchthaus, wo die wirklich schweren Jungs sitzen, die Mörder, die Ausgerasteten und Gefährlichen, hätte ich mich anders benehmen müssen. Aber hier konnte ich davon ausgehen, daß alle echten Verbrecher in einer anderen Zelle untergebracht waren, isoliert oder in sicherer Verwahrung.

Dies hier waren nur die Betrunkenen und Verzweifelten, die Armen und Geringen. Ohne Schulbildung und unterernährt, liederlich und schäbig, aber gefährlich bloß für Menschen ihres Schlages, es sei denn, sie waren zu Banden zusammengerottet in dunklen Seitenstraßen oder in die Enge getrieben vor Angst. Sie brauchten nicht mehr, als gezeigt zu bekommen, daß sie mich in Ruhe lassen mußten, daß ich nicht anders war als sie, daß ich keinen Ärger zu machen gedachte. Deshalb suchte ich mir einen alten Mann aus, betrunken, nichts weiter als senil und verängstigt. Er hatte die obere Pritsche in der Nähe des einzigen Fensters. Im März hatte diesen Platz sonst niemand gewollt, es war zu kalt dort. Ich schob den alten Mann hinunter, kletterte hoch zu den Fliegen, Läusen, Kakerlaken und Gott weiß was für anderem Ungeziefer, setzte mich und starrte aus dem Fenster.

»Verdammter nichtsnutziger Scheißkerl«, zeterte der alte Mann zu mir hoch.

Dann schlurfte er zu einem warmen Plätzchen auf dem Fußboden an der Wand. Die anderen versanken wieder in ihre Gedanken, murmelten vor sich hin oder spielten mit sich, während sie auf den Morgen warteten und vielleicht auf eine neue Flasche, einen Schuß, eine Prise, eine Dosis oder einen Glimmstengel. Ich hatte mich situationsgerecht mies benommen, war weder der Schwächste noch darauf aus, mich als Stärkster zu beweisen, also konnten sie mich vergessen.

Das war die Theorie, aber die Nacht war noch lang.

Mit den Wanzen und der Kälte und voll Skepsis gegenüber meiner eigenen Theorie schlief ich nicht viel, und als der Schließer kam, um mich noch vor dem Frühstück herauszuholen, beklagte ich mich nicht. Der Sergeant, der mich meine Entlassungspapiere unterschreiben ließ und mir meine Besitztümer aushändigte, sagte mir, Chief Reynolds wünsche sich noch von mir zu verabschieden.

»Ich hoffe, Sie haben gut geschlafen, Mr. Fortune«, grinste der Chief.

»Ich habe schon besser geschlafen.«

»Eine lange Nacht? Vielleicht war sie nicht vergeudet. Sie hätte noch länger sein können. Denken Sie darüber nach.«

»Nichts da«, sagte ich. »Sie hatten nicht die Absicht, mich auch noch zu verpflegen.«

Der Chief wurde ernst. »Ich rate Ihnen, North Paterson in Zukunft fern zu bleiben.«

»So weit entfernt wie möglich«, erwiderte ich. »Das können Sie mir glauben.«

Ich spürte, daß ich es zu weit trieb. Man muß wissen, wann man gegenüber der Polizei oder jemandem, der die Macht hat, einem zu schaden, ohne daß man sich dagegen wehren kann, klein beigeben sollte. Ich ließ meine Stimme ernst und aufrichtig klingen.

»Von jetzt an werde ich mich immer zuerst bei Ihnen melden, Chief.«

Er traute mir zwar nicht recht, aber er nickte. »Das will ich hoffen.«

Auf dem Weg die Flure entlang, hielt ich Ausschau nach Detective Giannini, aber er war nicht zu sehen. Vielleicht war das ganz gut so. Ich fragte den weiblichen Sergeant, der mir die Handfessel angelegt hatte, ob ich irgendwo telefonieren könne. Sie dirigierte mich zu einem Münzfernsprecher innerhalb des Gebäudes. Ich rief Kay an und sagte, daß sie den Anwalt vergessen könne.

»Ich werde jetzt eine Kleinigkeit frühstücken, und dann komm' ich nach Hause. Sagen wir, in anderthalb Stunden.«

»Ich gebe dir zwei Stunden, dann zieh' ich los und suche mir Trost.«

»Was kann es nach mir noch geben?«

»Ich werde schon etwas finden.«

Ich ging zu einem anderen Sergeant, um meine Wagenschlüssel zu bekommen. Er ließ mich ein Formular unterschreiben, in dem es hieß, ich hätte den Wagen im gleichen Zustand, in dem er sich vor der Beschlagnahme befunden habe, zurückgekriegt. Ich wies ihn darauf hin, daß ich den Wagen noch gar nicht gesehen hatte. Er lächelte. Ich unterschrieb. Schließlich war es ja nicht mein Wagen. Falls etwas beschädigt war, konnte *Fugazy* ja Schadensanspruch erheben.

Mit dem Wagen schien alles in Ordnung zu sein, als ich auf dem Parkplatz einstieg und den Motor anließ. Alles, bis auf den Mann, der die Beifahrertür öffnete und sich auf dem Sitz neben mir niederließ. Durchschnittsmaß bis groß, leichtes Übergewicht, in einem dunkelblauen Anzug mit Weste, weißem Hemd, blauer Krawatte, blankgeputzten schwarzen Schuhen, kurzen, dunkelblonden Haaren. Gut angezogen, gepflegt, der große Revolver, den er tragen mußte, selbst für ein geübtes Auge kaum wahrnehmbar unter dem Jackett. Diesmal ohne die Aktentasche.

»Wie hat er ausgesehen?« fragte ich. »Der Kerl, der mich im Oneida Hotel von hinten angesprungen hat. Den Sie verjagt haben und der dabei sein Messer verloren hat.«

»Ein halbes Kind noch. Hinter Kleingeld und Ihrer Brieftasche her. Fahren Sie nach links, wenn wir den Parkplatz verlassen. Ich sag' Ihnen dann, wie es weitergeht.«

»Sind Sie dem Bengel nicht hinterher?«

»Nicht mein Problem, Fortune.«

Ich folgte den Einbahnschildern um den Platz herum, bis mein Beifahrer mich in eine breite Avenue dirigierte, die aussah wie die Hauptstraße von North Paterson.

»Rosa ist Ihr Problem? Haben Sie mich deshalb überwacht?«

»Jeder, der mit ihr Kontakt hat«, antwortete er. »Fahren Sie jetzt nach rechts.«

Ich bog rechts ab.

»Ihr seid wahnsinnig«, sagte ich. »Das ganze FBI.«

»Sie ist ihr Leben lang Kommunistin gewesen, Fortune.«

»Michael Gorbatschow auch.«

»Nächste Ecke links. Was soll denn das, verdammt noch mal, heißen? Er ist schließlich Russe. Rosa sollte dagegen Amerikanerin sein.«

»Muß man an den Kapitalismus glauben, um Amerikaner zu sein?«

»Sie müssen an Freiheit glauben. Freies Unternehmertum. Noch mal links und dann geradeaus.«

Es hat keinen Zweck, sich mit einem Farbenblinden über Farbe zu streiten. Ich bog nach links ab.

»Rosa hat nie einen Hehl daraus gemacht, was sie glaubt, und nie etwas anderes getan, als zu versuchen, auch bei uns einen Sinneswandel herbeizuführen. Sie ist keine Gefahr für das Land. Kümmern Sie sich lieber um Leute, die uns für Geld verkaufen wie gute Kapitalisten.«

»Wir kümmern uns um alle«, erwiderte der FBI-Mann. »Sogar um Sie.«

»Und zu was für einem Ergebnis sind Sie bei mir gelangt?«

»Weich, eine mitleidige Seele, wahrscheinlich nicht verläßlich, wenn es hart auf hart kommt, aber im Augenblick unbelastet.«

»Besten Dank«, sagte ich. »Wo zum Teufel fahren wir eigentlich hin?«

»Ein Mann möchte mit Ihnen sprechen.«

»Welcher Mann?«

»Das werden Sie bald genug erfahren, okay?«

Geheimniskrämerei wird zum Bestandteil ihres Lebens. Ein Reflex. Nur nichts sagen zu all den gesichtslosen Menschen außerhalb des Kreises Bevorzugter, die Bescheid wissen müssen. Dem Volk, der Masse der Bürger kann nicht getraut werden, man muß sie vor sich selbst schützen.

Wir hatten die Stadt inzwischen verlassen und befanden uns in einer Gegend mit weitläufigen Grundstücken und großen Häusern.

»In das Tor dort.«

Es war ein breites, offenstehendes Eisentor in einer hohen Ziegelmauer, die ein bewaldetes Gelände umschloß. Eine lange, geteerte Auffahrt führte zu einem massiv gebauten weißen Haus im Kolonialstil.

30

Der hochgewachsene Mann mit dem breiten Brustkasten, den ich bei der Demonstration für Isaiah Monroe als den Vorsitzenden der Demokratischen Partei von North Paterson kennengelernt hatte – F. X. Keene –, saß hinter der grünen Filzplatte eines Pokertisches, die Karten in den gepflegten Händen. Im Rücken des Politikers stand ein Billardtisch, im Hintergrund des Raumes befanden sich zwei Spielautomaten, eine Hausbar, eine Tischtennisplatte, ein Gestell mit einem Schach- beziehungsweise Damebrett und zwei einarmige Banditen. Der Spielsalon.

»Betreiben Sie Schwarzarbeit?« wandte ich mich an den FBI-Mann, der sich an dem Pokertisch niederließ. »Oder ist etwa Mr. Keene insgeheim für das FBI tätig?«

»Gemeinsame Interessen«, erwiderte Keene. »Eine Situation, die sowohl uns beide als auch Sie betrifft, Dan.«

Er teilte für jeden von uns zwei Karten aus. Der FBI-Mann warf einen Blick auf die seinen. Keene bedeutete mir mit einem Kopfnicken, mich an den Platz zu setzen, wo die beiden anderen Karten lagen.

»Agent Cardenas ist besorgt wegen Lenny Grünfeld und ihrer Großmutter, der möglichen Verwicklung von Kommunisten in den Fall Isaiah Monroe. Unter den obwaltenden Umständen beschäftigt mich das ebenfalls, zumal Sie hier in North Paterson aufgetaucht sind und mit Smoke und seinen Leuten gesprochen haben. Besteht da eine Verbindung zwischen Rosa Grünfeld und der BLF?«

Ich schaute auf meine Karten. Zwei Könige. Wenn wir Einsätze machten, mußte ich vor dem Flop erhöhen.

»Sie verfügen über gute Kontakte zur Polizei«, sagte ich.

Keene nahm sich eine Karte und deckte alle drei auf. »Was haben Sie über Lenny Grünfeld und ihre Großmutter in Erfahrung gebracht?«

Der Flop war Herzkönig, Herzvier und Kreuzzehn.

»Die beiden mochten sich. Lenny befand sich im Hotel, als auf Rosa geschossen wurde, ich kann mir aber kein Motiv vorstellen. Was hat das FBI rausgekriegt?«

»*Nada,* gar nichts, totale Fehlanzeige«, versetzte FBI-Mann Cardenas. »In letzter Zeit hatten sie sich sogar ziemlich selten gesehen.«

»Seit Lenny anfing, für Monroe zu singen?«

»Ich weiß nur, daß es nicht so aussieht, als ob das Mädchen in irgendeiner Weise an der Schießerei beteiligt sein könnte«, sagte Cardenas. »Da steckt was anderes dahinter.«

Die Karte, die Keene diesmal nahm, war die Karokönigin.

»Und zwar?« fragte ich.

»Regan und sein Bruder. Der alte Roth. Die Übergeschnappten aus dem Hotel. Die getreuen Anhänger der Partei. Ihre Familie. Irgendein Verrückter von der Straße. Und was sonst noch in Frage kommt, Fortune. So wie sie gelebt hat, gibt es mehr Möglichkeiten, als der liebe Gott kleine Fische geschaffen hat.«

»Und Ihnen ist im Grunde ziemlich egal, wer oder was genau für die Tat verantwortlich ist.«

Cardenas nickte. »Ziemlich.«

»Dan ist es aber keineswegs gleichgültig«, stellte Keene fest. »Deshalb ist er nach North Paterson gekommen.« Er nahm eine Karte und warf die Herzsechs auf den Tisch. »Gibt es etwas, das North Paterson mit Rosa Grünfeld in Verbindung bringt, Dan?«

Hätten wir um Geld gespielt, wären jetzt ein Flush sowie ein High Straight fällig geweesn, und es war Zeit für mich, meine drei Könige zusammenzuschieben und aufzugeben. Ich fragte mich, ob das ein Omen war.

»Nein«, sagte ich. »Auch gegen Kevin Regan, den alten Roth, die Familie oder die Leute im Hotel habe ich keinerlei Beweis gefunden, ebensowenig wie ein Motiv.«

»Von Cardenas habe ich erfahren, daß im Zusammenhang mit Rosa ein kleiner Ganove umgebracht worden ist«, sagte Keene.

»Kevin Regans Bruder. Er hat den Angreifer gesehen oder wußte etwas über die Schießerei. Mehr nicht, soviel wir bis jetzt wissen, bis auf die Tatsache, daß dieser Mord mit ziemlicher Sicherheit jeden Gedanken an eine Zufallstat ausschließt.«

Keene deckte sein Herzas und seine Herzneun für den Flush des Gewinners auf und sammelte die Karten ein. »Keiner von Ihnen hat eine Verbindung zwischen Monroe und Rosa Grünfeld entdeckt?«

»Nicht die geringste Spur«, sagte Cardenas. Er hatte den Buben und die Neun für den Straight gehabt. Mir war das Glück bei den Karten heute weniger hold. »Und wir haben uns wirklich sehr genau umgeschaut. Wenn es um Politik geht, ist uns keine Mühe zu groß.« Er stand auf. »Ich habe noch zu tun. Falls ich irgend etwas über Rosa in Erfahrung bringe, Fortune, rufe ich Sie an.«

Ich hatte zwar kein Zeichen bemerkt, hatte aber den Verdacht, daß Keene noch mit mir allein sprechen wollte. Er gab mir eine Pikzehn und eine Pikacht und legte eine Piksechs, einen Kreuzkönig und eine Karoneun auf den Tisch. Dann studierte er seine beiden verdeckten Karten. In dem geschlossenen Raum wirkte sein glattes Gesicht blaß. Seine blaugrauen Augen und der kleine Mund waren ernst.

»Ich muß alles wissen, was in North Paterson vorgeht, ist das klar, Dan? Alles.«

»Wie mir scheint, haben Sie über keine Informationslücken zu klagen«, sagte ich.

Er nahm sich eine Karte. Es war die Kreuzsieben. Vielleicht wendete sich das Blatt doch noch für mich.

»Ich habe mich für Monroe und einen nochmaligen Prozeß sehr weit vorgewagt und stehe deshalb ziemlich unter Beschuß. Ich bin verwundbar. Sollte sich herausstellen, daß es da eine kommunistische Beteiligung gibt oder auch nur gegeben hat, könnte ich zusammen mit der ganzen Demokratischen Partei in die Bredouille geraten. Ich müßte sehr schnell reagieren und schleunigst abtauchen, *muy pronto.«*

»Ich kann wirklich keinerlei Zusammenhang zwischen Rosa und Monroe erkennen und halte Sie für ungefährdet.« Ich beobachtete ihn, wie er erneut Karten austeilte. »Ich würde Sie auf den ersten Blick übrigens nie für einen Demokraten halten. Wie sind Sie an diese Partei geraten?«

Er lehnte sich zurück, ohne das Kartenspiel aus der Hand zu legen. »Ich bekam während einer laufenden Legislaturperiode ein Direktmandat als Ersatzmann. Der Verstorbene, der es innegehabt hatte, war Demokrat gewesen, und die Demokraten waren am Ruder. Es ist leichter, wenn man beim erstenmal delegiert wird und nicht gewählt werden muß. Ich wollte in die Politik, die Demokraten wollten an der Macht bleiben, und wir beide stellten fest, daß ich weiß, wie das zu schaffen ist.«

»Indem man auf Republikaner macht?«

»Wenn das im Augenblick gefragt ist, natürlich. Man muß dem Volk geben, was es zu verlangen glaubt, dann läßt es einen nach Belieben gewähren.«

»Bringt uns das dazu, daß wir zu wollen glauben, was wir wollen sollen?«

Keene lachte. »Man kann alle Leute für eine gewisse Zeit zum Narren halten, manche Leute sogar ständig, und das bringt bei den meisten Wahlen die Gewinne, verschafft einem in neun von zehn Fällen eine Mehrheit.«

Er nahm die letzte Karte. Herzkönig. Mein Pech war mir treu geblieben. Jetzt konnte es gegen meinen Straight ein Full House geben. Ich warf meine Karten auf den Tisch. Keene grinste und zeigte mir seinen König und seine Neun.

Er steckte sich eine Zigarette an. »Wenn man den Wählern ihre existentiellen Bedürfnisse garantiert, kümmern sie sich nicht viel darum, was man sonst tut. Entscheidend ist, genau im Auge zu behalten, was den Wählern wichtig ist, was ihnen wirklich am Herzen liegt. In Fragen, denen sie weniger Bedeutung beimessen, kann man dann machen, was man will. Man muß sich ihrer Begierden, Ängste, Vorurteile und Haßgefühle bedienen.«

Er sammelte die Karten zusammen und begann zu mischen. »Dies ist North Jersey. Wir sorgen für Arbeitsplätze, setzen die Straßen instand, gestatten den Leuten, weiter ihre Waffen zu tragen, lassen das Bier fließen und halten die Schwarzen heraus aus weißen Wohnvierteln. Die Sätze der Sozialunterstützung haben niedrig zu bleiben, ihre Empfänger sollen sich aber überwiegend aus Schwarzen rekrutieren. Ausländer und Kommunisten bleiben außen vor. Wo die Regierung das Sagen hat, wird ihnen das Wahlrecht beschnitten. Die Latinos müssen in New York gehalten werden. Am Kolumbustag sind Reden in italienischer Sprache zu empfehlen, zu Weihnachten heißt das Thema Brüderlichkeit, am 4. Juli nimmt Amerika den ersten Platz ein, zum Passah-Fest sind ethnische Witze angesagt, und zu Ostern wird der Kardinal gepriesen. Darüber hinaus muß man den Leuten erzählen, daß Castro und Ghaddafi das Land unterminieren, aber keine verdammten Araber New Jersey aufkaufen werden.«

Ich verfolgte fasziniert, wie er mit den Karten hantierte, fast so geschickt wie ein Zauberer. Wie ich ihn einschätzte, stand er ständig unter Hochspannung, brütete er fortwährend neue Pläne aus. Vierundzwanzig Stunden am Tag, ohne einen Unterschied zwischen Arbeit und Privatleben zu machen, mit dem einzigen Ziel vor Augen, Erfolg und Macht zu haben.

»Ich glaube nicht, daß Sie sich besondere Sorgen zu machen brauchen, selbst wenn Rosa etwas mit Monroe zu tun gehabt haben sollte«, sagte ich.

Er schüttelte den Kopf. »Falls ihn die Kommunisten für ihre Zwecke benutzen, stecke ich in größeren Schwierigkeiten, als Sie sich vorstellen können.«

»Für mich sieht es allmählich so aus, als sei er unschuldig.«

»Deshalb wäre es für ihn um so tragischer, wenn er mit den Kommunisten zu tun hätte.«

»Würde das einen Unterschied machen?«

»Das wissen Sie sehr gut.«

Er blickte auf seine Armbanduhr und stand auf. Mir fiel Kay ein. Jetzt war ich es, der in echten Schwierigkeiten steckte.

»Wird mich die Polizei diesmal aus der Stadt lassen?«

Keene lächelte. »Ich habe mit der Polizei nichts zu tun.«

»Ja«, sagte ich.

31

Als ich zu Hause ankam, war die Mittagszeit längst vorbei und Kay verschwunden. Früher oder später würde sie mir für immer den Laufpaß geben. Leute, die das Leben nur als einen kurzen Weg durch das irdische Jammertal betrachten, werden leicht zu Fanatikern, was ihre Arbeit betrifft, oder die Kunst oder was sie sonst von einem Tag zum andern treiben, und Fanatiker geben besonders schlechte Spielgefährten ab.

Ich lieferte meinen Mietwagen ab und ging dann zu Fuß durch den Nachmittagsbetrieb des Village zu Lenny Grünfelds Wohnung an der Perry Street. Ich konnte bei Rosa zwar keine Bedrohung für jemanden erkennen, der sich im Kampf für Isaiah Monroe engagiert hatte, aber bislang gab es sonst nichts, was genügend Gewicht hätte haben können – vorausgesetzt, es gab überhaupt einen Sinn für all das Töten und Schießen, im Amerika des 20. Jahrhunderts ohnehin eine gewagte Voraussetzung. Ich brauchte, von Lenny einmal abgesehen, eine Verbindung zwischen Rosa und den Kräften, die sich für oder gegen Monroe einsetzten, oder irgend jemanden beziehungsweise etwas anderes, bei dem genug auf dem Spiel stand, um Menschen zu töten.

Cap machte die Tür auf. In demselben Sweatshirt und denselben Drillichhosen. Er lehnte sich an den Türrahmen.

»Ist sie da?«

»Ans Bett gefesselt?« erwiderte er. »Matt hat sie in einen Schrank gesperrt mit einer Sprengladung, die losgeht, falls jemand außer ihm sie berührt.«

Ihm hatten meine früheren Fragen wegen möglicher sexueller Probleme in ihrer *ménage à trois* nicht gefallen.

»Ich suche einen Mörder, Cap.«

»Der alten Rosa haben unsere Moralvorstellungen nicht gepaßt, deshalb haben wir sie aus dem Weg geräumt.«

»Okay, Sie mögen mich nicht. Ich muß aber mit Ihnen reden.«

»Ich nicht.«

»Doch«, sagte ich. »Falls Sie sich auch nur das geringste aus Lenny machen.«

Er blieb noch sekundenlang an den Türpfosten gelehnt stehen und blockierte den Eingang. Dann trat er zurück. Überall in dem überdimensionalen Wohnraum waren zwischen den Möbeln aus Chrom, Leder und Kunststoff ihre Musikinstrumente und Verstärker verteilt. Matt saß auf einem roten Kunststofflehnstuhl und zupfte ein paar Läufe auf seinem gelben Baß. So knallig wie die Farben der Bilder an den Wänden und so unbewegt. Er hob nicht einmal den Blick, sondern saß allein mit seiner Musik, wie ein regungsloser Cowboy, an dem ich einmal in der weiten Prärie der Montana High Line vorbeigekommen war.

»Wo ist sie jetzt?«

»Unterwegs mit Margo.«

»Geht Margo überhaupt nicht zur Schule?«

»Ab und zu.«

Matt erhob sich, stellte seinen Baß in einen Gitarrenständer und verließ den Wohnraum. Ich verfolgte, wie er zur Eingangstür ging und verschwand.

»Lenny schickt sie in eine Privatschule für Kinder von Künstlern und Artisten«, erläuterte Cap. »Die sind da ziemlich flexibel, was die Unterrichtsstunden betrifft.«

»Da bleibt aber einiges vom Zufall abhängig, nicht wahr?«

»Wir glauben nicht, daß es sehr viel gibt, was sie in der Schule lernen müßte.«

Ich deutete mit dem Kopf zur Tür. »Wo will er hin?«

»Fragen Sie ihn.«

»Wann ist Lenny aus New Jersey zurückgekommen?«

»Wir kontrollieren uns nicht gegenseitig, Fortune. Wir brauchen diesen ganzen Scheiß und diese ganzen Zwänge nicht.«

Ich ließ mich nieder. »Was ist Ihnen beiden unten in El Salvador widerfahren?«

»Wir haben uns fabelhaft amüsiert. Wir waren die aufgeblasenen Amis, die den armen Würstchen dort erst mal gezeigt haben, was Sache ist. Wie man ein Dorf schnell und wirkungsvoll einnimmt. Wie man eine Gruppe Rebellen per Hubschrauber erledigt, bevor sie das Dorf verlassen und im Dschungel untertauchen können. Wie man einen Bombenteppich legt, wie man ein Gebiet in Asche legt, damit Rebellen dort keine Unterstützung mehr finden. Wie man sauber und gekonnt und gründlich tötet, damit die Zivilisten kapieren, was ihnen passiert, wenn sie den Rebellen helfen.«

Er wanderte in dem großen Raum zwischen den Instrumenten auf und ab, beugte sich vor und spielte den Refrain von »Yankee Doodle« auf seinem Keyboard. »Uns ist nichts passiert, aber dafür den anderen. Die Rebellen landeten in einem Massengrab oder im Fluß. Die achtzehnjährigen Rekruten bekamen ein paar Ave Marias und einen Orden für die Familie zu Hause in den Slums. Den Dorfbewohnern wurde die Ernte verbrannt, die Hütten bombardiert, das Wasser verseucht und die Angehörigen verschleppt. Die Dorfbewohner hatten am meisten zu leiden. Von den Rebellen zum Kämpfen gezwungen, wurden sie von den Soldaten und Todesschwadronen getötet.«

Ich beobachtete, wie er hin und her tigerte. Es war eine alte Geschichte, aber er war zu jung, um das zu wissen. Von Troja bis

Vietnam. Wahrscheinlich schon sehr viel früher und mit Sicherheit auch noch sehr viel später. Gewaltanwendung, die Faszination und der Abscheu. Die Götzendiener sind immer dieselben, nur die Reaktion der Ungläubigen ändern sich.

»Was haben Sie gemacht?«

»Gemacht?« Er stand zwischen den Musikinstrumenten, die farbigen Wände hinter sich, und lächelte beinahe. »Wir sind ausgestiegen, ausgeflippt, ausgerastet. Wir haben durchgedreht. Das haben sie jedenfalls behauptet. Die offizielle Entscheidung: Zieht die Burschen möglichst schnell ab. Sie sind zu lange im Dschungel gewesen und haben einen Koller gekriegt.« Jetzt lachte er, aber es war ein humorloses Lachen. Er ließ sich nieder und blieb mit zusammengepreßten Händen und vorgeneigtem Oberkörper sitzen. »Wir ließen eine Bombe zehn Meilen vor einem anzugreifenden Dorf einschlagen und unsere Leute hochgehen, die in Bereitschaft lagen, um das Gebiet zu sichern. Wir warfen Nachschub über den Linien der Rebellen ab. Wir brachen vorzeitig auf zu einem Überfall auf ein Dorf, warnten die *campesinos* und hielten unsere Leute auf, bis sich alle Dorfbewohner in Sicherheit gebracht hatten. Wir klärten den Kommandeur auch über den Grund unserer Handlungsweise auf, sagten ihm, was wir von unserer Tätigkeit hielten, und er ließ uns schnellstens abtransportieren. Innerhalb von sechs Stunden befanden wir uns zu Hause in der Psychiatrie. Dschungelfieber, Kampfmüdigkeit, was für Begründungen auch immer. Danach bekamen wir in Kansas Schreibstubenjobs und wurden baldmöglichst in Ehren aus der Armee entlassen.«

Hätte er seine Hände noch ein bißchen stärker gedrückt, wäre Blut geflossen. Er hatte es hinter sich, vielleicht, aber der Erinnerung war er nicht entkommen. Noch nicht, womöglich würde es ihm nie gelingen, und das Zusammentreffen von allgemeiner Schuld und privater Wut kann eine verrückte Logik mit unerwarteten Reaktionen bewirken.

»Sie fingen an, sich mit den Rebellen da unten zu identifizieren?« fragte ich.

»Wir identifizierten uns mit den armen Schluckern, die weiter nichts wollten, als ihre Bohnen zu pflanzen, sie zu ernten und genug zu essen, um am Leben zu bleiben und ein bißchen Spaß mit ihren Frauen und Kindern zu haben.«

»Wenn jemand erlebt, daß sein Vaterland Unrecht tut, kann ihn das ziemlich schnell zum Radikalen werden lassen.«

Cap war wieder aufgestanden und marschierte mit einem Gesichtsausdruck, der zwischen Zorn und Verachtung schwankte, im Raum herum. »Und was ist, wenn man sieht, daß fast jedes Land Unrecht tut? Die Sowjets in Afghanistan, Indonesien in Timor, Vietnam in Kambodscha. Südafrika, Uganda, Chile. Als wir die Armee verließen, sind wir ganz und gar ausgestiegen.«

»Nichts zählt mehr?«

»Nur wir. Zurück zum Höhlenmenschen. Ganz von vorn anfangen.«

»Das gilt auch für Matt?«

»Für uns alle.«

»War Rosa damit einverstanden?«

Er blieb vor mir stehen. »Wissen Sie, Fortune, Sie sind wirklich ein besonderer Typ. Sie drehen und deuteln an allem herum, erheben mit jeder Frage eine Anschuldigung, sehen überall Dreck, suchen in allen Menschen immer nur nach dem Schlimmsten.«

»Sehr viel Gutes finden Sie ja wohl selbst nicht.«

Er beobachtete mich. »Nein, da mögen Sie recht haben. Aber wir sind nicht mehr im Spiel, wir sind ausgestiegen. Und zwar aus allem. Kriege, Politik, hehre Ziele, Diskussionen, Engagements jeder Art. Wir machen Musik, der Rest ist Scheiße.«

»Auch für Lenny?« fragte ich. »Die sich doch für Isaiah Monroe engagiert?«

Er setzte sich und schüttelte langsam den Kopf. »Vielleicht hat sie sich noch nicht so weit von allem entfernt wie Matt und ich. Sie war nicht in El Salvador. Vielleicht sieht sie noch ein bißchen Hoffnung. Aber auf Rosa hat sie nicht geschossen.«

»Sind Sie sicher?«

»Dieser Tag war der erste seit Monaten, an dem sie Rosa besuchen wollte.«

»Warum ging sie gerade an diesem Tag zu ihrer Großmutter?«

»Sie war sehr oft nach Jersey gefahren oder hatte geübt, wenn sie nicht dort gewesen war, und ihr war einfach nur bewußt geworden, daß sie sich lange nicht um Rosa gekümmert hatte.«

»Was hat Rosa für Monroe getan?«

»Ich habe nie gehört, daß Rosa überhaupt von Monroe wußte.«

»Matt wußte von ihm.«

»Matt hat sich auch von allem distanziert.«

»Sind Sie da ganz sicher, was Matt betrifft?«

»Völlig.«

»Außer Lenny hat keiner von Ihnen irgendeine Verbindung zu Monroe?«

»Matt und ich jedenfalls nicht, und Rosa meiner Überzeugung nach auch nicht.«

Ich stand auf. »Okay, richten Sie Lenny bitte aus, sie möchte mich anrufen.«

Er nickte, und als ich die Außentür schloß, sah ich, wie auch er aufstand, zu seinem Keyboard ging und zu spielen anfing.

Ich lief hoch zur Hudson Street und überquerte sie zum St. Vincent. Es war schon spät, die Sonne stand tief, und der Wind wehte vom Fluß hoch. Eine Wetterveränderung lag in der Luft, der Westwind würde New York Aprilregen bringen.

Der Wachtposten vor Rosas Zimmer ließ mich mit einem Kopfnicken hineingehen. Ein Arzt und Nicholas Grenfell standen neben dem Bett, in dem Rosa mit geschlossenen Augen lag, nur ein kleines Häuflein unter der Decke. Marx' Detective war nicht mehr als ein Schatten in der Ecke. Der Arzt sah mich an und wandte den Blick dann wieder Rosa in ihrem Bett zu.

»Heute will sie mit niemandem sprechen, Mr. Fortune.«

»Ist ihr Zustand schlechter?«

»Ziemlich unverändert, sie ist nur erschöpft. Ich habe Mr. Grenfell gerade erklärt, daß vom Medizinischen her gesehen kein Grund mehr besteht, sie noch hierzubehalten.«

»Sie können sie in diesem Zustand doch nicht hinauswerfen!« Grenfell schäumte. »Sehen Sie sich meine Mutter an! Sie ist wie ein Kind, ein zartes Pflänzchen. Sie ist das Opfer von Gewalttätigkeit auf unseren Straßen. Die Stadt trägt die Verantwortung.«

Der Arzt seufzte. »Ich sage Ihnen lediglich, daß sie keine Krankenhauspflege mehr braucht und wir sie deshalb nicht hierbehalten können. Die Leitung des Hauses wird ihren Fall morgen überprüfen.«

»Ich möchte noch eine zweite Meinung hören«, beharrte Grenfell.

»Sie werden sechs Meinungen zu hören bekommen, Mr. Grenfell. Von allen leitenden Ärzten hier«, versetzte der Arzt in knappem Ton. »Jetzt habe ich noch andere Dinge zu erledigen.«

Bis auf den schweigsamen Detective allein, standen Grenfell und ich vor dem hohen Krankenhausbett und schauten hinab auf die regungslose alte Frau mit den geschlossenen Augen und einem schwachen Lächeln im Gesicht. Vielleicht von einem Traum, in dem sie trotz ihrer Verwirrung lebte.

»Sie werden ihr ganzes Geld nehmen«, sagte Grenfell. »Jeden Pfennig.«

»Ich wußte gar nicht, daß sie Geld hat.«

»Natürlich hat sie was. Sie ist auch krankenversichert, aber die Versicherung zahlt nicht für ein Pflegeheim.«

»Wieviel Geld hat sie?«

»Das weiß ich nicht, aber warum sollte es irgendein Pflegeheim kassieren?«

»Wahrscheinlich können Sie den Staat zur Kasse bitten.«

»Nicht, bevor auch der letzte Pfennig ihres eigenen Geldes verbraucht ist.«

»Klingt ganz nach einer gesetzlichen Regelung, der Sie bei einer Wahl zustimmen würden.«

Er starrte wütend erst mich an, dann die alte Frau, das Zimmer und vielleicht die ganze Welt. Dann stürmte er hinaus. Ich blieb noch minutenlang stehen, vielleicht in der Hoffnung, sie würde die Augen aufmachen, mir zublinzeln, darüber lachen, daß ihr Sohn sich in seinen eigenen Regeln verfangen hatte, und mir dann alles ganz genau erzählen. Sie lag aber bloß da, eine Sphinx, eingehüllt in ein Rätsel.

Als ich aus dem St. Vincent kam und zu meinem Loft pilgerte, war es bereits dunkel. Falls Kay nicht da war, würde ich weitergehen zu *Bogie's* und mir ein Abendessen und ein paar Beck's genehmigen. Ich stellte mir gerade das verlockende Bier vor, als ich die Bewegung wahrnahm.

Er kam aus einem Seitenweg, packte meinen Arm und schleuderte mich in der Dunkelheit des Weges zu Boden.

32

Sein erster Fehler war, daß er zwischen mir und der Straßenbeleuchtung stand.

Ein magerer Jüngling, etwa ein Meter fünfundsechzig groß, mit billigen schwarzen Hosen aus Kunstfaser bekleidet, die selbst in der Dunkelheit des Seitenweges glänzten, und einer noch billigeren Kunstlederjacke. Falls er ein Hemd trug, war es bis zum Bauchnabel aufgeknöpft, um das silberne Kreuz auf dem eingefallenen Brustkasten sehen zu lassen. Das Messer in seiner Hand blitzte im Licht der Straßenbeleuchtung.

Sein zweiter Fehler war *machismo.*

»He, du Krüppel, was willst du schon machen mit dem einen Arm? Wenn du nicht aufpaßt, passiert dir noch was, Krüppel. Halt dich weg von dem alten Roth.«

Er stand grinsend über mir und warf lässig das Klappmesser von einer knochigen Hand in die andere. Ich kam hoch, griff mir den Deckel einer Mülltonne und ging auf den Kerl los. Sein Grinsen verschwand, die verschlagenen Augen weiteten sich, und er zögerte sekundenlang schreckerstarrt. Ich schlug ihm den Mülltonnendeckel ins Gesicht, drehte den Deckel und schlug mit der Kante noch einmal zu, diesmal gegen seinen Schädel, während er mit blutender Nase zurücktaumelte.

Als er zu Boden ging, trat ich ihm zweimal in den Bauch. Er erbrach, was er zu Mittag gegessen hatte. Es sah aus wie Pizza. Ich packte seinen Kopf, knallte ihn mit dem Gesicht auf die Pflastersteine, zerrte ihn am Kragen seiner Kunstlederjacke wieder hoch und stieß ihn gegen die Hauswand.

Er war jetzt blutüberströmt und wimmerte. Ein mieser kleiner Jammerlappen.

»Wenn du einen fairen Kampf willst, geh zum Christlichen Verein Junger Männer.«

Ich packte seinen Arm im Polizeigriff und schob ihn vor mir her die Straße entlang bis zu einer Telefonzelle. Die Passanten auf der Avenue starrten uns an. Ich sah amtlich und gemein aus, befahl ihm, sich auf die Erde zu legen, stellte ihm einen Fuß ins Genick, wählte die Nummer des Polizeireviers, bat Lieutenant Marx gleich vorbeizuschicken, und steckte mir eine Zigarette an. Ich rauchte zu viel.

Marx und seine Leute waren in zehn Minuten zur Stelle. Zwei von ihnen hoben den Jungen auf, während Marx mit mir redete.

»Erzählen Sie, was los war, Dan.«

Ich berichtete es ihm. Wir kehrten alle zu dem Seitenweg zurück. Marx hatte eine Videokamera mitgebracht, um die Szene als Beweis festzuhalten, und er fand auch das Messer des Latino-Jünglings auf der Erde. Es war ein Zwilling des Messers aus dem Oneida Hotel, als ich vor der Tür von Abraham Roth angegriffen worden war.

»Was hattest du mit Mr. Roth zu schaffen?« wandte sich Marx an den Jungen.

Der Junge schwieg. Er blutete noch immer aus Nase und Mund und konnte sich kaum auf den Beinen halten, ohne rechte Kraft in seinem knochigen Körper, ohne Mumm, und das war sein größter Fehler – als armer Mickerling in einem Elendsviertel geboren zu sein, wo es nicht genug zu essen gab und noch weniger Hoffnung und keine andere Perspektive, dort herauszukommen, als zu stehlen.

»Bringen Sie ihn ins Krankenhaus und dann in die Arrestzelle«, befahl Marx seinen Männern. Zu mir gewandt sagte er: »Reden wir gleich mal mit Roth.«

Die schattenhaften Gestalten auf der nächtlichen Straße vor

dem Oneida Hotel stoben auseinander und verschwanden, als Marx parkte. Die kleine Lobby war noch leerer als die Straße. Als der alte Roth seine Tür öffnete und mich sah, versuchte er sie wieder zuzumachen.

»Polizei, Mr. Roth«, sagte Marx.

Roth schien sich an der Tür festzuhalten, während er mich mit aufgerissenen, vorwurfsvollen Augen ansah. »Sie sagen, wenn ich mit Ihnen rede . . .«

»Ich sagte, ich würde es versuchen«, stellte ich richtig. »Ihr kleiner Freund hat mir leider keine Unterstützung gegeben.«

»Freund? Was ist Freund? Ich habe keinen . . .«

Jemanden, der die Sprache nicht allzugut spricht, sollte man mit verbalem Sarkasmus verschonen.

»Dürfen wir reinkommen, Mr. Roth?« fragte Marx.

Der alte Mann wußte, wann er geschlagen war. Vielleicht war das sein Problem. Die Wohnung war so muffig wie immer. Diesmal war das Bett in dem zweiten Raum gemacht, und die Stereoanlage spielte leise Beethoven. Die Siebente, viel zu gedämpft, um zu tanzen. Marx ließ sich auf dem Lehnstuhl nieder. Roth blieb stehen. Ich lehnte mich an eine Wand.

»Womit hat dieser Bengel gedroht, wenn Sie ihm kein Geld geben?« fragte Marx. »Kennen Sie vielleicht sogar seinen Namen?«

»Ich weiß nichts. Ich will keine Polizei.«

»Wir haben ihn, Mr. Roth. Er hat einen Fehler gemacht und Mr. Fortune hier angegriffen. Er befindet sich in ziemlich schlechtem Zustand und in Haft. Sie brauchen sich seinetwegen keine Sorgen mehr zu machen.«

Ich dachte, der alte Mann würde ohnmächtig werden. Er hielt sich an der Rückenlehne eines staubigen alten Sofas fest und sah mich an. Seine Stimme war nur ein Krächzen.

»Sie haben ihn verletzt? Mein Gott!« Seine Beine gaben nach, und er setzte sich schwerfällig auf den Boden, das Gesicht von seinen zitternden Händen umschlossen. »Ich bin ruiniert. Er wird meine Fenster einschlagen, meine Ware kaputtmachen, mich verprügeln. Ich halte es nicht aus, verprügelt zu werden.«

»Er wird gar nichts tun, Mr. Roth«, sagte ich. »Nicht jetzt. Er wird viel zu sehr damit beschäftigt sein, sich selber zu retten. Er ist nur ein Einzelgänger, kein Bandenmitglied, und die Polizei kennt ihn jetzt.«

»Es ist vorbei«, sagte Marx. »Erzählen Sie uns die ganze Geschichte.«

Der alte Mann blickte auf. »Vorbei? Was ist vorbei? Es ist nie vorbei. Sie werden zurückkommen. Ich weiß. Ich sehe das.«

»Wer wird zurückkommen?« fragte ich.

»Die Diebe, Räuber, Mörder! Diejenigen, die nie arbeiten, nichts verdienen, nichts aufbauen, keine Substanz oder Disziplin haben.«

»Er hat Sie bestohlen?« fragte Marx. »Jemanden ermordet?«

»Hat er auf Rosa Grünfeld geschossen?« fragte ich.

»Nein! Nein!«

»Mr. Roth«, sagte Marx. »Wenn wir es nicht von Ihnen erfahren, kriegen wir es aus ihm heraus. Entweder so oder so.«

Der alte Mann hatte sich auf dem Fußboden zusammengekauert, den Kopf gesenkt und die Arme fest um seinen Körper geschlungen. Sein Zittern hatte einen anderen Grund als nur Furcht. Der Schrecken seines ganzen Lebens. Marx' Worte schienen von den Wänden widerzuhallen – es würde jetzt alles herauskommen. Die Stimme des alten Mannes war fast nicht zu hören.

»Er hat nichts getan. Ich bezahle ihn, und er tut nichts.«

»Womit hat er Ihnen gedroht?«

Roth hielt den Blick gesenkt. »Er will meine Fenster einschlagen, den Laden in Brand stecken, mich umbringen. Aber er tut nichts. Bloß ein Fenster. Nicht mehr.«

»Wieviel haben Sie ihm bezahlt?«

»Ich weiß nicht.«

»Wir können es über Ihre Bank erfahren.«

»Es sind fünf, sechs Jahre. Vielleicht fünfzigtausend Dollar.«

»Fünfzigtausend Dollar?«

»Was ich habe. Es ist nicht mehr viel übrig.«

»Was hatten Sie denn vor, wenn das Geld zu Ende gewesen wäre?«

Roth zuckte mit den Schultern. »Ich sterbe.«

»Was ist mit Rosa?« fragte ich. »Hat sie versucht, den Jungen davon abzubringen?«

»Nein! Sie weiß nichts.« Er schaute wütend zu uns hoch, ließ den Blick von mir zu Marx wandern. »Verdammte *yenta!* Sie fragt, aber ich erzähle ihr nicht, wer er ist. Sie ist Störenfried. Sie versteht nicht, was wirklich ist, ja? Sie sagt, ich muß kämpfen. Sie weiß nicht, daß man gegen diese Leute nicht kämpft. Sie haben keine Sitte und Anstand. In ihnen ist nur der Tod, das Chaos, ja?«

»Rosa wußte nicht, wer dieser Junge war?« vergewisserte ich mich.

»Wir müssen uns gegen diese Menschen wehren, Mr. Roth«, sagte Marx.

»Die Polizei?« Die Stimme des alten Mannes klang verächtlich. »Die Polizei tut nichts. Hitler hat etwas getan. Er hat Ordnung gebracht, Sicherheit, Moral. Hitler hat den Pöbel bekämpft, die Diebe und Halunken. Jetzt hält sie niemand mehr auf, um Frieden zu haben, man kann nur sterben.«

Marx seufzte. »Holen Sie Ihren Mantel, Mr. Roth. Wir müssen Ihre Aussage aufnehmen, und Sie müssen den Jungen identifizieren.«

»Nein!«

»Er wird Sie nicht sehen. Können Sie mir seinen Namen nennen?«

Abraham Roth erhob sich langsam und nahm seinen Mantel von einem altmodischen Garderobenständer neben der Tür. »Carlos.«

Marx wandte sich an mich. »Wollen Sie auch mitkommen und mit dem Jungen sprechen?«

»Nein, ich glaube, der alte Mann hat recht. Der Junge hatte keinen Grund, Rosa etwas zu tun. Er war meinetwegen beunruhigt, nicht wegen Rosa.«

Wir gingen durch die schmuddelige Lobby hinaus zu Marx' Wagen. Seine Funksprechanlage schrillte ununterbrochen. Marx beugte sich in den Wagen, während wir auf dem Bürgersteig warteten. Er wandte sich um.

»Der Mörder hat es gerade wieder versucht.«

33

Auf dem Weg zum St. Vincent setzte Marx den alten Roth auf dem Revier ab. Im Krankenhaus wimmelte es vor Rosas Zimmer von Polizisten. Auf dem Fußboden und an der Wand war Blut.

Auch Captain Pearce war da. Er sah mich. »Ich hätte es wissen sollen.«

»Die Enkelin hat mich engagiert.«

»Wissen Sie, wo diese Enkelin sich aufhält?«

»Nein.« Ich sagte ihm nicht, daß Lenny vor weniger als zwei Stunden nicht zu Hause gewesen war. »Ist Rosa . . .?«

»Er ist gar nicht bis zu der alten Frau vorgedrungen«, sagte Pearce. »Er war wie ein Pfleger gekleidet und schob einen Karren mit Medikamenten bis zu Merkel vor ihrer Tür. Ist ein ermüdender Job, vor einer Tür Wache zu halten. Die meiste Zeit passiert nichts. Merkel hat nicht einmal seine Waffe rausbekommen.« Pearce blickte auf die Blutlache auf dem gebohnerten Krankenhausflur und die Blutspritzer an der Wand neben der offenstehenden Tür. »Nachdem der Kerl Merkel erschossen hatte, stürzte er in das Zimmer. Seine Waffe hatte einen Schalldämpfer, aber Albano, der drinnen sitzt, kennt das Geräusch eines Schalldämpfers, und er hörte Merkel stöhnen, einen Laut von sich gegeben. Albano sprang vor das Bett und eröffnete das Feuer, noch bevor der Mann richtig reingekommen war. Er weiß nicht, ob er ihn getroffen hat oder nicht.«

»Der Schütze ließ sich auf keinen Kampf ein?« fragte Marx.

»Er zog sich sofort zurück, schoß wahllos in den Flur, traf eine Krankenschwester und verschwand die Treppe hinunter.«

»Albano ist bei Rosa geblieben?« fragte Marx.

Pearce nickte. »Mit dem haben Sie einen guten Mann. Nichts könnte ihn dazu bringen, das Zimmer zu verlassen.«

»Wie ist der Kerl weggekommen?«

»Das wissen wir noch nicht.«

»Er rannte hinunter«, mischte ich mich ein, »oder noch wahrscheinlicher eine Treppe hinauf, zog seine Krankenpflegerkluft aus, hatte normale Straßenkleidung drunter und mischte sich einfach unter das Personal. Er könnte sich noch immer im Haus aufhalten, und Sie würden ihn nicht finden. Aber ich wette, er ist inzwischen über alle Berge.«

Marx nickte. »Ein Profi.«

»Das zeigt schon die Art, wie er jeden Kampf vermieden hat«, bestätigte Pearce. »Wenn wir ihn erwischt hätten, wäre das für seinen Auftraggeber unangenehmer gewesen, als daß er bei Rosa nicht zum Zuge gekommen ist.«

»Gibt es irgendeine Beschreibung?« wollte ich wissen.

»Einige«, erwiderte Pearce. »Er war klein und untersetzt . . .«

»Ein aufgedunsenes Gesicht, manikürte Fingernägel, schlechte Zähne?«

»Wie zum Teufel . . .?« sagte Pearce.

Marx setzte den Captain über den Fall und den Killer, der vermutlich Johnny Agnew erschossen hatte, ins Bild.

»Wir haben zwar keine sehr detaillierte Beschreibung bekommen, aber klein und untersetzt mit schlechten Zähnen stimmt mit unseren Informationen überein«, sagte Pearce. »Verdammt! Was ist denn in aller Welt so wichtig an einer alten radikalen Bag Lady?«

»Ja«, sagte auch Marx, »was?«

»Vielleicht sollte man sie doch lieber noch ein Weilchen im Krankenhaus behalten«, sagte ich.

»Im Krankenhaus behalten?« fragte Pearce verständnislos.

»Die Ärzte sagen, sie müßte in ein Pflegeheim verlegt werden«, erläuterte Marx. »Es wäre schwieriger, sie dort zu schützen.«

Pearce zog eine verbissene Miene. »Darum werde ich mich kümmern.«

Die beiden rätselten weiter an dem Vorfall herum, und Marx schilderte die Vorgeschichte noch einmal in allen Einzelheiten, während seine und Pearces Leute den Krankenhausflur und das Zimmer nach irgendwelchen Spuren absuchten. Mich bezogen sie bei ihren Spekulationen nicht ein, so daß ich mir ziemlich überflüssig vorkam. Ich sagte, daß ich mich verabschieden wolle, und sie hielten mich nicht zurück.

Ein Killer in meiner Umgebung macht mich nervös. Besonders wenn er genau weiß, wie ich ganz aus der Nähe im Lichte eines Streichholzes aussehe. Ich beobachtete jeden einzelnen, als ich mit dem Fahrstuhl hinunterfuhr und dann in den frühen Abend hinaustrat. Es war so kalt geworden, daß sich die Menschen dem scharfen Westwind vom Fluß her entgegenstemmten. Jeder kleine, untersetzte Mann sah aus wie der Killer. Ich atmete erleichtert auf, als ich schließlich meinen dunklen Eingangsflur erreicht hatte und niemanden dort antraf.

Dafür war mein Büro bevölkert. Hinter meinem Schreibtisch saß Kay und lächelte mich an, als ich hereinkam. Mit einem verzerrten, nicht gerade herzlichen Lächeln. Ihr gegenüber, mit dem Rücken zu mir, hatte auf einem Lehnstuhl Lenny Grünfeld Platz genommen. Ich spürte, daß sich die beiden nicht auf Anhieb sympathisch gewesen waren. In dem Büro herrschte mehr Spannung als zwischen zwei Grizzlys, die sich auf einem schmalen Pfad ins Gehege geraten. Die schnellste Methode, Leute von ihren ichbezogenen Gedanken und gegenseitigen Animositäten abzubringen, besteht darin, sie mit einer größeren Krise zu konfrontieren. Ich berichtete ihnen von dem neuen Versuch, Rosa zu erschießen.

»Derselbe Mann, der Kevin Regans Bruder erschossen hat?« fragte Kay.

»Ja und nein.« Ich ließ mich auf der Schreibtischkante zwischen beiden nieder. »Ja, die Polizei nimmt an, es ist derselbe Killer, der Johnny Agnew erschossen hat. Und nein, sie weiß nicht, ob er derselbe ist, der auf Rosa geschossen hat, und wir kennen auch noch immer nicht den Grund für diese Taten.« Ich neigte mich näher zu Lenny und versuchte genug Eindringlichkeit in meine Stimme zu legen, um vielleicht ein paar Ritzen in ihrer Mauer zu finden. »Es muß etwas in Rosas Leben geben, das für jemanden wichtig genug ist, ihren Tod zu wünschen. Etwas, das wir noch nicht herausgekriegt haben. Etwas, das sie weiß oder getan oder gesehen hat.«

Lenny schüttelte langsam den Kopf, als zermartere sie erfolglos ihr Gehirn. Kay beobachtete sie mit einem Gesichtsausdruck, der besagte: Meine Dame, dir glaube ich nicht. Du magst vielleicht Dan zum Narren halten, aber mich nicht. Du weißt sehr viel mehr, als du sagst.

»Dan hat recht, Miss Grünfeld«, sagte Kay. »Niemand engagiert ohne gewichtigen Grund einen Killer. Sie kennen Ihre Großmutter besser als jeder andere. Sie müssen doch irgendeinen Verdacht haben.«

Lennys kühle Miene besagte, daß sie mich engagiert hatte, nicht Kay. Und Kay solle gefälligst verschwinden und Kaffee kochen oder ein paar Plätzchen besorgen. Sie gönnte Kay nicht einmal einen Blick.

»Rosa ging ihre eigenen Wege, lebte ihr eigenes Leben«, sagte sie. »Ich habe Ihnen ja gesagt, daß ich sie in den letzten sechs Monaten kaum gesehen habe.«

»Es müssen nicht die letzten sechs Monate oder die letzten sechs Jahre sein«, erwiderte ich. »Es kann zwanzig oder vierzig Jahre zurückliegen.«

Lenny zögerte. »Deshalb bin ich hergekommen. Mir ist was eingefallen. Ich weiß nicht, ob es eine Bedeutung hat oder nicht.«

»Wegen Rosa?«

Sie überlegte einen Augenblick, wie sie die Sache erzählen sollte. »Es war vor über einem Jahr. Wir waren unterwegs an der Küste und hatten einen Auftritt in Los Angeles. Vier Bands in einem Stadion, und der Veranstalter ließ von San Diego bis San Luis Obispo Plakate kleben. Nach der Show kam ein alter Mann zu unserer Garderobe. Er sagte zu dem Aufseher hinter der Bühne, er wolle mit der Tochter von Nikolai Grünfeld sprechen.« Sie hob den Blick zu mir. »Außer mir und Rosa nennt niemand meinen Vater Nikolai. Ich ging also raus, um mit ihm zu sprechen. Er war ein alter Mexikaner – großer Schnauzbart, *charro* Sombrero, gesticktes Hemd und verzierte Weste, weiße Hosen und Stiefel. Mit der dunklen, sonnengegerbten faltigen Lederhaut, die alte *vaqueros* kriegen, sah er aus wie achtzig, aber er benahm sich wie höchstens siebzig.«

»Ich kenne diese Typen«, mischte Kay sich ein. »Sie leben fast nur in der freien Natur, und wenn sie das durchstehen, bleiben sie aktiv bis hoch in die Achtzig.«

»Die alten Mexikaner, die ich gesehen habe, waren fett und senil«, sagte Lenny.

»Wie Sie meinen, Verehrteste«, sagte Kay.

»Dieser war groß«, fuhr Lenny fort, »über ein Meter achtzig. An allen Fingern Ringe, um den Hals ein goldenes Kruzifix.«

»Was wollte er von Ihnen?« fragte ich.

»Er sagte, er hätte früher in Santa Maria Rosa und Flaco gekannt. Während der letzten Jahre wär's ihm schlecht ergangen, und er hätte nicht arbeiten können. Nun hätte er meinen Namen auf dem Plakat gesehen und wäre gekommen, um mir ein paar Sachen von Rosa zu verkaufen, die er all die Jahre aufgehoben hätte. Er wollte, daß ich sie bekäme, aber leider könnte er sie mir nicht umsonst überlassen, denn er bräuchte wirklich dringend das Geld. Er weinte fast, gab mir seine Geschäftskarte und drückte mir die Hand: *Muy desolato, señorita.* Der alte Trick.«

Die Karte war ein billiger hektographierter Zettel, schmutzig und mit Eselsohren: Porfiro Sabado, Instrukteur, mit einer Adresse in Santa Maria, Kalifornien.

»Trick?« fragte ich.

»Was er mir verkaufen wollte, hätte jeder beliebigen Person gehören können – billige Ringe, eine Taschenuhr, die nicht funktionierte, ein Filzhut mit den Initialen R. G. auf das Innenband gekritzelt, allerlei alte Postkarten, ein paar Bücher mit Rosas Namen darin und mit derselben Tinte geschrieben wie die Initialen auf dem Hutband, alte Broschüren der Kommunistischen Partei. Alles wertlos und alles Schwindel. Wahrscheinlich hatte er Rosa oder Cabrero überhaupt nicht gekannt, sondern nur von ihnen gehört und dann, als er meinen Namen las, schnell kombiniert und beschlossen, den Versuch zu unternehmen, mich aufs Kreuz zu legen. Auf mich wirkte er jedenfalls wie ein Betrüger. Ich sagte ihm, er solle sich schriftlich an Rosa wenden. Sie würde ihm, um ihre Sachen zurückzubekommen, sicher sehr viel mehr zahlen, als ich es mir leisten könnte.«

Lenny lachte. Es war so ungewöhnlich für sie, daß mein Loft zu erzittern schien. »Sie hätten sein Gesicht sehen müssen, als ich ihm sagte, daß Rosa noch am Leben ist. Er nahm sich kaum noch

Zeit zu murmeln, er würde ihr dann schreiben, und verdrückte sich so schnell, als knabberten ihm die Kojoten an den Hosenbeinen.«

»Weil er Sie mit den falschen Andenken zu betrügen versucht hatte«, fragte ich, »oder aus einem anderen Grund?«

»Aus einem anderen Grund?«

»Schien es so, als habe er es eilig, weil sein Bluff aufgeflogen war oder weil Rosa noch lebte?«

Lenny schüttelte den Kopf. »Ich weiß nicht.«

»Irgendwelche Kennzeichen, Narben, Auffälligkeiten?«

»Eine große Nase, gebogen wie ein Habichtschnabel. Die Ringe. Ein Finger war verkrümmt. An der linken Hand. Der Mittelfinger. Ich erinnere mich daran, weil er an diesem Finger keinen Ring trug.«

»Können wir morgen noch mal zu Ihrem Vater fahren und mit ihm reden?«

Sie stand auf. »Das können Sie gern tun. Ich habe was anderes vor. In diesem Umschlag auf Ihrem Schreibtisch habe ich einen Scheck für zwei Wochen hinterlassen. Ich möchte, daß Sie weiter arbeiten.« Sie bedachte Kay mit einem Kopfnicken. »War mir ein Vergnügen, Sie kennenzulernen. Miss . . . war der Name Michaels?«

»Kay Michaels«, bestätigte Kay. »Ich werde Sie Arlene nennen.«

Kay lächelte. Lenny nicht. Sie verharrte sekundenlang in dieser Pose, bevor Lenny hinausging und die Tür hinter sich schloß.

»Verwöhntes Luder«, sagte Kay und lächelte mich an.

»Weil sie andere Werte hat, ist sie deshalb noch nicht gleich verwöhnt.«

»Ich bin nicht mehr so sicher, ob ich möchte, daß du nach Kalifornien kommst.«

»Müßte ich sonst meine weiblichen Klienten aufgeben?«

»Nur solche, denen jede Frau um dich herum suspekt ist, weil sie dich ganz für sich allein haben wollen.«

»Sie ist jung genug, meine Enkelin zu sein.«

»Das muß eine ihrer diversen Qualitäten sein. Als ich die Tür aufmachte, erstarrte sie nach dem ersten Blick auf mich zu Stein.«

»Das macht sie bei jedem. Sie lebt hinter einer Mauer.«

Kay schüttelte den Kopf. »Wenn sie nicht deinetwegen unter Hochspannung steht, dann wegen irgend etwas anderem, das spürt man.«

Manchmal kann man sich zu tief in einen Fall verlieren, sich zu sehr von einem Klienten einnehmen lassen, um es auch nur zu merken.

»Bist du sicher, Kay?«

»Völlig. Das ist eine Frau, die etwas ganz stark beschäftigt.«

Beschäftigte sich Lenny mit denselben Gedanken wie ich? Sie war extra gekommen, um mir von dem alten Mexikaner in Kalifornien zu erzählen.

»Willst du morgen einen Ausflug nach New Jersey machen?«

»Ich habe nicht die Absicht, dich noch einmal allein dorthin fahren zu lassen. Womöglich würdest du diesmal überhaupt nicht mehr zurückkommen.«

Es kann von Vorteil sein, wenn man Büro und Schlafzimmer in einem hat.

34

Eine feuchte Kälte lag in der Luft, als ich durch Jersey zu Nicholas Grenfells großem Haus fuhr. Kay starrte auf die Klippen der Palisades, die Abfallberge und Müllhalden, das schwarze Wasser und die lodernden Schornsteine der Industrieanlagen, auf die endlosen Wohnsilos, als ob sie so etwas noch nie gesehen hätte. Zuweilen vergesse ich, wie wenig wir wahrnehmen, wenn wir immer nur mit dem Flugzeug unterwegs sind.

Bloß der kleine Honda stand in der für vier Wagen gedachten Garage des Gebäudes im Kolonialstil. Eine ältere Frau machte uns die Tür auf. Mr. Grenfell sei unterwegs, ob wir statt dessen mit

Mrs. Grenfell sprechen wollten. Ich sagte, das wollten wir, und Alette Grenfell empfing uns in dem auf antik getrimmten Wohnzimmer mit den eleganten Möbeln. Sie trug eine schwarze Hose und einen schwarzen Seidenjumper. Ihre schlanke Figur wirkte zu knochig, das schmale Gesicht unter dem silberblonden kurzen Haar sah verhärmt aus. Im Speisezimmer machte sich die ältere Frau mit einem Staubsauger zu schaffen.

Ich stellte Kay vor. Alette Grenfell lächelte verbindlich, bedeutete uns mit einer Handbewegung, Platz zu nehmen, und entschuldigte sich für das Geräusch des Staubsaugers.

»Mrs. Broberg kommt nur an drei Tagen pro Woche zu uns.«

»Geldprobleme?«

»Es gibt berufliche Aufs und Abs, Mr. Fortune. Nicholas verbringt lange Stunden im Büro. Vielleicht kann ich Ihnen helfen?«

»Wenn Sie genügend über Francisco Cabrera wissen, können Sie das.«

Sie schüttelte den Kopf. »Lange vor meiner Zeit. Sie werden mit Nicholas sprechen müssen.«

»Wann erwarten Sie ihn zurück?«

»Ich weiß nie, wann er nach Hause kommt. Manchmal schon mittags, manchmal auch erst gegen Mitternacht.« Sie setzte sich ebenfalls. »Nicholas ist Ihnen unsympathisch, Mr. Fortune, nicht wahr?«

»Er ist kein besonders liebenswerter Mann.«

»Nein, ich nehme an, so wirkt er auf die meisten Menschen. Er ist zornig, und er hat strenge Ansichten. Aber er ist fleißig und aufrichtig.«

»Das war Hitler auch«, sagte ich.

Ich hörte, wie Kay hinter mir scharf die Luft einzog. Das war nicht die rechte Art, Freunde zu gewinnen und Leute zu beeinflussen. Aber auf Freunde und Einfluß war ich im Moment nicht erpicht. Alette Grenfell musterte mich sekundenlang, bevor sie auf meine Bemerkung anbiß.

»Haben Sie sich je etwas sehr gewünscht, Mr. Fortune? Erfolg zu haben, bedeutend zu sein?«

»Ich bin mit dem, was ich habe, ganz zufrieden.«

Sie schüttelte den Kopf. »Ich meine, wirklich erfolgreich zu sein, nicht bloß zu arbeiten. Es ist einfach für Menschen, die nie irgendwelchen Ehrgeiz besessen haben, denen von Anfang an geholfen worden ist. Nicholas mußte mit weniger als nichts anfangen. Als er aus der Armee kam, hatte er kein Geld, keine Familie, nicht einmal einen richtigen Namen. Er hat sich seinen Namen selbst gemacht, und er mußte auch seinen Weg selbst machen. Er kam nach New York, ging aufgrund seiner abgeleisteten Militärdienstzeit nach Fordham, nahm nebenbei zwei Jobs an, um seine Miete zu zahlen und sich etwas Geld beiseite zu legen. Als er 1950 sein Examen machte, wurde er sofort von Union Carbide für ihr Manager-Trainingsprogramm engagiert. Er war die beste junge Nachwuchsführungskraft, die sie hatten, wurde schnell befördert. Wir heirateten 1955, als er stellvertretender Verkaufsleiter der Abteilung Kunststoffe war. Wir kauften dieses Haus, investierten in weitere Grundstücke, Arlene wurde geboren, und es stellte sich heraus, daß Carbide Nicholas' Fähigkeiten nicht richtig einschätzte. Wir beschlossen, von Carbide wegzugehen, damit er stellvertretender Marketing-Direktor bei Paulson Chemical werden konnte. Aber auch dort wurde Nicholas' Potential nicht wirklich erkannt, erwies man sich als bar jeder Vorstellungskraft und phantasielos. Es war abzusehen, daß sie eine kleine, unbedeutende Gesellschaft bleiben würde, und als Nicholas nach der Geburt unseres Sohnes Richard noch immer nicht weitergekommen war, entschieden wir, uns selbständig zu machen. Wir trennten uns von unseren Investitionen, obwohl das zum Teil nicht ganz ohne Verlust ging, warfen alles in einen Topf, nahmen einen Kredit auf, und Nicholas eröffnete endlich sein eigenes Büro für Marktforschung und Unternehmensberatung. Er hat das, vom Punkt Null angefangen, mit langer, zäher Arbeit geschafft, ohne Hilfe oder irgendwelche Almosen oder anderen Leuten nach dem Mund zu reden.«

Sie glaubte jedes Wort von dem, was sie sagte, und ich glaubte ihr auch. Aber jeder von uns hörte eine andere Geschichte. Was ich hörte, war, daß sich Nicholas Grenfell weder als begnadete Führungskraft noch als geschickter Investor erwiesen hatte, sondern bis auf seine Selbstüberschätzung und eine von Ehrgeiz getriebene Ehefrau eher als drittklassig einzustufen war, und daß er sein nicht übermäßig mit Glücksgütern gesegnetes Leben damit verbracht hatte, die enormen Privilegien und Vorteile der Reichen und Mächtigen zu verteidigen, als gehöre auch er zu diesem bevorzugten Kreis.

»Aber im Augenblick läuft das Geschäft nicht so besonders?«

»Es kostet Zeit und erfordert Energie, sich mit eigenen Ideen durchzusetzen«, erwiderte Alette Grenfell. »Viele seiner Konzepte sind zu fortschrittlich für die alten Weiber, die die großen Gesellschaften leiten. Es gibt zu viel beharrliches Festhalten an unproduktiven Geschäftspraktikern, Unterstützung bei Fehlentscheidungen, ein Sichverschließen gegen harte ökonomische Wahrheiten. Nicholas spricht die Wahrheit aus, und die wenig entscheidungsfreudigen Leute mögen das nicht. Wirklich gute Geschäftsleute verstehen das jedoch und werden Nicholas früher oder später Anerkennung zollen.«

Sie spann den alten Faden weiter und verteidigte ihre Überzeugungen und ihre Illusionen gegen die Realität. Was ich in dem ungeputzten Messing sah, der halbleeren Garage, der nur stundenweise beschäftigten Haushaltshilfe und der allgemeinen Atmosphäre von Gereiztheit und Vernachlässigung, war ein Mann, dem das Wasser bis zum Halse stand, der kaum über die Runden kam und dafür alles andere verantwortlich machte, nur nicht sich und seine Wertvorstellungen. Ein Mann und eine Frau, die eher untergehen würde, als ihre Überzeugungen aufzugeben. Im Grunde kaum anders als seine gehaßte Mutter.

»Es ist so leicht für Arlene und alle, die niemals kämpfen mußten, ihn zu verurteilen«, fuhr Alette Grenfell fort. »Sie hat nie gelebt, wie er leben müßte, weiß nichts von der rauhen Wirklichkeit. Sie brauchte sich niemals Sorgen zu machen, wie sie durchkommt, Sorgen um ihre Existenz. Sie kann so großherzig sein und die alte Rosa bewundern, die auch nie die Realität gesehen hat.«

»Sie irren sich beide?« fragte ich. »Rosa und Lenny? Ich möchte annehmen, daß Rosa ein härteres Leben geführt hat als Ihr Mann und . . .«

Nicholas Grenfell stand unter dem Rundbogen, der von der Eingangshalle des großen alten Hauses zum Wohnraum führte. »Beide haben unrecht, Fortune, ja. Rosa hat niemals die Wahrheit gesehen, und Arlene hat sie abgelehnt. Unsere Art zu leben hat mehr Gutes für mehr Menschen hervorgebracht als jedes andere System. Mehr Freiheit und mehr Lebensfreude.«

»Für wie viele auf der Welt gilt das, Mr. Grenfell?« warf Kay ein.

»Schließlich und endlich alle«, fauchte Grenfell. »Wer sind Sie eigentlich?«

Ich machte Kay mit ihm bekannt und erklärte, daß sie eine erfolgreiche Schauspielerin sei. Die Berufsbezeichnung entlockte ihm ein verächtliches Schnauben, aber daß sie erfolgreich war, imponierte ihm.

»Wenn diese Wohltäter uns doch in Ruhe ließen«, wandte er sich an sie, »dann würden wir die Probleme letztendlich schon lösen.«

»Ich weiß nicht«, sagte Kay. »Manchmal denke ich, damit wir Gewinner sein können, muß es eine Menge Verlierer geben.«

Seine Frau kam ihm wieder einmal zu Hilfe. »Mr. Fortune hat uns aufgesucht, um sich nach deinem Stiefvater zu erkundigen, Nicholas.«

»Welchem?« fragte Grenfell, den Blick noch immer stirnrunzelnd auf Kay gerichtet.

»Flaco Cabrera«, sagte ich. »Hat Lenny Ihnen erzählt, daß sie einen alten Mexikaner getroffen hat, der Cabrera und Rosa gekannt haben will, bevor Flaco ums Leben kam und Rosa ins Gefängnis mußte?«

»Ich spreche mit meiner Tochter so wenig wie möglich, Fortune.«

Ich berichtete ihm, was Lenny mir erzählt hatte. Als ich den alten *vaquero* beschrieb, sah Grenfell überrascht aus. Und als ich zu dem verkrümmten Mittelfinger der linken Hand gelangte, wurde aus der Überraschung ein Schock.

»Der Mittelfinger der linken Hand? Sind Sie sicher?«

»Lenny fiel der Finger auf, weil es der einzige war, an dem er keinen Ring trug.«

Grenfell ließ sich auf das mit grünem Brokat bezogene zweisitzige Sofa sinken. Es paßte nicht zu seinem blauen Anzug. Ich erwartete, daß Alette Grenfell etwas sagen würde, aber sie war zu sehr von ihm, von dem Schock, der sich auf seinem Gesicht spiegelte, in Anspruch genommen.

»Herr des Himmels«, sagte er. »Ich würde es Flaco zutrauen.«

»Cabrera?« fragte ich.

»Er hat sich den Finger bei einer Auseinandersetzung mit ein paar Polizisten doppelt gebrochen, und später brach er ihn noch einmal. Wie das passiert ist, weiß ich nicht mehr. Der Finger war krumm, solange ich zurückdenken kann.«

»Glauben Sie, Rosa wußte, daß Cabrera vielleicht am Leben sein könnte?«

Er sah mich an. »Wenn das der Fall ist . . .«

Er beendete den Satz nicht. Das war auch nicht nötig. Für Mord gibt es keine Verjährungsfrist.

»Als Lenny ihm sagte, daß Rosa lebt«, fuhr ich fort, »verschwand er eilig. Er könnte nach New York gekommen sein.«

»Ganz zu schweigen, was er in all den Jahren sonst noch angestellt haben mag«, meinte Grenfell mit einem plötzlichen Auflachen. »Gott, der alte Flaco! Es sähe ihm ähnlich, damals mit einem Kuhhandel seine Haut gerettet zu haben. Und als er glaubte, Rosa wäre jetzt eine Gefahr für ihn, mußte er etwas unternehmen.«

Das war auch mein Gedanke. »Sie hatten keine Ahnung? Er hat nicht versucht, sich mit Ihnen in Verbindung zu setzen? Ihnen Andenken zu verkaufen?«

Grenfell lächelte verbissen. »Das hätte selbst Flaco nicht riskiert.«

»Mrs. Grenfell?«

Sie schüttelte den Kopf.

Beide schüttelten in ihrem geräumigen Wohnzimmer noch immer die Köpfe, als Kay und ich aufbrachen. Wir fuhren im Mittagsverkehr nach New York zurück.

»Wann willst du abfliegen?« fragte Kay.

»Sobald ich meine Tasche gepackt habe.«

»Mein Wagen steht in Los Angeles am Flughafen. Nimm die Schlüssel mit.«

»Du bleibst im Loft, sparst Geld und meldest dich, wenn das Telefon klingelt. Ich rufe von unterwegs an, wann immer möglich.«

Kay beobachtete die Szenerie draußen. »Du glaubst, er hatte Angst, Rosa würde ihn nach all den Jahren auffliegen lassen?«

»Das hätte sie getan«, sagte ich.

35

Die 747 schwebte durch den Dunst des Spätnachmittags über die San-Bernardino- und San-Gabriel-Berge, das Meer zur Linken und die Riesenfläche von Los Angeles zu allen Seiten, in LAX ein.

Ich nahm meine Tasche in Empfang, suchte mit Erfolg nach Kays neuem Subaru auf dem Langzeitparkplatz und kroch dann bei für die Jahreszeit unangemessenen zweiunddreißig Grad Hitze den Century Boulevard entlang zum Freeway 405. Auf dem 405 durch den Sepulveda-Paß gab es das übliche Schrittempo der einsetzenden Stoßzeit. Erst als ich zum 101 abbog, ging es glatter voran.

Es war zu spät, um Santa Maria noch rechtzeitig zu erreichen und etwas Sinnvolles unternehmen zu können, außerdem wollte ich sowieso in Westlake Village einen Zwischenstopp einlegen. Jeff Pursell, Lennys Exgatte, kam zwar als Verdächtiger kaum in Frage, aber ich mußte ihn wenigstens endgültig abhaken können. Westlake Village ist eine Kulissenansammlung um einen künstlich angelegten See, die mich an die Puppenhauslandschaft eines reichen Kindes denken ließ. Alles war zum gleichen Zeitpunkt entstanden – Häuser, Straßen, See, Clubanlage, Einkaufszentrum, Jachthafen, Golfplatz –, ohne Geschichte oder einen Grund zur Existenz, außer Los Angeles als Schlafquartier zu dienen.

Die Frau, die die Tür von Jeff Pursells Haus öffnete, sah aus, als sei sie zusammen mit dem Haus, dem See und dem Country-Club entworfen worden. Alles war makellos: adrette dunkle Haare, hellgrünes Strickkleid, passende Strümpfe, grüne Pumps mit halbhohem Absatz, Lippenstift, Lidschatten, Ehering, Lächeln und in der Hand ein Highball-Glas.

»Wenn Sie zu Jeff wollen, er ist leider nicht da.«

Es lag fast so etwas wie eine Einladung in ihrer Stimme, in ihrem leicht glasigen Blick. Eine Einladung zu einem Drink, eine Andeutung von mehr, aber ohne viel Möglichkeit. Die Andeutung verschwand ebenso wie das Lächeln, als ich ihr sagte, daß ich wegen Lenny gekommen sei. Sofort ging die Jalousie runter. Lenny würde immer die Wolke sein, die Frau, die den Mann verschmäht hatte, mit dem sie sich zufriedengegeben hatte.

»Jeff ist seit zwei Monaten in Japan«, erklärte sie kühl. »Wir telefonieren jeden Tag miteinander. Sie können mit seiner Firma sprechen.«

Sie gab mir eine Telefonnummer. Ich nahm mir ein Zimmer in dem Plastik-Motel, das zusammen mit der ganzen übrigen Ersatz-Ortschaft gebaut worden war, und rief Pursells Firma an. Sie bestätigten mir, daß Jeff Pursell in Japan war und sich seit zwei Monaten nicht einen Tag von dort weggerührt hatte. Ich duschte, rasierte mich, sah mir im Fernsehen ein Basketballspiel an und legte mich schlafen. Am Morgen bestellte ich mir ein gutes Frühstück in der Cafeteria mit der hübschen Aussicht auf die heißen und staubig-grauen Hügel, die das unverfälschte Land darstellten. Als ich weiter auf der Straße nach Norden rollte, war es wieder zweiunddreißig Grad heiß.

Den Conejo Grande hinunter nach Camarillo sinkt die Temperatur um fünf Grad ab. Und durch den Ozean wird es in Ventura noch einmal fünf Grad kühler. Hinüber nach Santa Barbara folgt der Highway der Küste in zahlreichen Kurven. Rechts ragen dicht die Berge auf, und in Gaviota, wo der Highway durch den Gaviota-Paß landeinwärts führt, reichen sie sogar bis ans Wasser.

Das letzte Stück nach Santa Maria gibt es bloß noch das heiße, trockene, braune und staubig-grüne Hinterland.

Santa Maria ist eine Stadt mit Busanschluß auf einer braunen Ebene am Rande eines breiten, ausgetrockneten Flußbettes. Eine aufstrebende Stadt mit Neubauten, die überall aufschießen. Flaggen und Fähnchen, um die Käufer anzulocken, die von einem Eigenheim träumen. Eine Stadt für Weiße, Bier und Baseball, aber mit einer Latino-Bevölkerung im Westen, nahe den bewirtschafteten Feldern.

Die Adresse auf Porfiro Sabados Karte befand sich in diesem Latino-Gebiet. Sechs ungestrichene Holzschuppen um einen offenen Hof mit von der Sonne hartgebackenem Lehmboden. Eine kalifornische Barackenunterkunft für landwirtschaftliche Hilfskräfte, Pflücker, Wanderarbeiter, Nichtseßhafte. Zumeist Mexikaner. Der reiche Mann war ein einzelner Weißer mit einem Kleinlaster. Der Verwalter, der vermutlich der Eigentümer war, dies seine Mieter jedoch nicht wissen lassen wollte, war ein fetter Latino in braunen Hosen und einem Unterhemd.

»He, dieser Weiße hier sucht den Armleuchter Sabado«, wandte sich der Verwalter auf spanisch an die Männer, die träge herumlümmelten. Sie starrten mich an, meinen fehlenden Arm, Kays Wagen.

»Migra?« fragte einer. »Polizist?«

Ich besaß keine Zulassung in Kalifornien, und zudem war dies nicht der Ort, wo ein Privatdetektiv jemanden zu beeindrucken vermochte.

»He, er hat keinen Arm.«

»Mann, das ist ein Schlitten.«

Es ist ein Fehler, wenn Menschen annehmen, daß ein »Fremder« nicht ihre Sprache spricht. Besonders, wenn die Muttersprache des Fremden Englisch ist. Ich spreche zwar nicht Spanisch, habe aber während der vielen Jahre in New York genügend aufgeschnappt, um es nicht schlecht zu verstehen.

»Ist er hier?« fragte ich auf englisch. Wenn man einen Vorteil hat, soll man ihn ausnützen.

»Nicht hier«, erwiderte der Verwalter.

»Seit wann ist er weg?«

»Ich weiß nicht. Vielleicht ein Jahr. Oder zwei.«

»Hat er eine Nachsendeadresse hinterlassen?«

Er schüttelte den Kopf und sagte dann auf spanisch zu der Zuhörerschaft: »He, der Anglo will wissen, ob der alte Sabado eine Adresse hinterlassen hat.«

Sie lachten alle und musterten mich mit einer Mischung aus Geringschätzung, Mitleid und bloßer Belustigung.

»Er hat Glück, wenn der alte Gauner dieses Jahr noch denselben Namen hat«, sagte einer zu dem Verwalter.

»Oder dasselbe Gesicht«, sagte ein anderer.

Sie hielten nicht viel von Porfiro Sabado, aber sie würden einem Anglo nicht dabei helfen, ihm Schwierigkeiten zu bereiten. Ich brauchte einen Anreiz. Einen, der echt genug klang, sie davon überzeugte, daß Sabado von mir gefunden werden wollte. Der Trick mit der Erbschaft war hier nicht angesagt, auch nicht das herrenlose Bankkonto. Ich beschloß, bei der Wahrheit zu bleiben, oder zumindest dicht daran.

»Vor einem Jahr wollte er mir ein paar Sachen verkaufen, die meiner Großmutter gehört hatten, als sie noch in Orcutt lebte. Damals hatte ich nicht das Geld dazu, aber jetzt würde ich ihm die Sachen abnehmen, wenn ich ihn ausfindig mache.«

Sie grinsten sich gegenseitig an. Redeten miteinander auf spanisch.

»Heilige Mutter Gottes, dieser alte Trick«, sagte einer.

»He, der alte Mann kann das Geld brauchen. Hat er nicht vor einer Weile in Guadalupe als Kellner gearbeitet? Vielleicht wissen die dort, wo er ist.«

Der Verwalter richtete das Wort wieder an mich. »Vielleicht erkundigen Sie sich mal drüben in Guadalupe im Far Western Hotel. Er hat da als Bedienung gearbeitet, okay?«

Ich bedankte mich bei allen und machte, daß ich wegkam. Kays Wagen und mein fehlender Arm würden sie früher oder später in Versuchung führen.

Guadalupe war eine Latino-Stadt, zu der ich über einen langen, geraden zweispurigen Highway westlich von Santa Maria gelangte. Es gab dort die meisten mexikanischen Restaurants des Regierungsbezirks und die schlechtesten Ergebnisse bei Schulprüfungen. Hohe Arbeitslosigkeit, aber dafür Glücksspielmöglichkeiten. Das Far Western war ein großes Steak-House auf der Hauptstraße gegenüber einem ganz legalen Draw-Poker-Salon. Der Schankraum für Weiße und der große scheunenartige Speisesaal des Hotels waren von Touristen aus allen Himmelsrichtungen bevölkert. Ich hatte noch nicht gegessen, und es schadet schließlich nie, das Wohlwollen einer Person zu erringen, von der man sich Hilfe erhofft, deshalb bestellte ich mir das Spezial-Riesensteak und ein Bier, bevor ich zum Geschäftlichen kam.

Beim Nachtisch angelangt, fragte ich die Serviererin, ob sie Porfiro Sabado kenne. Sie war zwanzig Jahre zu alt für ihr Tanzpalastkleid aus den Tagen des Wilden Westens, aber die Schleife in ihren zu roten Haaren sah ganz keck aus.

»Ist das jemand berühmtes, Schatz?«

»Er hat hier als Kellner gearbeitet.«

»Ich sag' dir was, Schatz, ich habe diese Latino-Namen noch nie auseinanderhalten können. Dazu herrscht hier zu viel Kommen und Gehen.«

»Vielleicht könnten Sie mal hinten in der Küche fragen?«

»Aber klar. Willst du noch ein bißchen Kaffee?«

Ich trank noch eine Tasse. Als das überalterte Tanzpalastmädchen die Rechnung brachte, schien sie Porfiro Sabado völlig vergessen zu haben.

»Kein Glück mit Sabado?« fragte ich.

»Das ist mein Schicksal, Schatz.« Sie nahm meine Kreditkarte und verschwand damit.

Als die Kreditkarte zurückkehrte, befand sie sich in anderen Händen. Jünger, weniger aufgedreht und männlich. Ein großer Mann – Anzug, Krawatte, blonder Westernschnurrbart und ausdruckslose Augen.

»Wollen Sie Ihre Rechnung bitte im Büro unterschreiben, Sir?«

Ich folgte ihm aus dem großen Speisesaal durch eine dunkle Ecke des L-förmigen Schankraumes in ein kleines, unordentliches Büro mit Westernutensilien an allen Wänden. Da weder mit meiner Kreditkarte noch mit der Rechnung etwas nicht in Ordnung war, brauchte ich nicht nach dem Grund zu fragen, warum er mich geholt hatte. Der große junge Mann, Geschäftsführer oder was immer er war, stellte die Untertasse mit meiner Kreditkarte auf den Schreibtisch, setzte sich und bedeutete mir mit einer Kopfbewegung, ebenfalls Platz zu nehmen.

»Unter Polizisten oder Vertretern der Einwanderungsbehörden findet man gewöhnlich keine Einarmigen.«

»Sabado scheint hier einen erstaunlichen Ruf zu genießen.«

Die Improvisation, die bei den Landarbeitern funktioniert hatte, würde hier nicht ausreichen. Sie war für Freunde von Sabado bestimmt gewesen. Ich glaubte nicht, daß dieser Mann ein Freund war. Deshalb entschied ich mich für die reine Wahrheit, beziehungsweise einen Teil davon, und erzählte ihm, daß ich wegen einer Schießerei in New York ermittelte, bei deren Opfer es sich möglicherwese um die Frau handelte, mit der Sabado vor fünfzig Jahren verheiratet gewesen war. Wenn Sabado wirklich der Mann sei, den ich in ihm vermutete, könnte er in den Fall verwickelt sein.

»Für wen halten Sie ihn?«

»Francisco Cabrera, ein alter Gewerkschaftsvertreter aus den dreißiger Jahren.«

Er schüttelte den Kopf. »Sabado benutzt andere Namen, aber den habe ich noch nie gehört. Wer bezahlt Sie?«

»Die Enkelin.«

»Wird die alte Dame durchkommen?«

»Das wissen die Ärzte nicht.«

Er schob mir die Untertasse mit der Rechnung und meiner Kreditkarte über die Schreibtischplatte zu.

»Das Restaurant hat mit dem allen überhaupt nichts zu tun?«

»Nicht das geringste.«

Ich unterzeichnete den Zahlungsabschnitt und schob die Untertasse zurück.

»Er war ein miserabler Kellner«, sagte er, während er mir den Durchschlag reichte. »Unpünktlich, langsam, betrunken und überdies ein Dieb. Das letzte, was ich gehört habe, war, daß er in der Gegend von Lompoc unter dem Namen Frank Castro mit einer angeblichen Wahrsagerin zusammenarbeitet.«

»Haben Sie eine Adresse?«

»Nein, aber die Wahrsagerin tritt als Sterndeuterin Vargas auf.«

Die Sonne stand schon tief, als ich auf dem Highway One durch bestellte Felder und das staubige Hinterland am Rande des Luftwaffenstützpunktes Vandenberg weiter nach Süden rollte. Bei meiner Ankunft in Lompoc war es bereits dunkel – eine triste kleine Ortschaft, die alle Laster und Tugenden einer Provinzstadt besaß, ein Tummelplatz der Luftwaffe, eine Stadt der lieblos hochgezogenen Häuser und Einkaufszentren.

Ich fand einen verwahrlosten freien Platz, wo auch landwirtschaftliche Fahrzeuge parkten. Dann betrat ich eine Kneipe, die mit Neonreklame für *burritos* und Tekate-Bier warb. Die vier Männer in Arbeitskleidung am Tresen und die fünf Feingemachten an den fünf Billardtischen hielten alle in der Bewegung inne, als ich mich der Theke näherte.

Der Barmann, ein junger Latino, kam sofort auf mich zugestürzt.

»Darf es etwas sein, Mister?«

»Ein Tekate«, bestellte ich. »Außerdem hätte ich gern gewußt, wo ich die Sterndeuterin Vargas finde.«

Er machte das Tekate auf und legte eine dünne Scheibe Zitrone auf die geöffnete Dose. »Was wollen Sie von einer Wahrsagerin?«

»Eine Auskunft.«

»Glauben Sie an den Quatsch?«

»Ich glaube, daß sie mir sagen kann, was ich wissen will.«

Um seine Mundwinkel zuckte fast so etwas wie ein Lächeln. »Nach meiner letzten Information hat sie sich in einem Laden drüben auf der Jalisco Street, nicht weit von der Mercer Avenue, niedergelassen.«

»Besten Dank.«

Hinter der weißgestrichenen Schaufensterfront an der Jalisco Street brannte Licht. An die Scheibe war, umgeben von primitiven magischen Symbolen, in roten Lettern »Sterndeuterin Vargas« gemalt. Etwas, das wie getrocknetes Gras, ein paar Knochen und eine Haarsträhne aussah, hing über der Eingangstür. Drinnen herrschte gedämpfte Beleuchtung in einem Raum, der durch braune, von der Decke bis zum Fußboden herabhängenden Stoffbahnen begrenzt wurde. Eine schweigende Frau saß regungslos wie in Trance am hinteren Ende des Raumes an einem kleinen, kahlen Tisch. In der Mitte stand ein Lehnstuhl auf dem Fußboden.

»Setzen Sie sich. Ich muß Ihre Aura spüren. Ruhe.«

Sie hob die Arme und wandte die geschlossenen Augen zur Decke hoch, wo die einzige Aura, die ich erkennen konnte, gerissener Putz und zwei Kakerlaken waren. Ich setzte mich. Die Stille war so drückend, daß ich sie als unangenehm empfand. Der ganze drapierte Krempel schien zu vibrieren, sich auszuweiten. Dann wurde mir bewußt, daß irgendwo hinter den Vorhängen von einer Art Tonband ein sehr leiser Pulsschlag ertönte, ein Geräusch, das nur unterschwellig wahrzunehmen war. Die Frau senkte abrupt die Arme und machte die Augen auf.

»Sie sind nicht hier, um etwas zu erfahren. Was wollen Sie?«

Ihre Stimme war heiser, aber nicht unangenehm. Eine Whiskystimme. Ihre bräunliche Haut wirkte weich wie Samt. Sie war füllig und um die Fünfzig, aber ihre dichten schwarzen Haare glänzten jugendlich. Ihre Hände waren zart und glatt. Schnelle Hände, die ein Eigenleben zu führen schienen, unabhängig von ihrem fülligen Körper. Wenn sie nicht mit dem Teufel im Bunde war, gönnte sie sich gute Pflege.

»Sie irren sich«, erwiderte ich. »Ich bin sehr wohl hier, um etwas zu erfahren.«

Sie verzichtete darauf, die transzendentale Masche weiter durchzuhalten. »Was zu erfahren?«

»Wo ich Frank Castro finden kann, oder Porfiro Sabado oder wie immer sein richtiger Name ist.«

»Weswegen?«

Ich kehrte zu meiner ursprünglichen Lüge zurück. »Ich habe eine Klientin, die ein paar Andenken an ihre Großmutter kaufen will, die in seinem Besitz sind.«

»Eine Klientin?«

»Ich bin Privatdetektiv.«

Die weichen Hände klopften leicht auf den Tisch. »Beweisen Sie das.«

Ich zeigte ihr meine Zulassung. Ihre Finger fuhren fort, auf der kahlen Tischplatte zu tanzen. »Hat Ihre Klientin auch einen Namen?«

Ich hatte mit dieser Frage gerechnet, war mir aber nicht sicher, wie ich sie beantworten sollte. Falls der alte Mexikaner Cabrera war, würde ihn die Wahrheit womöglich verscheuchen. Falls er Cabrera war und auf Rosa geschossen hatte, konnte ich sein nächstes Ziel sein. Vermutlich war es aber der einzige Weg, zu ihm zu gelangen.

»Arlene Grünfeld.«

Die Hände hielten in ihrer Bewegung inne. Sie schloß die Augen wieder wie in Trance oder um mit ihren hilfreichen Geistern zu kommunizieren.

»Warten Sie hier.«

Sie verschwand hinter den schweren Vorhängen, die den rückwärtigen Teil des Ladenlokals verbargen. Zu welchem Ergebnis das führen würde, wußte ich nicht. Es war eine der eher unangenehmen Situationen. Schutzlos und verwundbar. Eine Situation, in der man sich mit einer Waffe wohler fühlt. Aber dies ist ein falsches Gefühl von Sicherheit. Wenn sich hinter diesen Vorhängen tatsächlich jemand befand, der meinen Tod wollte, konnte mich eine Pistole auch nicht schützen. Mein bester Schutz bestand darin, daß er wissen mußte, warum ich gekommen war. Ich mußte reden, nicht kämpfen, und eine Waffe verhindert das Reden, veranlaßt den anderen womöglich dazu, zuerst zu schießen.

Sterndeuterin Vargas und ein magerer Jugendlicher kamen durch die Vorhänge zurück.

»Gregorio wird Sie zu Frank Castro bringen«, sagte die Frau.

Ich stand auf, um zu Kays Wagen zurückzugehen.

»Nein«, sagte die Frau. »Hier entlang.«

Gregorio führte mich durch den kahlen Raum hinter den Vorhängen und zur Hintertür hinaus. Falls jemand den Wagen oder die Vordertür beobachtete, hatte er jetzt keine Möglichkeit mehr, mir zu folgen.

36

Die Nacht war dunkel, aber nicht still in den Wirtschaftsgängen und Seitenwegen. Draußen auf den Straßen rauschte der Verkehr vorbei, so daß ich mir wie in einer Art Tunnel vorkam. Radios und Fernseher lärmten auf spanisch. Tragbare Stereogeräte und Getto-Blaster wurden durch die Dunkelheit der schmalen Wege zu den erleuchteten Straßen fortbewegt. Lebhafte, geschwätzige Stimmen aus fernen Ländern im Süden, die meisten schon seit so vielen Generationen hier, daß sie weniger über diese Länder wußten als ich.

Über all dem eine Stille – die bodenlose Stille des Wartens. Des ins Nichtsstarrens in dunklen Räumen. Eine Stille der Einsamkeit. Jenseits von Zeit und Raum. Die Stille langer, leerer Tage. Derjenigen, die außerhalb einer unsichtbaren Wand leben, wo sie Lenny Grünfeld innerhalb einer solchen Wand lebte.

»Hier rein.«

Es war ein zweistöckiger Bau aus der Jahrhundertwende mit Kuppeln, Erkern und einer überdachten Veranda. Im Nachtdunkel schimmerte der Platz davor silbrig, nackter Erdboden übersät mit Abfall und verrostetem Müll. Die Fenster waren zerbrochen oder mit Brettern vernagelt, die Türen aus den Angeln gerissen.

»Bist du sicher?«

Gregorio stieg mir voran auf die wackelige Veranda und ging weiter durch das schwarze Rechteck, wo einmal die Tür gewesen war. Drinnen erblickte ich einen leeren Raum mit kahlen Wänden. Alles, was nicht niet- und nagelfest war, hatten Plünderer weggeschleppt, selbst das Geländer der Treppe, die hinauf in den ersten Stock führte. Es sah aus wie in einer prähistorischen Höhle, einer alten Grabstätte, in der Räuber gehaust hatten.

Gregorio ging die Treppe hinauf. Vom zweiten Stock waren Stimmen zu hören.

Sechs kleine, dunkelhäutige und nervöse Männer standen in dem Flur. Als wir heraufkamen, verschwanden gerade zwei von ihnen in einem Zimmer. Die vier anderen warteten, flüsterten miteinander. Alte und junge, die Gesichter von Indianern aus aztekischen Ruinen. Worte in einem Spanisch, das mir nicht bekannt war. Worte und Laute, die in meinen Ohren keinen Sinn ergaben. Vorzeitliche Gesichter und kreolisches Spanisch. Von südlich des Rio Grande, aber nicht aus Mexiko.

Sie hörten uns. Dunkle, verängstigte Augen starrten den schmutzigen Flur entlang. Verängstigte Augen zwar, aber auch wild und zu allem entschlossen. Eine Entschlossenheit, die an den Blick eines verhungernden Tieres erinnerte. Wenn die Not größer ist als die Furcht, werden Tiere und Menschen gefährlich.

»Wer sind diese Leute?« fragte ich, mich umwendend.

Der Flur hinter mir war leer. Ein anderer Mann stand eine Etage tiefer und schaute die Treppe zu mir hoch. Untersetzt, mit einem dicken Schnurrbart, die schwarzen Augen ausdruckslos auf mich gerichtet. Jemand anders kam aus dem Zimmer, in das die beiden kleinen Männer gegangen waren.

»Sagt es euren Freunden, *amigos*. Mit diesem Papier werden sie legal. Amnestie, *si*?«

Er war alt, mit einem faltigen Gesicht wie gegerbtes Leder. Groß und hakennasig. Flinke Augen und eine kräftige Stimme. Er trug Ringe an sämtlichen Fingern, nur auf dem krummen nicht, einen schmutzigen schwarzen Stetson, Jeans und ein Westernhemd, eine silberne Gürtelschnalle. Er redete mit den beiden kleinen Männern, die gerade zu ihm hineingegangen waren. Jeder der beiden hielt ein blaues Formular wie ein Schutzschild, einen errungenen Preis, vor sich. Sie murmelten etwas in ihrem unverständlichen Spanisch und hasteten an mir vorbei die Treppe hinunter.

Der alte Mann winkte den beiden nächsten Wartenden. Sie folgten ihm in das Zimmer, wobei sie in dem kreolischen Spanisch plapperten, das zu verstehen dem alten Mann offenbar die gleiche Mühe machte wie mir.

»Nun gefälligst mal ein bißchen langsamer, *amigo,* okay?« Er machte mit den flachen Händen eine besänftigende Geste.

In dem Zimmer ließen sich der alte Mann und ein jüngerer Kollege hinter einem Tisch nieder. Auf dem Tisch befanden sich zwei Stapel der blauen Formulare, eine zerschrammte Heftmaschine, ein Drehständer mit abgenützten Gummistempeln und zwei kleine amerikanische Fahnen in beschwerten Untersetzern. Einer der Männer vom Flur gab dem alten Mann Geld. Der alte Mann zählte es, drückte zwei verschiedene Gummistempel auf jedes von zwei blauen Formularen, heftete sie zusammen und händigte sie dem wartenden Mann aus.

»Gracias«, sagte der Mann und nickte wiederholt mit dem Kopf. *»Muy gracias.«*

Soviel verstand ich. Der alte Mann auch.

»De nada.« Er bedachte den Mann, der seine Formulare an sich preßte, mit einem Lächeln und wandte sich dann seitwärts an seinen jüngeren Kollegen, der mit dem anderen Kunden das gleiche Ritual vollzog. »Und *nada* ist es ja auch, was sie kriegen, stimmt's, Nacho?«

Der Jüngere, Nacho, grinste und reichte die zusammengehefteten Formulare seinem erwartungsvollen Gegenüber. Der alte Mann rief auf spanisch nach den nächsten beiden. Sie gingen hinein, wurden auf die gleiche Art abgefertigt und verschwanden dann eilig.

Ich war jetzt allein.

Der Mann, der eine Etage tiefer gestanden hatte, lehnte sich hinter mir an die Wand. Der alte Mann in dem Zimmer hatte eine Pistole. Auch der Jüngere trug eine Waffe. Der alte Mann zeigte lächelnd seine abgebrochenen Zähne und fragte dann: »Suchen Sie mich, *amigo*?«

»Wenn Sie der Mann sind, der Arlene Rosas Andenken verkaufen wollte.«

Der Jüngere mit der Waffe sagte: »Er ist ein verdammter Anglo!«

Der Mann hinter mir fluchte auf spanisch. »Wovon, zum Teufel, redet der Kerl, Flaco?«

»Er ist ein Polizist«, sagte der Jüngere auf spanisch.

»Nur ein Privatdetektiv«, beruhigte ihn der alte Mann, um dann, an mich gewandt, weiterzusprechen: »Also hat Arlene rausgekriegt, wer ich bin?«

Die drei wechselten zwischen Englisch und Spanisch, während sie zwischen zwei Welten wechselten, in beiden zu Hause und doch in keiner. Zweisprachig, aber mehr. Mit zwei Kulturen und sogar zwei Nationalitäten, beide Länder zu nahe beisammen und gleichzeitig auch wieder zu weit voneinander entfernt.

»Ich habe das herausgekriegt«, stellte ich richtig. »Nikolai hat geholfen dabei. Und Arlene hat mich nicht geschickt, sondern Rosa.«

»Rosa?«

»Jemand hat auf sie geschossen.«

Er fuhr sich mit der Zunge über den Schnurrbart und rieb sich mit der Pistole die Nase.

»Eine Menge Leute wissen, daß ich hier bin«, fuhr ich fort. »Sie ist nicht tot.«

»Wovon redet er, verdammt?« fragte der Jüngere.

»Von gar nichts«, wehrte Flaco Cabrera ab.

»Scheiße«, sagte der Mann hinter mir. »Er hat was von schießen gesagt. Die Leute wissen, wo er ist. Vielleicht ist er nicht allein gekommen.«

Der Jüngere stand auf und ging zum Fenster. Er schaute hinaus und gab dann dem alten Mann ein Zeichen, daß er auch kommen und hinaussehen solle. Sie wandten sich beide zu mir um.

»Was wollen Sie?« fragte Cabrera.

»Nur ein bißchen mit Ihnen reden.«

Der Jüngere mit der Waffe sagte: »Dann rede mit ihm, Flaco.«

»Es bleibt ihm nichts anderes übrig«, sagte der Mann hinter mir.

Cabrera sah die beiden an und zuckte dann mit den Schultern. Sie ging hinaus und ließen uns allein. Vermutlich würden sie sich nicht weit entfernen. Etwas sagte mir, daß sie mein Reden von einer Schießerei und mein Interesse für Cabrera nicht sonderlich glücklich machte. Der alte Gewerkschafter, Kommunist, Spitzel, Informant, Arbeitsvermittler, Mörder und so weiter ließ sich wieder hinter dem Tisch mit den Formularen und den kleinen amerikanischen Fähnchen nieder.

»Mein Gott«, sagte er, »wie alt mag sie inzwischen sein? Neunzig?«

»Achtundachtzig.« Ich setzte mich ihm gegenüber und betrachtete ihn über die blauen Formulare hinweg. »Sie verkaufen diese Formulare an die Illegalen.«

»Genau das tu ich.« Abgesehen von seinen abgebrochenen Zähnen und der faltigen, ledrigen Haut hätte man ihn für sechzig halten können.

»Es sind aber keine echten Papiere«, sagte ich. »Man kann diese Formulare bei jeder Informationsstelle gratis bekommen. Sie sind nichts wert.«

»Nicht das geringste.«

»Sie betrügen Ihre eigenen Leute.«

»Man lebt, wie man muß, Anglo. Das hab' ich schon Rosa gesagt. Ihr und ihrer gottverdammten Partei, ihren Theorien.«

»Diese Menschen vertrauen Ihnen. Und Sie legen die armen Schlucker aufs Kreuz.«

»Man kann keinen aufs Kreuz legen, der einem nicht vertraut.«

Er saß da hinter den armseligen kleinen amerikanischen Fähnchen, den abgenützten Gummistempeln, dem zerschrammten Heftapparat, die allesamt für die Flüchtlinge vor der Armut, der Verfolgung und dem Morgen in ihren kleinen, feudal regierten Ländern im Süden so amtlich wirkten. Flaco Cabrera war jetzt fast achtzig Jahre alt, und das war alles, was er gelernt, was er herausgefunden hatte. Wie man auf Kosten anderer lebte.

»Was ist damals, in den dreißiger Jahren, passiert?«

Er zuckte die Achseln. »Der alte Halunke wollte mich betrügen, und wir gerieten in Streit. Anschließend war er tot, aber ich war das große Problem. Ich wußte zuviel, und sie brauchten mich, also machten wir ein Geschäft. Niemand war scharf auf einen Prozeß, aber die Familie mußte das Gesicht wahren. Deshalb

›starb‹ ich, kapiert? Die Familie und der Sheriff machten eine gute Figur, es gab keinen Prozeß, ich bekam die Taschen voll Geld, einen neuen Namen und blieb ein paar Jahre im Ausland. Dann kam ich zurück. Wir sehen alle gleich aus. Die Anglos bemerken keinen Unterschied, und die Latinos halten den Mund. Das einzige Problem waren Rosa und die Kinder, also wurden sie aus dem Weg geschafft.«

»Rosa wurde ins Gefängnis gesteckt, und Ihnen war das völlig egal?«

»Zwischen Rosa und mir war sowieso alles vorbei.«

»Mehr empfanden Sie nicht?«

Seine Augen sanken tiefer in die ledrigen Falten, die von siebzig in der Sonne verbrachten Jahren stammten. »Ich mußte tot sein, und sie mußte verschwinden. Sie wollte sowieso nichts mehr mit mir zu tun haben, eh? Ich war ein Spitzel, ein Verräter, ein *cabron*. Sie hatte immer zu viele verrückte Ideen, die Rosa.« Er lehnte sich über den Tisch näher zu mir. Die albernen kleinen Fähnchen erzitterten, als er sich bewegte. »Ich sage, he, Rosarita, mach doch mal, was du willst, amüsier dich ein bißchen. Und sie sagt, wenn sie tut, was ihr Spaß macht, fühlt sie sich schlecht. Es muß was sein, wozu sie sich verpflichtet fühlt, etwas, wofür sie arbeiten muß. Ich sage, das ist doch verdammte Scheiße. Du bist meine Frau, du arbeitest für dich und für mich. Sie hat Pflichten, sagt sie, und ich sag' ihr, daß sie verrückt ist.«

»Und jetzt?«

»He, sie ist doch zu alt für mich.«

»Nicht zu alt, um in Schwierigkeiten zu stecken. Sie sind sehr eilig verschwunden, als Lenny Ihnen sagte, daß Rosa noch lebt.«

»Natürlich. Rosa weiß schließlich, daß ich dem Mädchen nur Tinneff angeboten habe.« Er grinste durch seinen weißen Schnurrbart. »Außerdem hab' ich nach Rosa noch eine neue Frau gehabt, eh? Ich weiß zwar nicht, wo sie ist, aber wenn sie von Rosa erfährt, *ay Chihuahua*. Vielleicht macht sie mich ausfindig. Den Ärger will man sich doch lieber ersparen.«

»Und was ist mit dem Mord von damals? Es gibt keine Verjährung für Mord, und sie sind nie vor Gericht gestellt worden.«

Ich sah in seinen Augen für den Bruchteil einer Sekunde den Killer, der er einmal gewesen war und vermutlich auch jetzt noch sein konnte, wenn es darauf ankam. Aber dieses Aufzucken war gleich wieder verschwunden. »Beinahe fünfzig Jahre, *amigo*. Heute weiß doch kein Mensch mehr, was damals los war und warum es zu keinem Prozeß gekommen ist. Ich bin nie auch nur des Mordes beschuldigt worden, wer sollte sich jetzt noch drüber Gedanken machen?«

»Es heißt, daß Rosa ein bißchen Geld hat«, sagte ich. »Sie sind noch immer mit ihr verheiratet. So eine Chance lassen Sie sich doch nicht entgehen.«

In dem stillen Zimmer des verlassenen Hauses ließ Cabrera träge den Ständer mit den abgenutzten Gummistempeln rotieren und befingerte die billigen amerikanischen Fähnchen, als grübele er über die vielen Möglichkeiten, zu stehlen, zu lügen und zu betrügen nach, die er sich in seinem Leben nicht hatte entgehen lassen, vielleicht auch über jene, die er nicht genützt hatte. »Okay, ich hab' mich in den Bus gesetzt und bin in den Osten gefahren, um mich selbst zu überzeugen. Herrgott, sie hat sich wirklich nicht die Spur verändert. Lebt in einem miesen Loch, trägt Lumpen auf dem Leib, läuft mit Transparenten rum und schwingt große Reden. Noch immer war sie mit der Polizei auf Kriegsfuß, kümmerte sich um jeden Dreck, bloß nicht um sich selbst. In achtzig Jahren hat sie nichts gelernt, und sie wird auch in hundert nichts lernen. Ich bin mit dem Bus wieder zurück, und das war alles. Rosa macht mir keine Schwierigkeiten und ich ihr auch nicht.«

»Sie haben nicht mir ihr gesprochen? Nicht einmal in Erinnerung an die alten Zeiten?«

Er ließ den Stempelständer Karussell fahren. »Natürlich habe ich zurückgedacht. Wir hatten auch gute Zeiten miteinander, Rosarita und ich. Ich habe sie beobachtet, bin ihr eine Weile nachgegangen.« Irgendwo hinter den dunklen alten Augen, dem faltigen Leder seines *vaquero*-Gesichtes, sah ich zum erstenmal etwas, das Zweifel sein mochte, Bedauern, vielleicht sogar so etwas wie Verlust. Das Gefühl, etwas verloren zu haben, das besser war als das, was er jetzt besaß. Oder vielleicht waren es nur der Verlust seiner

Jugend, das Bedauern, alt geworden zu sein, die Zweifel des Todes, die sich seiner bemächtigten. »Es hatte keinen Sinn, verstehen Sie? Rosa hatte sich nicht geändert. Was hätte ich ihr sagen sollen? Was sie mir?«

»Also wissen Sie nicht, warum jemand auf sie geschossen haben könnte? Oder wer?«

Er schüttelte den Kopf und zuckte noch einmal mit den Schultern.

»Rosa war keine Gefahr für Sie«, sagte ich. »Sie machen sich keine Gedanken wegen der Vergangenheit, deshalb sind Sie auch meinetwegen nicht weiter besorgt.«

Ich stand auf und ging zur Tür. Er verfolgte mich die ganze Zeit mit Blicken, aber seine Hand mit der Waffe rührte sich nicht.

»Vielleicht sagen Sie lieber Ihren Freunden, daß sie sich meinetwegen auch nicht beunruhigen sollen.«

Er schob seine Pistole in den Gürtel und griff nach einer blauen Dodgers-Baseballjacke. »Die sind schon lange weg, Anglo. Glauben Sie, die würden meinetwegen was riskieren? Sie und Rosa, ihr seid beide verrückt. Okay, ich geh' zuerst runter, und Sie bleiben noch fünf Minuten hier. Verstanden?«

»Von Ihrem kleinen Geschäft mit den Formularen werde ich nichts verraten.«

»Wenn Sie das tun, ist es mir auch egal.«

Er ging an mir vorbei aus dem Zimmer und die Treppe hinunter. Ich wartete und wußte selbst nicht, warum. Als ich ihm fünf Minuten später folgte, fand ich die Erklärung.

37

Der Wagen des Sheriffs parkte im Schatten gegenüber. Er war von den Fenstern des Zimmers oben zu sehen, und es war dieser Wagen gewesen, den der jüngere Mann, Nacho, erspäht und Cabrera gezeigt hatte. Er konnte auch der Grund sein, warum ich ungeschoren davongekommen war. Nicht meine Intelligenz oder Unerschrockenheit, sondern eine Hilfe, von der ich gar nichts gewußt hatte. So etwas passiert häufig.

Ich strebte durch die geräuschvolle Gettonacht zu dem Streifenwagen hinüber. Armut, lange Arbeitsstunden zu niedrigem Lohn und Hoffnungslosigkeit schaffen keine Grundlage für besinnliche Vergnügungen. Der uniformierte Mann am Lenkrad des Streifenwagens öffnete die Tür.

»Ich habe mich gefragt, ob Sie da rauskommen würden.«

»Sind Sie auf der Suche nach mir, Sheriff?«

»Lieutenant Holley«, sagte er. »Steigen Sie ein.«

Ich folgte seiner Aufforderung. »Der Geschäftsführer des Far Western?«

»Unter anderem«, erwiderte der Lieutenant. »Sie wußten, daß er Flaco Cabrera ist?«

»Ich war mir ziemlich sicher.«

»Hätten Sie sich bei uns gemeldet, hätten wir Ihnen Gewißheit geben können.«

Ich sah mich bereits eine weitere Nacht im Gefängnis verbringen, vielleicht sogar mehrere Nächte. Aber hätte ich mich gleich bei der Polizei gemeldet, wäre ich vielleicht nicht zu Cabrera vorgedrungen.

»Ich wußte nicht, was sein Status hier draußen war.«

»Sie meinen, Sie wußten nicht, was unser Status ist«, sagte Holley.

»Das auch.«

Er fuhr aus der Dunkelheit der Seitenwege hinaus auf die Straßen, die breiter waren, aber nicht weniger laut, während er den

Blick langsam über die Bürgersteige wandern ließ. Er fuhr gemächlich, ohne Eile, sich aus einer Gegend zurückzuziehen, wo seine offizielle Anwesenheit so wenig erwünscht war.

»Der Sheriff könnte Ihnen eine Menge Ärger machen, Fortune, aber das wird er nicht. Er will nur, daß ich Sie nach Hause schicke. Verstanden?«

Ich beobachtete den Abend im ländlichen Getto. Sie sind besser als städtische Gettos, aber noch schlimm genug und genauso isoliert. Es geht nicht allein darum, arm zu sein, es ist die Gewißheit, immer arm zu bleiben. Du bist arm, deine Kinder sind arm, und auch deine Enkel werden arm sein. Du bist außen vor und zählst nicht für die anderen.

»Sie wollen nicht, daß die Vergangenheit wieder aufgerührt wird und Wellen schlägt«, sagte ich.

»Der alte Sheriff David ist schon seit zwanzig Jahren tot, und davor hat er zehn Jahre im Ruhestand gelebt. Auch seine Hilfssheriffs sind alle unter der Erde. Die illegalen mexikanischen Einwanderer, die Gewerkschaftsvertreter und die Kommunisten sind entweder tot oder in alle Winde zerstreut. Es ist Geschichte, Fortune. Mythologie. Aus einem anderen Zeitalter.«

»Rosa Grünfeld ist nicht tot«, sagte ich.

»Rosa Grünfeld wußte nie etwas von dem Mord.« Er bog um eine dunkle Ecke, und plötzlich befanden wir uns in der unvermittelten Grelligkeit einer beleuchteten Hauptdurchfahrtsstraße mit Neonreklamen und geöffneten Läden. Er schüttelte irgendwie verwundert den Kopf. »Einige dieser alten, eingefleischten Radikalen haben wirklich ein zähes Leben. Vielleicht liegt es daran, daß sie nie aufgeben, verrückte Ideen zu verfolgen, daß sie ständig beschäftigt sind. Der alte Sheriff David hat mir von ihr und Cabrera erzählt, als ich seinerzeit zur Polizei kam. Von den alten Zeiten und dem Trick, den er mit Cabrera abziehen mußte. Er hat nie erfahren, was geschah, als sie aus dem Gefängnis rauskam, wo sie hin mußte.«

»Hat sie in den Knast gesteckt und vergessen.«

»Es waren schlimme Jahre damals, die Gewerkschaften und die Radikalen versetzten Leute wie die Bannisters in Angst und

Schrecken. Das Land brauchte Jobs, und Bannisters und andere große Rancher hatten diese Jobs, diese Arbeitsplätze zu vergeben. Deshalb verfiel Sheriff David auf diesen Trick.«

»Letzten Endes zum Nutzen der Bannisters«, sagte ich.

»Zum Nutzen aller. Der illegalen Einwanderer, der Vorarbeiter, der Stadt, sogar des Sheriffs. Alle behielten ihre Jobs, bezogen weiter ihren Lohn.«

Wir befanden uns jetzt im Zentrum der Stadt; die erleuchteten Straßen waren belebt von Menschen, die ihre abendlichen Einkäufe machten, jungen Leuten, die sich amüsieren wollten und langsam dahinrollenden Wagen mit laut aufgedrehten Autoradios. Es war zu spät, um noch rechtzeitig nach Los Angeles zurückzukommen und einen Flug nach New York zu erwischen.

»Haben Sie hier am Ort ein gutes Motel?«

»Sogar ein paar ausgezeichnete. Nach Vandenberg kommt oft hoher Besuch.« Wir waren vor der Polizeistation angelangt. »Vielleicht nehmen Sie für die Nacht lieber eine Zelle. Man kann nie wissen, was der alte Flaco und seine Kumpane womöglich vorhaben. Immerhin sind Sie den Burschen auf ihr nettes kleines Geschäftchen gekommen.«

»Warum unternehmen Sie nichts gegen diese Kerle? Paßt das den Bannisters, oder wer sonst jetzt hier das Geld und die Jobs hat, nicht in den Kram?«

Er lehnte sich zurück. »Wir nehmen sie alle naslang fest. Das Problem ist nur, daß wir sie nie in flagranti beim Abkassieren erwischen. Die Opfer sind alles Fremde ohne Papiere, die nie eine Zeugenaussage machen oder sich auch nur beklagen würden. Und sonst gibt es keine Zeugen. Wir müssen sie jedesmal wieder laufenlassen.«

»Außerdem«, sagte ich, »sorgt Cabrera dafür, daß die Illegalen arm bleiben und für die Bannisters oder wen auch immer weiter arbeiten müssen. Ohne diese billigen Arbeitskräfte könnten die Bannisters nicht genug Profit mit ihren Ranches machen und würden ihr Geld irgendwo anders anlegen. Und Ihre Aufgabe ist es, das Land hier und seine Interessen zu schützen.«

»Ist das so schlecht, Fortune?«

»Es ist schlecht, wenn das Land hier und die Bannisters ein und dasselbe werden. Bringen Sie mich lieber zu meinem Wagen zurück.«

»Meinen Sie wirklich? Sie sind ein Zeuge, der gegen den alten Flaco aussagen könnte.«

»Wollen Sie mich gegen ihn benützen?«

Er ließ den Motor wieder an und umfaßte das Lenkrad. Flaco Cabrera brauchte sich in diesem Bundesstaat meinetwegen keine Sorgen zu machen. Wohl auch sonst nicht, solange er es mit seinen Geschäftchen nicht übertrieb und den Mund hielt. Die Bannisters waren vermutlich jetzt noch genauso bedeutend wie in den dreißiger Jahren, und der alte Skandal würde unter dem Teppich bleiben.

Und ich hatte keine Lust, selbst bei unverschlossener Tür, noch eine Nacht im Gefängnis zu verbringen, egal, was Cabrera vorhaben mochte. Ein Motel möglichst weit außerhalb, und am Morgen dann ein Jet nach Hause.

38

Ich verschlief, und die 747 setzte mich erst um halb acht Uhr abends auf dem John-F.-Kennedy-Flugplatz ab. Bis ich meinen Loft erreichte, war es halb zehn. Kay war nicht da, hatte mir jedoch einen Zettel hinterlassen: *Sherlock, bin mit Jeff ins Theater und gehe anschließend mit ihm essen. Falls du es vergessen haben solltest, Jeff ist der Produzent, der meint, daß ich spielen kann. Hoffentlich verzehrst du dich vor Kummer. California-Kay.*

Ich machte eine Dose Beck's auf, ließ mich vor dem Fernseher nieder und dachte daran, wie mich Marty wegen ihres Produzenten verlassen hatte. Kay war älter, sehr viel nüchterner und auf ihre Art erfolgreicher. Zumindest weniger hungrig auf den großgeschriebenen Erfolg, den so viele von uns am Ende des zwanzigsten Jahrhunderts zu brauchen scheinen, zufrieden mit ihrem geringeren Erfolg.

Ich ging in die Imbißstube an der Seventh Avenue, wo an diesem Mittwoch Kalbskotelett angeboten wurde. Das Kotelett war gut, ebenso die Bratkartoffeln und die Nußtorte. Nachdem ich noch einen Kaffee getrunken hatte, lief ich zu Fuß weiter zum St. Vincent. Rosa befand sich noch in ihrem Zimmer. Die Polizei hatte darauf bestanden, und die Ärzte waren darüber nicht beglückt. Sie wollten das Bett haben. Rosa begrüßte mich mit ihren glänzenden leeren Augen und einer meinen Arm umklammernden krallenartigen Hand, wußte nicht, wer ich war, und schlief ein, als ich sie nach ihrem dritten Ehemann, Ben Douglas, zu befragen versuchte. Sie war ein Vögelchen, ein Kind, und sie würden bald über ihr Bett verfügen können. Nicht einmal die Polizei konnte die Wachhunde der Krankenversicherung auf Dauer abwehren.

Ein paar weitere Beck's bei *Bogie's* hielten mich von meinem Loft fern, bis es schon fast Mitternacht war, aber Kay hatte sich noch immer nicht eingefunden. Sie war ein erwachsenes Mädchen, wahrscheinlich tauchte sie nicht vor morgen mittag auf. Wir waren reife Menschen, hatten uns gegenüber keine Verpflichtungen, konnten keine Ansprüche erheben. Ich war müde, hatte Jet-Lag. Die Vernunft sagte mir, ich sollte ins Bett gehen. Die Vernunft, Intelligenz und menschliche Reife. Ich stellte den Fernseher an, setzte mich davor und zog mir die Schuhe aus. Sonst nichts. Soviel zu Vernunft, Intelligenz und menschlicher Reife. Kay würde müde sein, wenn sie nach Hause kam, aber ich wollte trotzdem warten. Nenne man es nun Verlangen, nenne man es Liebe oder nenne man es Rosa Grünfelds glänzende leere Vogelaugen. Ich trank ein Bier und sah mir eine Talkshow an.

Als ich ein Junge war, hatten wir die neuesten Schundblätter, Kitschfilme und das Radio – Abenteuer und Superhelden ohne Zusammenhang mit der Welt, in der wir wirklich lebten. Und das war natürlich der springende Punkt. Realität war das letzte, das irgend jemand wollte. Danach hatten wir Comic-Hefte, dann Taschenbuch-Originale und schließlich das Fernsehen und noch immer keinen Bezug zur Realität. Mit einer Ausnahme – der Projektion unserer Vorurteile und Phantasievorstellungen. Von der Bedrohung durch schwarze Affen und die gelbe Gefahr in den Schundmagazinen zu ziemlich dem gleichen im Fernsehen von heute, bloß mit etwas mehr Rottönung.

Ich genehmigte mir noch ein Beck's.

Wir leben nicht mehr in einer Welt der Worte, sondern in einer Welt der Bilder. In gewisser Weise hat Hitler gewonnen. Das Dritte Reich war eine Vorstellung, die Projektion einer Phantasie. Das Problem besteht nicht darin, daß uns das Fernsehen statt vernünftiger Themen nichts als geistlose Unterhaltung bietet, sondern daß es alle vernünftigen Themen zu seichter Unterhaltung verkommen läßt. Die Nachrichten werden zum Drama. Alle ernsthaften öffentlichen Anliegen werden zu Schund. Kriege und Giftmüll sind dasselbe wie »Dallas« und »Denver«, ein Gipfeltreffen ist nicht wichtiger als das Endspiel um die Superbowl. Ein Gipfeltreffen *ist* die Superbowl.

Ich roch den Qualm.

Und sah die Flammen.

Vielleicht war es das Bier. Oder der Jet-Lag. Oder das zu intensive Nachdenken. Aber ich hätte den Rauch schon lange vor den Flammen wahrnehmen müssen. Wenn man die Flammen sieht, ist es zu spät. Das war es, was mir die eine Hälfte meines Verstandes sagte. Kühl und leidenschaftslos, in einer Angelegenheit von Milisekunden, während mich die andere Hälfte, der automatische Teil, hochriß und durch mein Büro zum vorderen Fenster und der Feuerleiter stürzen ließ.

Der kühle Teil meines Gehirns hörte die Schreie über und unter mir. Das splitternde Glas und Rufe auf der Straße. Irgendwo Sirenen. Autohupen. Eine Art Wind, zischend und knisternd wie Holzscheite in einem Kamin. Der Geruch von Holz, ein heißer Wind, und die Feuerleiter nicht zu sehen hinter einem Flammenmeer. Entfernte weiße Gesichter, und die Sirenen näher und die Schreie.

Das automatische Gehirn – das arbeitete und weder überlegte

noch auf das kühle Gehirn hörte, das sich mit so abstrakten Problemen beschäftigte, ob mir überhaupt noch Chancen blieben, wenn die Feuerleiter schon durch die Flammen blockiert war und die Löschzüge noch nicht eingetroffen waren – dirigierte mich zurück zum rückwärtigen Fenster. Etwas fiel an mir vorbei und lag dunkel auf dem Zement des Hinterhofs. Springen, analysierte das kühle Gehirn, war ziemlich aussichtslos, aber wenn ich nicht sehr bald hier rauskam, würde ich am Rauch ersticken, noch bevor mich die Flammen erreicht hatten.

Die beste Chance war zu ... zu ... das automatische Gehirn zerriß Bettlaken ... knotete sie zusammen ... band sie fest ... das hintere Fenster ... runter und runter ... verbrannte Laken und stürzen ... auf die linke Seite drehen, damit ich nicht mit meinem guten Arm aufschlage ... drehen und drehen und Hände, die zupacken und festhalten ... Beton ist kalt, selbst wenn der Himmel eine heiße Flamme ist, aber Kay ist schön, selbst wenn sie weint ...

Kay weint. Kay ist nicht die Nacht über bei dem Produzenten geblieben, der findet, daß sie spielen kann. Vielleicht ist Kalifornien doch nicht so schlecht. Kay schaut herab, berührt mich mit den Händen.

39

»Die Feuerwehrleute sagen, du hättest dich, nachdem die Laken durchbrannten, als du am ersten Stock vorbei warst, umgedreht, damit du auf der linken Seite landest«, berichtete Kay.

Es ist in mein Unterbewußtsein eingebrannt – meinen einen Arm zu schützen, koste es, was es wolle. Ich wünschte, wir hätten alle so automatische Reaktionen.

»Was habe ich mir denn alles gebrochen?«

»Zwei Rippen, und die linke Schulter ist ausgekugelt. Die Feuerwehrleute haben dich aufgefangen, aber du bist mit den Rippen gegen einen Helm geprallt und hast dir die Schulter verrenkt. Die Brandwunden am Rücken und an den Beinen sind nicht so schlimm.«

Wir befanden uns in einem Krankenhauszimmer, das war mir klargeworden, als ich zum erstenmal aufgewacht war. Beim zweitenmal hatte ich festgestellt, daß ich Schmerzen hatte, aber nicht sehr starke, und daß meinem Arm nichts passiert war. Jetzt, beim drittenmal, hatte ich erst die Verbände an Rücken und Beinen bemerkt und gespürt, daß mir die Rippen und die Schulter weh taten. Kay saß neben meinem Bett und fütterte mich mit Speiseeis.

»Nur anderthalb Tage?«

»Das ist alles. Kommt einem wie Jahre vor, nicht wahr?«

»Ich hatte auf dich gewartet.«

»Ich bin nach Hause gekommen.«

»Hätte ich geschlafen, wär' ich nicht davongekommen.«

»Das kann man nicht wissen, aber ich bin froh, daß du gewartet hast. Ich bin froh, daß du töricht bist und stur.«

»Zu töricht und zu stur.«

»Darüber werden wir uns noch unterhalten.«

»Wie lange muß ich hierbleiben?«

»Bis es dir besser geht.«

»Das Eis ist prima.«

Beim viertenmal schmerzten die Rippen mehr und die Schulter weniger, und außer Kay war auch noch Lieutenant Marx da. Ein alter Mann, zwei Personen, die gesprungen waren, und drei Katzen waren ums Leben gekommen, fünf Personen hatten schwere Brandverletzungen, zwei von ihnen befanden sich in kritischem Zustand, fast alle Hausbewohner waren zu Schaden gekommen.

»Es ging alles so schnell«, sagte ich. »Ist etwas von meinen Sachen gerettet worden?«

»Nur Kleidungsstücke und deine Waffe«, sagte Kay.

»Zu schnell, Dan«, sagte Marx.

»Brandstiftung?«

»Die Spezialisten von der Brandabteilung sind hundertprozentig davon überzeugt.«

»Heute vormittag durfte ich mir die Bescherung ansehen«, sagte Kay. »Dein Dufflecoat lag im Wohnzimmer auf dem Fußboden, wo das Feuer nicht hingekommen ist. Durchnäßt, aber nicht verbrannt. Auch noch ein paar andere Sachen.«

»Ein so altes Gebäude?« wandte ich mich zweifelnd an Marx. »Mit billigen Mieten und einem Laden für Haushaltsartikel?«

»Das Feuer hat in dem Haushaltswarenladen direkt unter dir angefangen«, sagte Marx, »und sich dann mit einem ›zischenden‹ Geräusch rasend schnell ausgebreitet, wie Passanten berichteten. Die Brandexperten sagen, beides deutet auf leicht entflammbare Flüssigkeit hin, vermutlich Benzin. Sämtliche elektrischen und Gasanschlüsse, alle Heizungsleitungen und Verbindungsrohre waren in Ordnung. Im Laden befand sich niemand, alle Schlüssel und das Personal sind überprüft worden, aber es wurden Einbruchspuren an beiden Schlössern der Hintertür entdeckt. Der Laden war voller Benzinkanister, aber einer davon befand sich weit von den übrigen entfernt an einer Wand, wo mit Sicherheit das Feuer entstanden ist.«

»Ich werde nach weiteren Sachen suchen«, sagte Kay. »Deine Kleidungsstücke und deine Waffe hab' ich bei mir im Hotel.«

»Also ich«, sagte ich zu Marx. »Jemand wollte meinen Tod.«

»Das vermute ich«, versetzte Marx. »Es war kein echter Profi, aber auch kein Amateur. Besonders die Kratzspuren an den Türschlössern. Keiner der Hausbewohner ist hoch versichert. Zeugen haben einen Mann in der Nähe des Gebäudes beobachtet, der auf jemand zu warten schien, andere sahen, wie sich derselbe Mann eilig entfernte, bevor die Flammen drinnen hochzischten.«

»Gut gekleidet«, sagte ich. »Mantel, Krawatte, vielleicht ein Homburg. Klein und untersetzt, aufgedunsenes Gesicht, hell und rosig, schlechte Zähne.«

Marx nickte. »Eine Statur wie ein Wasserhydrant, aber teure Kleidung mit Handschuhen. Graue Handschuhe. Die vermutlich nach Benzin stinken.«

Also war er jetzt hinter mir her. Bei jenem ersten Mal hatte er keine Anweisung gehabt, aber jetzt hatte er sie. Johnny Agnew war ein Krimineller gewesen, ein Ganove, ein Asozialer, aber ich war eine Art Polizist. Bei mir mußte es wie ein Unfall aussehen.

»Ich muß ein Problem sein«, sagte ich.

»Inwiefern?«

Ich berichtete ihm alles, was ich gemacht hatte. War ich Grenfell in die Quere geraten? War ich jemandem in Kalifornien auf den Schlips getreten? Hatte ich in North Paterson mit den falschen Leuten geredet? Einen Chicano-Jungen verprügelt? Zu viel im Oneida Hotel herumgeschnüffelt? Hatte ich mich zur Unzeit in Great Neck sehen lassen? War ich für Cap oder Matt oder Lenny Grünfeld zu einer Bedrohung geworden? Hatte ich dem FBI irgendeine Tour vermasselt?

»Ich kann nicht mehr tun, als alles noch mal durchkauen.«

»Nachdem du hier rauskommst«, sagte Kay. »Jetzt ruhst du dich erst mal aus.«

»Mir geht es sehr gut.«

»Die Ärzte werden dir sagen, wann es dir gutgeht.«

»Ich habe einen Mann vor Ihrer Tür postiert«, sagte Marx. »Gönnen Sie sich zwei Tage.«

»Wie viele Männer können Sie vor Türen postieren?«

»Rosa kommt morgen aus dem Krankenhaus. Selbst Pearce konnte sich nicht länger gegen die Vorschriften wehren.«

»Wo wird sie hingebracht?«

»In irgendein Pflegeheim.«

»Was sagt Grenfell dazu?«

»Was Grenfell sagt, interessiert kein Schwein. Er zahlt schließlich nicht für die alte Dame. Was hat er also zu vermelden dabei?«

Marx hätte für seine Mutter gezahlt. Die große Familie gibt es nicht mehr, die Heimatstadt und die Verwandten, das alte Haus, wo es immer ein zusätzliches Zimmer gab. Wie soll man in einer Zweizimmerwohnung eine senile alte Frau pflegen? Wenn beide Partner arbeiten? Wenn der Bruder in Los Angeles lebt und die Schwester in Toronto und Onkel Joe und Tante Mabel sich nach Sun City, Arizona, zurückgezogen haben?

»Einen Tag«, sagte ich. »Wegen der Rippen kann sowieso niemand was tun, und die Brandwunden sind gut verpflastert. Ich versuche lieber rauszukriegen, wem oder was ich da so dicht auf der Spur bin, bevor es für Rosa und andere Beteiligte, einschließlich meiner Person, zu spät ist.«

»Vielleicht kriegen wir das noch vor Ihnen raus«, sagte Marx.

Sie überließen mich der Obhut der Krankenschwestern. Ich hoffte, Marx würde das ganze Problem vor mir lösen. Ich bin nicht stolz. Wenn sie so auf meinen Tod erpicht waren, daß sie sogar ein Haus niederbrannten, würden sie es wieder versuchen, und mir war egal, wer sie davon abhielt.

Am nächsten Morgen fühlte sich meine Schulter fast wieder normal an. Die Rippen schmerzten beim Atmen, aber die Brandwunden spürte ich kaum noch. Kay erschien im Laufe des Vormittags mit einer Portion Eis zum Samariterdienst. Wir gingen die Sachen durch, die sie noch unverbrannt in meinem Loft gefunden hatte, und zerbrachen uns gerade den Kopf, warum die Kleidungsstücke das Feuer überstanden hatten, als Lieutenant Marx hereinkam.

»Sie haben es bei Rosa wieder versucht. Diesmal mit Gift.«

Kay und die Krankenschwester halfen mir in einen Rollstuhl. Einer Stationsschwester im St. Vincent, die den Medikamentenwagen kontrolliert hatte, waren die vertauschten Pillen aufgefallen.

»Es waren Kapseln, die nicht mal die richtige Farbe hatten.«

Die Leute vom Polizeilabor sagten, es handele sich wahrscheinlich um eine Zyankaliverbindung. Nicht der übliche Bestand an Arzneimitteln, nicht leicht zu bekommen, außer in Labors oder in einer Spezialhandlung für Chemikalien. In der Krankenhausapotheke war nichts davon vorhanden.

»Jeder kann das Zeug auf dem Karren vertauscht haben«, sagte Marx. »Die Stationsschwester, die gerade Schicht hatte, ist nur zufällig so pingelig und kontrolliert immer die Medikamente. Rosa hatte Glück.«

»Wir hatten Glück«, stellte ich richtig. »Bei Rosa bin ich mir da nicht so sicher.«

Marx war nicht in der Stimmung für Grenzfragen.

»Der Karren hat eine halbe Stunde im Stationszimmer gestanden«, fuhr er fort. »Falls es wieder unser Mann im Mantel und Homburg war, hat er die Sache versiebt.«

»Und seinen *modus operandi* geändert«, sagte ich. »Niemand hat eine auffällige Person bemerkt?«

»Es ist ein großes Krankenhaus. Hätte jeder sein können, außer diesem Killer. Er hätte solchen Mist nicht gebaut.«

»Bei ihm hätte es schon beim erstenmal geklappt.«

»Sie meinen, dies war der erste Attentäter, der es noch einmal versucht hat?«

»Es sei denn, wir haben drei Killer.«

»Und kein einleuchtendes Motiv«, sagte Marx.

»Was ist mit Rosas Geld?«

»Woher wissen Sie davon?«

»Grenfell hat gejammert, daß alles von einem Pflegeheim kassiert werden würde.«

»Typisch für ihn.« Dem Lieutenant war Nicholas Grenfell überaus unsympathisch. Auch Polizisten sind menschlich. »Es sind insgesamt achtzehntausend Dollar auf einem Sparkonto bei der Citybank. Vor sechzehn Jahren, als das Konto eröffnet wurde, waren es einmal neunundvierzigtausend und ein paar zerquetschte. Rosa hat seitdem pro Jahr etwa zweitausend davon abgehoben, um ihre Sozialversicherung weiterzuzahlen oder wozu auch immer.«

»Wer hat Anspruch auf den Rest?«

»Niemand. Wir können kein Testament finden, nicht einmal einen Begünstigten.«

»Dann bliebe nur Grenfell.«

»Die Brüder und die Enkelin könnten auch einen Anteil verlangen.«

»Das würden sie aber nicht tun.«

»Grenfell hat ein Vielfaches von achtzehntausend Dollar in seinem Haus stecken, seiner Firma, in Papieren oder was sonst noch.«

»Das meiste davon ist verschuldet, die Geschäfte laufen

schlecht, und er hat einmal bei einer chemischen Fabrik gearbeitet.«

»Was würden ihm die paar Kröten nützen? Außerdem hat er für den Tag, als auf Rosa geschossen wurde, ein bombensicheres Alibi.«

»Wie sieht es mit der Partei aus? Ich hätte angenommen, daß sie alles, was sie besitzt, der Partei hinterlassen würde.«

»Sie sagen nein, aber wir bohren weiter. Scheint so, als hätte Rosa nichts von Testamenten und Anwälten gehalten.«

Ich unterließ es, ihn daran zu erinnern, daß Rosa noch lebte. Wenn jemand keine Zukunft mehr hat, selbst wenn er noch atmet, in welcher Zeit spricht man dann von ihm? Marx mußte wieder los, und Kay schob mich zurück in mein Zimmer. Achtzehntausend ist heutzutage nicht viel, um jemanden deswegen umzubringen, es sei denn für jemanden aus dem Dunstkreis des Oneida Hotels. Aber wie sollte ein solcher Jemand an das Geld herankommen?

Es gelang Marx nicht, einen Hinweis auf den Gifttäter zu bekommen, und am nächsten Morgen schickte ich Kay los, um nach einem Arzt zu fahnden, der mich aus dem Krankenhaus entließ.

»Miss Michaels sagt, daß Sie uns verlassen wollen. Sie will Ihre Pflege übernehmen, und so etwas Schönes darf ich Ihnen wohl nicht entgehen lassen.« Der Arzt hatte sein strahlendstes Wir-sitzen-doch-alle-im-selben-Boot-Lächeln aufgesetzt und betrachtete prüfend mein Krankenblatt. »Die Schwester wird noch einmal die Verbände ihrer Brandwunden wechseln und Miss Michaels zeigen, wie sie es machen muß. Ich möchte noch eine letzte Röntgenaufnahme Ihrer Rippen und der Schulter, und dann unterschreibe ich Ihre Entlassungspapiere. Einverstanden?«

Publikumswirksame Medizin. Alle sind eine große, glückliche Familie, vom Weißen Haus bis zur Wall Street. Wir sind alle gleich, wir haben nur verschiedene Berufe, und einige von uns verstehen eben besser, was zum Nutzen aller getan werden muß. In der Sowjetunion ist das Totalitarismus. Für uns ist es nur: Daddy und die Jungs wissen es am besten.

Die Schwester versorgte meine Brandwunden, ein Pfleger

rollte mich zum Röntgen und wieder zurück, und Kay half mir beim Anziehen der Cordhose, des Viyella-Hemdes, des Pullovers, der Wildlederstiefel und des Duffelcoats, die sie alle gerettet hatte. Sämtliche Kleidungsstücke rochen nach Rauch. Sie würden noch längere Zeit nach Rauch riechen.

Im Verwaltungsbüro füllte ich alle nötigen Formulare aus und wurde dann zum wartenden Taxi gerollt. Ich nannte dem Fahrer die Adresse meines Lofts. Kay mußte mich korrigieren und ihm sagen, daß er uns zu ihrem Hotel bringen möge. Plötzlich roch ich den Rauch in meinen Kleidern und in meinem Kopf.

»Es tut mir so leid, Dan«, sagte Kay und kuschelte sich dicht an mich. »Aber jetzt wirst du neu anfangen müssen. Warum nicht in Kalifornien?«

»Gib mir ein paar Tage Zeit, um den Rauch aus meinem Kopf zu kriegen.«

Das Land hatte sich während der letzten vierzig Jahre verändert. Der Jet ließ alle Entfernungen schrumpfen. Selbst in meinem Beruf. Ich hatte noch immer Vorteile in New York, aber wie viele und für wie lange? Wenn man älter wird, verändert sich auch die Umgebung, verändern sich die Leute, die man kennt. New York war eine andere Stadt mit anderen Menschen. Ich war anders. Warum nicht Sonne und Wärme? Berge und ein blaueres Meer. Kay.

Das Taxi setzte uns vor dem Gotham Hotel ab, der Portier half mir in den Fahrstuhl. In Kays großem Zimmer ließ ich mich auf dem Bett nieder und wußte, daß ich an diesem Tag nichts mehr arbeiten würde. Vielleicht war es der Geruch von Rauch in meinen Kleidern und in meinem Kopf. Die Erinnerung an die Flammen und den Sturz. Vielleicht war es die Angst vor Veränderung. Ich wollte Kay.

»Was ist mit deinen Brandwunden, den Rippen?«

»Das schaffen wir schon.«

40

Während meines Krankenhausaufenthalts war es April geworden und Regen fiel dünn und durchdringend auf die ausgebrannten Ruinen meines Lofts gegenüber der Eighth Avenue. Das Haus sah aus wie ein zerbombtes Gebäude in einer der Hafengegenden, wo ich den Krieg erlebt hatte. Der Büroteil war weg, das Schlafzimmer, mit meinem Bett auf der Kante schwebend, lag den Blicken offen. Ich konnte eine Segeltuchwand ziehen und drin wohnen, aber das würde man nicht zulassen. Sie würden abreißen, was stehengeblieben war, und ein neues Apartmenthaus hochziehen, dessen Mieten ich mir nicht leisten konnte. Es blieb mir nichts übrig, als umzuziehen.

Zunächst marschierte ich aber erst einmal los und bog dann an der Twenty-third Street um die Ecke, um das Büro der Kommunistischen Partei aufzusuchen. Meine persönlichen Schritte mußten noch warten, im Detektivberuf kommt an erster Stelle die Arbeit. Vielleicht gefällt er mir deshalb. Joe Kennedy, der andere, war allein in seinem Büro und hackte auf einer altmodischen Schreibmaschine einen Brief. Der große Exschauermann bedachte mich mit seinem Grinsen.

»Haben Sie es sich anders überlegt? In fünf Minuten können Sie schon Mitglied sein.«

Er sah aus, als habe er sich seit meinem letzten Besuch nicht von der Stelle bewegt. Es tat sich nicht viel auf dem radikalen Sektor. Jedermann war von Steuerproblemen, dreiteiligen Anzügen, Auslandskonkurrenz, dem Handelsdefizit und dem Dow-Jones-Index in Anspruch genommen. Die Zeiten waren gut für die Ober- und Mittelklasse, und die Söhne der Armen starben noch nicht in Mittelamerika.

»Es geht noch immer um Rosa Grünfeld«, sagte ich.

»Was macht die alte Kämpferin?«

»Sie ist in einem Pflegeheim. Sieht nicht so aus, als ob sie noch mal rauskommt.«

Sein Grinsen erstarb. »Das ist ein Jammer, Nun ja, was soll's? Ihr Leben war lang und bewegt. Sie hat sich nicht unterkriegen lassen. Muß sie jetzt Schmerzen leiden?«

»Nein. Sie weiß bloß nicht, wer sie ist. Oder war.«

Er schaute hinaus auf die graue Stadt. Alles, woran er sich festhalten konnte, waren seine Erinnerungen an das, was er getan und zu tun versucht hatte. Seine großen, gebrochenen Hände berührten die Schußnarbe auf seiner linken Wange.

»Ist Ihnen jemand eingefallen, der Rosas Tod gewollt haben könnte?«

Er brauchte eine Sekunde, um sich aus seinen Gedanken zu reißen. »Soll das heißen, man weiß immer noch nicht, wer auf sie geschossen hat?«

»Nein.« Ich erzählte ihm von Kevin Regan und Johnny Agnew, dem professionellen Killer, Flaco Cabrera, von Isaiah Monroe und dem mißglückten Vergiftungsversuch.

»Mein Gott, vielleicht hat sie tatsächlich noch irgendwelche Kämpfe ausgefochten.« Seine Stimme klang ebenso erregt wie geschockt. »Ich hatte eigentlich gedacht, es wäre irgendein Typ von der Straße gewesen, vielleicht ein Fanatiker. Aber das klingt ja nach einer großen Sache.«

»Welcher?«

»Keine Ahnung. Ich weiß nicht, was sie während der letzten zehn Jahre oder mehr getan haben könnte, außer von Parkbänken aus zu agitieren, sich mit ihren speziellen Feinden anzulegen und bei jeder Protestaktion mitzumachen, von der sie erfuhr.«

»Was ist mit ihrem Geld?« sagte ich. »Achtzehntausend Dollar könnten jetzt für die Partei viel bedeuten.«

»Alles bedeutet heutzutage viel für die Partei.« Er grinste nicht. »Aber was meinen Sie, würde das FBI machen, wenn wir im Testament einer Person bedacht worden wären, die erschossen worden ist? Wie lange könnten sich unsere Mitglieder, die kein Alibi haben, in Freiheit halten? Glauben Sie, uns würde das Geld ausgehändigt? Bevor ein Kamel durch ein Nadelöhr geht?«

»Wo hat sie das Geld überhaupt her? Es waren mal fast fünfzigtausend Dollar, sagt die Polizei.«

»Ich nehme an, von Ben Douglas, nach dessen Tod.«

»Und wie ist der an das Geld gekommen? Ich dachte, er stand auf der schwarzen Liste.«

»Ich weiß nicht, wo er sein Geld her hatte. Ich weiß auch sonst nicht viel über ihn. Er war nie Parteimitglied. Sagte, er müßte unabhängig sein. Jeder muß selber wissen, was er tut.«

»Wo kann ich etwas über Douglas in Erfahrung bringen?«

»Bei seinem Bruder.« Er ließ sich mit seinem Drehstuhl herumschnellen, blätterte in einer abgegriffenen Kartei und brachte ein vergilbtes Karteiblatt zum Vorschein. »Die letzte Adresse, die wir haben, ist Apartment sieben, 412 East Eighty-fourth. Angus Douglas. Er hat seit zwölf Jahren seinen Beitrag nicht mehr bezahlt.«

»Er ist Mitglied?«

»Wir haben eine kleine Welt, und sie wird immer kleiner. In diesem Land funktionieren Unterdrückung, Verdrängung, Täuschung und Interessenvermengung vorzüglich. Wir sind überspielt worden, ausgetrickst und niedergeschrien. Jeder glaubt, er will, was er heutzutage hat. Und noch mehr. Wir sind Geschichte geworden, Fortune. Geschichte, die nicht einmal noch jemand kennt.«

»Das klingt nach Aufgeben.«

»O nein. Dieses Land ist nicht die Welt.«

Das war eine Ansicht, die die meisten Amerikaner nicht verstanden: sein Sinn dafür, daß es außerhalb dieses Landes noch eine andere Welt gab. Amerikaner, die uns eines Tages wie eine jener eingezäunten und bewachten Enklaven der Reichen hinterlassen würden. Die Balboa-Insel der Welt.

Ich verließ ihn, wie er wieder auf seine altertümliche Schreibmaschine einhackte, ging bis zur U-Bahnstation Lexington Avenue und fuhr nach Yorkville. Der kalte Nieselregen drang unter meinen Kragen, als ich zur First Avenue lief. Nummer 412 war ein typisches sechsstöckiges Mietshaus, so grau wie der Tag. Apartment sieben befand sich im zweiten Stock. Der Mann, der auf mein Klopfen aufmachte, war klein, mager, weißhaarig und so lebhaft und schnell wie ein Grundstücksmakler in einem Erschließungsgebiet.

»Ben und Rosa? Kommen Sie rein.«

In mehrere zerrissene Pullover gehüllt, ein rotes britisches Fallschirmjäger-Barett auf dem Kopf, die ausgebeulten Cordhosen an den Knöcheln mit Schnur über Kampfstiefeln zusammengebunden, ließ er sich auf der Armlehne einer schäbigen roten Couch nieder und bedeutete mir mit einer Handbewegung, auf einem noch schäbigeren Sessel Platz zu nehmen. Das Apartment war ein Zwilling von Rosas Zimmer. Ein Durcheinander von Möbeln, auf denen sich Zeitungen, Bücher und alte Schallplatten türmten, Aktenschränken und jeder Menge Krimskrams, was bewies, daß Angus Douglas niemals etwas wegwarf. Dominiert wurde das Ganze von dicken Bänden aufeinandergestapelter Notizbücher auf einem leergeräumten Tisch vor dem einzigen sichtbaren Fenster. Ein Band lag aufgeschlagen daneben.

»Interpretierte Weltgeschichte«, sagte Angus Douglas und deutete auf die gestapelten Kladden. »Alles, was ich gelernt, gesehen, gehört, gerochen, gefühlt, erfahren und gelesen habe. Die Vergangenheit. Jetzt alles vorbei. Fernsehen, Geld, Immobilien, Kondominiums, Vororte, sonnige Refugien, Golf, Sportclubs, Schnellimbisse, Kinkerlitzchen. Geschichte einer sterbenden Kultur. Eine reale Welt da draußen, die darauf wartet, uns zu überrollen. Alles, was wir haben, ist Geld und nichts, um es dafür auszugeben, außer Waffen und Zerstreuung. Alles ist Unterhaltung. Sieh zu, wie ein Mann vor deinen Augen stirbt. Schau dir an, wie ihm der Kopf weggepustet wird. Wie haben Sie mich ausfindig gemacht?«

»Joe Kennedy vom KP-Büro hat mich hergeschickt.«

»Sie sind alle tot, aber nicht schlau genug aufzugeben. Rosa hatte recht. Die Zukunft gehört dem Volk, nicht den Parteien.«

»Wann haben Sie Rosa zuletzt gesehen, Mr. Douglas?«

»Vor ein paar Jahren. Ich war früher viel mit ihr unterwegs. In der Stadt, Jersey, Connecticut, auch noch weiter. Hab' es aber aufgegeben. Muß alles aufschreiben, bevor ich den Löffel abgebe.«

»Können Sie mir von Rosa und Ben erzählen? Ihrer Heirat, wie sie lebten, wie er zu seinem Geld gekommen ist?«

Er hatte ein glattes rosiges Gesicht mit friedfertigem Ausdruck und der offenen Unschuld eines Babys. Blaue Augen, die den Eindruck machten, als spiegelten sie zu jeder Zeit wider, was er gerade dachte oder empfand. Die Unschuld eines Menschen, den nichts mehr beschäftigte als seine persönliche Wahrheit.

»Das war wirkliches Leben, diese beiden.« Er thronte auf seiner Armlehne und lächelte, als sehe er Ben und Rosa im Geiste vor sich. »Nach so vielen falschen Wegen hatten sie sich endlich gefunden. Ich war einfach gern mit ihnen zusammen. Sie liebten und lebten auf die gleiche Weise, hatten dieselbe Wellenlänge. Das ist eine große Seltenheit. Rosa brach nicht einmal zusammen, als er starb. Sie hatten ihre gemeinsamen Jahre gehabt. Rosa konnte allein fertigwerden, denn Besseres hätten sie nicht haben können.«

»Und er hinterließ ihr eine Menge Geld«, sagte ich. »Woher hatte er das? Er stand während der letzten Jahre doch auf der schwarzen Liste.«

»Es war ja auch kein Vermögen. Sie hatten beide hart gearbeitet, gespart.«

»Jemand hat Rosa umzubringen versucht, Mr. Douglas. Vielleicht hat das bißchen Geld, das sie besaß, ausgereicht. Oder vielleicht die Quelle, wo es herkam.«

»Man wollte sie umbringen?«

»Man hat auf sie geschossen und es dann noch mal mit Gift versucht.«

Minutenlang blieb er nur wortlos auf der Armlehne der grotesken roten Couch sitzen. Dann stand er auf, ging zu dem Tisch mit den gestapelten Notizbüchern und begann in die geöffnete Kladde zu schreiben. Seine interpretierte Weltgeschichte mit den Angriffen auf Rosa fortzusetzen. Ich wartete. Schließlich steckte er den Kugelschreiber wieder in die Tasche und kam zurück.

»Sie wollen wissen, woher Ben und Rosa Geld hatten? Ich werde Ihnen eine Geschichte erzählen, dann können Sie sich ein Bild machen.«

41

»Es ist unser Geld«, sagt Ben.

Er packt Rosas Arm. Seine Finger sind so dünn, daß sie sich wie Messer in ihr Fleisch graben. Sie beißt sich auf die Lippe, streicht ihm die dünnen Haarsträhnen aus dem gelben, ausgemergelten Gesicht.

»Das ist jetzt unwichtig, Ben. Sollen sie ihre Almosen doch behalten.«

Sein Griff wird fester, zieht sie näher an das Bett heran. Sie sind in ihrer Wohnung. Alles, was Ben braucht, befindet sich in seiner Reichweite auf Stühlen und kleinen Tischen – Bücher, Zeitungen, Notizblock, Bleistifte, die Becher mit Speiseeis, das einzige, was er essen will, die Schmerztabletten, die wenig helfen, bis es wieder Zeit wird für Arzt und Morphium. Ben ist aus dem Krankenhaus zurückgekommen, weil er nicht unter Fremden sterben will. Nur bei ihr. Es ist am Ende des Monats, und er zieht Rosa zu sich herunter. »Nein! Ich lass' nicht zu, daß sie uns betrügen, Rosie. Diese korrupte Gesellschaft wird mich nicht hintergehen, nicht kleinkriegen. Niemals.«

»Ben, Liebster, wir brauchen das Geld nicht. Du mußt Ruhe haben, darfst dich nicht aufregen. Du . . .«

Sein Griff um ihren Arm lockert sich, läßt sie los. Er lächelt. Sein Atem ist flach, angestrengt. »Wir sind eine verrückte Spezies, nicht wahr? Ich habe keine zwei Wochen mehr, wenn überhaupt noch solange, und trotzdem soll ich mich ausruhen, mich nicht aufregen, meine Kräfte schonen. Wozu, Rosie-Mädchen? Bald hab' ich Ruhe genug, und ich bin nicht gewillt, mir das vorenthalten zu lassen, was mir zusteht.«

Sein Lächeln ist wie bei einem Skelett, und sie sagt: »Ben . . .«

»In zwei Wochen kann ich mich ausruhen. Du solltest dich nicht aufregen.« Seine Stimme ist ein belegtes, heiseres Flüstern. »Es ist mein Recht. Ich bin arbeitslos. Sie schulden mir meine Arbeitslosenunterstützung.«

»Du bist nicht kräftig genug. Du kannst nicht hingehen und unterschreiben.«

Er schließt die Augen in plötzlichem Schmerz. Ein Flüstern. »Ich kann unterschreiben. Du wirst mir helfen, Rosie. Wir lassen uns nicht unterkriegen.«

Sie warten, bis der Arzt seine Visite macht, Ben seine Spritze gibt, und Ben schläft ein paar Stunden. Das wird vielleicht eine Stunde mit weniger Schmerzen und etwas mehr Kraft bewirken. Er kann sich nicht allein anziehen, und Rosa ist nicht stark genug, ihm in die Kleider zu helfen. Deshalb einigen sie sich auf Trainingshosen, Jogging-Schuhe und seinen bis zum Hals zugeknöpften Mantel. Seine Mütze aus Kriegsberichterstatterzeiten. Rosa bürstet Ben behutsam die Haare, bevor sie ihm die Mütze aufsetzt. Dann gehen sie hinaus und winken einem Taxi.

Auf dem Arbeitsamt ist die Schlange zwar nur kurz, aber Ben kann nicht länger als ein paar Minuten stehen, deshalb setzt Rosa ihn auf eine Bank und stellt sich für ihn an. Der Angestellte am Schalter sieht sie beide, sieht, wie Ben sich zum Warten hinsetzt, und Rosa für ihn Schlange steht, unternimmt jedoch nichts, macht keine Anstalten zu helfen. Er scheint eher indigniert zu sein, daß Rosa anstelle von Ben ansteht. Das entspricht nicht der Vorschrift. Der Arbeitslose hat sich selbst anzustellen. Die anderen Arbeitslosen in der Schlange sprechen mit Rosa, bestehen darauf, daß sie nach vorne geht. Der Schaltermensch scheint auf diese Vereinbarung nicht eingehen zu wollen, sieht jedoch die Mienen der anderen Arbeitslosen und nimmt Bens Papiere entgegen. Er beeilt sich nicht etwa, als Ben aufsteht und sich am Schaltertisch festklammert. Er läßt sich Zeit. Rosa ist drauf und dran, etwas zu sagen, aber Ben hält sie davon ab, der Schaltermensch bequemt sich, fertig zu werden, Ben unterschreibt, und sie gehen.

Ben ist sehr blaß, als sie nach Hause fahren. Sein Atem geht schwer, und er hält sich im Taxi an den Schlaufen fest. Der Taxifahrer mustert sie neugierig, sagt jedoch nichts.

»Diese Gesellschaft wird mich nicht ausnützen, ohne voll dafür zu zahlen, Rosie. Nicht, solange ich atme. Nicht, solange ich noch eine Sekunde habe.«

»Schon gut, Lieber«, sagt Rosa. »Ja.«

»Du brauchst Geld, Rosie. Das ist der einzige Weg, frei von der Korruption, der Manipulation zu sein. Bis wir alles ändern können.«

»Ich weiß«, sagt Rosa und hält ihn im Taxi an sich gedrückt.

»Es wird dir gutgehen«, sagt Ben. »Keine Cabreras mehr, kein Gefängnis, keine Polizisten, die Menschen auf der Straße niederschießen. Du kannst mit der Arbeit weitermachen. Du wirst genug haben, sie können dich nicht fertigmachen.«

»Versuch dich auszuruhen«, sagt Rosa, hält in dem Taxi seinen ausgemergelten Körper umschlungen. »Angus wird in der Wohnung sein.«

»Ich bin okay. Nicht einmal irgendwelche Schmerzen. Sie werden mein Geld nicht für ihre Repressionen benützen.«

Das Taxi hält, und sie hilft ihm die Stufen hinauf in den kleinen Fahrstuhl. Er lächelt.

42

»Die beiden«, sagte Angus Douglas. »Ben verdiente immer gut, brauchte nie viel. Besitz zu haben, zu kaufen, reich zu sein – die heilige Dreifaltigkeit hat Ben schon nichts bedeutet, bevor er Rosa kennenlernte. Danach verdienten sie beide nicht schlecht. Daß jemand auf der schwarzen Liste stand, hielt die Leute nur davon ab zuzugeben, daß sie den Betreffenden beschäftigten. Wenn jemand gut war, bekam er auch Arbeit, im Inland oder Ausland. Geschäft ist Geschäft.«

»Rosa verdiente Geld? Womit?«

»Da sehen Sie's. Sie wissen wirklich gar nichts über Rosa. Niemand weiß was über sie. Was glauben Sie wohl, was Rosa all die Jahre gemacht hat, nachdem sie aus dem Gefängnis gekommen war? Zwei Ehemänner und eine Tochter tot, der Sohn so gut wie, und sie war immer noch eine junge Frau. Sie hatte Arbeit für die Partei zu tun, für die Welt, und was kannte sie schon? Ehemänner, Suppenküchen für Feldarbeiter. Sie wollte mehr machen.«

Seine Augen sahen an mir vorbei, als lese er Rosas Leben aus seinem Buch ab. Oder als sei er im Geist schon bei seiner nächsten Eintragung. »Sie ging auf die New School und die New Yorker Universität und legte das Doktorexamen ab. Das machte viele der alten Bolschewisten in der Partei mißtrauisch. Was lernte sie da? Aber sie unterrichtete an der Jefferson School, schrieb Artikel für *Masses and Mainstream.* Damals lernte Ben sie kennen. Er arbeitete für *The New Republic,* und sie heirateten. Das Wunder war, daß sie ihr Leben lang aufeinander gewartet hatten. Sie glaubten zusammen, nichts anderes war wichtig. Schwarze Listen, Parteikämpfe, Verfolgung, was kümmerte sie das? Wenn man wenig braucht, etwas Geld hat, das Gesetz kennt – was können sie jemandem antun, als ihn umzubringen? Und die beiden waren nie eine so akute Gefahr, daß das FBI damit durchgekommen wäre.«

»Wo haben sie gearbeitet?«

»Irgendwo und überall. Unter dem Tisch, bis rüber nach Übersee für *The Guardian.* Rosa schrieb Artikel, Broschüren, Abschnitte von Büchern, auch ganze Bücher. Alles unter dem Namen anderer, aber ihre Ideen. Eine der Unsichtbaren in diesem Land. Die militanten Radikalen. Eine winzige Minorität heute, ungesehen und von keinem gekannt außer der Polizei. Wenn jemand auf sie geschossen hat, würde ich bei den Behörden nachforschen.«

»Mit achtundachtzig, Mr. Douglas? Nicht mehr in der Partei, nicht mehr an der Schreibmaschine, nur noch Reden schwingend, denen keiner zuhört, veraltete Broschüren und überholte Kampfschriften verteilend und an belanglosen Protestmärschen teilnehmend?«

»Für manche Leute ist kein Protest zu belanglos, keine Kampfschrift veraltet.« Er stand auf. »Das ist gar nicht so schlecht.«

Er eilte zu der aufgeschlagenen Kladde, setzte sich und begann zu schreiben. Ich war vergessen. Er hatte nicht einmal nach meinem Namen gefragt oder warum ich über Rosa Erkundigungen einzog oder woher ich wußte, daß auf sie geschossen worden war. Ihn kümmerte nicht, wer ich war oder was ich wollte. Unwichtig für ihn. Seine Arbeit war alles, was für ihn zählte.

»Vielen Dank, Mr. Douglas.«

Er hörte mich nicht. Ich ging und überließ ihn seinen Aufzeichnungen. Draußen auf der Straße stach mir der vom Wind getriebene Regen wie Nadeln ins Gesicht. Ich beugte mich vor und marschierte zur Lexington und der U-Bahn, fuhr in der relativen Wärme hinunter zum Zubringer und dann zur Vierzehnten. Der Wind war stärker geworden, als ich mit abgewandtem Gesicht zu Lenny Grünfelds Wohnung strebte. Niemand öffnete.

Das Oneida Hotel war nicht weit genug, und es hätte mit der U-Bahn einen zu großen Umweg gekostet, auch ein Taxi war zu teuer für ein so kurzes Stück, deshalb ging ich zu Fuß. Mit jeder Pfütze, die in meine Schuhe schwappte, und jedem Tropfen, der mir in den Kragen lief, wirkte Kalifornien verlockender.

Der anhaltende Regen war eine Katastrophe für die Bewohner des Oneida. Sie hatten nichts Vernünftiges anzuziehen und kein Ziel, wo sie hingehen konnten, also hieß es für sie entweder in ihren Löchern zu bleiben oder sich durchweichen und durchfrieren zu lassen. Bei solchem Wetter gewann sogar die schmuddelige Hotelhalle an Attraktivität, und so saßen sie jetzt dort herum, zusammengekauert oder kräftig ihrem Vorrat an wärmender Flüssigkeit zusprechend. Selbst Barney Ederer hatte ein Hemd an und in der Hand eine Flasche weißen Portwein. Er bot mir einen Platz neben sich auf der Erde an und einen Schluck aus der Flasche. Ich begnügte mich mit dem Sitzplatz.

»Wer hier im Oneida wußte, daß Rosa etwas Geld hatte?«

»Sie hatte Geld?« Er nahm einen Schluck von dem billigen Wein.

»Achtzehntausend«, versetzte ich. »In einer Umgebung wie hier so gut wie eine Million.«

»Und genauso verrückt. Selbst wenn wir mit irgendeinem Trick an das Geld rangekommen wären, was glauben Sie, wie lang es dauert, bis die Polizei uns hier auf die Bude rückt, sobald bloß einer einen Pfennig davon ausgibt?«

Ich nahm einen Schluck von dem süßen Wein. Wenigstens wärmte er den Magen. »Wenn Logik etwas mit Verbrechen zu tun hätte, gäbe es kaum welche. Not, törichte Hoffnung, und Sie haben von Anfang an zu viel Interesse gezeigt. Etwas hat sie beschäftigt. Vielleicht achtzehntausend Dollar.«

Er trank.

»Sie haben Fragen gestellt«, fuhr ich fort. »Wie geht es Rosa? Wird sie durchkommen? Hat sie was gesagt?«

»Ich mag sie eben.«

»Das ist hier kein ausreichender Grund.«

Er saß schweigend an die Wand gelehnt, die anderen schlafend oder betrunken um uns herum im Schatten. Er trank seinen billigen Fusel, fröstelte in seinem dünnen Flanellhemd und den zerrissenen Cordhosen. Aber es war nicht die Kälte, die ihn frösteln ließ.

»Wenn man in einem Quartier wie dem Oneida ankommt, hat man noch ein bißchen Kampfgeist.« Er ließ den Blick über die Gestalten in der düsteren Halle schweifen, regungslos wie Statuen aus Stein, aufgestellt, um die Gräber alter Könige zu bewachen. »Aber dann packt einen die Lethargie. Man sitzt in seinem Zimmer, draußen schreit jemand, wird offenkundig verprügelt. Hilfe, holt die Polizei. Man will es auch, aber man kann sich nicht bewegen, es ist, als wär' man gelähmt. Also bleibt man sitzen, geht nicht mal zum Telefon.« Er trank. »An dem Morgen war ich in der Lobby. Einer meiner Alpträume. Ich bin also da und sehe, wie Rosa nach hinten geht, um mit dem alten Roth zu sprechen. Ich seh' ihre Enkelin reinkommen und raufgehen in Rosas Zimmer. Ich seh' auch diesen Mann reinkommen. Er gefällt mir nicht, deshalb geh' ich raus, setze mich auf den Rinnstein. Ich wundere mich über einen Fremden, der so früh ins Oneida kommt. Aber ich bleibe sitzen. Dann höre ich Schüsse. Etwa fünf Minuten lang rühr' ich mich nicht vom Fleck. Nichts passiert, und ich geh' nachgucken. Ich seh' nichts, aber dann höre ich Rosa hinter dem Tresen und rufe den Notdienst an. Eigentlich hätte ich von diesem

Mann was sagen müssen, aber ich hab's nicht getan. Ich habe den Mund gehalten, nichts gesagt.«

»Wie sah er aus?«

Es war schwer für ihn. Sein ganzes Leben über war er darauf gedrillt worden, als Erwachsener den Mund zu halten. Zuerst in Vietnam und dann im Oneida. »Ziemlich klein und untersetzt. Bräunlich wie ein Latino oder Italiener. Wir hatten einen Sergeant, Costa, der sah ganz ähnlich aus, nur war er größer. Ein Schlitzohr, dieser Costa, aber ein verdammt guter Soldat.«

»Wie war er gekleidet? Irgend etwas Auffälliges? Etwas Besonderes?«

»Anzug und Krawatte. Niemand trägt hier in der Gegend einen Anzug mit Krawatte außer Sozialarbeitern, Polizeibeamten oder den Anwälten des Hauswirts. Er war kein Anwalt oder Sozialarbeiter, den ich schon mal gesehen hatte.«

»Soll das heißen, er war Polizist?«

»Wer sonst taucht hier auf und benimmt sich so?«

»Benimmt sich wie?«

»Als ob ihm das ganze Hotel gehört. Als ob er uns alle beobachtet.«

Man kann wissen, was man nicht weiß, daß man es weiß. Der Körper weiß es, die Reflexe. Die Hand kann sagen, daß etwas heiß ist, bevor es der Verstand tut. Und jemand, der sein Leben im Schatten der Polizei zubringt, kann einen Polizisten erkennen, ohne zu wissen, wieso ihm das möglich ist.

Ich gab Ederer einen Zehner. »Kaufen Sie sich was Vernünftiges zu trinken.«

Er nahm den Geldschein, sah ihn jedoch nicht an. Ich hatte seine Gedanken auf Vietnam gelenkt und konnte nur hoffen, daß ich damit keine mittlere Katastrophe ausgelöst hatte. Das ist das Risiko meines Berufs. Ich mache Wellen und lasse hochkommen, was Leute lieber unter dem Deckel halten würden. Und das hinterläßt öfter Schaden.

Als ich in östlicher Richtung zu meinem Loft ging, spürte ich den Regen kaum noch. Wenn Giannini log, sagten auch Smoke und Loren O nicht die Wahrheit. Ob Chief Reynolds darüber im

Bilde war, worum auch immer es ging? Sofern es überhaupt etwas gab. Bis jetzt hatte ich noch keinen konkreten Grund anzunehmen, daß Giannini log, daß Smoke und Loren O etwas für einen Polizisten tun könnten. Ich war bereits auf der Eighth Avenue und starrte hinüber zu den Ruinen, bevor ich mich erinnerte, daß ich keinen Loft mehr hatte.

Ich ging weiter zu *Bogie's* und rief im Büro von Ed Green an. Er hat einen zusätzlichen Schreibtisch, den ich für einen Freundschaftspreis benutzen konnte. Greens Büro befindet sich auf der Thirty-eighth Street, nicht weit von Park Avenue, wo die Mieten teuer sind. Er war gerade im Weggehen, als ich ankam, machte aber noch einmal kehrt, um mir den Schlüssel zu geben.

»Du solltest in eine bessere Gegend ziehen, Dan.«

»Ich denke an Kalifornien.«

»Montana. Ich kann Hitze oder Palmen nicht vertragen. Fischen, klares Wasser, Schnee und billige Grundstücke. Dies ist nicht mehr meine Stadt. Wir haben unsere Zeit gehabt, jetzt sind andere dran. Zeit, sich zu verdrücken. Niemand hat mehr Wurzeln.«

Ich bekam von der Information die Nummer des Sheriff-Büros im Bezirk Santa Barbara und verlangte Lieutenant Holley. Ich sagte ihm, was ich brauchte. Erst reagierte er zögernd.

»Fragen Sie Cabrera nur, wohin er Rosa Grünfeld gefolgt ist, als sie marschierte, protestierte, sich mit der Polizei anlegte.«

»Hören Sie, Fortune . . .«

»Tun Sie es, Lieutenant. Ich will weder Ihnen noch den Bannisters Schwierigkeiten machen. Es ist alter Schnee, und niemand kann etwas tun, aber es hat immer noch einen üblen Geruch.«

Es waren Stimmen zu hören. Ärgerliche Stimmen. Dann kam Holley an den Apparat zurück.

»Ich werde mich bei Ihnen melden.«

Ich ging zu *Fugazy's*, um mir meinen Ford zu holen, und fuhr nach New Jersey.

43

Der Regen hatte aufgehört, und dieselben verdrossenen Jugendlichen lungerten vor denselben vernagelten Häusern auf der Wyandanch Street herum. Was sollten sie sonst auch tun? Ich parkte direkt vor der Ladenfront der *Black Liberation Force*, um sicher zu sein, daß mich auch alle hineingehen sahen. Die Tempelhüterin erinnerte sich an mich. Nicht freundlich.

»Sie ist immer noch nicht hier.«

»Ich nehme mit Smoke vorlieb.«

»Sind Sie mit ihm verabredet?«

Ich ließ mich auf einem Stuhl nieder. »Hören Sie mal, Miss, nach der Revolution werden Sie sich Ihre Vorurteile aber abschminken müssen. Ich meine, die neue Ordnung wird sich mit den überlebenden Weißen, Braunen und Gelben arrangieren müssen. Haben Sie darüber mal nachgedacht?«

»Nein«, erwiderte sie, ohne mit der Wimper zu zucken. »Es wird keine Weißen geben.«

Was sagt man dazu? Wie unsere Welt heute auch immer sein mag, sie ist unser Werk. Im Grunde spielt es gar keine Rolle, daß diese Frau sich dann anders fühlen wird, wenn es auf der Welt gerechter zugeht. Ich weiß das, aber sie nicht, und zu ihr oder ihren Gegnern durchzudringen ist ebenso aussichtslos wie zu Lenny Grünfeld und ihren Männern hinter ihrer unsichtbaren Wand.

»Entschuldigen Sie«, sagte ich. »Aber er wird mit mir sprechen wollen, also . . .?«

»Er ist nicht da.«

»Wer sonst?«

»Niemand.«

Sie saß so unbeweglich wie eine Steinstatue oder eine Dschungelkatze.

»Wann wird jemand kommen?«

»Das weiß ich nicht.« Sie lächelte nicht direkt, aber ihre Miene entspannte sich minimal. »Es kann den ganzen Tag dauern.«

Sie war ihren tiefsitzenden Zorn losgeworden, konnte sich jetzt fast normal mit mir befassen. Das ist eine Antwort, aber nicht der leichteste Weg. Ich hatte keine Lust, den ganzen Tag zu warten, und ich glaubte nicht, daß sie so weit geschmolzen war, mir zu verraten, wo sich Smoke aufhielt. Jedenfalls nicht freiwillig.

»Wie steht es mit Sergeant Giannini? Erwarten Sie den früher?«

»Wen?«

»Giannini. Ihr Chef hat häufig mit ihm zu tun.«

»Keine Ahnung.«

»Nun ja«, ich lächelte. »Dann richten Sie ihm aus, daß ich noch mal vorbeikomme.«

»Mach' ich.«

Als ich ging, machte sie sich mit ein paar Papieren zu schaffen, aber das war nur Theater. Ich hatte mein Ziel erreicht, und sie wartete nur, daß ich verschwand. Mein Wagen draußen war unberührt. Die Macht der BLF in der Nachbarschaft. Ich fuhr bis zur Ecke, bog dann zum Passaic ab und parkte am nächsten Block, von wo aus ich über den Schutt und durch ein paar Lücken die Ladenfront sehen konnte. Ich hoffte, daß meine Freundin bald herauskam. Es war nicht der Ort für einen einarmigen Weißen mit New Yorker Zulassungsnummer, längere Zeit Posten zu beziehen.

Es funktionierte. Sie kam heraus, schloß ab, blieb am Straßenrand stehen. Ein polierter orangefarbener Continental mit mehr Chromverzierung als ein aufgemotzter Schlitten aus den Fünfzigern kam herangerollt, und sie stieg ein. Auf die Entfernung konnten sie meine Hautfarbe nicht erkennen, und meine Freundin hatte ihren Posten nicht verlassen, um sich den Wagen zu merken, den ich fuhr.

Der knallige Continental wies mir den Weg zu einer Seitenstraße, einen Block von dem zentralen Platz des Ortes und dem Gerichtsgebäude entfernt. Die Tempelhüterin der BLF stieg aus und öffnete die Wagentür für einen großen, schwarzhäutigen Mann, der mit dem betont lässigen, leicht wiegenden Gang eines Athleten, den sich die Hälfte aller jungen Männer Amerikas zu-

zulegen versucht, in einen Papier- und Zeitschriftenladen lief. Ganz locker und doch herausfordernd – wie um zu sagen, ich bin ein Millionär und habe trotzdem die Schule nie zu Ende gemacht, Mann. Ich bin ein ganz Großer, Mann, laß mich mit deinem Scheißdreck in Ruhe. Die Frau folgte ihm hinein.

Für einen Buchladen in einer Seitenstraße florierte das Geschäft sehr beachtlich. Ein Strom von Kunden ging hinein, die meisten den Blick in abgegriffene Taschenbücher oder dünne Broschüren versenkt. Ein ebenso stetiger Strom kam wieder heraus, niemand trug jedoch mehr in der Hand als das, mit dem er hineingegangen war. Es waren keine Bücher, die hier verkauft wurden, sondern Träume. Ich erkannte eine illegale Wettenannahme, wenn ich eine sah. Diese schien mir eine Kombination zu sein von einem Buchmacher für Direktwetten und einem »Büro« für Sammelkassierer, die ihre Großeinsätze abgaben. Jemand sahnte dabei kräftig ab.

Es gibt in New Jersey ganz legale Wettmöglichkeiten, angefangen von Spielkasinos bis zur Klassenlotterie, aber das Geschäft mit der Zahlentipperei breitet sich immer mehr aus. Bessere Chancen, steuerfreie Gewinne, bequeme Öffnungszeiten und Annahmestellen für Leute, die lange und zu ungewöhnlichen Tageszeiten arbeiten müssen. Ein Gettotraum für kleine Leute, die sich außerhalb des Gettos unsicher fühlen. Die Sicherheit des Vertrauten und der Reiz des Illegalen. Es ist schwer, mit einer 600:1 Wette im Süßigkeitenladen nebenan zu konkurrieren, und Menschen, die von Illusionen leben, die nie wahr werden, fragen nicht danach, wer von ihren Hoffnungen reich wird, der Staat oder die Mafia oder die Schwarze Befreiungsfront.

Smoke und Loren O kamen mit der Tempelhüterin heraus. Der nachgemachte Athlet mit dem orangen Continental blieb unsichtbar. Er gehörte vermutlich zum Privatleben der Dame, diente ihr in Krisensituationen als Chauffeur. Die drei Revolutionäre eilten zu einem verbeulten Buick, in BLF-Grün gespritzt und auffällig mit dem gelben Blitz bemalt. Es war nicht schwer, ihnen zu folgen. Reklame zahlt sich nicht immer aus. Sie fuhren ohne Umweg zu ihrem Büro zurück. Ich hielt nach einer Telefonzelle Ausschau, aber alle waren von Vandalen heimgesucht worden. Ich hatte das Getto bereits verlassen, als ich endlich eine funktionierende an einer Tankstelle fand.

Die Nummer der BLF stand im Telefonbuch. Heutzutage sind alle versessen auf Kontaktpflege. Die Frau meldete sich, erkannte meine Stimme, bevor ich meinen Namen genannt hatte.

»Er ist zurück. Sie können ihn jetzt aufsuchen.«

»Stellen Sie mich zu ihm durch«, sagte ich.

»Er möchte Sie persönlich sprechen.«

»Natürlich«, stimmte ich ihr zu. »Ich habe Sie bis zu dieser Wettannahme verfolgt. Der orange Continental ist super. Verbinden Sie mich jetzt mit Smoke.«

Sekundenlang herrschte Schweigen, nur entfernt waren Stimmen zu hören. Dann klickte es in der Leitung, als würden mehr als nur ein paar Hörer abgehoben.

»Was ist los, Fortune?«

»Ja, was ist los? Das frage ich lieber Sie. Wo haben Sie noch Ihre Finger drin, außer in Zahlenwetten?«

»Wir müssen uns Geld beschaffen, wo es geht«, erwiderte Smoke. »Die Leute spielen nun mal gern. Das ist besser als stehlen.«

»Es *ist* Stehlen. Sie ziehen ihren eigenen Leuten das Geld aus der Tasche.«

»Für etwas, das wichtiger ist als das Heute.«

»Ist es das, was Rosa Grünfeld wußte? Zahlen Sie an Giannini Schmiergeld? Hat er sie deswegen umzubringen versucht?«

Die Antwort kam zu schnell. »Wir zahlen Giannini kein Schmiergeld. So was spielt sich auf sehr viel höherer Ebene ab, und das wissen Sie. Wir wußten nichts über die alte Dame, bevor Lenny Grünfeld uns von ihr erzählte. Sie hatte keine Verbindung zu uns. Wenn Sie glauben, eine finden zu können, nur los.«

Er war zu selbstsicher, das Geschäft mit den Wetten spielte sich zu offen ab, als daß eine alte Frau sie in North Paterson hätte in Unruhe versetzen können.

»Die Mafia hat das Sagen im Wettgeschäft«, versuchte ich es weiter. »Kam der bezahlte Killer von der Seite?«

»Wovon reden Sie, Fortune? Welcher bezahlte Killer?« Smoke lachte fast. »Hören Sie, kommen Sie zurück, dann werden wir alles klären.«

»Vielleicht später.«

Ich legte auf. Ich hatte nicht die richtige Frage gestellt. Zum erstenmal witterte ich eine echte Verbindung zu Leuten, die professionelle Killer anheuerten. Und Smoke und Loren O hatten die Wettannahme sehr eilig verlassen, als der weibliche Zerberus erschienen war, um ihnen zu sagen, daß ich bei meinem Besuch Giannini erwähnt hatte. Ich glaubte kaum, daß Sie mich zu einer höflichen Unterhaltung zurückbitten wollten.

Ich fuhr zu demselben Beobachtungsposten in der nächsten Querstraße, von wo aus ich durch die Baulücken die Front der BLF im Auge behalten konnte, obwohl es ein denkbar ungünstiger Standort für mich war. Auf einer menschenleeren Straße mit Schutthalden ringsherum und keinem einleuchtenden Grund, mich dort aufzuhalten. Wahrscheinlich wurde schon davon geredet, daß irgendwo ein Bulle oder Vollstrecker in der Gegend unterwegs war. Wer sonst stellte sich bei vollem Tageslicht dorthin?

Und wer sonst fuhr zweimal an der Geschäftsstelle der BLF vorbei, verlangsamte jedesmal das Tempo und hielt doch nicht an? Es war eine dunkelblaue Ford-Limousine, und als sie zum drittenmal auftauchte, wußte ich Bescheid: Jemand hatte mich erspäht und wollte nicht, daß ich auch ihn sah.

Ich ließ mich bis zum ersten Gebäude zurückrollen, das mich vor den Blicken verbarg, bog von der Straße auf den Schuttplatz zwischen zwei Häusern ab und stellte mich an die Ecke. Der Ford fuhr langsam an der Kreuzung vorbei, um sich zu vergewissern, daß ich nicht mehr da war. Ich schlich mich zu Fuß zu der Stelle zurück, von wo aus ich das BLF-Büro sehen konnte. Der Ford war nirgends zu entdecken. In einiger Entfernung kam ein Mann die Wyandanch Street entlang. Unauffällig, mittelgroß bis groß, mit leichtem Übergewicht, kurzen, dunkelblonden Haaren, jetzt mit einer Windjacke und Cordhosen bekleidet statt seines dunklen dreiteiligen Anzugs, aber trotzdem nicht hierher gehörig. Zu sehr Anglo, zu adrett. Der FBI-Mann, Cardenas.

Er ging in die Geschäftsstelle der BLF.

Ich machte mich auf den Weg nach New York. Es gab viele Gründe für einen FBI-Mann, die Geschäftsstelle der *Black Liberation Force* aufzusuchen. Selbst den Wunsch zu haben, nicht gesehen zu werden. Aber genau in diesem Augenblick aufzukreuzen und den Wunsch zu haben, von *mir* nicht gesehen zu werden, das war etwas anderes.

44

Es war dunkel, als ich in der Perry Street ankam, und der feuchte Aprildunst hing kalt und windstill in der Luft, während ich vor Lenny Grünfelds Tür stand und läutete. Noch einmal läutete. Nach dem vierten Läuten erst meldete sich ihre Stimme durch die geschlossene Tür.

»Ja?«

»Dan Fortune.«

Es folgte Schweigen.

»Nur eine Minute.«

Als sie die Tür öffnete, trug sie einen flauschigen weißen Bademantel, der so weich aussah wie Pelz, und war barfuß.

»Kommen Sie rein, Dan.«

Sie ging mir voran in das Mammut-Wohnzimmer mit seinen Musikinstrumenten, Lautsprechern, Notenständern, Kabeln und farbenfrohen Bildern.

»Ich war gerade beim Anziehen.«

Sie ließ sich auf der Couch nieder, machte Platz für mich, damit ich mich neben sie setzen sollte, und zog den flauschigen Bademantel mit jener typisch weiblichen Geste über der Brust zusammen, die den Zweck zu haben scheint, ihre Nacktheit zu verbergen, aber nur den gegenteiligen Effekt hat.

»Wo sind Cap und Matt?«

»Mit Margo im Kino. Der Club hat heute geschlossen.«

Sie ließ mich wissen, daß sie allein zu Hause war, aber in den Aschenbechern auf dem Tisch lagen Zigarettenstummel. Sie hatte Besuch gehabt. Wie lange das her war, konnte ich nicht sagen. Von den halbgeöffneten Glastüren, die hinausführten zum Patio, kam kalte Zugluft. Lenny stand auf und machte die Türen zu.

»Ich hasse es, wenn es hier drin zu stickig ist.«

Sie setzte sich dicht neben mich und zog die Beine hoch bis unter den Bademantel in jener ewigweiblichen Pose der Schutzbedürftigkeit und Wärme, die danach verlangt, zärtlich in die Arme geschlossen zu werden. Ich spürte ihre innere Spannung fast schmerzhaft wie eine Wunde, eine Lücke in ihrer unsichtbaren Mauer. Die Plastikglocke war verschwunden und ließ sie so nackt zurück, wie sie unter ihrem Bademantel war.

»Sind Sie nur gekommen, um mich zu besuchen, Dan?«

Ich berichtete ihr von Kalifornien, dem Brand bei mir und dem Versuch, Rosa zu vergiften.

»Er lebt noch? Das Ganze war also damals ein Trick? Das Gefängnis und alles?«

»Sie hatten damals wirtschaftliche Probleme.«

»Glauben Sie ihnen denn jetzt?«

»Ich glaube, sie wollen nicht, daß die Geschichte noch mal aufgerührt wird, aber das geht nicht so weit, Rosa nach beinahe fünfzig Jahren deswegen zu töten. Weitere Mordversuche zu unternehmen und mir die Bude in Brand zu setzen.«

»Man kann ebensowenig daraus schlau werden wie aus dem, was wir bis jetzt wissen.«

»Was halten Sie von achtzehntausend Dollar als Grund?«

Ich erzählte ihr von meinem Gespräch mit Angus Douglas und mit Barney Ederer und den Leuten von der Schwarzen Befreiungsfront.

»Rosa hat einen Doktor?« Lenny schien durch die Mauern etwas zu sehen. »Diese ganze Arbeit für nichts. Selbst bevor sie angeschossen wurde.«

»Würden achtzehntausend Dollar etwas für Ihren Vater bedeuten?«

»Er könnte sie vermutlich brauchen, aber nicht so sehr, um Rosa zu erschießen.«

»Was ist mit diesem FBI-Mann, Lenny? Mit Mr. F. X. Keene und jetzt mit ihrem Leuten von der *Black Liberation Force?*

»Sie belästigen die BLF ständig«, erwiderte sie.

»Cardenas hat Keene nicht belästigt. Er arbeitet mit ihm zusammen.«

»Isaiah sagt, man vertraut den Keenes nicht, aber man bedient sich ihrer. Solange man durch sie etwas gewinnen kann, soll man sie ausnützen.«

»Warum sollte das FBI vermeiden wollen, daß ich sehe, wie ein Agent von ihnen die Geschäftsstelle der BLF betritt?«

»Die schnüffeln immer herum. Vielleicht wollte er der BLF neue Schwierigkeiten machen. Vielleicht will er Schmiergeld. Wie soll ich das wissen?«

Sie antwortete, blieb sogar beim Thema, sagte jedoch im Grunde genommen gar nichts. In dem flauschigen weißen Bademantel auf der Couch, die blonden Haare im Licht schimmernd, die Füße hochgezogen, so daß nur die Zehen unter dem Bademantel hervorsahen, bot sie einen Anblick, der auch jeden anderen Mann vom Thema abgelenkt hätte. Das Läuten des Telefons irgendwo hinten in der Wohnung unterbrach die Spannung.

Als Lenny hinausgegangen war zum Telefon, suchte ich nach ihrem Badezimmer. Die Wände waren nicht beschlagen von Wasserdampf, auch die Duschwanne war trocken. Jeans, ein T-Shirt und flache Schuhe lagen auf der Erde, wie in Eile ausgezogen, damit sie mir in ihrem Bademantel die Tür öffnen konnte und es aussah, als sei sie allein gewesen.

Als sie zurückkam, brachte Lenny zwei Dosen Beck's und zwei Gläser mit.

»Lenny, ist etwas wegen Isaiah Monroe im Busch?«

»Immer«, sagte sie und goß das Bier in die Gläser. »Eine neue Verhandlung, bedingter Straferlaß, eine Begnadigung, Beschaffung von Geldmitteln.«

»Sie waren nicht allein, als ich läutete. Warum geben Sie sich so viel Mühe, den Eindruck zu erwecken?«

Sie trank ihr Bier. »Also gut, ja. Ein paar Leute vom Monroe-Komitee waren hier. Sie sind sehr mißtrauisch, Dan. Selbst mir gegenüber. Können Sie ihnen das verübeln? Ihr ganzes Leben lang mußten sie vor der Mehrheit Angst haben, den angeblich Guten, der Obrigkeit. Schwarze, Braune, Gelbe und sogar Weiße, wenn sie nicht so denken wie die Mehrheit. Manche von ihnen würde es den Job oder die Klienten kosten, wenn bekannt würde, daß sie Isaiah zu helfen versuchen. Diese Leute kennen Sie nicht. Deshalb haben sie mich gebeten, mich so zu benehmen, als ob ich allein gewesen sei, und sind hinten rausgegangen.«

»Wer war hier?«

»BLF-Leute, Sozialarbeiter, Gemeindevertreter.«

»Smoke und Loren O?«

»Heute abend nicht.«

»Keene?«

»Er hatte jemand geschickt.«

Das klang einleuchtend. Smoke und Loren O hatten es nicht vor mir bis zu Lenny schaffen können, und das ganze Treffen klang nicht hoch genug angesiedelt für F. X. Keene.

»Treffen Sie sich mit diesen Leuten hier öfter? Könnte Rosa durch Zufall auf etwas gestoßen sein? Etwas, woran Sie sich nicht mehr erinnern?«

»Wir treffen uns hier nicht oft. Meistens singe ich bei den Demonstrationen und in den Gefängnissen. Gewöhnlich arbeiten sie in New Jersey. Es kann einfach keine Verbindung zu Rosa geben.«

Ihre blonden Haare fielen wie goldene Seide, der flauschige weiße Bademantel klaffte über der Brust auf. Sie war nie so angeregt, so lebhaft gewesen, und für jemanden, der seinen Lebensunterhalt zumindest zur Hälfte mit dem Reiz seines Körpers verdiente, besaß sie ein weniger ausgeprägtes Gefühl für ihre eigene Sexualität als jede Frau, die ich bisher gekannt hatte. Als ob sie nie darüber nachdachte. Eine Muschel in der Muschel. Heute war da etwas anderes.

»Matt und Cap sind wohl keine Anhänger von Monroe. Sie scheinen nicht zu billigen, was Sie für ihn tun. Sind sie deswegen ausgegangen?«

»Sie wußten nichts von diesem Treffen. Die beiden wollten bloß mit Margo ins Kino.« Sie raffte ihren Bademantel wieder über der Brust zusammen. »Wenn es nach ihnen geht, sollte ich mich überhaupt nur um die Band und um sie kümmern. Nach dem Kino gehen sie mit Margo immer noch Eis essen.«

»Nimmt sie das lange in Anspruch? Der Kinobesuch und das Eisessen?«

»Lange genug.«

Sie ließ den Bademantel über ihren Brüsten auffallen. Ihre Figur hielt, was sie unter engsitzender Kleidung versprochen hatte.

»Das ist keine gute Idee«, sagte ich.

»Sie war fast von Anfang an da. Auch bei dir.«

»Besonders bei mir«, bestätigte ich. »Das macht sie aber nicht besser. Wir leben in unterschiedlichen Welten, Lenny.«

»Laß uns rausfinden, worin der Unterschied liegt.«

Sex, Geschäft, Politik – immer geht es nur um das Gespür für den Augenblick, wann man einen Schritt unternehmen kann, zu wissen, daß selbst wenn etwas von außen dazwischenkommt, niemand Schaden nimmt. Dieser Moment, wenn man weiß, es ist gut, weil beide es wollen. Deshalb lächelte Lenny, rückte näher heran zu mir und berührte mich mit ihrem Körper unter dem flauschigen weißen Bademantel. Legte die Arme um meinen Hals und sah mir ins Gesicht.

»Es ist etwas Besonderes an dir, Dan. Du läßt nicht andere Menschen für dich denken, dir ist Macht egal. Du weißt, Macht und Geld und eine gehobene Stellung zu haben bedeutet nicht, daß du recht hast oder beurteilen kannst, was für andere gut ist.«

Ohne den Bademantel war ihr Körper noch umwerfender, als er bei jenem erstenmal, voll bekleidet in der Intensivstation über Rosas Bett gebeugt, auf mich gewirkt hatte. Er gab mir nicht so sehr das Gefühl, alt zu sein, als vielmehr plump und grobschächtig, aus schlichtem Ton gemacht, während sie aus dem glattesten Marmor vom größten Bildhauer gemeißelt war.

»Du nimmst ihnen nicht die ganzen Lügen ab, die sie uns erzählen, all das erbarmungslose Schuften für ein dickes Bankkonto. Du bist wie wir.«

Sie war nicht aus Marmor. Ich dachte an Kay. Würde ich es tun, weil ich nicht nach Kalifornien ziehen wollte? Mich weder Kay noch einer anderen Frau auszuliefern gedachte? War ich drauf und dran, Kay genauso zu verlieren, wie ich Marty verloren hatte? Alles unter dem Vorwand, meine Arbeit machen zu müssen, das unbekannte Land zu erforschen? »Lenny«, sagte ich, »hör mir mal zu . . .«

Aber sie war nicht da. Sie war bereits von mir weggerückt und hatte sich am Ende der Couch zusammengekauert. »Ich kann nicht. Ich kann einfach nicht. Ich dachte, es ginge. Ich habe dich gern, Dan, aber . . . es ist er.«

»Monroe?«

»Du weißt so viel, aber er weiß mehr. Du bleibst draußen, aber er kämpft.«

Ich fand meine Zigaretten. »Ich wußte nicht, daß du mit ihm zusammengewesen bist.«

»Das war ich auch nicht. Aber ich will und ich werde es sein. Vielleicht ist eine Frau anders. Eine Frau will vielleicht versuchen, sich in etwas anderem zu finden – einer Katze, einem Kind, einem Mann. Ich weiß es nicht. Ich weiß nur, wenn ich ihn sehe, ihm zuhöre, daß er es ist, was ich will, was ich brauche. Keinen Menschen sonst, nur noch meine Musik. Aber davon ist er ein Teil, von der Musik. Teil der ganzen Welt, das ist es, was Matt und Cap nicht verstehen werden.«

Ihre Idealvorstellung von Isaiah Monroe war wie der Rest ihrer isolierten Welt. Eine Phantasie und doch nur allzu real. Hinter ihrer unsichtbaren Wand, selbst mit Cap und Matt und dem Kind, war auch sie isoliert, und Monroe hatte den Durchbruch geschafft. Die Vorstellung von Monroe. Solange war jeder Mann, Cap oder Matt oder ich, nur ein Ersatz für Monroe, wenn auch Cap und Matt zuerst dagewesen waren. In gewisser Weise verkörperte Monroe alles Gute in Cap und Matt, all die Wut und Frustration und Ablehnung, aber Monroe fügte Hoffnung hinzu, eine Zukunft. Ein Mann und sehr viel mehr als ein Mann. Ihre Errettung von einem sinnlosen Leben, von einer nutzlosen Gesellschaft, so wie Lenny das sah.

»Ich . . . ich möchte mit andern Männern ins Bett gehen, aber ich kann es nicht. Ich will dich wirklich, Dan. Es ist nur . . .«

Für sie waren Sex und die Welt zu eng miteinander verknüpft. Sie war in eine Hoffnung für die Welt verliebt. Ich konnte Matt oder Cap oder sogar Margo nicht beneiden. Und ich glaubte Lenny nicht, daß sie mich so plötzlich begehrt hatte. Nicht, wenn man die Art ihrer Gefühle für Monroe berücksichtigte. Es steckte etwas anderes dahinter. Etwas, das sie verbarg.

Ich gab ihr einen Kuß und verabschiedete mich. Sie war meine Klientin, aber ich hatte ein untrügliches Empfinden, daß sie nicht auf meiner Seite stand. Jedenfalls nicht uneingeschränkt. Sie hielt etwas zurück. Ob es etwas mit den Schüssen auf Rosa zu tun hatte oder nicht, konnte ich nicht sagen. Während ich erst in Richtung Osten und dann Norden durch die Nacht wanderte, kam mir die Vermutung, daß sie es vielleicht selbst nicht wußte. Genauso, wie sie nicht wußte, daß es nicht Isaiah Monroe, der Mann, war, den sie liebte, sondern das Symbol. Das Symbol von Monroe, das weit zurückreichte in die Welt, die sie nicht ganz aufgegeben hatte.

Als ich in Ed Greens Büro zurückkam, war eine Nachricht für mich auf dem Anrufbeantworter. Sie stammte von Lieutenant Holley aus Santa Barbara. »Cabrera sagt, er ist der alten Dame durch ganz New York gefolgt, rüber nach Newark und Jersey City und in eine Stadt namens North Paterson. Sie hat nichts weiter gemacht, als irgendwelche Schriften verteilt, Reden gehalten, an Protestmärschen teilgenommen und sich zweimal festnehmen lassen. Das wär's dann, Fortune, und lassen Sie sich eines raten. Bleiben Sie weg aus dem Bezirk Santa Barbara.«

Ich ging zum Gotham Hotel. Kay war im Zimmer. Wir gingen hinunter in die Lounge, um noch einen Gute-Nacht-Schluck zu nehmen. Ich erzählte ihr von Lenny.

»War es Kalifornien? Oder ich? Oder bloß die Rippen?«

»Die Rippen tun zwar noch weh, so sehr aber nicht.«

»Dann war ich es? Wir?«

Ich trank mein Beck's aus. »Was immer es war, es hat mich abgehalten.«

»Ich denke, das ist gut genug. Laß uns raufgehen.«

Wir kehrten zurück auf das Zimmer. Es war jetzt ohnehin zu spät, nach New Jersey zu fahren.

45

Die Wolken türmten sich dunkel über der Stadt, als ich am nächsten Morgen zum Revier ging. Lieutenant Marx war beschäftigt, deshalb wartete ich im Mannschaftsraum und dachte über Flaco Cabrera nach, der Rosa wie ein Geist aus der Vergangenheit verfolgt hatte, bis ihm klargeworden war, daß sie sich in fast fünfzig Jahren nicht im geringsten geändert hatte und ihm weder Gutes tun noch Schaden zufügen konnte.

»Nichts«, sagte Marx hinter seinem überladenen Schreibtisch. »Wir können keine Verbindung zwischen Regan, Johnny Agnew und Rosa finden. Auch keine zwischen ihr, dem alten Roth und diesem Latino-Bengel Carlos Arriba. Außer dem Oneida Hotel. Grenfells Alibi für diesen Morgen ist wasserdicht, und Lenny Grünfeld hatte kein Motiv. Niemand hat ein Motiv, und die Waffe ist nicht aufgetaucht. Wenn Ihr Cabrera auch nicht in Frage kommt, bleibt niemand und jeder übrig.« Er schüttelte den Kopf. »Ohne eine Waffe, einen Zeugen oder ein Motiv müßte schon jemand reinspazieren und uns sagen, was los war, sonst kommt der Fall zu den Akten. Neunundneunzig Prozent.«

»Können Sie mir einen Besuch bei Isaiah Monroe vermitteln?«

Er saß da und schaute mich an. »Lieber würde ich Ihnen eine Audienz beim Papst verschaffen. Glauben Sie, Monroe ist die Verbindung?«

»Cabrera will Rosa in North Paterson gesehen haben.«

»Wann? Vor einem Jahr?«

»Sie könnte noch mal dort gewesen sein.«

»Dann lügt Ihre Klientin?«

»Vielleicht.«

»Es kann eine Weile dauern. Solange können Sie noch was Nützliches tun.«

Ich lief durch den böigen Wind zurück zu Lenny Grünfelds Wohnung an der Perry Street. Ich klingelte lange, bevor die Tür aufgemacht wurde. Diesmal war es Matt. Er hatte seine Baßgitarre bei sich, als hätte ich bei der Probe gestört, bat mich nicht herein. Hinter ihm war kein Laut zu hören, keine Bewegung im Wohnraum.

»Proben Sie?«

»Übung macht den Meister. Falls Sie zu Lenny wollen, sie ist nicht da.«

Er rührte sich nicht von der Tür weg. Alle drei ließen mich immer nur zögernd herein. So als sei die Wohnung eine Zuflucht, eine Höhle, eine Welt in einem anderen Universum, in die sie niemand von draußen eindringen lassen wollten. Genauso ein Teil von ihnen wie die unsichtbare Plastikwand, die sie mit sich herumtrugen.

»Wissen Sie, daß sich Lenny hier mit Isaiah Monroes Anhängern trifft?«

»Nur gelegentlich.«

»Sie sind mit ihm zur Schule gegangen, nicht wahr?«

»Vor langer Zeit, in einem anderen Land. The Wind hat es in die eine Richtung geweht, mich in eine andere.«

»Sie glauben nicht an seine Ideen? Was er tun will?«

»Scheiße.« Er machte Anstalten, die Tür zu schließen.

»Sie wissen, daß Lenny ihn liebt.«

Er ließ die Tür halb geöffnet. »Sie glaubt, das zu lieben, was er ihrer Meinung nach ist.«

»Wo bleiben Sie dabei und Cap?«

»Wir warten.«

»Wie lange, Matt?«

»Solange es dauert. Eins haben wir reichlich, nämlich Zeit. Wir haben uns ausgeklinkt, *adios,* macht's gut. Wir wollen nirgendwo hin und haben deshalb keine Eile.«

»Warum glauben Sie nicht daran, was Monroe will?«

»Weil er nichts anderes vorhat, als die Spitzen der Gesellschaft zu verändern, auch einen Teil von dem Kuchen abzukriegen.«

»Und was wollen Sie?«

»Einen ganzen verdammten neuen Kuchen.«

»Cap und Lenny auch?«

»Cap weiß Bescheid. Lenny hofft immer noch für die Monroes.«

»Was hat das mit Ihnen dreien zu tun? Der Band?«

»Es behindert die Band.«

»Das ist alles? Sie befürchten nicht, die ganze Band könnte auffliegen?«

»Wie ich schon gesagt habe, wir haben alle Zeit der Welt. The Wind wird nichts erreichen und Lenny eines Tages aufwachen.«

»Wenn Monroe aber frei ist? Wenn er durch einen neuen Prozeß rauskommt?«

»Dann wird sie um so schneller drüber wegkommen.«

»Sind Sie da sicher?«

Er sah mich nur an. »Ist das alles, Fortune? Ich muß üben.«

Diesmal ließ ich ihn die Tür zumachen, ging zur Bleeker Street hoch, weiter zur Seventh Avenue und dem St. Vincent. Rosas Zustand war unverändert. Lenny war nicht bei ihr, und im Stationszimmer wurde mir gesagt, morgen werde Rosa in ein Pflegeheim gebracht. Ich setzte mich in den weißgestrichenen Flur, wo das Pflegepersonal hin und her eilte, um diese Mitteilung erst einmal zu verdauen. Dann rief ich Marx an. Er wartete immer noch auf eine Antwort aus Trenton. Ich dachte noch eine Weile über Rosa und das Pflegeheim nach, dann fuhr ich hinunter und ging zurück zur Perry Street, um zu sehen, ob Lenny inzwischen nach Hause gekommen war.

Als ich die Bleeker Street überquerte, sah ich den Wagen am hinteren Ende von Lennys Block um die Ecke biegen.

Manchmal reagiere ich schnell genug, um zu glauben, daß ich

doch noch nicht so alt werde, wie ich bin. Sei es nun Reflex oder die Wirkung der Jahre, als einarmiger Mann von durchschnittlicher Größe in einer Welt zweiarmiger größerer Männer überleben zu müssen. Der Hauseingang, den ich fand, war tief genug, um mich im Schatten eines wolkenverhangenen Tages zu verbergen.

Die dunkelblaue Ford-Limousine fuhr langsam von der Hudson Street her den Block entlang, wurde vor Lennys Haus noch langsamer, bevor sie vor meiner Nase in die Bleeker Street in Richtung Charles Street einbog und dann wieder rechtsherum fuhr. FBI-Mann Cardenas saß am Lenkrad.

Als der Ford wieder auftauchte, parkte er gegenüber von Lennys Haus in einer Lücke, die plötzlich frei geworden war. Ich hatte niemand in den Wagen einsteigen sehen, der sich auf so willkommene Weise entfernt hatte. Der Fahrer mußte also dringesessen haben. Ich erkenne einen Beobachter, wenn ich einen sehe.

Ich wartete, bis ein Laster die Bleeker Street entlangkam, um mich vor dem dunkelblauen Ford zu verdecken, bis ich außer Sicht war, und ging dann zurück zum Revier. Marx hatte inzwischen meinen Besuch arrangiert.

»Ich habe ihnen gesagt, man soll Sie bei Monroe als Reporter ankündigen, daß Sie aber in Wirklichkeit für uns an einem Spezialfall arbeiten, bei dem es um radikale Aktivitäten in der Stadt geht. Wir wollten feststellen, ob irgendwelche Spuren zu Monroe zurückzuverfolgen sind.« Er schüttelte den Kopf. Halb ärgerlich, halb traurig. »Die haben sofort angebissen. Die sind ganz scharf auf alles, was sie gegen Monroe in die Hand kriegen können, falls es zu einem dritten Prozeß kommen sollte.«

Ich befand mich noch vor zwölf Uhr mittags auf dem Weg nach Trenton.

46

Der erste Eindruck war, daß ich ihn mir eigentlich größer vorgestellt hatte. Der zweite, wie groß er doch wirkte. In seiner Glanzzeit war er ein Meter fünfundachtzig gewesen und hatte hundert Kilo auf die Waage gebracht, alles nur Brust, Schultern und Schenkel. Kein Hüftspeck, eine Zweiundsiebzig-Zentimeter-Taille, kleiner, fester Hintern. Ein Offensivverteidiger. Ein harter Werfer. Ein Sprinter und Weitspringer. Nicht gerade riesig, aber stabil und konzentriert, wie eine undurchdringliche Masse, die den kleinen Besucherraum auszufüllen schien.

»Setzen Sie sich, Mr. Monroe.«

Er lächelte. Ein dünnes, ironisches, müdes Lächeln, und ich sah einen Mann, der nicht mehr jung war, mit Brille, Narben in seinem erschöpften Gesicht, einer dicker gewordenen Taille, dem ersten Grau in den Haaren und einem langsameren Gang. Die Bewegungen nicht mehr so elastisch, das Gleichgewicht nicht mehr so vollkommen, die Kraft reduziert. Die körperliche Stärke hatte abgenommen, war nur noch in Grenzen vorhanden. The Wind blies jetzt, wenn überhaupt, nur noch auf Sparflamme.

»Mögen Sie nicht mit Mister angeredet werden?« fragte ich.

»Nur von Leuten, die ich selbst Mister nenne.« Er ließ sich nieder. »Ich schreibe ein Buch, Fortune. Ich gebe keine Interviews.«

»Ich bin nicht wegen eines Interviews hier. Ich bin kein Reporter.«

Seine Miene erstarrte, zeigte nur noch die ganz automatische Vorsicht gegenüber einer Gefahr, ein Mißtrauen, das schon früh Teil seines Lebens geworden war, und einen Zorn, den er mit auf die Welt gebracht hatte.

»Was glauben Sie, verdammt noch mal ...« Er war halb von seinem Stuhl hochgesprungen.

»Ich bin ein Privatdetektiv, der für Lenny Grünfeld arbeitet. Die New Yorker Polizei hat mich geschickt, Ihnen ein paar Fragen zu stellen.«

Seine ausgezeichnete Körperbeherrschung war noch gut genug, mitten in der Bewegung innezuhalten. Er setzte sich wieder, aber nicht ganz. Einen Millimeter über der Stuhlfläche. Der Verstand war auch noch da, vielleicht sogar schärfer. Er begriff augenblicklich, daß ich, worum es auch immer ging, New Jersey dabei raushalten wollte.

»Was für Fragen?«

Ich erzählte ihm von Rosa, den Schüssen auf sie und dem angeheuerten Killer.

»Ich habe nie von Rosa Grünfeld gehört. Ich weiß nichts über einen Agnew oder einen Regan oder einen gekauften Killer. Ich glaube, Sie sollten lieber . . .«

»Wie steht es mit Smoke und Loren O? Oder Lenny Grünfeld, die sich heimlich in New York mit Leuten trifft?«

Die Augen hinter den Brillengläsern betrachteten mich, als sei ich ein Präparat unter einem Mikroskop. »Smoke kenne ich. Meine Leute halten Treffen ab.«

»Schließt das F. X. Keene ein?«

»Das schließt jeden ein, der mir helfen will.«

»Was ist mit Detective Sergeant Giannini von der Polizei von North Paterson?«

»Die Polizei dort liebt mich nicht sehr.«

»Das FBI?«

»Liebt mich noch weniger.«

»Warum sollten das FBI und F. X. Keene zusammenarbeiten, obwohl Keene zu dem Komitee gehört, das sich für Ihren dritten Prozeß einsetzt?«

Er schwieg.

»Warum sollte das FBI die Geschäftsstelle der BLF aufsuchen und sich bemühen, dabei nicht gesehen zu werden?«

Er schwieg weiter.

»Warum sollten Smoke und Loren O Sergeant Giannini ein Alibi geben?«

»Das würden sie nicht tun.«

»Warum sollte das FBI Lenny Grünfeld beschatten?«

Schock kann sich auf vielfältige Weise zeigen. Bei Monroe war es ein kaum wahrnehmbares Schrumpfen, als sei er im Bruchteil einer Sekunde ein kleinerer Mann geworden. Ein psychologischer Schlag, der ihn getroffen hatte und wieder vorbei war. Ersetzt durch eine Maske, als sei nichts geschehen. Aber ich hatte es bemerkt.

»Etwas ist im Busch, nicht wahr?«

»Sie vergeuden Ihre Zeit.«

»Auf Rosa Grünfeld wurde geschossen. Johnny Agnew ist tot. Ich glaube, Lenny Grünfeld befindet sich in Gefahr, und das alles hängt mit Ihnen zusammen.«

»Sie sollten lieber hier verschwinden, bevor ich die Wache rufe.«

»Hören Sie mal, Sie sind mir gleichgültig, aber Lenny nicht. Lenny hält Sie für ein Genie, den großen Liebhaber und Erretter, und sie wird Ihretwegen Schaden nehmen.«

»Warum bin ich Ihnen gleichgültig?«

»Weil sie einer Menge Leute Schaden zufügen werden.«

»Ist das meine Schuld?«

»Nein, es ist einfach Ihre Existenz. Sie sind, was Sie sind.«

»Und was bin ich, Fortune?«

»Eine Kraft. Eine Wunde auf zwei Beinen. Alles und jedes, bloß nicht einfach ein Mann.«

Er saß da und schien zu verarbeiten, was ich gesagt hatte, es zu prüfen. Ich konnte den Wächter draußen von einem Fuß auf den anderen treten hören. »Sie können mich niemals hier rauslassen, aber das spielt im Grunde keine Rolle. Sie haben mich bereits geschafft. Nur noch der Haß ist übriggeblieben. Das ist alles, was sie der Welt schließlich hinterlassen werden. Den Haß auf den weißen Mann und dieses Land. Ich bin weg vom Fenster, ich zähle nicht mehr.«

»Geht es um irgendeinen Angriff? Waffen? Bomben?«

»Nicht in diesem Land. So was findet außerhalb statt, in der Dritten Welt. Das Establishment ist zu mächtig. Sie haben eine angepaßte, irregeleitete, verdummte Mehrheit dazu gebracht, so zu leben, wie es die Konsumgesellschaft will. Aber es gibt ein Unbehagen, eine Verwirrung. Die Menschen spüren, daß da etwas falsch ist, sind unruhig, fühlen sich unwohl, und die moralische Ablehnung wird wachsen.«

»Ich dachte, Sie glauben an Gewalt?«

»Nicht, wenn sie keine Chancen hat. Erinnern Sie sich an die Panther, George Jackson, die Symbionese Army, die Weathermen? Wir können nichts weiter tun, als uns verweigern und abwarten. Der Kampf findet draußen statt. Wir werden den Krieg draußen gewinnen, und dann wird dieses Land belanglos sein.«

»Wer wird Belang haben? Die Sowjetunion?«

»Nein. Nicht die UdSSR, nicht Kuba mit Fidel Castro. Alle Weißen werden irrelevant sein.«

Er saß mit ausdrucksloser Miene da. Sah mich durch die dicken Brillengläser an. Das narbige Gesicht und die vorgebeugten Schultern so starr wie Stein. Er sagte das alles ohne Emotion. Eine flache, ruhige, unbewegte Stimme, fast sachlich.

»Was haben Lenny und die anderen vor, Isaiah?«

Zum erstenmal streckte er die Hand aus. Ich gab ihm eine Zigarette, nahm mir selbst eine und steckte beide an. Er rauchte unbeholfen, wie ein Mann, der erst vor ein paar Tagen mit dem Rauchen angefangen hat.

»Ich habe nicht getan, weswegen man mich hier eingesperrt hat, aber ich hätte es tun können. Ich habe diese Männer nicht getötet, aber es wäre *möglich* gewesen, und vom Standpunkt derer, die die Macht haben, betrachtet, ist das dasselbe. Früher oder später werde ich Weiße umbringen, vielleicht Sie, deshalb bin ich so gut wie schuldig, muß zum Besten der Gesellschaft davon abgehalten werden. Zum Besten *ihrer* Gesellschaft.«

»Was passiert, Isaiah?«

Er rauchte, bis ihm die Zigarette die Finger verbrannte, drückte dann den Stummel langsam in einem Aschenbecher aus.

»Sie wollen mich rausholen.«

Sein Gesicht zeigte noch immer keinen veränderten Ausdruck, aber ich wußte jetzt, was der Grund für den Schock gewesen war, als ich ihn gefragt hatte, warum das FBI Lenny Grünfeld beschattete. In dem Augenblick hatte er gewußt, daß er nicht befreit werden würde. Jetzt nicht, niemals.

»Wann?« fragte ich. »Und wie?«

»Das sollte ich in drei Tagen erfahren.«

»Von wem?«

»Lenny Grünfeld.«

Das war es also, was Lenny verheimlichte. Weil sie wußte, daß deswegen auf Rosa geschossen worden war? Oder weil sie wirklich keine Verbindung zu Rosa erkennen konnte, nicht wußte, daß es eine Falle war, um Monroe ein für allemal loszuwerden? Bei einem Ausbruchsversuch erschossen. Die Mächtigen brauchen gar keine Phantasie zu entwickeln oder originell zu sein.

»Warum sollten Smoke und Loren O Sie hintergehen?«

»Es gibt hundert Möglichkeiten, Menschen zu korrumpieren. Smoke könnte mich aus dem Weg haben wollen. Loren glaubt, es ist für die Sache am besten. Sie sind bezahlt worden. Die Polizei hat etwas gegen sie in der Hand. Es spielt keine Rolle. Sie werden mich auf die eine oder andere Art erledigen. Ich kann höchstens versuchen, noch ein paar von ihnen mitzunehmen, und hoffen, daß meine Geschichte den Schwarzen und Braunen hilft, die Zukunft zu übernehmen.«

Er ging zur Tür. »Diesmal werde ich also überleben, aber seien Sie vorsichtig. Es wird Ihnen keine Freundschaft eintragen, daß Sie dieses Komplott haben auffliegen lassen.«

Er klopfte, der Wärter ließ ihn durch, und ich war allein in dem kleinen Raum.

47

Es war Spätnachmittag, als ich New York erreichte und gleich weiterfuhr in die Innenstadt zu Lenny Grünfelds Wohnung. Ich mußte meinen Wagen auf der Hudson Street abstellen.

Die schwarze Limousine war an der Perry Street jenseits der

Hudson geparkt gewesen und überquerte die Hudson, als ich unterwegs war zur Perry. Aber der Fahrer hatte haarscharf danebenkalkuliert. Der Wagen kam an mir vorbei, bevor ich in die Perry abgebogen war, mußte anhalten. Sei es nun der sechste Sinn, den ein Privatdetektiv entwickelt, übersinnliche Wahrnehmung oder reines Glück – als der Wagen hielt, richtete ich jedenfalls den Blick auf ihn. Ein anderer Wagen tauchte hinter der schwarzen Limousine auf.

Er stieg aus der Limousine. Mantel, weißes Hemd mit Krawatte, Homburg, rundes, rosiges Gesicht, die Hände in den Taschen.

Ich rannte die Hudson hinunter in Richtung Süden und über den breiten Fahrdamm durch quietschende Bremsen und hupenden Verkehr, während mich die verzerrten Gesichter der Fahrer offenen Mundes anstarrten. Ich hörte kein Geräusch, sah nichts als verkrampfte Gesichter, bedrohliche Fahrzeuge, Straßenpflaster. Alles in Zeitlupe. Auf die Charles Street und weiter zum Fluß.

Fast an der Greenwich Street hörte ich hinter mir meinen Verfolger. Das scharfe, explosive *Plopp* einer Pistole mit Schalldämpfer. Die Schüsse, aber nicht das Pfeifen der Kugeln, kein plötzlicher Schlag, der meinem Laufen ein Ende setzte, vielleicht auch mir. Die Ziele gekaufter Killer sollen sich im allgemeinen nicht bewegen.

Über die Washington Street erreichte ich die Tenth Avenue und die aufgegebene Tankstelle. Dort hatte es immer eine Rampe zum Parkdeck im ersten Stock gegeben. Die Rampe war nicht mehr vorhanden, aber der erste Stock war noch da, und durch eine halbverdeckte Tür hinten führte eine Treppe nach oben. Ich stieg hinauf.

Es vergingen ein paar Minuten, bis er unten in der Tankstelle erschien. Langsam und vorsichtig, nicht sicher, ob ich mich überhaupt in dem Gebäude befand. Ich kletterte durch ein Loch in der Wand, das hinter einem Schuttberg verborgen war, und gelangte in das benachbarte Abbruchhaus, entdeckte dort die Stelle, wo der zusammengebrochene Treppenaufgang gewesen war, und ein herabhängendes Seil, an dem ich mich bis auf Straßenniveau herunterließ. Ich kam auf der Washington Street heraus.

Keine schwarzen Limousinen zu sehen. Ich ging bis zur Christopher, erwischte ein Taxi, das dort unterwegs war, und fuhr zu Ed Greens Büro. Dort beobachtete ich etwa fünfzehn Minuten den Eingang, um sicherzugehen, daß der Killer nicht vor mir angelangt war. Bei etwas Glück wußten sie noch gar nicht, daß ich vorübergehend bei Ed Green untergeschlüpft war.

Ich rief Kay im Gotham Hotel an, aber sie war nicht da. Ich hinterließ ihr eine Nachricht, sie solle das Zimmer räumen, keine Adresse hinterlassen und mich unter Greens Nummer anrufen, sobald sie eine neue Bleibe gefunden habe.

»Sind Sie Mr. Dan Fortune?« erkundigte sich der Mann vom Empfang.

»Geben Sie ihr einfach nur diese . . .«

»Ich habe eine Nachricht für Sie, Sir. Ein Lieutenant Marx hat vor etwa zehn Minuten angerufen.«

»Lesen Sie mir die Nachricht vor.«

»Der Killer hat es im Krankenhaus wieder versucht. Sie haben ihn erwischt. He, das klingt aufregend, was . . .?«

Ich schloß das Büro ab, als ich ging, und winkte auf der Lexington einem Taxi. Es dauerte fünfzehn Minuten, um über die Fourteenth zu gelangen. An der Seventh Avenue bezahlte ich den Fahrer und ging zu Fuß weiter zum Revier. Der diensthabende Sergeant bat mich zu warten, klingelte durch zu Marx und schickte mich dann nach hinten zum Dienstzimmer. Marx hockte auf der Kante eines Schreibtisches und blickte hinunter auf Nicholas Grenfell. Zwei von Marx' Männern standen um ihn herum. Grenfell saß mit gesenktem Kopf, das Gesicht in Richtung zu mir und halb von Marx abgewandt. Seine Hände waren auf dem Rücken gefesselt, sein Gesicht war lädiert, aus einem Mundwinkel sickerte Blut.

»Wir haben Sie in flagranti erwischt«, sagte Marx, während ich näher trat. »Jetzt können Sie uns auch noch den Rest erzählen. Sie haben diesen Schützen engagiert, um Ihre Mutter zu töten, während Sie sich ein Alibi verschafften. Wie haben Sie ihn aufgetrieben? Wo ist er jetzt?«

»Nein.« Grenfell schüttelte den Kopf. Vor und zurück, als könne er damit nicht aufhören. »Nein. Sie haben das völlig mißverstanden. Sie war sowieso schon tot. Wir haben es besprochen. Alette und ich. Es wäre ein Gnadenakt.« Er nickte jetzt, rauf und runter. »Ja. Ein Akt der Barmherzigkeit.«

Er trug einen langen weißen Arztkittel, an einer Schulter heruntergerissen, mit abgesprungenen Knöpfen, und darunter seinen dunkelblauen dreiteiligen Nadelstreifenanzug mit blutverschmiertem weißen Hemd und dezenter Krawatte. Marx sah mich an.

»Wenn Sie den Schützen haben wollen«, sagte ich, »er war vor etwa einer halben Stunde nur zwei Häuserblocks von hier entfernt.«

Ich berichtete ihm von der Jagd nach mir und meinem Entkommen.

»Muß als Rückendeckung in der Nähe gewesen sein«, meinte Marx. Er blickte wieder auf Grenfell. »Wir haben ihn in ihrem Zimmer gefaßt, als er versuchte, ihr das Gift selbst zu geben. Hatte die Pillen in der Hand, ein Glas Wasser, und redete ganz nett und ruhig auf sie ein. Versuchte sie zu bewegen, die Pillen zu nehmen. Zwei meiner Männer haben ihn geschnappt.«

»Wegen des Geldes?«

»Sieht so aus.«

Grenfells Kopf fuhr hoch. »Sie schicken sie in ein Heim! Sie nehmen ihr ganzes Geld. Wir brauchen dieses Geld, und sie wird sowieso sterben. Sie ist schon so gut wie tot. Sie *ist* tot, und sie werden all ihr Geld nehmen und sie am Leben halten, ein nutzloses Nichts. Wir *brauchen* dieses Geld, verstehen Sie das nicht? Wir haben es durchgesprochen. Sie war schon tot . . .«

Er redete immer weiter, mehr zu sich selbst jetzt als zu uns. Die Detectives und Streifenpolizisten begannen sich zu entfernen, zu ihrer Arbeit zurückzukehren. Marx blieb auf der Schreibtischkante sitzen, beugte sich dicht hinunter zu Grenfell.

»Der Schütze, Grenfell. Wann haben Sie sich mit ihm in Verbindung gesetzt? Wie haben Sie ihn gefunden?«

»Ich glaube, er hat ihn gar nicht gesucht und gefunden, Lieutenant«, sagte ich.

Einer der anderen Detectives mischte sich ein. »Unsinn, Fortune. Wir haben ihn auf frischer Tat ertappt. Spielen Sie nicht den Oberschlauen.«

»Sie glauben nicht, daß er sie erschießen lassen wollte?« fragte Marx.

»Dafür ist das Geld nicht genug«, sagte ich. »Nachdem auf Rosa geschossen worden war, nachdem sie sich darüber klarwurden, daß sie in ein Heim gebracht und ihnen das Geld entgehen würde, das Rosa besaß, konnten sie nicht widerstehen, ihr Ende zu beschleunigen, um doch an das Geld ranzukommen. Grenfell ist kein Killer, nur ein schwacher, habgieriger Mann, der nie seine kindlichen Haßgefühle überwunden hat.«

Marx kaute auf seiner Unterlippe. »Ich weiß nicht, Dan. Er wirkt auf mich als Täter ziemlich überzeugend. Ein gekaufter Mörder gab ihm sein Alibi.«

»Jagen Sie weiter Hirngespinsten nach, Fortune?« warf der andere Detective ein.

»Falls Sie noch etwas auf der Pfanne haben, Dan, sollten Sie uns das lieber verraten«, sagte Marx.

»Bald«, erwiderte ich.

Als ich ging, begannen sie gerade, Grenfell erneut in die Mangel zu nehmen. Sie hatten einen versuchten Mord, und sie würden ihn ausquetschen wie eine Zitrone.

48

Die Perry Street war dunkel, als ich wieder an der Ecke Bleeker stand. Ich hatte mich meinem Mietwagen, der noch an der Hudson parkte, nicht genähert, sondern wartete im Schatten eines Hauseingangs und hielt eine Weile Ausschau. Der Killer in Hut und Mantel ging wahrscheinlich davon aus, daß ich mich jetzt Lennys Wohnung erst einmal fernhielt. Vielleicht kalkulierte er aber auch meine diesbezügliche Überlegungen ein und tat das Gegenteil. Egal, wie er oder ich uns entschieden, die Chance stand fifty-fifty. Endweder lauerte er irgendwo in der dunklen Straße auf mich oder nicht.

Ich überquerte die Bleeker Street, ging die Perry Street lang. Ohne Eile. Hier zählte nur, daß ich ihn zuerst sah, oder spätestens dann, sobald er eine Bewegung machte. Ich sah gar nichts. Niemand trat aus einem Hauseingang, stieg aus einem Auto, öffnete plötzlich ein Fenster. Er wartete auch nicht vor Lenny Grünfelds Tür. Ich läutete.

Cap machte auf. Er trug seinen schwarzen Vietcong-Pyjama, das weiße Stirnband mit den chinesischen Schriftzeichen, den Patronengurt, dicksohlige Sandalen, fertig angezogen für den abendlichen Auftritt im NoHo-Club.

»Nicht jetzt, Fortuna, okay? Wir sind grade beim Aufwärmen.«

Ich schob ihn hinein, stieß hinter mir mit dem Fuß die Tür zu. »Da draußen lauert irgendwo ein bezahlter Killer. Bleiben Sie weg von erleuchteten Eingängen.«

Ich drängte mich an ihm vorbei in den Mammut-Wohnraum. Matt stimmte seine hellgelbe Baßgitarre. Auch er trug bereits seinen gefleckten Tarnanzug, den gelben Helmeinsatz, den Glitzergürtel und die Kampfstiefel.

»Was will er, verdammt?«

Lenny stand am Mikrofon, die Augen geschlossen, und wiegte sich nach einer Musik, die sie bloß in ihrem Kopf hörte. Ihr hautenges schwarzes Trikot hatte nie enger oder dünner gewirkt. Die weißen Stiefel und die kurze Leopardenjacke schienen aus einem meiner Träume zu stammen, das französische Käppi saß ihr so verwegen auf dem Kopf wie beim erstenmal, als ich sie gesehen hatte. Sie öffnete die Augen, als sie mich hörte, setzte die übergroße Sonnenbrille auf, die ihr Bühnenkostüm vervollständigte.

»Ich habe mit Monroe gesprochen«, sagte ich.

»Gratuliere«, murmelte Matt.

»War das deine Aufgabe? Ihm die Pistole reinzuschmuggeln?«

Lenny ergriff ihren roten Gitarren-Synthesiser, begann sich wieder hinter dem Mikrofon in der Mitte des Raumes zu wiegen.

»Pistole?« fragte Cap hinter mir.

»Er weiß nicht, wovon er redet«, sagte Lenny.

»Arbeiten wir auch noch mal?« fragte Matt.

»Hört mir bitte zu!« sagte ich. »Da draußen ist ein bezahlter Killer. Soviel ich weiß vom FBI, dem Rat für Nationale Sicherheit. Falls die nicht wissen, daß ich mit Monroe gesprochen habe, werden sie ihren Plan weiter verfolgen und mich und Leute, die mit mir zu tun haben, aus dem Weg haben wollen. Wenn sie jedoch wissen, daß Monroe mir gegenüber den Mund aufgemacht hat, müssen sie die Sache vertuschen.«

Lenny spielte auf der Gitarre heiße Akkorde, die durch den Verstärker in dem großen Raum widerhallten. Cap und Matt hatten die Hände von ihren Instrumenten sinken lassen, beobachtete sie und beobachtete mich. Das kleine Mädchen, Margo, kam aus einem angrenzenden Zimmer und blieb mit großen Augen schweigend stehen.

»Na gut«, sagte ich. »Ich werde es dir erzählen. Smoke und Loren O sind zu dir gekommen. Sie haben gesagt, es gäbe keine Möglichkeit, Monroe zu einem dritten Prozeß zu verhelfen. Er würde im Gefängnis sterben. Vielleicht hatten sie den Beweis, daß im Gefängnis ein ›Unfall‹ geplant war. Deshalb wollten sie ihn befreien. Es war alles arrangiert, sie brauchten aber jemand, um ihm die Waffe zukommen zu lassen, die Schlüssel oder was auch immer. Sie mußten Wärter bestechen. Eine Stunde nach dem Ausbruch würde er schon außer Lande sein, sicher in Kuba oder Angola oder vielleicht sogar Rußland. Sie mußten nur noch eine Kontaktperson haben, jemanden, der unbelastet war, völlig unbeteiligt.«

»Hört nicht auf ihn«, sagte Lenny zu Matt und Cap.

»Was du nicht wußtest«, fuhr ich fort, »auch jetzt noch nicht weißt, ist die Tatsache, daß die ganze Geschichte ein Komplott ist. Eine Falle. Monroe würde bei einem Fluchtversuch getötet werden, genauso wie George Jackson. Smoke und Loren O sind an dem Komplott beteiligt, vielleicht Eifersucht, vielleicht was anderes, wer weiß, aber du hattest keine Ahnung. Deshalb mußten sie dich beobachten. Verstehst du?«

Lenny schwieg. Auch die beiden anderen schwiegen. Lenny hielt ihre Gitarre, stand in ihrem hautengen Trikot da und sah mich an. Alle sahen mich an.

»Die ganze Zeit dachten wir, der Angreifer hätte auf Rosa gewartet, hätte nach ihr Ausschau gehalten. Und er hielt auch Ausschau, aber nicht nach Rosa. Er war auf dich konzentriert, Lenny. Er beschattete dich.«

»Soll das heißen, er wollte Lenny erschießen?« fragte Matt.

»Nicht Lenny, nein. Er beschattete sie bloß.«

»Aber warum dann?« fragte Lenny. »Warum schoß er auf Rosa, wenn er bloß mich verfolgt hat? Das ergibt keinen Sinn. Nichts davon ergibt einen Sinn. Du irrst dich. Du . . .«

Ich trat näher zu ihr. »Er beobachtete dich, aber Rosa sah ihn. Und Rosa *kannte* ihn. Erinnerst du dich, was sie von Anfang an immer faselte? ›Die gute Gestapo.‹ ›Ich kenne Sie.‹ Was hatte die ›gute Gestapo‹ dort zu tun? Rosa erkannte den Mann, der dich beschattete, und wenn sie dir davon erzählt hätte, wäre das ganze Komplott aufgeflogen.«

In dem großen Raum war es so still, daß Margo, das kleine Mädchen, ängstlich näher zu seiner Mutter kam. »Mami?«

Lenny beugte sich vor und beruhigte das Kind an der Schulter. »Wer?«

»Hast du jemals jemanden bemerkt, der dich verfolgt haben könnte?«

»Nein.«

»Irgend etwas Ungewöhnliches. Daß dich jemand angestarrt hat oder sich versteckte, als du hochgeschaut hast. Ein Gesicht, das du mehr als einmal gesehen hast und das dir auffiel. Jemand vor der Wohnung, als du weggegangen bist. Jemand, der sich ständig dort aufzuhalten schien? Vielleicht nicht derselbe Mann, aber doch immer eine Person? Ein Wagen, der immer gerade loszufahren schien, wenn du aus dem Haus kamst.«

Sie schüttelte jedesmal den Kopf, die Hand noch immer auf der

Schulter des Kindes, das zu ihr hochblickte. Cap und Matt hatten ihre Instrumente jetzt beiseite gelegt.

»Lenny?« sagte Cap. »Als ich dir einmal sagte, daß sich jemand das ganze Wochenende draußen rumzutreiben schien?«

»Manchmal glaube ich Augen zu spüren«, sagte Matt.

»Die Leute starren immer«, meinte Lenny. »Die Fans, die Männer, die Groupies. Man lernt, nicht mehr drauf zu achten. Wie hätte mir was auffallen sollen?«

»Wahrscheinlich einer von drei Männern«, sagte ich. »Oder sogar alle drei zu verschiedener Zeit.« Ich beschrieb den Killer mit dem Mantel und Homburg.

»Der Mann, der diesen Agnew im Oneida ermordet hat«, sagte Lenny. »So einen Typ habe ich nie gesehen.«

Ich beschrieb FBI-Mann Cardenas. »Meist dürfte er einen Anzug getragen haben. Vielleicht blau.«

Sie schüttelte den Kopf. Ich beschrieb Detective Sergeant Giannini von der Polizei in North Paterson. »Klein, dunkel, untersetzt. Könnte einen Anzug oder Jeans und eine Lederjacke getragen haben. Arbeitskleidung und eine Windjacke. Eine Baseball-Jacke und Mütze. Eine . . .«

Lenny stand erstarrt wie eine Statue, in einer Hand die grellrote Syntheziser-Gitarre, die ihr an einem Band um den Hals hing, die andere Hand auf der Schulter von Margo, die mich jetzt vorwurfsvoll ansah. Ich hatte ihrer Mutter etwas Böses angetan. Lenny hob die Gitarre über ihren Kopf, deponierte sie auf ihrem Ständer, nahm das Kind an die Hand und verließ den Raum. Cap, Matt und ich warteten. Nach einer Minute, vielleicht noch weniger, kam Lenny zurück. Margo noch immer an der Hand. In ihrer anderen Hand hatte sie einen Füllfederhalter.

»Ich war gerade aus einer Taxe gestiegen, ziemlich spät dran für unseren Auftritt, weil ich drüben in Jersey mit Smoke gearbeitet hatte. Zuerst sollte ich nur die Vermittlerrolle übernehmen, später sagten sie mir, ich müßte die Waffe reinschmuggeln und den beiden Wärtern das Bestechungsgeld zahlen. Sie sagten mir, Monroe würde da drin umgebracht. Ich hatte . . .«

»Die Taxe«, unterbrach ich sie. »Du warst zu spät dran.«

Sie blinzelte, nickte. »Ich vergaß meinen Rucksack im Taxi. Es fiel mir auf, als ich um die Ecke war, und ich rannte zurück. Er mußte gerade auch aus einem Taxi gestiegen sein. Er trug eine Mets-Jacke. Ich rannte ihn über den Haufen. Ich erinnere mich, weil er so höflich war, mich festhielt, damit ich nicht hinfiel, meinem Taxi nachrief, damit es nicht wegfuhr. Ich hatte Glück, es war dichter Verkehr auf der Hudson Street. Ich bekam meinen Rucksack wieder.«

»Und als du dich umgedreht hast«, sagte ich, »war er weg.«

»Ich wollte mich bei ihm bedanken, aber er war einfach verschwunden. Dann sah ich seinen Füller auf der Straße, an der Stelle, wo ich ihn angerempelt hatte. Er mußte so schnell weggelaufen sein, daß er den Füller nicht gesehen oder den Verlust nicht bemerkt hatte.«

Ich nahm den Füller. Es war ein Mark Cross. Ein teurer Federhalter mit einem goldenen Monogramm. Einem einzelnen Buchstaben: G.

»Ich hielt Ausschau nach ihm, um ihm den Füller zurückzugeben, aber etwa eine Woche lang sah ich ihn nicht. Dann glaubte ich ihn eines Nachmittags beim Soundcheck vor dem Club zu erkennen, aber ich sah ihn nur ganz flüchtig, und dann war er nicht mehr da. Klein und dunkel. Ich hätte ihn für sympathisch gehalten, freundlich. Du sagst, er hat auf Rosa geschossen? Wollte sie töten?«

»Er hat auf Rosa geschossen, aber ich glaube nicht, daß er das wollte. Ich glaube, er ist vielleicht wirklich kein schlechter Kerl.«

Ich setzte mich telefonisch mit Lieutenant Marx in Verbindung. Die Polizei ist eine Bruderschaft. Das kann nicht anders sein. Sie leben und sterben das gleiche Leben. Neben dem Tod von einem aus ihren Reihen, vielleicht dem Tod eines Häftlings in Polizeigewahrsam, ist das Schlimmste ein Verbrechen, das ein Kollege begeht. Viele weisen den bloßen Gedanken zurück, ein Polizist könnte zu einem Kriminellen werden, manchen ist es egal, aber Marx ist da aus anderem Holz geschnitzt.

»Sind Sie sicher, Dan?«

»Völlig sicher.«

»Ich spreche mit dem Captain. Bleiben Sie am Apparat.«

Wieviel Zeit unseres Lebens verbringen wir wartend am Telefon? Fünf Minuten vergingen, während ich nervös mit der Schnur herumspielte, Lenny von dem Plan sprach, The Wind aus dem Gefängnis zu holen, und Cap, Matt und Margo uns beobachteten.

»Okay«, meldete sich Marx wieder. »Ich hol' Sie ab.«

Lenny zog sich um und erschien in den Cordjeans, dem Pullover und den Stiefeln, die sie bei unserer ersten Fahrt nach New Jersey getragen hatte. Matt, Cap und der Schlagzeuger mußten sich einen schnellen Ersatz besorgen oder allein weitermachen. Es behagte ihnen nicht, aber nicht einmal Matt beschwerte sich bei Lenny. Marx erschien allein. Der Besuch sollte erst einmal ganz diskret und unauffällig vonstatten gehen.

»Der Captain hat Chief Reynolds in North Paterson angerufen. Er hat ihm nichts weiter gesagt, als daß ich mit ihm sprechen möchte, daß es wichtig ist und noch heute abend sein muß. Reynolds war einverstanden.«

49

Chief Reynolds bewohnte einen bescheidenen Ziegelbau im Landhausstil in einer alten Siedlung, die aus der Zeit nach dem Zweiten Weltkrieg stammte. Vermutlich lebte er schon seit seiner ersten Beförderung in demselben Haus. Das einzige Anzeichen für seinen Aufstieg und die besseren finanziellen Möglichkeiten war ein angebauter Flügel für das Privatbüro, in das uns seine Frau schickte.

Reynolds erblickte mich und Lenny.

»Es war von einem Privatbesuch die Rede.«

»Die beiden gehören dazu, Chief.«

»Nicht hier. Morgen früh im Präsidium.«

»Morgen früh könnte es zu spät sein«, sagte ich.

»Ich glaube, Sie sollten uns anhören, Chief«, sagte Marx.

Reynolds musterte uns alle drei und ließ den Blick dann auf Marx haften. Er nickte, trat zurück und winkte uns herein. Es war ein komfortables Büro. Couch, Sessel, eine kleine Hausbar, ein großer Konferenztisch mit Stühlen ringsherum, Reynolds Auszeichnungen, Urkunden und Trophäen an allen Wänden und in Glaskästen. Gerahmte Fotos von seiner ganzen Karriere füllten den restlichen Platz aus.

»Setzen wir uns an den Tisch«, sagte Reynolds.

Er ließ sich auf dem Lehnstuhl am Kopfende des hellen Teakholztischs nieder und bedeutete uns, ebenfalls Platz zu nehmen.

Er betrachtete uns ohne jedes Lächeln, nicht gerade begeistert über unsere Anwesenheit, aber ohne Anzeichen irgendwelcher anderen Emotionen.

»Der Captain dachte . . .« begann Marx.

»Da die beiden mitgekommen sind, Lieutenant«, fiel ihm Reynolds ins Wort, »vermute ich, daß Ihr Besuch etwas mit Sergeant Giannini und dem Fall, an dem Fortune arbeitet, zu tun hat. Deshalb lassen Sie ihn vielleicht am besten selbst erzählen.«

Ich berichtete alles. Von dem Plan, Monroe aus dem Gefängnis zu befreien und in einen Hinterhalt zu locken, bis zu dem bezahlten Killer, der mich durch die Straßen von Greenwich Village gejagt hatte. Und ich erzählte von Rosa und Giannini. Dabei beobachtete ich Reynolds die ganze Zeit. Giannini, Smoke und Loren O und die BLF, selbst das FBI, hatten den Plan nicht ganz allein ausgeheckt. Anfangs zeigte Reynolds Gesicht keine Regung. Als ich den Sachverhalt aber dann klarer und klarer legte, sah ich einen Schmerz hinter seinen klaren Augen aufsteigen, der seinen Blick verdunkelte. Reynolds schien kleiner zu werden, so wie Monroe kleiner geworden war. Als ich geendet hatte, saß er sekundenlang schweigend da und starrte geradeaus. Als er schließlich sprach, klang seine Stimme dunkler und schwerer.

»Sie könnten alle ein ziemliches Risiko eingehen.«

»Das glaube ich nicht«, sagte ich.

»Muß ich mich bei Ihnen für das Vertrauen bedanken, Fortune?« Seine Augen waren zornig, daß ich es wagte, ihn zu verstehen, die Anständigkeit, die der beherrschende Mittelpunkt war, um den alles andere, was er tat, zu kreisen hatte. »Ich hasse Isaiah Monroe. Ich hasse, für was er in diesem Land steht. Ich hasse den Dreck, den er in den Zeitungen, Zeitschriften und Büchern auf meine Männer und meine Stadt geworfen hat. Aber wenn das, was Sie mir erzählen, auch nur zur Hälfte stimmt, werde ich mich persönlich für einen neuen Prozeß einsetzen. Beweisen Sie jetzt, was Sie mir erzählt haben.«

Ich schilderte die Einzelheiten über den Killer und den FBI-Mann Cardenas vor Lennys Wohnung, Cardenas' heimlichen Besuch in der Geschäftsstelle der BLF und Monroes Geschichte von dem geplanten Gefängnisausbruch. Marx listete alle Beweise auf, die auf den Angreifer hinwiesen, der in der Lobby des Oneida gewartet hatte. Lenny berichtete von Caps und Matts Gefühl, beobachtet zu werden, und wie sie gegen den Mann geprallt war, der wie Giannini aussah, und den Füllfederhalter gefunden hatte. Sie gab Reynolds den Federhalter.

»Es gibt die Ballistik«, sagte Marx. »Ich möchte gern Gianninis Waffen überprüfen.«

»Ich glaube, ich würde ihn wiedererkennen«, sagte Lenny.

»Wir wissen, daß Rosa hier wegen Teilnahme an Demonstrationen festgenommen wurde«, sagte ich. »Meine Vermutung ist, daß sie dabei Giannini begegnete und ihn deshalb kannte.«

Reynolds drehte den Kopf, um jeden von uns anzusehen, während wir sprachen. Dann saß er da und betrachtete den Federhalter. »Alles, was ich will, ist eine wohlgeordnete Stadt, in der normale Menschen friedlich leben können, ihrer Arbeit nachgehen und tun, was ihnen gefällt, solange es anderen nicht schadet. Ich wünschte, es gäbe das alles nicht, verstehen Sie? Ich wünschte, Unruhestifter wie Monroe würden verschwinden. Wer braucht sie? Wer will sie? Ich möchte Frieden und Ordnung. Das wollen alle. Männer wie Monroe können nur zerstören.«

»Es kommt darauf an, wie Sie Frieden und Ordnung erreichen«, sagte ich. »Sie können nicht darauf verzichten, was Sie schützen wollen, nicht aufgeben, was das Leben lebenswert macht.«

»Ein Federhalter wie dieser könnte jedem gehören«, sagte Reynolds.

»Warum fangen wir nicht damit an festzustellen«, sagte ich, »wer Rosa Grünfeld festgenommen und verhört hat.«

Reynolds legte den Federhalter auf den Tisch und ging zu dem Telefon auf seinem Schreibtisch. Um diese späte Stunde nahm das einige Zeit in Anspruch. Es war kurz nach Mitternacht, als er mit seinen Telefonaten begann, und nach ein Uhr, bevor er fertig war. Mrs. Reynolds kam mit einer großen Kanne Kaffee und belegten Broten herein. Sie hatte schon mehr nächtliche Konferenzen erlebt und erschien wie automatisch. Keiner von uns hatte an Hunger gedacht, aber wir alle aßen, bis nichts mehr übrig war, tranken den guten Kaffee restlos aus, und Mrs. Reynolds verschwand mit der Kanne, um neuen zu machen.

Es war nach drei, bevor das erste Ergebnis auf Reynolds Anrufe eintraf. Ein verschlafener weiblicher Sergeant mit Kopien der Festnahme- und Verhörprotokolle. Mrs. Rosa Grünfeld, weibliche Person, weiß, Alter sechsundachtzig und siebenundachtzig, war wegen ordnungswidrigen Verhaltens, Beleidigung und Widerstands gegen die Staatsgewalt dreimal in North Paterson festgenommen worden. In allen drei Fällen hatte Sergeant Giannini das Verhör durchgeführt.

»Die gute Gestapo«, sagte ich. »Sie mochte ihn, deshalb erinnerte sie sich an ihn. Und sie sah ihn an diesem Morgen im Oneida. Wenn sie es Lenny erzählt hätte, wäre der ganze Plan, Monroe zu erledigen, in Rauch aufgegangen.«

»Vielleicht sollte Miss Grünfeld jetzt besser zu Ihrer Frau rausgehen, Chief«, sagte Marx. »Womöglich brauchen wir sie noch bei einer Gegenüberstellung, um Giannini zu identifizieren.«

Lenny verließ das Büro und ging rüber in das Haus, um Mrs. Reynolds zu helfen. Sergeant Giannini traf um drei Uhr zwanzig ein. Er hatte sich Zeit genommen, sich zu rasieren, und trug einen Anzug mit Krawatte unter einem abgeschabten braunen

Mantel. Er war zu seinem Chef beordert. Als er mich sah, wurde sein Gesicht blaß, aber er kam mit festem Schritt auf uns zu.

»Sie haben Ihre Waffen mitgebracht, Sergeant?« fragte Reynolds ruhig.

Giannini schüttelte den Kopf. »Nein, Sir.«

»Ich hatte es Ihnen aber befohlen, nicht wahr?«

Der Polizist blickte nur mich an. »Ja, Sir.«

»Nun, also?«

»Ich habe sie verloren.«

»Gleich alle?«

»Ja, Sir.«

»Haben Sie das gemeldet?«

»Nein, Sir.« Giannini wandte zum erstenmal den Blick von mir, schaute auf Reynolds und sah den Füllfederhalter auf dem Tisch liegen.

»Die Sache ist geplatzt, Sergeant«, sagte ich. »Monroe und Lenny Grünfeld sind über das Komplott im Bilde, es wird keinen Ausbruchsversuch geben. Miss Grünfeld kann Sie identifizieren, wir wissen, daß Sie es waren, den ich im und vor dem St. Vincent gesehen habe, Smoke und Loren O werden reden. Wahrscheinlich auch andere.«

Er starrte auf den dünnen schwarzen Federhalter mit seiner mattierten Oberfläche, dem Goldrand und dem goldenen Monogramm G. Die Stille vermittelte das leicht schwebende Gefühl der frühen Stunde eines kalten Morgens.

»Ja«, sagte er.

»Warum, Paul?« fragte Chief Reynolds.

Giannini brachte ein Lächeln zustande. »Der Lieutenant hatte mich beauftragt. Befehle, nicht wahr, Chief?« Er schien darüber nachzudenken. »Ich hätte sie wahrscheinlich nicht ausführen müssen, oder?«

Der Lieutenant sagte ihm, es seien Befehle vom Captain, die befolgt werden müßten. Jedermann weiß, daß Monroe zu gefährlich ist für die Allgemeinheit, vielleicht sogar das Land, um je wieder aus dem Gefängnis herauszukommen. Der Lieutenant hat nichts gegen die Schwarzen, möchte gern, daß sie so gut werden wie der weiße Mann, herauskommen aus ihrer

Unwissenheit und Armut, aber Monroe ist das Schlimmste, was den Schwarzen passieren kann. Er ist ein gewalttätiger, radikaler, gottloser Krimineller, und es besteht eine echte Chance, daß er einen dritten Prozeß bekommt.

Paul Giannini hat sein Leben von Geburt an in North Paterson verbracht. Er glaubt an kleine Städte. Sie bieten die beste Möglichkeit, dort Kinder großzuziehen, ihnen die alten Werte beizubringen, die Hilfe und die Sicherheit von Freunden und Nachbarn zu genießen. Er haßt New York City und all die anderen großen, schmutzigen, kalten, korrupten, zynischen Städte. Er glaubt an das Gesetz. Er ist ein aufrechter Demokrat, aber er hält es für richtig, den zu respektieren, der gewählt ist. Den Mann im Amt. Das ist Demokratie.

Er ist auf der italienischen Seite der Stadt aufgewachsen, hat die Parochialschule besucht, dann die katholische High-School und zwei Jahre das St. Peter's College in Newark, bevor er in die Polizei eingetreten ist. Verheiratet und Vater von vier Kindern, haßt er die Schwarzen zwar nicht, findet jedoch, daß sie unter ihresgleichen bleiben sollen. Er glaubt an Rassentrennung, aber an Chancengleichheit. Er findet, jeder sollte die gleichen Möglichkeiten haben. Er glaubt, wenn jemand hart arbeitet, erreicht er auch etwas. Er findet, Schwarze und Latinos sind langsam und faul, verlassen sich lieber auf die Wohlfahrt statt zu arbeiten, während die Italiener und sogar die Iren fleißiger sind und schlauer. Er kennt aber auch ein paar Schwarze, die hart arbeiten und solide Geschäftsleute sind, Anwälte, sogar Richter. Bei der Polizei von North Paterson gibt es auch Schwarze, aber Giannini und seine Freunde verkehren mit ihnen nicht privat. Das ist eben so. Sie gehen getrennte Wege in getrennten Stadtgebieten mit anderen Sitten und Gebräuchen. Jedem das Seine.

Isaiah Monroe ist ein extrem radikaler Unruhestifter und Mörder, der die Welt zerstören will, in die Paul Giannini hineingeboren wurde, und die er als die wahre, die normale, die gute akzeptiert. Gott, Vaterland, das Gesetz. Giannini fürchtet sich vor dem Chaos und dem Andersartigen. Der Veränderung und dem Unnormalen. Er glaubt an das, was ist, daß die Dinge, wie sie liegen, richtig sind. Und er macht sich Sorgen darüber, daß ein Mann wie Monroe von Radikalen befreit werden könnte, von Kommunisten, militanten Schwarzen, irregeleiteten weichen Herzen und törichten Wohltätern der Menschheit.

Als ihm der Lieutenant also erklärt, daß der Captain und das FBI und andere Dienststellen zu dem Schluß gekommen sind, Monroes gewalttätige Pläne seien für die Bevölkerung von North Paterson und das Land, wenn nicht gar die Welt, gefährlich, tut er, was ihm befohlen wird, für den Plan mit dem Hinterhalt. Er arbeitet mit Smoke und Loren O zusammen. Zwar traut er ihren Beweggründen nicht recht, aber er ist lange genug Polizist gewesen, um zu wissen, daß man jeden, den man kriegen kann, gegen Verbrecher einsetzen muß, die sich nur allzuoft hinter dem Gesetz verstecken. Er betätigt sich als Kontaktmann, Vermittler und einer von denen, die Lenny Grünfeld rund um die Uhr beobachten.

Nach dem unglücklichen Zusammenprall mit Lenny, bei dem er seinen Füller verliert, läßt er sie etwa eine Woche lang von anderen beschatten. Den Verlust seines Federhalters meldet er jedoch nicht. Am Morgen des Attentats auf Rosa heftet er sich an Lenny, als sie ihre Wohnung verläßt, folgt ihr zum Oneida Hotel. Dort bezieht er in der Lobby hinter der Empfangstheke Posten. Rosa kommt aus dem hinteren Flur und erblickte ihn. Sie ist überrascht. Sie kann ihn gut leiden, er ist nett zu ihr gewesen, ein guter Polizist.

»He, gute Gestapo! Was machen Sie denn hier?«

Sie kommt hinter die Theke, um zu sehen, was er dort will, und er reagiert. Im Bruchteil einer Sekunde wird ihm klar, wenn sie Lenny von dieser Begegnung erzählt oder Lenny auftaucht und ihn zusammen mit Rosa sieht, ist der Plan im Eimer. Also schießt er. Rosa stürzt zu Boden. Giannini rennt hinunter ins Kellergeschoß und durch den Hinterausgang auf die Straße. Der Lieutenant in North Paterson ist beunruhigt, aber es scheint alles okay zu sein. Lenny hat Giannini nicht gesehen. Niemand hat ihn gesehen. Der Plan muß weiter verfolgt werden. Dann hören sie, daß Rosa nicht tot ist, und schicken Giannini zurück, um den Job zu vollenden.

Jetzt befindet sich Paul Giannini in einem Konflikt. Er ist kein Killer. Die Schüsse waren eine Art Unfall. Er sah eine unmittelbare Gefahr, reagierte instinktiv. Aber jetzt soll er kaltblütig töten. Seine Befehlsgeber haben einen Fehler gemacht. Er kann es nicht tun. Zumindest nicht, so lange die alte Dame keine wirkliche Gefahr ist.

Um das zu sein, muß sie erst ihren Verstand wiedererlan-

gen, imstande sein zu erzählen, was geschehen ist. Er kommt ins Krankenhaus, beobachtet sie aber bloß. Er wird gesehen, und er läßt zu viel Zeit verstreichen. Als seinen Befehlsgebern klar wird, was er getan hat, schicken sie einen bezahlten Killer, aber es ist zu spät. Johnny Agnew ist ermordet worden, und Rosa befindet sich unter strenger Bewachung.

»Ich wollte die alte Frau nicht töten, es ist einfach passiert, verstehen Sie, Chief? Ich konnte nicht zurückkehren und sie umbringen. Vermutlich war das ein Fehler. Es spielt jetzt keine Rolle mehr, ich habe die ganze Operation sowieso verpatzt. Glauben Sie, er wird jetzt rauskommen? Sie sind eine echte Gefahr, Monroe und die BLF. Wenn diese verdammte alte Rosa mich nicht entdeckt hätte. Vielleicht hätte ich mich beim erstenmal vergewissern sollen, daß sie wirklich tot war, aber ich konnte es nicht, verstehen Sie?«

Giannini redete, Chief Reynolds hörte zu und schwieg. Marx hatte alles auf seinem kleinen Kassettenrecorder, ohne daß er diese Aussage vor Gericht hätte verwenden können. Giannini rang in seinem Netz widersprüchlicher Werte. Alles, woran er glaubte, zerrte ihn in zwei Richtungen. Die Notwendigkeit von Gesetz und Ordnung und Autorität auf der einen Seite, die Unverletzlichkeit des Lebens und des Individuums und der Freiheit auf der anderen. Pflicht gegen Moral. Notwendigkeit gegen Anständigkeit. Recht gegen Recht. Ein unlösbarer Konflikt.

Es war schon hell geworden, als wir alle in North Paterson eintrafen, Giannini über seine Rechte belehrten, ein offizielles Geständnis bekamen und Smoke und Loren O heranschafften. Beide waren mißgelaunt, als sie aber Giannini und seine Aussage sahen, bestätigten sie alles.

»Monroe hält sich für größer als die BLF«, sagte Loren O.

»Ich bin der Führer, nicht so eine verdammte aufgeblasene Sportskanone«, sagte Smoke. »Er weiß nicht mal, was wirklich zählt in dem Kampf.«

Sie waren gerade dabei, Giannini in einer Reihe mit anderen aufzustellen, um Lenny die Identifizierung vornehmen zu lassen, als ein Rechtsanwalt hereintoste. Von dem Lieutenant und dem Captain geschickt, auf die Giannini sich bezogen hatte, verteidigte er mehr die beiden als Giannini und machte Chief Reynolds ein Riesentheater. Reynolds nahm ihn voll an, rotgesichtiger und zorniger und lauter. Giannini saß etwas abgesondert allein da, unbeachtet und unwichtig, den Kopf gesenkt, seine Karriere beendet.

Schließlich fragte ihn Marx nach dem Profi-Killer, der Johnny Agnew getötet hatte.

»Ich weiß nicht, wo er herkam«, sagte Giannini. »Ich weiß nicht mal, warum er diesen Agnew umgebracht hat.«

»Mafia«, sagte Smoke.

»Lieutenant«, sagte ich, »leihen Sie mir Ihren Wagen.«

Wenn der Profi-Killer von der Mafia kam, konnte ihn nur ein Mann geschickt haben. Und wenn ich recht hatte, lebte er nur noch auf geborgte Zeit.

50

Das große Eisentor in der hohen Ziegelmauer war geschlossen. Zu dieser frühen Stunde lagen die baumbestandenen Grundstücke mit den großen Häusern ganz still in der frühlingshaften Morgensonne. Die ersten kleinen Blättchen zeigten sich nur wie ein Hauch auf den kahlen Ästen zwischen dem Immergrün des Winters. In einer Mauernische war ein Telefon.

»Ja?« Die Stimme einer Frau, knapp und scharf.

»Mr. Keene, bitte.«

»Er ist vormittags nicht zu sprechen.« Es war die Stimme einer Haushälterin.

Ich machte es so schroff und ungeduldig wie möglich. »Mit mir wird er sprechen. Dan Fortune. Sagen Sie ihm das.«

»Also, ich kann wirklich ...«

»Sagen Sie es ihm!«

Es herrschte Schweigen. Nicht lange. Keenes sonore Stimme klang ärgerlich. »Nicht jetzt, Dan. Rufen Sie mich später an. Ich ...«

»Giannini, Smoke und Loren O reden«, unterbrach ich ihn.

Diesmal dauerte das Schweigen länger. »Das Tor bleibt zwei Minuten offen.«

Ich stieg wieder in Marx' Wagen, hörte das Klicken, und das Tor schwang auf. Ich fuhr die lange, geteerte Auffahrt hoch. Keene stand auf der Veranda des nachempfundenen Hauses eines Plantagenbesitzers. Er geleitete mich durch die elegante Antebellum-Eingangshalle, vorbei an der geschwungenen Treppe zum ersten Stock und dem hellen Wohnzimmer zur Linken in eine Art großer Bibliothek, wo die Gentlemen von South Carolina den Krieg geplant hatten, den sie in drei Wochen oder weniger zu gewinnen gedachten.

Er schloß die Tür und fuhr zu mir herum. In den Händen hatte er eine Flinte. Vor den Fenstern draußen war eine schlanke rothaarige Frau dabei, Koffer und Akten in einen silbernen Mercedes zu laden. Sie beeilte sich, schaute zurück zum Haus.

»Also was ist los? Was soll das heißen?«

»Genau, was Sie denken«, sagte ich. »Höchste Zeit zu verschwinden.«

Er trug einen hellblauen Trainingsanzug, der für seine breite Brust und den Bauchansatz zu eng saß. Die saloppe Bekleidung für einen Vormittag zu Hause. Das Gesicht mit den angenehmen Zügen war röter denn je vor Zorn. Seine Haare wirkten grauer, struppiger, noch nicht in die richtige Form gebürstet für das beste Erscheinungsbild. Das permanente Lächeln war verschwunden, und die manikürten Hände zuckten nervös.

»Ich weiß nicht, was Sie, zum Teufel, hier wollen, aber Sie landen im Leichenschauhaus, wenn Sie sich jetzt nicht etwas klarer ausdrücken.«

»Ich bin nicht Ihr Problem, Keene. Reynolds weiß, daß ich hier bin, auch Lieutenant Marx von der New Yorker Polizei, aber die sind auch nicht Ihr Problem. Sergeant Giannini hat ausgesagt, daß er Lenny Grünfeld beschattet und auf die alte Rosa geschossen hat. Lenny, Smoke und Loren O haben den Plan mit dem Hinterhalt für Monroe auffliegen lassen. Giannini hat den Namen des Lieutenants genannt, der Lieutenant den Namen des Captains, und der Captain wird Ihren Namen nennen. Sie können jeden Augenblick hier sein, aber selbst das ist nicht Ihr eigentliches Problem.«

Sein Fernsehdarstellergesicht hatte, während ich sprach, eine ganze Skala von Gefühlen gezeigt, so krampfhaft bemühte er sich, eine Antwort, einen Ausweg zu finden. Er hielt in einer Hand die Flinte. Die andere ballte er fortwährend zur Faust und öffnete sie wieder, als suche er in der eleganten Bibliothek nach etwas, woran er sich festhalten konnte.

»Sie lügen«, sagte er, aber ihm brach die Stimme. Selbst er glaubte nicht, daß ihm jemand eine Ausrede abnehmen würde.

»Ihr Problem ist die Mafia«, stellte ich fest. »Dieser gekaufte Killer, den Sie engagiert haben, um Johnny Agnew loszuwerden, Rosa im Krankenhaus umzubringen, als Giannini weich wurde, und mich Opfer eines Brandunfalls werden zu lassen, als ich gefährlich zu werden begann. Sie haben den Draht zur Mafia. Man kann in New Jersey in vielen Bereichen nichts werden, ohne mit der Mafia zu tun zu haben. Man kann keine Städte regieren oder der Vorsitzende einer Partei sein. Die Mafia hat die Verbindungen, die Stimmen, die Macht, und es wird nicht lange gefragt, wie sie zu dieser Macht gelangt ist, man findet sich eben damit ab.«

Er fuhr sich mit der Zunge über die Lippen. »Sie werden auch nicht so einfach davonkommen! Sie haben doch alles ruiniert! Durch Ihre Schuld ist die ganze Sache aufgeflogen!«

»Die Mafia gewinnt nichts, wenn sie mich jetzt umbringen läßt. Ich habe schon alles weitergegeben, was ich weiß. Aber sie gewinnt eine Menge, wenn Sie aus dem Weg geräumt werden, bevor Sie den Mund aufmachen können. Sie sind der einzige, der weiß, wer den Profi-Killer geschickt hat. Sie sind der einzige, der die Mafia in diese Geschichte hineinziehen kann.«

Die Flinte noch immer in der Hand, hob er den Telefonhörer ab und ließ sich mit der Polizei verbinden. Dann verlangte er Chief Reynolds. Ich beobachtete, wie seine rothaarige Frau schließlich in den Mercedes stieg. Sie hatte zwei Kinder bei sich, die Aktentaschen. Sie und Keene hatten alles, König und Königin auf dem Prominentenhügel. Trotzdem tat sie mir mit ihren Kindern leid. Das Ganze würde wegschmelzen wie Schokolade in der heißen Sonne.

Keene legte auf. »Sie kommen.« Er setzte sich auf eine hellbraune Couch aus weichem Handschuhleder. »Ich sollte Sie umbringen.«

»Aber Sie werden es nicht tun.«

»Nur um des Vergnügens willen. Einfach so.«

»Das würde den Deal verderben, den Sie machen werden.«

Er ließ die Flinte in seiner Hand mit der Mündung nach unten hängen.

»Warum?« fragte ich.

»Dieser bescheuerte Anfängerbulle konnte den Job nicht zu Ende bringen. Dafür zahlen wir jetzt. Er hätte gar nicht erst auf diese verdammte alte Kommunistin zu schießen brauchen. Geriet in Panik, wurde schießwütig. Ich hätte ihn umlegen lassen sollen.« Er schlug mit der Hand auf die Armlehne der Couch. »Verdammt! Verdammt! Verdammt!«

»Er glaubt an das, was man ihn gelehrt hat«, sagte ich. »Die Pflicht und die Brüderlichkeit. Die Regierung und die Kirche. Das hat ihn dazu gebracht, Ihnen zu Willen zu sein, aber es hat ihm auch Schuldgefühle verursacht.«

»Herr des Himmels! Ich hätte ihn niemals zurückschicken sollen. Ich habe es verpatzt, nicht wahr, Fortune? Ich habe zu lange gewartet, bis ich den richtigen Mann habe kommen lassen. Und dann haben sie mir einen Stümper geschickt, der nicht mal mit Ihnen fertig geworden ist. Sie haben mir einen Versager geschickt. Mein verdammtes Pech.«

»Johnny Agnew hat er immerhin erwischt«, sagte ich.

Er schaute hinunter auf die Flinte in seiner Hand, schüttelte den Kopf, als könne er noch immer nicht richtig begreifen, warum ein so perfekter Plan hatte schieflaufen können.

»Dieser Hundesohn hat uns zu erpressen versucht. Er hatte beobachtete, daß Giannini Lenny Grünfeld beschattete, wußte, daß sie für Monroe sang, zählte zwei und zwei zusammen und rief bei der BLF an. Und die riefen mich an. Agnew wußte nicht, wer Giannini war, aber er konnte eine gute Beschreibung geben, deshalb mußte ich Marcello einschalten.«

»Heißt er so? Ihr Mafia-Killer?«

»Marcello ist der *capo*. Der stümperhafte Killer ist Dom, oder Charley oder Vito, was spielt das für eine Rolle? Ein Neuer, direkt aus Sizilien. Die großen Dons klagen, daß in den Staaten kaum noch gute Männer zu kriegen sind. Hier lebt es sich zu leicht. Ich hätte Giannini von ihm umlegen lassen sollen, aber der Captain war dagegen.«

»Wäre Giannini getötet worden«, sagte ich, »hätten Sie damit den Plan erst recht platzen lassen. Bei einem Mord an einem seiner Leute hätte Reynold Himmel und Hölle in Bewegung gesetzt.«

Wir saßen in der stillen Bibliothek und warteten auf das Geräusch der Sirenen.

»Warum?« fragte ich noch einmal. »Monroe sitzt fest hinter Schloß und Riegel. Die meisten Leute haben ihn bereits vergessen.«

»Herrgott, Fortune, er ist eine Zeitbombe. Ich habe einen psychiatrischen Bericht über ihn. Es ist der beängstigendste Bericht, den ich je gelesen habe. Durch einen dritten Prozeß könnte er womöglich rauskommen. Und es bestehen gute Chancen für einen dritten Prozeß, so wie die mitleidigen Herzen, die Radikalen und die Kommunisten die Trommel rühren. Sie haben es selber gesagt, die meisten Leute haben vergessen, was er getan hat, die kaltblütigen Morde, das Entsetzen darüber. Er könnte freikommen.«

»Wenn er nicht schuldig ist.«

»Nicht schuldig? Er ist eine Bestie! Man kann nicht mit ihm argumentieren. Er ist ein Hurrikan, der alles wegfegen könnte.«

»Was alles wegfegen?«

»Alles, was wir haben! Alles, wofür wir uns die Ärsche abgearbeitet haben, um es zu kriegen. Wir haben sie in die Schulen gelassen, in die Colleges, in unsere Welt, und sie wollen alles verändern, uns hinausstoßen. Aber das werden sie nicht schaffen. Sie sind nicht wie wir, können es nicht sein. Halbblütige und Mischlinge die meisten von ihnen. Schwarz, braun und gelb. Behaupten, sie seien gleichwertig, werden sogar Katholiken. Monroe gehört zu der schlimmsten Sorte – gebildet, zuviel Geld, arrogant, greift er die ganze Lebensform an, die wir uns geschaffen haben. Er ist ein verdammtes Krebsgeschwür, und ein Krebsgeschwür kann man rausschneiden.«

Er saß da, und die Angst saß ihm in den Augen. Angst zu verlieren, was er hatte, vielleicht festzustellen, daß er und seinesgleichen eigentlich gar nicht so überragend waren. Aber das war nicht genug, nicht für F. X. Keene. Das war die Grundlage, das Abstraktum. Was ihm sagte, daß Schwarze und Braune nicht als Menschen betrachtet werden konnten und deshalb keine Rolle spielte, was man ihnen antat. Aber die Keenes dieser Welt handelten nicht aufgrund eines Abstraktums.

»Monroe hat diese Leute nicht umgebracht«, sagte ich. »Das weiß ich jetzt, Sie aber haben es die ganze Zeit gewußt. Sie haben dabei geholfen, ihn aufs Kreuz zu legen, würde er befreit werden, müßte der ganze Fall noch einmal aufgerollt werden, und dabei kämen dann auch Ihre üblen Machenschaften zur Sprache. Und das würde das Ende bedeuten für Ihr Imperium hier, Ihre Macht, Ihre ganze Welt. Monroe sitzt zwar im Gefängnis, aber er ist immer noch da. Mit jedem Prozeß kommt man näher an die Wahrheit. Deshalb beschlossen Sie und die anderen, die an dem ursprünglichen Komplott gegen Monroe beteiligt waren, mit dem ganzen Fall ein für allemal Schluß zu machen. Für das FBI ist Monroe eine Gefährdung der nationalen Sicherheit, sie wollen nicht, daß zu diesem späten Zeitpunkt noch die damalige Konspiration bekannt wird. Für Smoke bedeutet The Wind zu viel Konkurrenz in der BLF. Giannini ist bloß Befehlsempfänger. Der Mafia ist Monroe vollkommen gleichgültig, sie will nur Ihnen einen Gefallen tun, um später eine Gegenleistung verlangen zu können. Es ist so einfach. Monroe kommt ums Leben, und Sie sind alle gerettet.«

»Das haben Sie sich alles zusammengereimt, wie?«

»Alles, bis auf eine Antwort auf die Frage, warum Sie damals Monroe die Tat in die Schuhe schieben mußten. Aber das wird auch noch rauskommen.«

»Meinen Sie?« Er hob die Flinte. »Was denn, wenn niemand anders dahinterkommt? Nur Sie.«

»Stellen Sie sich nicht dümmer, als Sie sind.« Ich stand auf. Die Flinte begann mir auf die Nerven zu gehen. »Sie werden es alles ausgraben, bis auf die letzte Heftklammer. Reynolds muß seinen Polizeiapparat säubern, und das FBI muß sich bedeckt halten. Noch haben Sie niemanden getötet. Sie werden eine Absprache treffen, eine gute Verteidigung finden, und in ein paar Jahren sind Sie wieder obenauf. Wenn Sie mich jetzt erschießen, sind Sie dran. Ganz zu schweigen, was die Mafia tut.«

Während ich mich von ihm abwandte, begannen in der Entfernung die Sirenen zu heulen. Ich ging hinaus. Dabei spürte ich zwar ein unangenehmes Prickeln im Rücken – die Menschen handeln nicht immer logisch –, aber ich schaffte es bis zur Tür, durch die Eingangshalle und über die Veranda zu Marx' Wagen. Die lange Einfahrt kam ein Wagen der Staatspolizei herauf. Der Polizeibeamte am Steuer sah mich an, als wir aneinander vorbeikamen.

Ich erkannte das aufgeschwemmte Gesicht mit der hellrosa Haut, die toten Augen und die schlechten braunen Zähne. Ich stieg auf die Bremse und ließ mich aus dem Wagen rollen, während ich hochlangte, um auf die Hupe zu drücken. Das plärrende Geräusch schien über das ganze Gelände zu schallen.

Der Polizeiwagen hielt mit quietschenden Reifen, der Polizist sprang heraus. Seine Uniform paßte nicht. Er hielt mit beiden Händen eine Pistole mit langem Lauf und Schalldämpfer, die sehr wenig nach einer Polizeiwaffe aussah, gab zwei scharfe, zischende Schüsse auf mich ab. Sinnlose Schüsse auf einen Mann hinter einem Auto. Vergeudete Schüsse, wie er wohl selber einsah, denn er drehte sich um und stürmte die Treppe zum Haus hoch.

Die Wucht der beiden Schrotladungen warf ihn mit solcher

Heftigkeit zurück, daß er in einem Regen von Blut und Knochen von der Veranda flog und lang ausgestreckt mit ausgebreiteten Armen vor von Treppenstufen liegen blieb, die langläufige Pistole noch mit der toten Hand umklammernd.

Keene trat auf die Veranda. In der Hand hielt er die Flinte. Ich erhob mich hinter Marx' Wagen. Sirenengeheul erstarb in der Einfahrt, als die echte Polizei eintraf.

51

Es kam alles ans Tageslicht, von den eher tragischen, in Panik abgegebenen Schüssen auf die rote Rosa bis zurück zu dem ursprünglichen Komplott gegen Isaiah Monroe und Sam Johnson. Isaiah Monroe würde seinen dritten Prozeß kriegen. Eigentlich hätte er das Gefängnis sofort als freier Mann verlassen müssen – er hatte niemanden umgebracht, kein Verbrechen begangen –, aber so funktioniert das System nicht. Wir sind schnell dabei, Schuld anzunehmen, zu verurteilen, aber wir tun uns schwer damit zuzugeben, daß wir unrecht getan, einen unschuldigen Mann fünfzehn Jahre lang ins Gefängnis gesperrt, sein Leben ruiniert haben.

Marx erläuterte mir den ganzen Sachverhalt. »Keene und der Lieutenant sowie der Captain in North Paterson haben hinter dem Komplott gesteckt. Keene erzwang Gelder von Parteimitgliedern, die für die Stadt arbeiteten, ließ sich für die Vermittlung von Sanierungsaufträgen bezahlen, nahm Gelder von der Mafia, das übliche. Die beiden Polizeibeamten standen auf Keenes Gehaltsliste. Die Aktivitäten von Monroe und der BLF waren eine Gefahr. Keene hatte Monroe sowieso auf dem Kieker, und als Monroe im Zusammenhang mit den Morden festgenommen wurde, sah Keene seine Chance. Die beiden Polizeibeamten steckten mit ihm unter einer Decke, die übrige Polizei von North Paterson war froh, Monroe etwas anhängen zu können, die meisten Weißen waren nur allzu bereit zu glauben, was man ihnen auftischte, und so war es recht leicht. Monroes aufrührerische Reden machten seine Lage nicht besser. Richter hören es nicht so gern, wenn jemand von Revolution und Waffen spricht.«

Für Giannini, Smoke und Loren O würde es hart werden, aber der Captain und der Lieutenant kamen aus Mangel an wirklichen Beweisen wahrscheinlich mit einem blauen Auge davon. Und F. X. Keene würde einen Handel abschließen. Der tote Profi-Killer, der als einziger Morde begangen hatte und, wie sich mit Sicherheit herausstellen würde, mit niemandem in Verbindung stand, war in Notwehr erschossen worden. Das mußte sogar ich bezeugen. Die Mafia würde in dem Fall gar nicht erwähnt werden.

»Der alte Roth macht gegen Carlos Arriba garantiert nicht den Mund auf. Wir werden Sie brauchen«, sagte Marx.

»Was ist mit Kevin Regan?«

»Er hat gegen die Bewährungsauflage verstoßen, darauf reiten sie rum. Ich werde tun, was ich kann, aber ich sehe keine großen Chancen.«

»Ja«, sagte ich.

Der Lieutenant und der Captain von der Polizei in North Paterson würden gefeuert werden, mehr wohl kaum. F. X. Keene würde seine Stellung verlieren, für gewisse Zeit auch seine Nebeneinkünfte, ein Jahr oder so absitzen oder vielleicht als Ersttäter, der sich den besten Anwalt leisten konnte, sogar mit einer Bewährungsstrafe und Ableistung von Sozialarbeit davonkommen. Regan würde ins Gefängnis zurückkehren und vielleicht zu seinem früheren Leben als Verbrecher. An wieviel Hoffnung kann ein Mensch sich klammern?

»Nächste Woche werden wir Sie auch noch für diesen Fall mit den Konverterboxen brauchen«, sagte Marx. »Die Diebe sind empört, sie halten uns für unfair. Beklaut nicht jeder seinen Boss nach Kräften, verdammt?«

»Zu viele schlechte Filme«, sagte ich. »Wenn alles vorbei ist, stehen sie auf, gehen nach Hause und trinken ein paar Bierchen. Sie stellen den Fernseher aus.«

Ich erstattete Lenny Grünfeld Bericht, bekam mein Geld. Dann fuhren wir beide raus zu dem Pflegeheim nördlich von New Rochelle, um Rosa zu besuchen. Rosa saß in einem Rollstuhl im Flur. Eins von fünfzig Skeletten in Rollstühlen, vorwiegend Frauen, mit herabhängendem Kinn, leerem Blick, verwirrt, desorientiert. Still und flehend oder erregt und vor sich hin plappernd. Rosa hob den Blick zu uns, als Lenny sich zu ihr herabbeugte und ihr direkt ins Gesicht sprach.

»Hallo, Großmama, kennst du mich?«

»Natürlich kenn' ich dich. Du bist meine Mutter.«

»Hallo, Rosa«, sagte ich. »Geht es Ihnen gut?«

Sie schaute blinzelnd auf meinen Arm. »Was haben sie mit dir gemacht, Hans?«

»Dan Fortune, Rosa«, sagte ich. »Wir haben den Mann, der auf Sie geschossen hat.«

Für eine Sekunde blieben ihre Vogelaugen an mir haften. »Ich kenne Sie! Die gute Gestapo. Was machen Sie hier? Was . . .« Die Augen glitten wieder von mir ab, so offen und leer wie die Schnäbel kleiner Vögel. »Sie haben dich umgebracht, Hans. Die Pferde. Ich hasse sie! Wir haben gewonnen, Papa. Nicht, Mama, stirb doch nicht. Wir . . . haben . . . gewonnen . . . Papa.«

»Großmama«, sagte Lenny. »Möchtest du irgend etwas haben?«

Aber sie war nicht mehr ansprechbar. Sie saß zusammengesunken in ihrem Stuhl und starrte vor sich hin, als könne sie die Polizeipferde sehen, die Hans Grünfeld vor sechzig Jahren auf den Straßen von New York totgetrampelt hatten. Oder Sergeant Giannini hinter der Rezeption des Oneida Hotels vor erst zwei Wochen, als er eine Pistole auf sie gerichtet hatte. Die Polizei, mit der sie ihr Leben lang konfrontiert gewesen war, die Vertreter der Macht, gegen die sie sich ihr ganzes Leben lang aufgelehnt hatte. Kein Unterschied jetzt, keine Zeitdifferenz. Alles in einem Augenblick. Kein Gefühl dafür, wer sie war oder wer sie gewesen war.

»Sie weiß nicht, ob je etwas davon wirklich passiert ist, nicht wahr?« sagte Lenny. Sie griff nach dem Rollstuhl, schob Rosa langsam durch die Flure voller alterskranker, gebrechlicher Menschen, die auf den Tod warteten, saubere Räumlichkeiten, die nach Urin und Exkrementen rochen, ein Geruch, den kein noch so starkes Desinfektionsmittel, kein noch so intensives Putzen zu verhindern vermochte. Der Geruch, mit dem das Leben anfängt und endet. »Hat sie je gelebt, Dan? Wie können wir wissen, daß sich etwas davon abgespielt hat? Weiß sie, daß sie je existiert hat?«

»Wir müssen so leben, als ob alles real ist, als ob das, was wir tun, einen Wert besitzt.«

»Für wen? Wir werden sowieso alle wie Rosa enden.«

»Vielleicht für andere Menschen.«

»Wie Rosa? Hans? Sam? Das ist nicht genug. Mein Vater, Flaco, F. X. Keene, vielleicht wissen die mehr.«

»Die werden noch mit weniger enden.«

Wir schoben Rosa weiter. Die desorientierte alte Frau murmelte vor sich hin, schlief, murmelte wieder, bis es für uns Zeit zum Aufbruch war. Wir ließen sie auf einem Flur zurück, wo sie insistierte, in einer Schlange warten zu müssen, um ihre Rechnung zu zahlen, und ihrer Mutter sowie ihren drei Ehemännern zum Abschied zulächelte. Die rote Rosa, die Bag Lady, die nicht mehr wußte, wer Lenin war oder sie selbst.

»Ich stamme von dieser alten Frau ab«, sagte Lenny, als wir in der späten Sonne des Frühlingsnachmittags den Parkplatz überquerten. »Warum, weißt du das? Wozu?«

»Vielleicht, um zu versuchen, ein angestrebtes Ziel zu finden.«

Wir hatten schon fast Lennys Wagen erreicht, als ich Cardenas aus der dunkelblauen Ford-Limousine steigen und auf den Eingang des Pflegeheims zustreben sah. Diesmal wieder in seinem offiziellen blauen Anzug mit Weste. Ich sagte Lenny, sie solle schon vorgehen zum Wagen, und schnitt Cardenas den Weg ab.

»Wollen Sie ihr den Mund endgültig verschließen?« fragte ich.

Er lächelte. »Sie weiß nichts über das FBI, Fortune, aber man kann nie wissen, wann sie vielleicht wieder zu sich kommt und uns etwas über Subversive und Umstürzler erzählen kann.«

»Ständige Überwachung?«

»Sie haben's erfaßt.«

»Sieht nach einem neuen Prozeß für Monroe aus. Er ist unschuldig, und er wird rauskommen.«

»Vermutlich.«

»Ihnen ist es ganz egal, ob er diese Männer getötet hat oder nicht, stimmt's? Er ist gefährlich, eine Zeitbombe auf zwei Beinen, die den Status quo bedroht. Er muß unschädlich gemacht werden.«

Er schaute über meine Schulter zu dem Pflegeheim, das im Sonnenschein dalag. »Früher oder später wird er sich mit irgend etwas schuldig machen, Fortune. Leute wie Monroe brechen immer Gesetze. Deshalb machen wir diese Gesetze. Wir werden ihn kriegen.«

»Nicht Giannini oder Keene oder diese beiden Polizeibeamten aus North Paterson? Nicht einmal Smoke oder Loren O?«

»Gianninis und Keenes kommen und gehen, sie tun dem Land nicht weh. Die Monroes zerstören uns.«

»Falsch. Es sind die Keenes und die Gianninis, die uns letzten Endes kaputtmachen werden.«

Er zuckte mit den Schultern, sah auf seine Armbanduhr.

»Lassen Sie es gut sein, Fortune. Wir werden uns ein andermal darüber unterhalten.«

Ich sah ihm nach, wie er losging, um festzustellen, ob ihm die alte Rosa etwas erzählen konnte, um die Nation zu retten. Er hatte recht, es machte keinen Unterschied, ob Isaiah Monroe dieses Verbrechens schuldig war oder nicht. Das traf nicht den Punkt, fragte nach Tatsachen, nicht nach der Wahrheit. Die Tatsachen mochten seine Unschuld beweisen, aber die Wahrheit war etwas anderes. Die Wahrheit war, daß eine Gesellschaft einen Mann wie Monroe »kriegen« mußte, um sich zu schützen. Die Wahrheit war, daß jeder, der es ablehnte, sich der Gesellschaft, in der er lebte, anzupassen, von ihr ausgestoßen oder auf die eine oder andere Weise kaputtgemacht werden mußte.

Lenny wartete bereits in ihrem Wagen mit laufendem Motor auf mich. Wir verließen den Parkplatz des Pflegeheims und fuhren zurück nach New York. Ich berichtete ihr von Cardenas, seinen Worten und meinen Gedanken dazu.

»Man muß schützen, was man hat«, sagte sie. »Darum geht es doch, nicht wahr? Der Rest ist Gleichgültigkeit.«

Ich konnte fast sehen, wie die Plastikmuschel wieder zuklappte. Die Öffnung, die Rosa gewesen war, der letzte Versuch, mit einer Welt in Verbindung zu treten, die nicht nur aus Isaiah Monroe bestand, schloß sich wie Narbengewebe über einer offenen Wunde.

»Was wirst du jetzt tun?«

»Die Band. Solange leben, wie ich es aushalten kann.« Sie lenkte den Wagen zügig durch den Verkehr, während wir uns der Stadt näherten. »Margo werden wir bei Alette lassen. Sie wird jetzt eine Weile allein sein. Sie haben den Neandertaler Nikolai unter psychiatrischer Beobachtung. Er wird sich auf der ganzen Linie schuldig bekennen, eine Therapie bekommen, eine Zeitlang im Gefängnis verbringen oder in einem Krankenhaus oder beides. Mein Bruder Richard wird sich um die Geschäfte kümmern.«

»Du hast keine Bedenken, daß sie Margo verderben?«

»Ich glaube, es gibt da keinen so großen Unterschied. Mein Vater oder Flaco oder Rosa, es läuft alles auf dasselbe hinaus.«

Ich hätte versuchen können, ihr das auszureden, aber es schien wenig Sinn zu haben. Ein privates Universum für drei, das niemals stillstand, konnte genausogut eine Antwort sein. Lenny setzte mich vor dem Drake Hotel ab, in das Kay gezogen war, und schaute nicht mehr zurück.

Oben hatte Kay schon fertig gepackt. Für uns beide.

»Du wirst sehen, es klappt mit uns, Dan.«

Im Geiste sah ich Marty vor mir, in einem Männerhemd mit Flecken vom Holzlack, das Gesicht verschmiert, die schmale Gestalt in zerrissenen Arbeitshosen, die Haare über die Augen fallend, die Augen aber strahlend, während sie einen alten Tisch bearbeitete, den sie liebte. Eine Erinnerung, die ich immer mit mir getragen habe, immer mit mir tragen werde. Kay würde mich diese Erinnerung nicht vergessen machen, aber sie brachte mich dazu, darüber nachzudenken, ob es mir noch einmal gelang. Ich wollte lieben, und ich wollte leben, und das ist nicht immer dasselbe. Aber in jenen seltenen Augenblicken, die wirklich vollkommen sind, kann man beides tun. Würde ich mit Kay beides können? Ich wußte es nicht, aber zumindest gab sie mir den Glauben, daß man mehr als einmal im Leben eine große Liebe erfahren kann oder daß ich meine große Liebe vielleicht noch gar nicht erlebt hatte.

»Ich werde mir alles genau ansehen«, sagte ich.

Warum sollte ich nicht in Kalifornien leben, statt mir in New York eine neue Wohnung zu suchen, die ich mir nicht leisten konnte? Zumindest konnte ich in der Sonne liegen. Alle beide vergessen, F. X. Keene und Isaiah Monroe. Sogar versuchen, nicht mehr an die rote Rosa zu denken.